二 見 文 庫

危険な夜と煌めく朝

テス・ダイヤモンド／出雲さち＝訳

Dangerous Games
by
Tess Diamond

Published by arrangement with Avon Books,
an imprint of HarperCollins Publishers
through Japan UNI Agency, Inc., Tokyo

青い制服を着た私の愛する人へ

テッサ・ウッドワード、ヘザー・マーティンをはじめとするハーパー・コリンズ社スタッフの熱意ある仕事ぶりに最大級の感謝を捧げます。私の夢をかなえてくれたエージェントのレベッカ・フリードマンにも深い謝意を。そして最後に、支えてくれた家族の愛に心より感謝します。

危険な夜と煌めく朝

登　場　人　物　紹　介

マーガレット（マギー）・エリザベス・キンケイド	元FBIの人質交渉人
ジェイク・オコナー	陸軍出身のセキュリティ・アドバイザー
ポール・ハリソン	FBI捜査官。マギーの元婚約者
フランク・エイデンハースト	FBI捜査官。マギーの元上司
エリカ	マギーの姉
グレース・シンクレア	FBI心理分析官。マギーの元同僚かつ親友
シーブズ	米上院議員
ミセス・シーブズ	シーブズ上院議員の妻。名家の出身
カイラ	シーブズ夫妻の一人娘
マックス・グレイソン	シーブズ上院議員の秘書
ミスター・ブラック	謎の捜査官

1

「声を出しちゃだめ」

エリカが声を震わせ、縛られた両手でマギーの肩を押さえた。あたりは暗かったが、姉に触れられたことでマギーの心はいくらか落ち着いた。それでも喉を締めつける恐怖は消えない。マギーが動くたび、両手首に巻かれたロープが肌に食いこんだ。いくら泣くまいとしても嗚咽《おえつ》がもれてしまう。マギーは必死に唇を引き結んだ。黙らなくちゃ。静かにしなくちゃ。

「わかった？　とにかく静かにね、マギー」

小さくなっていれば助かるとばかりに、少女たちは膝を抱えて身を寄せあった。ふたりがいる部屋はクローゼットより少し広い程度で、黴《かび》のにおいがした。マギーは新鮮な空気と光を求めてあえいだ。この果てしない闇と、次第に暑さを増していく空間から解放されたい。

「あいつは何を狙ってるの？」マギーはエリカにささやいた。

「わからない」エリカが言った。「じっとしているしかないわ」

「家に帰りたい」マギーがまばたきしたとき、熱い涙が頬を伝った。泣かずにはいられなかった。「私たちがいなくなったら、ママとパパはどうすると思う？」

「助かる方法がきっと見つかるわ」エリカが不自由な手であやすようにマギーに触れた。「大丈夫よ、マギー。でも、静かにするの」

マギーは目をきつく閉じた。うるさいほど動悸《どうき》がして、どこからか聞こえてきた静かな足音を危うくかき消すところだった。その足音を耳にしたとき、マギーの胃は恐怖に引きつった。

あの男だ。

ドアノブがまわる音がした。

マギーは悲鳴を押し殺してエリカに寄り添った。

あの男が戻ってきた。


歩道を軽快に蹴りながら八キロ地点に差しかかったとき、マギーは息を弾ませていた。苦労して習得した正確なリズムで走りつづける彼女の、やや大きめのランニングシャツの背中を汗が伝う。肺が悲鳴をあげ、ふくらはぎが痛んだ。だがスピードを落とすという選択肢はなかった。痛みは役に立つ――過去の記憶を振り払うのに。もちろんわずかなあいだだけだが、それでも意味はある。マギーはあらゆることにつかのまの救いを求めた。

季節は春の終わりだった。この時期は午後から蒸し暑くなる。だから早起きしてランニングに出ていた。公園の歩道に沿って植えられた果樹の並木がそろそろ花の終わりを迎えている。マギーは舞い散るピンクと白の花びらの中を駆け抜けた。

音楽は聴かず、ただ考えごとをしながら走る。ときにそれは最高の組み合わせになる。

そうでないときは……。

まあいい。人は誰しも何かから逃げているものだ。

腕に振動を感じ、マギーは速度を落としながらアームバンドに挟んだ携帯電話を外した。息を切らし、顔の汗を拭きながら画面を見つめる。走るのに夢中になっていて、ポールから着信があったことに気づかなかった。かすかな不安と少なからぬ罪悪感を抱きながらパスコードを入力する。元婚約者からのボイスメッセージが流れてきた。

「マギー、ポールだ。君がアフリカへ発《た》つときに残していった荷物のことで電話をかけた。全部、箱に詰めておいたから、取りに来られる日を知らせてほしい。もしくは、ドアマンに預けておいてもかまわない。どうしてほしいか知らせてくれ。僕は……」

しばらく間が空いた。「元気で」最後にそうつけ足した。

ためらうような言い方にマギーはみぞおちが締めつけられ、しばらく忘れていた良心の痛みと恐れがよみがえった。

マギーは携帯電話を少々乱暴にアームバンドに戻した。今はポールと話せない。自分たちが別れることになった理由について、彼はまた一から話しあおうとするだろう。ポールはいい人だし、優秀な連邦捜査局《FBI》捜査官だ。ただ、杓子《しゃくし》定規なところにいらいらさせられることもあった。マギーもだいたいは規則に従うが、命を救うか規則に従うかを選ばなければならないときは、迷わず命を選んだ——ほかの何に代えても。

ポールとはどうしてもうまくいかなかった。ポールのことは好きだったし、それは今も変わらないが、彼を愛せなかった。それに気づくのがあまりに遅かったことを、マギーは何より後悔していた。もっとも、相手も同じ結論に至ったかどうかはわからない。ポールの声にはまだかすかな希望が感じられた。

マギーがチャドで現地の人のために井戸を掘る〈クリーン・ウォーター・イニシアティブ〉に参加していたときも、ポールはメールをくれた。マギーも何度かメールを返した。しかし彼女がアメリカに帰国したあとは、ポールは節度をわきまえて距離を保った。帰国してすでに六カ月になるが、電話をかけてきたのは今回が初めてだ。

時計を見ると帰る時間だった。マギーは公園の出口を目指してゆっくりと歩道を走りだした。昨夜の嵐で散ったリンゴとサクラの花の香りが立ちこめる中、出口にある鉄製の門の手前のカーブを曲がる。そのとき門の脇に年配の男が立っているのが目に入り、マギーは唐突に走るのをやめた。スニーカーの底が滑り、みぞおちを蛇に締めつけられたような気がした。相手は挨拶代わりに手を振り、こちらに近づいてきた。まだほの暗い早朝の光が禿《は》げあがった頭頂部を照らしている。グレーのスーツが曇り空の風景に溶けこんでいた。

「やあ」男がにこやかにほほえんだ。

「何しに来たの、フランク？」マギーは腰に両手をあてた。以前なら上司の彼にとてもこんな口のきき方はできなかった。だが今は事情が違う。フランクはもう上司ではないし、マギーがＦＢＩにいたのも過去の話だ――退職してもう二年になる。とはいえ、その後フランクと会っていないわけではなかった。チャドに行く前と帰国したあと、彼は月に一度ほどマギーを昼食に誘った。彼女は誘いを受け、仕事以外のことならなんでも話してきた。そこには暗黙の了解があった。フランクはマギーに復帰の話をしない。マギーは昼食の誘いを断らない。

だが今回はいつもと様子が違う。過去の失敗から長らく封印してきた直感が呼び覚まされた。

「マギー、いっしょに来てくれ」フランクがいつものかすれた声で言った。「カーマイケル・アカデミーの新入生の少女が行方不明になった。今、捜査班を立ちあげている。最高のメンバーを集めなければならない……そういうわけでおまえが必要だ」

恐怖が体の中を電流のように駆け巡り、マギーは後ろに下がった。相手と距離を置けばパニックがおさまるかのように。無理だ。絶対にかかわりたくない。あの出来事のあとでは……。

〝とにかく静かにね、マギー〟姉の声が頭の中に響いた。

「私は完全に辞めると言ったのよ、フランク」マギーは声を荒らげた。「交渉人としての私のキャリアは終わったし、FBIには二度と復帰しない。あのシャーウッド・ヒルズ事件のあとでは無理よ」

見るたびにブルドッグを思い浮かべてしまうフランクの顔がやわらいだ。「シャーウッド・ヒルズの一件でこたえたのはわかってる。あの状況で全員を救うのは不可能だった。だが今回は？　われわれは彼女を無事に取り戻せる。おまえの助けを借りることができれば」フランクはポケットを探り、一枚の写真を出してマギーの手に押しつけた。彼女はそれを見ないよう自分に言い聞かせた。少女の顔を見れば、その子が絶望したり怯《おび》えたりしている場面を想像してしまう。負傷していないかどうか――もしくはもっと悪い事態になっていないかどうか心配になる。この手の事件に再びかかわることはできない。絶対に無理だ。しかし手の中の写真は月の引力のように注意を引いた。マギーは唇を引き結び、手元に視線を落とした。ラクロスのスティック《クロス》を持った少女がほほえみながら見あげている。ブロンドの前髪を額で切りそろえているためか、とてもあどけない。

かつてのエリカも童顔の十四歳だった。マギーにとって、姉は永遠に十四歳のままだ。

この少女も大切な家族にとって、永遠の十四歳になってしまうのだろうか？

マギーは顔をしかめた。写真を持つ手につい力がこもり、皺《しわ》にならないよう慌てて持ち直す。

〝助けてあげられるわよ〟頭の隅でそんな小さな声がしたが、彼女は無視した。しかしフランクは手ごわかった。

「話を聞くだけでいいから来てくれないか？」フランクは少女の写真を見つめるマ

ギーに訴えた。「思いついたことをその場でアドバイスしてくれるだけでいい。帰りたくなったら誰かに送らせる。謝礼も出す。約束だ」

マギーは写真の角を撫《な》でながら言った。「できないわ」また同じことが繰り返されたら？　自分の手に負えなくなったら？　この少女も死んでしまったら？

「マギー、おまえは俺に借りがある」フランクが穏やかに言った。「俺はシャーウッド・ヒルズ事件の後始末をした。おまえが辞表を出したときも黙って受け入れた。FBIを離れてひと息つくための時間を与えてやった。今度はおまえが俺を助ける番だ。今回の捜査にはおまえの協力が不可欠なんだよ。おまえに辞められたあといっしょに仕事をしてきたどんなやつより、おまえのほうが優秀だ」

「あなたが選んだメンバーならみんな優秀でしょう」

「マギー、おまえは一生に一度会えるかどうかの人材だ。連中など足元にも及ばない」

「でも、私はしくじった」シャーウッド・ヒルズの件が頭から離れたことはなかった。今でもあのときの銃声がよみがえる。夢の中にまで響く。マギーはそこから逃れられなかった。かつて閉じこめられたあの部屋から永遠に逃げられないのと同じように。

「俺がしくじったことがないとでも思うか？」フランクが非難するような声で言った。

「これまでたった一度の失敗も経験していないと思ってるのか？　担当したすべての事件ですべての被害者が無事に保護され、犯人はめでたく全員逮捕されたとでも？　まさか」彼は鼻を鳴らした。「そんなことがあるはずがない。だが俺は失敗しても立ち直って次の任務に向かった。なぜなら、そっちのほうが俺個人よりもはるかに重要だからだ。今回も同じだ。少女の命が危険にさらされている。これまでの被害者と同じように。俺はおまえがチームを成功に導いてくれると信じてる。今こそ〝マギー・マジック〟が必要なんだよ」

マギーはフランクを見あげた。かつてフランクは、彼女がまだ交渉人としての現場経験もないFBIアカデミーの研修生だった頃からその才能を見いだして引きたててくれた。厳しく鍛え、導いてくれた。成功を後押ししてくれた。マギーがシャーウッド・ヒルズでぶざまに失敗したのはフランクのせいではない。もちろんこの少女も悪くない。

なんてことだろう。これでは板挟みだ。フランクには借りがある。失敗の尻ぬぐいをさせただけではない。彼は自分という人間を作ってくれた恩人だ。

「わかったわ」マギーはしぶしぶ言った。本当にいやになればいつでもやめられる。もうだめだと思った瞬間に手を引けばいい。「オブザーバーとして立ち会うわ。指揮は執《と》らない。復職もしない。あくまでも一個人として協力するだけよ」

「力を貸してもらえるなら、一個人だろうとなんだろうとかまわん」フランクは無骨な顔をたちまちほころばせ、門を指した。「行こう」

マギーは大きく息を吸い、フランクのあとについて公園を出た。長らく記憶から遠のいていた、手首に巻かれたロープの感触を思いださないように努めながら。

2

四時間前。

ジェイクは突然目を覚まし、天井を見つめた。いつでも次の行動に移れるように全身の筋肉が緊張している。心拍をふたつ数えるうちに暗闇に目が慣れ、呼吸も落ち着いた。サイドテーブルの上でホルスターにおさまっているグロックには手を伸ばさなかった――むやみに銃を撃ちまくるタイプではない。

ジェイクは体をひねってベッドを離れ、こぶしを固めた。多くの場合、拳骨《げんこつ》に銃ほどの殺傷力はない。そのときどのくらい頭にきているか、もしくは捨て身かによる。

何かの気配で目が覚めたのだ。物音か？　ジェイクは首を伸ばして耳を澄ました。

すると、聞こえた。砂利を踏む足音が。

誰かいる。

ジェイクは腕時計を見た。午前二時。これはよくない知らせだ。

彼はズボンをつかみ、グロックをおさめたホルスターを腰につけた。Tシャツを頭からかぶり、ドアがノックされたときには階段を半分下りていた。

ドアを開くと、上官であるホフマン将軍が立っていた。長身で白髪まじりのホフマンは一見穏やかな目をしている。だが実際の彼は情け容赦がなく、新兵は絶対服従だ。ただしホフマンは強面《こわもて》ではあっても理不尽ではなかった。彼はジェイクにきわめて公正に接してくれた。もっとも、ホフマンが三年前にジェイクの上官についた頃、ふたりの関係はぎくしゃくしていたが。というのも、ジェイクはホフマンの言う内勤職に就くことをまったく望んでいなかった。礼装して勲章を見せびらかす式典に呼ばれるのもまっぴらだった。

代わりにジェイクは特殊任務に就《つ》いた。レンジャーとしてありとあらゆる経験を積んできており、中東では現地と首都ワシントンDCの上層部について豊富な知識を得ていた。そこに注目した陸軍は、ジェイクを戦闘地からワシントンDCに呼び戻し、より秘匿性の高い任務を命じた。たとえば資金洗浄《マネーロンダリング》、倒錯的な性的嗜好《しこう》者に対する恐喝事件。少なくともここ三年のあいだに命じられた任務はかなり変わっていた。それでもジェイクは、心の中では今も一戦闘員だ。一般市民の生活と軍の生活に片足ずつ突っこんで、どうにか折り合いをつけている。

〝国家に仕える方法はひとつではない〟最初の特殊任務を言い渡したとき、ホフマンは言った。〝おまえは有能だ、オコナー〟

実際そのとおりだった。ジェイクはとても有能だった——いや、誰よりも有能だった。人目につくことなく手際よく、どんな面倒な問題も最小限の動きですみやかに解決すると評価された。

砂漠の戦地に戻してもらいたいなら、もっと雑に仕事をすればよかったのかもしれない。ジェイクは苦笑いを浮かべながら姿勢を正し、敬礼した。

「おはようございます、将軍」

ホフマンはうなずき、ポーチを歩いていった。ジェイクもあとに続いた。両腕を体の左右にぴったりつけて上官の言葉を待つ。

「緊急事態だ」ホフマンが言った。「シーブズ上院議員の娘が行方不明になったと、さっき連絡が入った」

ジェイクは眉をひそめた。「いつからですか？」

「わからない」ホフマンが答えた。「彼女が放課後どこへ行く予定だったかはっきりしない。両親は娘が寮にいる友人の部屋に泊まると思っていた。友人は彼女が自宅に帰ったと思っていた。わかっているのは彼女が学校を出たことと、ラクロスの練習に来なかったことだけだ」

「なんてことだ。すでに十二時間近く経過してますね」

「そこでおまえに、上院議員のためにひと働きしてもらいたい」ホフマンが言った。「上院議員のセキュリティは万全だが、彼らは今回のような事態には不慣れだ」

ジェイクは顎の無精ひげを撫でた。「今後の展開をどうお考えになりますか？　六時間以内に身代金の要求があるでしょうか？」

「あると思う」ホフマンが暗い声で言った。「もちろんＦＢＩも動くだろう」

「やれやれ……スーツ連中がへまをしにやってくるんですね」

厳しい顔つきだったホフマンがうっすらほほえんだ。「オコナー、おまえはうまくやれ。それが命令だ」

「あいつらにはうんざりです」ジェイクが言った。「僕ならうまくやりますよ。ものの十分でね」

ホフマンはうなずいた。「外で待っている」

ジェイクはすばやく部屋に戻って着替えた。過酷な天候がもたらす慢性疲労や砂まみれの戦闘靴に慣れ親しんだ日々は終わった。最近ではアルマーニやヒューゴボスといった高級服にも袖を通す。そういった服装のほうが、任務の対象となる人物を取り巻くセキュリティにうまく溶けこめるのだ。そうでもなければこんなスーツなど、三十キロの戦闘装備と喜んで交換するのだが。

ジェイクはネクタイをまっすぐに直し、ナイフをブーツの片方に隠した。磨きあげたドレスシューズを履くつもりはなかった。おもちゃのように小ぶりなベレッタを左足首のホルスターに入れる。グロックは腰。予備の弾倉ふたつはジャケットの内ポケット。

どこにいようと、何を着ようと、誰を捜していようと、ジェイクはまず第一に兵士だった。それはつまり、彼があらゆる事態に備えることを意味する。

ホフマンはカーブのところで二台のＳＵＶとともに待っていた。ジェイクが前の車に乗りこむと、ホフマンがファイルを手渡した。

「目を通して意見を聞かせてくれ」夜の市街を運転しながらホフマンが言った。この時間は車がほとんど走っていなかった。しかし実際には街は眠っていない。

ジェイクはファイルを開き、上院議員の敵と考えられる人物をリストアップした書類に目をとめた。「今回の事件で標的にされているのはシーブズ上院議員本人に間違いないですか？」ジェイクは尋ねた。「少女の母親、つまりミセス・シーブズは旧家の出身でしょう。ロックウェル家といえばアメリカの王族みたいなものだ」

「犯人がカイラの身代金を要求してくるまで、たしかなことはわからない」ホフマンが言った。「シーブズについてペギーが洗いだした情報によれば、ミセス・シーブズに問題はないようだ。表立った敵はいない。彼女が主催する〈子どもがん協会〉でも評判がいい。非行に走りそうな青少年のために、馬を使ったホースセラピーの組織を立ちあげ、表彰もされている」

「誘拐された娘もそこに入ってるんですか？」さらに情報を頭に入れようとファイルを繰りながらジェイクは尋ねた。カイラの写真を見つけ、思わず手を止める——どう見ても十五歳そこそこだ。つややかなブロンドをしており、カメラを見あげる笑顔がなんとも幼い。喉の奥に苦いものがこみあげた。子どもを巻きこんだ事件はまったくもって胸くそが悪い。若い命が危険にさらされることなどあってはならない。

「そうだと思う」ホフマンが言った。

「僕ならミセス・シーブズが標的にされている可能性を排除しません」ジェイクは言った。「少なくとも今の段階では」

「どこかの不良が娘を誘拐したと思うのか？」ホフマンはいぶかしそうに尋ねた。

「まだ事件の全体像がつかめていません。早い段階で片方の親だけに焦点を絞るのは賢明に思えないのですが」

「理屈で考えれば標的は父親だろう。彼には地位も力もある――なんといっても上院議員だ。しかも来年の再選を目指している」

ジェイクは上院議員の敵と思われる人物のリストを見た。「対立候補が最も疑わしいというわけですか」

ホフマンの眉間に深い皺が刻まれた。「政治は汚いものだからな」

「わかってますよ」ジェイクは言った。

自分が本来いるべき実戦部隊を離れ、ワシントンDCでエリート層に関係する特殊任務に就いているのも、言ってみれば政治的な力が働いた結果だ。

運命とはまったく予測がつかない。


門を抜けて私道に入っていくと、上院議員の邸宅の前にはすでにSUVの列ができていた。

「FBIの連中が来ていますね」ジェイクは政府関係車両のプレートをつけた車の後ろに駐車したホフマンに言った。ふたりは車を降り、建物の階段をのぼった。

「フランク・エイデンハーストが招集をかけた」ホフマンが言った。「彼は頭が悪くない。おまえがいい印象を与えれば、邪魔はされないだろう」

「わかりました」ジェイクはうなずいた。

「それから、夫妻を脅かすな。母親は取り乱しているに違いない」

ジェイクは眉を上げた。「ご自分なら取り乱したりしないと?」

ホフマンはため息をついた。「オコナー、さっさと仕事にかかろう」玄関のドアベルを鳴らした。

ジェイクがスーツを整えていると、ドアが勢いよく開いた。

さあ、戦いだ。ジェイクは落ち着いた表情でシーブズの邸宅に入った。

3

フランクの黒い車は外から見ると特徴がないが、中は贅沢《ぜいたく》だった。上質な革の座席に身を預けたマギーは、急にシャワーを浴びていないことが気になった。ランニングシャツに汗がしみこんでいるものの、いったん自宅に寄ってほしいとフランクに頼むほど愚かではない。事態は一刻を争う。

マギーが居心地悪そうにする中、フランクは早朝の通りに車を走らせた。フォールズ・チャーチの町はあまり大きくないがワシントンDCに近く、静かな家庭生活を望む政界のエリートたちが居を構えるのにちょうどいい。通勤時の通りは車が渋滞するが、そうした犠牲も閑静な高級住宅地に住むためなら払う価値がある。

フランクはしばらく無言で運転した。マギーにはありがたかった。落ち着いて状況を考える必要がある。彼女はウインドー越しに外を眺めた。フォールズ・チャーチの町並みは絵葉書のように美しい。コロニアル様式の建物、さまざまな店、レストラン、政治家の配偶者が運営する慈善施設などが並んでいる。このあたりのエリート私立校は将来のイエール大生やハーバード大生、さらには未来の政治家や最高経営責任者《CEO》を多く輩出している。この地域に暮らしているということは、有力者もしくはそうした人々の交友の輪に入っていることを意味する。誘拐された少女はカーマイケル・アカデミーの生徒だった。間違いなく有力者の子女だ。この手の事件は容易に解決できるか、困難をきわめるかのどちらかになりやすい。有力者は幅広い人脈を持つ一方、明かしたくない秘密も抱えている。不倫、脅迫、ギャンブルの借金、違法な商取引。マギーはすでに一生分の嘘《うそ》を見てきた。

「バッグとコートは後部座席にある」フランクが言った。

後ろに目を向けると、なるほど後部座席に真鍮《しんちゆう》のボタンがついた赤いウールのピーコートと革の小型バッグが置かれていた。

「私の車のロックを破ったの？」

「ちょっとばかりな」フランクが言った。「腕がなまらんようにたまには実践しないと」

マギーはあきれて天井を仰いだ。フランクの錠前破りと金庫破りの腕前はＦＢＩ本部でも伝説だった。「せめてトランクから非常持ち出し袋を持ってきてくれればよかったのに」彼女はぶつぶつ言った。ランニングの格好で緊迫した場に登場するのは理想的でない。実際、そういう悪夢を見たこともある。

「今でも非常持ち出し袋を持っているのか？」フランクが尋ねた。「復帰したくないってのは本当かね？」

「妙な勘ぐりはよして」マギーは腕組みした。言わなければよかった。「ただの習慣よ。それより……事件の内容を詳しく聞かせて」フランクを見る代わりに木目調のダッシュボードをにらんだ。よく磨きこまれたパネルに自分の顔が映っている。「犯人は何者？　誘拐からどのくらい時間が経《た》ってるの？」

「少女の名前はカイラ。十四歳だ。両親は娘が学内に泊まると思っていた。あの学校の生徒は半分近くが寮住まいなんだ。しかし昨日の夜中に娘が学校にいないことがわかった。寮に泊めてもらうとカイラが言っていた友人は何も知らなかった。少なくとも知らなかったと言っている」

「本当に誘拐なの？」マギーは尋ねた。「身代金の要求はあった？　誘拐されたときのビデオ映像は？　目撃者は？　なぜ普通の失踪事件として扱わないの？」

「カイラのファミリーネームはシーブズだ」フランクが言った。

マギーはそこで初めて顔を上げてフランクを見た。

「あのシーブズ上院議員の？」それならたしかに誘拐の可能性は高い。シーブズ上院議員はかなりの大物だ。いずれ大統領選挙に出馬すると考えている人も多い。うまくカードを切れば大統領候補に選ばれるだろう。見た目がよくカリスマ性もあり、家庭生活も円満らしい。三十代前半で上院議員だった父の跡を継ぎ、以来ずっと第一線の政治家として歩んできた。

今回の事件が公になれば大変な騒ぎになる。

「ああ。あのシーブズだ」フランクが言った。「カイラはおとなしくて優秀な子だ。家出するタイプじゃない。しかも上院議員の娘となれば――」

「誘拐事件として扱わなければ危険」

フランクがにやりとした。「また人の話を先まわりしたな。昔と同じだ」

マギーは彼をにらんだ。「フランク、私はあくまでもオブザーバーよ。親切心から行くだけで、復職する気なんてないから」

またあなたを失望させたくないもの。

「わかってる」フランクは軽くいなし、プラタナスの並木通りを右折して私道に入った。門があり、その脇にスーツ姿の男が立っていた。フランクが身分証を見せると、男は無線機に向かって話し、やがて鉄の門が開いた。私道は長かった。カーブを曲がりきったところでようやく上院議員の邸宅が見えてきた。建物の正面に立ち並ぶ大理石の大きな柱は、古風でありながらも時間を超越した風情がある。切り妻造りの窓が朝日を浴びて輝いていた。広々とした芝生は手入れが行き届き、私道との境をきれいに刈りこまれた丸いトピアリーが区切っていた。車寄せに黒のＳＵＶが数台停《と》まっている——地元警察やＦＢＩが人目を引きたくないときに使う車両だ。フランクが最後尾に駐車した。マギーはシートベルトを外し、車から降りた。脚が震えているのがばれないよう、こぶしを握りしめて五秒待ってから車のドアを閉めた。髪に手をやり、二本の三つ編みからほつれて出ている毛を撫でつける。

「大丈夫だ。きちんとして見える」フランクがきびきびと言った。「行こう」

マギーは深く息を吸い、フランクとともに黙って正面玄関の大理石の階段をのぼった。凝った彫刻が施された玄関のドアを抜けて玄関ホールに入っていくと、一転して混乱が待ち受けていた。

あたりは警官であふれていた。家族が居住する上階に通じるふたつの階段も人だらけだ。スーツ姿のＦＢＩ捜査官たちの半数は携帯電話に向かって話し、残りの半数は深刻な表情で額を突きあわせ、今後の方針について話しあっていた。サングラスを外したボディガードたちが袖につけた通信機で交信しながら慌ただしく出入りする。無線からの暗号が切れ切れに耳に入った。携帯電話に向かって話している汗だくのFBI捜査官の注意を引こうと、警官が後ろから肩を叩《たた》いている。

マギーがフランクを見つめると、彼は許可を与えるようにうなずいた。フランクのこういうところがマギーは好きだった。こちらが何も言わなくても察してくれる。マギーは誰にも邪魔されずにカイラの部屋を見たかった。家族に事情聴取する前に、どんな少女なのか印象をつかんでおきたい。十代の少女は秘密が多いものだが、その内面を知るのに最適な場所は本人のベッドルームだ。

マギーはまっすぐ階段に向かい、二階に上がって長い廊下を進んでいった。誰かが階下の混乱を止めるべきだ。あんな騒ぎ方をしていては家族の神経を逆撫でし、法執行機関は役に立たないのではないかと思わせてしまうだけだ。

これは私の事件じゃない。目の前の廊下を見つめながら、マギーは自分に強く言い聞かせた。アンティークのフレームに入ったいくつもの写真が壁にかかっている。多くはモノクロームで、いかにも幸せそうな家族写真だった。すべてがカイラの成長の記録だ。トウモロコシのひげのようなやわらかな髪とブルーの目をした赤ちゃんが熊の毛皮の敷物の上で眠っている写真。幼いカイラがよちよち歩きで母親の腕の中を目指している写真。かわいらしい制服を着て、少しゆがんだネクタイのまま笑っている幼稚園のときの写真。中等生の頃と思われる、父親とラクロスをしているポニーテール姿の写真……泥だらけの膝丈のブーツ姿で母親といっしょに馬に乗り、カメラに向かって手を振っている写真。

いくつかの部屋のドアを開けたあと、カイラの部屋が見つかった。壁は淡いブルーで、窓は半分開いたままになっており、ぼかし染めのカーテンがそよ風を受けて揺れている。廊下に飾られていたようなプロの手による写真ではない、ハート形のコラージュ写真の数々がベッドの上部の壁に飾られていた。シルバーのタッセルがついたふたつの枕のあいだに巨大な虎のぬいぐるみが横たわっている。マギーはコラージュ写真に近づいてよく見てみた。いかにも十代の若者らしいものばかりだ。さまざまな場所で写した自撮り写真。黒髪の少女と並んで撮った濃いアイメイクの写真。ラクロスのチームメイトといっしょに写したもの。サマーキャンプの写真。美しい栗毛《くりげ》の馬の首を抱いている写真。少年といっしょに写っているものもあるが、ほとんどは女友達といっしょだ。

マギーはさらに部屋の奥に入り、鏡付きのクローゼットの扉を開いた。扉にはメモが貼りつけられていた。〝水曜――ママと夕食〟、〝乗馬部――朝六時、スターの馬房の掃除〟カイラの服にも触れてみた。デザイナーもののジーンズ、カジュアルなトップス、ワンピース、制服。次にマギーは床に膝をつき、クローゼットの奥にしまわれている靴箱を開いた。しかし入っていたのは靴ではなく、さらに多くの写真とアクセサリーだった。十代の少女のごく普通の持ち物だ。むしろカイラは奥手な部類に入る。避妊用のピルもコンドームも出てこない。ラブレターもない。とはいえ、マギーが十代だった頃とは時代が違う。最近の子はなんでも携帯電話やインターネットでやり取りするのだろう。

マギーは立ちあがってカイラのデスクに近づいた。そこは勉強というよりおめかしのための場所になっていた。学校のノートや教科書の山の上に口紅やブラシやアイシャドーが散らばっている。ペンやメイクブラシが詰まったガラス瓶の横にノートパソコンを置くためのスペースがあった。しかしパソコンはない。事件の手がかりを捜すため、すでにＦＢＩが技術班に解析させているのだろう。

カイラはオンライン上で犯人と知りあい、危険が待っているとも知らずに誘いだされたのだろうか。十四歳は危険な年頃だ。望まない注意を引くほど肉体的に成熟し、悪い人間を簡単に信じてしまうほど精神的に幼い。どこかの大人がカイラを信用させ、その信用を最悪の形で裏切ろうとしているのだろうか？　犯人の目的は？　シーブズ上院議員を攻撃するか、上院議員の金を狙っているとみて間違いないだろう。それ以外の理由で娘が誘拐されるとは考えにくい。

背後で床板が鳴った。マギーは腰に手を伸ばしながらすばやく振り向いた。だが腰に銃のホルスターはなかった——もう何年も前から。

習慣は簡単には消えないものだ。

ドアの前に男が立っていた。いや、立っているのではなく、戸枠にもたれていた。ウエスタン映画の酒場に登場する保安官のように。黒髪をきちんと横分けにしているが、グリーンの瞳からどこか危険なエネルギーが感じられた。背が高くて肩幅が広く——違和感を抱かせるほどリラックスしている。

しかも彼はマギーがこれまで見たこともないほど魅力的だった。もっともマギーはそんなことでは動じないが。

「何か手伝いましょうか？」マギーは刺《とげ》のある声で言った。

「こっちも同じことを言うつもりだった」男が言った。「ここで何をしている？」

マギーは眉を上げた。「あなた、ＦＢＩの人？」

彼は首を振った。「シーブズ上院議員のセキュリティ・アドバイザーだ」

つまり民間人？　やれやれ、給料泥棒のマッチョ男が邪魔をしに来たらしい。いらだちがこみあげ、マギーは唇を噛《か》んだ。この手の男は厄介だ。騒ぎをできる限り抑えなければならないときに、彼らは決まって騒ぎたてる。

「ＦＢＩ捜査官でないなら、あなたの質問に答える義務はないわ」マギーは落ち着いた声で言った。「この事件はＦＢＩの管轄よ」

「君はＦＢＩ捜査官なのか？」男が尋ねた。「バッジをつけていないな。君たちはいつも得意げに見せびらかすじゃないか」

マギーは歯を食いしばった。ベルトが軽くなったことには今も喪失感がある。すべてを懸け、そして手放したＦＢＩ捜査官という肩書きに対しても。

「そのうちわかるわ」彼女は相手の横をすり抜けて廊下に出た。すれ違ったときに互いの体が軽く触れ、背中に電気が流れたような衝撃を感じた。マギーはそれを無視した。

「楽しみだよ」男はその場にとどまったまま後ろから声をかけた。

マギーはいらだちを覚えて振り返った。振り返らずにいられなかったのがなんとも悔しい。彼はまだその場にいて、軽口を叩きあっているだけであるかのように余裕の表情を浮かべている。

いったい誰だろう？　マギーは民間のセキュリティ会社の主だった人物ならだいたい知っていたが、顔に見覚えはない。シーブズ上院議員ほどの大物なら最も優秀な人材しか雇わないはずだ。なぜ見覚えがないのだろう？

自分が去ってから組織にさまざまな変化があったのはわかるが、それでも疎外感を覚えた。マギーは階段の踊り場で立ちどまり、大きく息をついて心を奮いたたせた。ゲームに取り組まなければ。すでに十二時間続いている混沌《こんとん》の中に、これから飛びこまなければならない。平常心を取り戻さなくては。

何度か深呼吸をすると、マギーは男のことを頭から追い払い、フランクの待つ階下へ向かった。

「何かわかったか？」フランクが声を潜めて尋ねた。

「いい子みたいよ。活発でメイクが好き。部屋にあったコラージュ写真を見た限り、父親より母親と仲がいいようだけど、それはごく普通ね。ひとりっ子なら特に」マギーは答えた。「恋人はいないわ。両親に隠しているのでなければ」

「隠していそうなのか？」フランクが勢いこんできく。

マギーはついほほえんだ。ときどきフランクに子どもがいないことを忘れそうになる。フランクにとって十代の少女とは、マギーにとっての天体物理学と同じくらい理解不能なのだろう。「カイラはかわいい十代の少女なのよ。若者にとって禁じられた恋は抗《あらが》いがたいものだわ」

フランクは頭を振った。「まったく近頃の子どもときたら」

「まるでお年寄りね」マギーは言った。「それより上院議員に会わせてもらえる?」

「こっちだ」フランクは大理石の玄関ホールを通り抜け、濃いブルーとグリーンで彩られた部屋にマギーを案内した。北側の壁は床から天井までガラスの扉付きの本棚になっており、法律関係の書籍らしきもので埋まっていた。本の壁の前にマホガニーのデスクと使いこまれた革の椅子があった。

フランクがドアを閉めると、出窓から外を見ていたシーブズ上院議員が思いつめた表情で振り向いた。背が高く銀髪で、意志の強そうな顎をしている。

「エイデンハースト」シーブズがほっとした顔になった。「戻ったのか」マギーに目を向け、かすかに戸惑った表情を浮かべた。マギーはランニングシャツの裾を握り、きまり悪さのあまりそわそわと重心を移動させた。たった今ベッドを抜けだしてきたかのように見えるという理由で追い払われることはないだろうか?

「紹介しよう」フランクが言った。「マギー・キンケイド、こちらが上院議員だ」

「よろしく」シーブズが手を差しだした。

マギーは握手をした。「こんな格好で申し訳ありません。ランニングの途中でフランクにつかまり、話を聞いたら一刻も早くうかがったほうがいい状況でしたので」

「もちろんだ」シーブズが言った。「すまないが、君はその、何を……」

「キンケイドはかつて私のもとで働いていました」フランクが言った。「私の教え子です。今は師匠を越えていますが。彼女は喜んで力を貸してくれます」

「ありがとう」シーブズは硬い笑みを浮かべた。「どんな助けでもありがたい……カイラは私たちにとってのすべてだ……」声を震わせて言った。「なんとしても娘を取り戻したい。あれの母親が……」

「わかります」マギーは言った。「おかけになって、少しお時間をいただけますか？」暖炉のそばの肘掛け椅子を示した。

上院議員はうなずき、ベルベット張りのオーク材の椅子に座った。マギーも腰を下ろし、相手にほほえみかけた——あまり大げさにではなく、励ますように。マギーにとっては誘拐犯と交渉するより、被害者の家族と話すほうが難しかった。被害者の安全のためにも自分だけは冷静でいなければならない。ほかのものは突然、制御不能になることがある。しかし交渉人はどんなときも完璧に落ち着いていることが求められる。

重圧に耐えるのは並大抵のことではない。同じ立場の者は誰もがそう感じる。シャーウッド・ヒルズ事件では、マギーは耐えられなかった。受けたダメージがあまりに大きかった。心がばらばらに砕け、二度ともとに戻らない気がした。だからFBIを辞めた。これ以上自分の身を削る自信がなかった。けれども今、再びここにいる。二度と戻らないと誓った場所に。

いつでも辞められると、マギーは自分に強く言い聞かせた。バッグからノートとペンを取りだし、書きとめられるようにページを開く。

「お嬢さんについていくつか質問させてください」シーブズが集中できるようしばらく間を置いたのち、マギーは尋ねた。「カイラは毎日を楽しんでいましたか？　学校で何か悩みごとがあると聞いていませんか？　たとえば友達とトラブルになったとか、恋人のこととか」

「カイラは楽しくやっていた」シーブズは答えた。「友達も大勢いる。クラスメートのあいだでも、乗馬部でも、ラクロスのチームでも人気者だった。去年は最優秀選手に選ばれた。私たちもとても誇らしかった」

「異性関係はどうです？　恋人はいましたか？」

シーブズは首を振った。「もちろん、以前はいたこともある。母親に似て美人だからね。しかし最近は真剣に交際している相手はいなかった。少なくとも私の知る限りでは。何しろ十代だから、そこはなんとも言えない。頭の古い父親になんでもかんでも話す気にはなれないだろう」

続いてマギーがカイラの日課について質問しようとしたときにドアが開き、濃いブロンドを夜会巻きにした美しい女性が入ってきた。ミセス・シーブズだ。シャネルの五番の香りがマギーの鼻をくすぐった。シーブズが席を立ち、ブルーの瞳を涙ぐませている妻に寄り添った。「カイラのお友達全員に電話をかけたわ」ミセス・シーブズは動揺した声で夫に言った。「誰もあの子から連絡を受けていないそうよ。ああ、ジョナサン……あの子が発作を起こしたらどうすればいいの？」

マギーは椅子から立ちあがった。「発作とはなんのことですか？」

「カイラは糖尿病なんだ」シーブズが言った。「インスリン投与をしている」

「いつもはきちんと管理できているのよ」ミセス・シーブズが涙ぐんだ目をマギーに向けて無理にほほえんだ。「日頃は問題なく生活できているの。病気のせいで消極的になることもなく。でも、こんなストレスには耐えられないわ。いつものようにインスリン投与ができていたとしても大変なショックを受けているはずよ。それなのに、この状況でもしインスリンが切れたら……」ミセス・シーブズはクリーム色のブラウスに包まれた体を震わせ、続きを言えないまま夫の肩に顔をうずめて泣きはじめた。

「インスリンが切れたら、娘は昏睡《こんすい》状態に陥るかもしれない」シーブズが静かに言い、その言葉から妻を守るように抱きしめた。「命を落とすこともありうる」

ミセス・シーブズがさらに激しく泣きながら夫にしがみついた。

マギーは後ろに下がり、窓から外を眺めてしばらく夫妻をそっとしておいた。被害者の家族と話すと、いつも記憶がよみがえる——自分の両親が味わった思い、二度と帰ってこなかった姉、自分の手首にきつく巻かれたロープ。この仕事で最もつらいのは、個人的な記憶を呼び覚まされ、生々しい苦しみに襲われることだ。ただし、優秀な交渉人は理性と感情を切り離す。嵐のただなかでも冷静でいられる。暗いトンネルの向こうに輝く希望の光になれる。

誰かを助けたいなら、冷静でいなければならない。

ノックの音がして、FBI捜査官がドアから顔をのぞかせた。「エイデンハースト捜査官、図書室の準備が整いました」

ずっとドア近くに立っていたフランクがマギーにうなずきかけた。

「上院議員、ミセス・シーブズ、部屋を移りましょう。そこで犯人からの電話を待ちます」

「ああ」シーブズが言った。命綱のように自分の腕につかまっている妻をドアに導き、図書室に入った。そこも床から天井まで届く本棚があり、古書や骨董《こっとう》品がおさめられていた。暖炉の上の壁には若い頃のミセス・シーブズを描いた油彩画が飾ってあった。謎めいたブルーの瞳にほほえみをたたえ、ナイトジャスミンの咲く庭でポーズを取っている。それを見るとカイラが母親似だとわかった。

室内ではFBI捜査官たちが蜂の巣にいる蜂のごとくうごめいていた。かかってきた電話を逆探知できるように、折りたたみ式のテーブルにノートパソコンが何台も据えられている。犯人からの電話を待つ捜査官たちは緊張した表情をしていた。動くことを得意とする彼らにとって、じっと待つのは難儀だろう。

人々のあいだで鳶色《とびいろ》の巻き毛が目につき、マギーは顔をしかめた。まさか……いえ、間違いない。フランクはよりによってジャクソン・ダットンを捜査班に入れたのだろうか？　これほど世間の注目を浴びそうな事件に？　ジャクソン・ダットンは交渉人としては三流だ。あまりにも肩に力が入りすぎている。ダットンとマギーはFBIアカデミーの研修生時代の同期で、研修終了後も何度かいっしょに仕事をしたことがあった。マギーはダットンが寝ているのではないかといぶかりながら研修期間の大半を過ごした。本部で仕事をするようになって三年目、彼女はとある現場に居あわせることになった。男が元交際相手の女性の頭に銃を突きつけて十五時間立てこもったとき、ダットンはしびれを切らして犯人を罵倒し、危うく発砲させてしまうところだった。以来マギーはダットンを信用していない。もちろん自分も暴力的な男は嫌いだ。しかし犯人との交渉は感情でするものではない。交渉に個人的な感情を持ちこんだ瞬間、被害者の危険は増す。

マギーはそれを身にしみてわかっていた。

ダットンを引っ張ってくるなんて、いったいフランクは何を考えているのだろうか？　文句を言ってやろうと勢いよくまわれ右をしたとたん、広い胸にぶつかった。驚いて後ろにふらついたが、力強い手に支えられた。

「落ち着いて」深い声がした。

マギーが見あげると、相手と目が合った。胸が熱くなり、彼女は息をのんだ。まただ――そこにいたのは二階で会った男だった。目をきらめかせてほほえんでいる。

「大丈夫か？」少し鼻にかかったような声で彼が尋ねた。

マギーはうなずいた。

「ばったり出くわしてばかりだ」マギーの肩越しにフランクと上院議員が話している姿を見つめながら男が言った。「やはり君はＦＢＩ捜査官だったんだな。あててみせよう……精神科医か？　もしくは連続殺人犯を捕まえるときに活躍する、行動分析学の専門家かい？」

「交渉人よ」マギーは言った。

彼は口笛を吹いた。感心しているのか皮肉っているのかわからない。マギーは両足が床から離れるような落ち着かなさを覚えた。相手の考えが読めない——それが不安だった。

「それはまた大役だ」

「こんな小柄な女には？」マギーは皮肉っぽく眉を上げた。同じ言葉をこれまで数えきれないほど聞かされた。

ところが彼はばかにしたり威圧したりする代わりに、例のしぐさを繰り返した——なんとも言えない魅力的なほほえみを浮かべたのだ。マギーは胃がひっくり返った気がした。

「経験から言って、法の執行に携わる女性を軽く見るのは賢明じゃない。大柄だろうと小柄だろうと。そういう女性はよくも悪くも男を破滅させる」

驚いた——まだ名前も知らないこの謎めいた男は、マッチョな外見の下に深い内面を隠しているのかもしれない。マギーの体の奥で火花が散り、胸が高鳴った。

ぼうっと突ったっていないで何か言わなくては。口を開きかけたが、返事をする前に図書室のデスクの電話が一回鳴った。

マギーははじかれたようにデスクを見た。部屋にいた全員がその場に凍りつく。レコードが曲の途中で途切れるようにあらゆる会話が中断された。みんなの視線が電話に注がれる中、再びベルが鳴った。

衝動的に二歩踏みだしたとき、先ほど爪先まで流れた電気のような熱い刺激は消えていた。マギーは必死に踏みとどまった。ここですぐに反応してはならない。考えないと。

「いいか、みんな」フランクのかすれた声が静寂を破った。「ショータイムの始まりだ。何があっても情報を外にもらすな。受話器が取られたらすぐ逆探知にかかれ。上院議員、こちらへ。さっきの打ち合わせどおりに答えてください。いいですね？」

シーブズがデスクに近づくと、ミセス・シーブズが喉の奥で小さな声をもらし、椅子に沈みこんだ。

「打ち合わせどおりに」フランクが繰り返した。「落ち着いて、くれぐれも相手を刺激しないように。できるだけ向こうにしゃべらせてください。相手に目的を言わせるんです」

受話器を取る上院議員の手は震えていた。彼はうわずった声で言った。「もしもし」

沈黙が流れた。

シーブズがせっぱつまった目でフランクを見ると、フランクは続けるよう手ぶりで示した。

「娘は……そこにいるのか？」

またしても沈黙が流れた。シーブズが絶望的な目でフランクを見つめ、ミセス・シーブズは嗚咽をこらえるように口にこぶしを押しつけた。

「お願いだ……そちらの要求を言ってくれ。娘を返してほしい」

またしても部屋が沈黙に支配されたとき、マギーの指がかすかに動いた。できることなら手を伸ばし、受話器をつかんで代わりたかった。誰であれ電話の向こうの相手にしゃべらせたい。自分ならできるという確信があった。

マギーはいつも相手の話を引きだすことができた。

やがてデジタル加工された不自然な声が部屋に響いた。「上院議員、ひとりでいるんじゃないだろ。交渉人と話したい」

ダットンが前に進みでたのを見て、マギーはみぞおちが締めつけられた。フランクがダットンを手で制し、彼女を見て無言で眉を上げた。

マギーはためらった。この電話に出れば、もうあとには引けない。結末を迎えるまで、ずっと踏みとどまらなければならない——たとえどんなに悲惨な結果になろうとも。誘拐犯の逮捕とカイラの救出に向けて捜査班を導く唯一の声にならなければならない。

本当にダットンよりうまくできるだろうか？　最後にダットンと仕事で組んだとき、彼は感情に流されてしまった。だがそれと同じことを自分もシャーウッド・ヒルズでしてしまった。最後まで冷静かつ客観的なスタンスを貫くことができなかった。結果は——あのざまだ。

自分は本気なのだろうか？　本当に覚悟ができている？　再び失敗するかもしれない危険性を乗り越えられるだろうか？　ここで自分が背を向けてしまったら、カイラ・シーブズの運命を情緒不安定な三流交渉人ジャクソン・ダットンに託してしまうことになる。それでもいいと？

フランクが指を鳴らした。

マギーは改めてダットンを見た。一堂の前でフランクから露骨に否定されたダットンは、明らかにプライドを傷つけられた顔をしていた。これでは誘拐犯と落ち着いて交渉するのは無理だ。また怒りを爆発させる恐れがある。

そんなことはさせられない。自分が前に出て首尾よく交渉しなければ。ダットンよりも。そして、シャーウッド・ヒルズ事件のときの自分よりも。

マギーは大きく息を吸うとデスクに近づき、受話器を受け取るために手を差し伸べた。

シーブズが受話器を手渡した。それをきつく握りしめ、ゆっくりと持ちあげて耳にあてる。

「マギー・キンケイドです。私が交渉人よ」

4

「やあ、マギー」犯人が言った。

「あなたの名前を教えてもらっていいかしら？」マギーは尋ねた。まずは相手に親しみを感じさせなければならない。それが関係性を築くきっかけになる。

しばらく間が空いた。「〝アンクル・サム〟と呼んでくれ」犯人が言った。

壮大な自己イメージだ。交渉の相手としてはよくない。この手の犯罪者は自分の要求が通らなくなると、銃弾の雨を降らせて何もかもおしまいにしてしまう。

「あなたと話ができてうれしいわ、サム」マギーは言った。「カイラが無事かどうか心配なの。ぜひ彼女と話をさせて」

「カイラは話せない」アンクル・サムが言った。

ミセス・シーブズが椅子の中で体を起こし、心配そうに夫を見た。

「それはどういう意味？」マギーは尋ねた。「カイラは怪我《けが》をしてるの？」

「今ちょっと手がふさがってててね」アンクル・サムが言った。マギーは眉をひそめた。今のは手を縛られているというしゃれのつもりなのだろうか？　いったい何者？　何が目的なのだろう？

「インスリン投与はできているの？　あなたも知ってるわよね？　知ってるはずよ、サム。今回の件について、あなたはあらゆることを考え抜いて実行しているんでしょう」

こういう自己顕示欲の強い相手に対しては、おもねるふりをするのが信頼関係を築く近道だとマギーは判断じた。この男は女性を見くだすタイプかもしれない。よくあることだ。男の犯罪者から軽く見られたことがかえって有利に働いたケースはこれまで数えきれないほどある。

「その手には乗らない」アンクル・サムが言った。「無駄な努力はやめておけ。カイラのインスリンのことは知ってるから安心しろ。ちゃんと世話している……今のところはな。娘が生きてる証拠を今から上院議員の携帯電話に送る」

マギーはすばやく電話のミュートボタンを押した。シーブズを振り返ると、彼のポケットの携帯電話が鳴りだした。シーブズは携帯電話を取りだし、唇を引き結んでマギーに渡した。画面に青白い顔で怯えているカイラが映っている。汗で前髪が額に張りつき、縛られた両手には今日の日付の地元紙があった。ミセス・シーブズが駆け寄ってきたが、縛られて怯えている娘の姿を目にするなり、今にも倒れそうな様子で後ろにふらついた。警官のひとりが進みでた。「ミセス・シーブズ、少しやすまれてはいかがですか」優しく声をかけた。

ミセス・シーブズはかぶりを振った。「私の娘がとらわれているのよ!」息を切らして言い、警官につかまりながら体を起こし、美しい顔に毅然《きぜん》とした表情を浮かべた。

マギーは画像を見つめながら鎖骨を指で叩いた。緊張したときの昔からの癖で、どうしても直らない。ぐずぐずしている時間はなかった。犯人はこちらの出方を待っている。この人物は頭が切れ、自己顕示欲が強い。こちらを自分のルールに従わせようとしている。しばらくのあいだならそれにつきあうことも可能だ。相手を優越感に浸らせ、ここぞというところで反撃に出る。うまくいくかもしれない。

もしくは、それがうまくいかない可能性もある。マギーは深く息を吸った。むしろ犯人の出鼻をくじき、初めから守勢に立たせ、焦らせてミスを誘ったほうがいいかもしれない。この男は今回の犯罪を周到に計画している。リスクの高い持病を抱えた、リスクの高い標的を誘拐している。カイラの病気は、一刻も早く娘を救いたいと気がせく両親に要求をのませやすいという意味では便利だ。だが他方では、適切なタイミングで適切な量のインスリンを投与しなければ昏睡や死に至らしめるかもしれないという問題もある。そういう相手を誘拐するのは大きな賭けだ。

マギーは心を決めた。ここでいったん立場をひっくり返してみよう。

彼女はミュートボタンを解除した。

「画像を見たわ、サム。送ってくれてありがとう」

「どういたし――」

「ひとつ問題があるの」マギーはさえぎった。「この画像は信用できないわ。フォトショップで簡単にデジタル加工できるものだから。でも今からFBIの技術班に解析させている時間はない。そうでしょう？　お互い、時間を無駄にしたくないわよね。だから別のものを送ってほしいの。カイラが間違いなくあなたのところにいると納得できないと話し合いを始められないから。彼女が『罪と罰』の一ページ目を読んでるビデオ映像を送って」

「主導権を握るのはおまえじゃない、マギー」誘拐犯が言った。「娘はたしかに預かってる。証拠はさっき送った。今度はそっちが動く番だ。おまえたちのやり方はわかってる」

捜査官、警官、シーブズ夫妻、フランク――部屋にいる全員がマギーを見つめ、彼女が譲歩するのを待った。だがマギーは無視した。

「あなたが示した証拠は不十分よ、サム」マギーは言った。「ビデオ映像を送って。それまで話し合いはしない」

相手が反論や譲歩をする前に、彼女は電話を切った。

「何をしている!」激怒したシーブズが目の前に立ちはだかった。マギーは足を踏張った。こういう男に対しては一歩も引いてはならない。シーブズが怒りに燃えた目をフランクに向けた。「エイデンハースト、君は彼女は優秀だと言ったはずだ。犯人を怒らせるのではなく落ち着かせるべきじゃなかったのか!」

「上院議員」フランクがシーブズの腕をつかんでマギーから引き離した。おかげでマギーの呼吸は少し楽になった。「キンケイドは犯罪者の扱い方を心得ています。彼女の判断を信じてください」

「まったくどうかしているぞ!」ダットンが話に割りこんできた。当然だろう。ここで自分まで感情的になって言い返さないよう、マギーは相手をにらみながら深呼吸をした。

「君は出だしから判断を誤ってる。あの野郎がさっさと娘の喉をかききることにしたらどうするんだ?」

ミセス・シーブズが小さな悲鳴をあげ、マニキュアが美しく施された指で高級椅子の肘掛けを握りしめた。

「ダットン、静かにして！」マギーはぴしゃりと言った。「ここで揺さぶりをかける必要があるの。この犯人はずっと前から人知れず計画を練ってきた。すべてを計算し、私たちのはるか先を行っていた。そこに追いつく必要があったのよ。今やっと追いついたわ。これで相手と対等になった。そこのあなたたち」部屋の反対側でサクラ材のカウンター近くに立っている捜査官ふたりに声をかけた。「この家から何かなくなってるものがないかどうか調べて。それからダットン！」マギーは指を鳴らした。「交渉人としては使えないが、ダットンは家族の対応が上手だ。「改めて家族と使用人に事情聴取をして、最近何か変わったことがなかったかどうかきいて。エイミー」マギーは部屋にいた数少ない女性捜査官のひとりを指名した。「ダットンといっしょに行って」

続いて、ダットンの隣にいた背の低い筋肉質の男のほうを向いた。

「マット、リード・パークまで行ってきて」マギーは自家用車のキーを渡した。「私の車が北側の駐車場に停めてあるわ。カイラの学校までそれに乗っていって。私はFBIのSUVで行くわ。カイラの学校の友人に話を聞きたいの」

「そのあいだに犯人から電話がかかってきたら？」技術班のひとりが尋ねた。

「私の携帯電話に転送して、全部録音して」

誰もがマギーの言葉に戸惑い、フランクを見つめた。マギーも見つめた。懇願の目で。ここで彼に助けてもらいたかった。自分が間違っていないという確信はある。でも息が苦しい。もしフランクに支持してもらえなかったらどうすればいい？

フランクはしばらくマギーを見つめたあと、手を大きく打ち鳴らした。「指示が聞こえただろう。さっさと動け！」捜査官たちに向かって声を張りあげた。「この事件はキンケイドが指揮を執る。みんな、彼女の指示に従うんだ。急げ！」

捜査官たちがマギーの指示に従って動きだし、部屋にざわめきが戻った。ダットンもほかの捜査官にまじって渋い表情で部屋から出ていく。

「本当におまえが学校に行くのか？」フランクが声を落としてマギーに尋ねた。「ほかのやつを代わりに行かせて、おまえはここに残ってもいいんだぞ」

マギーは首を振った。電話をモニターする技術班とともに捜査拠点に腰を据える交渉人は多い。彼らは足で稼ぐ仕事をほかの者に任せ、ひたすら犯人の次の連絡を待つ。そういう考え方があることは認めるが、それはマギーの流儀ではない。これだけテクノロジーが発達し、どこにいても相手と交渉できる今の時代においてはなおさらだ。

マギーは自らの手で事件の深層に触れたかった。被害者の、そして犯人の日常生活や思考の細部まで把握したい。限られた時間でそうするには、自ら外に出るしかない。

「犯人がカイラを学校帰りに誘拐したとすれば、自分の目で見ておく必要があるわ。今回の事件は顔見知りによる犯行かもしれない。十代の少女の日常を誰よりよくわかってるのは学校の友人でしょう。犯人がまた連絡してくるまでにたぶん戻れるわ。向こうはあくまでも自分のペースで動いてる。ちゃんと準備が整うまで、そう簡単には連絡してこないはずよ」

「かなり長く待たせるつもりだろうな」フランクが苦々しげに言った。「自分が主導権を握ってることを思い知らせるために」

「そういうタイプみたいね」マギーは言った。「なるべく早く戻るわ」フランクが引きとめる前に部屋を出てドアを閉めた。

廊下に人影はなく、あたりは静まり返っていた。聞こえるのは自分の息遣いだけだ。それが速すぎるのが気になった。心拍も上がっている。

ふと下を向いたとき、手首をさすっていることに気づいた。息を吸うたびに肌に食いこむロープの痛みがよみがえる。そのとき背後で床板がきしむ音がして、マギーはびくっとした。武器を構えようととっさに腰に手をやったが――例によって銃のホルスターはなかった。

「とんだ間違いを犯したな」後ろから声がした。

5

マギーは殺気を帯びた目で振り返った。

またしても彼がいた。シーブズのセキュリティ・アドバイザー。背が高くて険しい顔をした二枚目。マギーの体の奥をいらだちが駆け抜けた。私がさっき自分に指揮権があることを知らしめたばかりなのに、早くも彼はけちをつけに来たのだ。

いかにもこの男のやりそうなことだ。

彼が着ている優美なスーツも、その見事なまでに発達した筋肉を隠しきれていなかった。輝くようなグリーンの瞳とつややかな黒髪の対比は鮮やかで、どんな女性の目も釘《くぎ》づけにしそうだ。近くで見ると、鼻筋がわずかにゆがんでいる。一度骨折し、処置がうまくできなかったのだろうか。ただしそれで顔が醜くなっているわけではない……むしろどこか危険で野性的な趣があった。少し鼻にかかったなめらかな低い声がそこに加わると、多くの女性はうっとりし、膝から力が抜けてしまうだろう。いわゆるタフガイ。クローゼットにはすりきれたカウボーイブーツがあるに違いない。想像すると妙に魅力的でセクシーに思えた——ばかげたことに。

ランニングシャツが隠れるようにコートをはおりたい衝動をこらえ、マギーは髪に手をやった。よりによって癖の強いブロンドを二本の三つ編みにしていた。ランニング中に乱れないようにするにはこれが一番いいのだが、こんな場所では愚かしく見える。やはりフランクに自宅に寄ってもらって着替えればよかった。でも本当にそうしていたら、アンクル・サムからの最初の電話を逃していただろう。

マギーは顎を上げた。胃が締めつけられるのは事件のせいでなく、相手のスーツ姿があまりにもすてきだからだ。だがそれにはかまわず、上から下までじろじろ眺めまわした。「どんな間違い?」精いっぱい冷ややかな声で尋ねる。きまり悪さを隠すため、それと彼に惹《ひ》かれていることを隠すために。

「時間が経過すればするほど事態は悪くなっていく。特にカイラの健康状態が。犯人は動揺して過剰反応するかもしれない。それも悪い方向に。相手と力比べをしたり、十代の友人の話を聞きに出かけていってロックバンドだのメイク用品だのの話を耳に入れたりしなくていい。君がすべきはできるだけ早く身代金を用意し、あとの始末を僕に任せることだ。これはお茶会じゃないんだ、ブロンドちゃん」

ずいぶん格好よく決めたこと。マギーは身長百六十センチの体をできる限り伸ばし、相手の目を見据えた。「お茶会じゃないことはわかってるわよ」言われた言葉をそのまま返す。「でも、これはポーカーでもないわ。あなたは勘違いしてるみたいだけど。人の命が懸かってるの。カイラの命が」

「リスクがあることは承知のうえだ」

彼の言葉に暗く深い悲しみのようなものを感じ取り、マギーははっとした。

そして、少しだけ気持ちをやわらげて言った。

「あなたと同じく、私も自分の仕事をするためにここへ来たの。あなたはシーブズ上院議員にセキュリティ上の助言をする。私は犯人と交渉する。交渉人はどんなときも粘り強く冷静でいなければならない。犯人がミスをするまで辛抱し、その瞬間を突いて最もリスクの少ない方法で被害者を救出するの」

「もし犯人がなかなかミスをしなかったら？」彼が反論した。「ときには大きなリスクが大きな成果をもたらす。生きている子どもか死んだ子どもを選ばなければならないときもある。君はどっちを選ぶんだ、ブロンドちゃん？」

マギーは身をすくめた。彼が知っているはずはないと自分に言い聞かせる。そんなことはありえない。しかし胸の痛みはおさまらなかった。シャーウッド・ヒルズの光景が——血まみれのショッピングモールの床がまぶたに浮かんだ。

考えてはだめ。私には今すべき仕事がある。

「不用意に銃撃戦になだれこむようなことはしないわよ、カウボーイ」彼女は冷ややかに言った。「私は人の命でギャンブルはしない。私が指揮を執る限り、あなたにもほかの誰にもそんな真似《まね》はさせない。わかった？」

彼はマギーを見つめ、やがて肩をすくめた。

マギーはそろそろ我慢の限界だった。「わかった、わかった？」押し殺した声で繰り返した。

男はほほえんだ。上唇が少しめくれた、女性をうっとりさせる魅力的な笑顔だ。もちろんマギーは別だ。たとえ罪深いまでに魅力的であろうと、自分は男の顔に心を動かされたりしない。彼は自信たっぷりに瞳をきらめかせてマギーを見つめた。まるで彼女をぼうっとさせ、膝からくずおれさせる自信があるかのように。「了解」鼻にかかった声で皮肉っぽく言った。

ついに我慢の限界に達し、マギーは詰問した。「ところで、あなたはいったい誰？」

彼は仕立てのいいスーツのポケットに両手を突っこんだまま驚いた顔をした。

「ジェイク・オコナーだ」片手をマギーに差し伸べる。

マギーは無視しかけたものの、思い直して握手することにした——相手よりも優位に立つために。背筋を伸ばし、彼に一歩近づいて差しだされた手を握った。

しかし触れたとたん、失敗だったと気づいた。押しつけられた手のひらから嵐の前の稲妻のように火花が散った気がした。マギーは息をのんだ。急激に喉が渇いてきた。

オコナーは力強く握手してから手を離した。マギーは爪先まで電流が流れ、全身が覚醒したかに感じた。

「オコナー、あなたはどこに所属してるの？」マギーは手を引っこめ、声がかすれていないことを願いながら尋ねた。こんなに近づいてはならない。体温が伝わってきそうだ。そのぬくもりに包まれたくなってしまう。いったい何を考えているの？　今は捜査の真っただなか……恋の相手を求めてさまよい歩いているのではない。

「それは機密扱いだ」オコナーはなめらかに答えた。「だが君の周囲にいる人たちに遠慮なくきいてみてくれ。僕は仕事で高い評価を得ている。みんなが口をそろえて褒めてくれると思う」

「たいした自信家ね」

手さえ触れていなければ、目を合わせるたびに振りまかれる相手の魅力を無視し、うぬぼれに憤慨するのも容易だった。

「なぜそんな口のきき方ができるの？　隣の部屋には私の部下が大勢いるのよ」

「ミズ・キンケイド、僕の理解では、君はもうＦＢＩに所属していない」

「関係ないわ」マギーはかっとなった。「今回の事件は私が指揮を執ってるのよ。だからあなたも私の命令に従いなさい。いいえ、はっきり言ってあなたのような人は私のチームにいらないわ」彼女は言い放った。「捜査メンバーから外れて。あなたは不要よ。ミセス・シーブズの護衛でもしてなさい。おいしいお茶を淹《い》れてあげるといいわ。お似合いの仕事よ」

「なかなか言うね、ブロンドちゃん」オコナーは顔色ひとつ変えずに言った。「君は僕の上役じゃない。僕は自分の考えで動く。つまり君は上院議員と喧嘩《けんか》するより娘を捜すのを優先させる限り、僕といっしょに仕事をすることになる」

マギーは顔をしかめた。癪《しゃく》に障るがそのとおりだ。この気に食わない男を追い払っている暇はない。彼を首にするよう上院議員を説得できる自信はなかった。むしろかえってシーブズを怒らせ、自分の代わりにオコナーを交渉人に据えることになってしまうかもしれない――もっと悪くすれば、ジャクソン・ダットンを。どちらにせよ、そんな事態は願いさげだ。

「とにかく私に近づかないで」マギーは警告した。「あなたはたしかに有能なんでしょうね。でも私はこういう特殊な状況下での訓練を受けてるの。あなたは違う」

「敵に人質を取られたことはある」オコナーが言った。

「実際の戦闘地帯で？」

彼は下を向いた。その沈黙が答えだった。所属先もわかった。明らかに陸軍だ。

「こういうとき、指揮官はふたりもいらないわ」マギーは言った。「私がすべてを決定するのよ。あなたではない。いいわね、オコナー？」

オコナーはマギーを上から下までじろじろ見た。まるで触れるか触れまいか迷っているように。彼は〝どうぞご勝手に〟とでも言いたげなほほえみを浮かべていて、いったんおさまったマギーの怒りに改めて火がついた。「了解、ブロンドちゃん」

マギーはコートに袖を通し、正面玄関に向かいながら振り返った。「オコナー、今度私を〝ブロンドちゃん〟と呼んだら、私がアカデミーの戦闘トレーニングでどれだけ成績がよかったか思い知らせてやるから」

マギーは返事を待たずに外へ出た。オコナーがうっすら笑みを浮かべ、いつまでもこちらを見ている姿を視界の端にとらえながら。

6

ジェイクは玄関ホールを出ていくマギーを見送りながらゆっくりと首を振り、半ば感心した苦笑いを浮かべた。

たいした女だ。ロバのように頑固で、しかもとびきり魅力的だ。

去っていくマギーのしなやかな体の線から目が離せない。彼女は男を骨抜きにする体つきをしている。あの二本の三つ編みを見ていると引っ張ってやりたくてしかたがなかった。三つ編みをほどき、くしゃくしゃの豊かなブロンドをハート形の顔のまわりに広げてみたい。

女性としては、マギーは何から何までジェイクの好みだった。燃えたつブルーの瞳で食ってかかる姿を見ていると体が熱くなる。ただ、マギーの強さは努力して身につけたものに思われた。あれだけの力を獲得するのに、いったいどんな経験をしてきたのだろう?

「オコナーだな？」後ろから声がした。

ジェイクは振り返った。エイデンハースト特別捜査官が立っていた。エイデンハーストがあまりじろじろ見つめてくるので、ジェイクはさっきのやり取りを聞かれたのではないかと思った。

「そうです」ジェイクは握手しようと手を差しだした。

エイデンハーストは目を細めながら握手をした。「うちの捜査官に圧力をかけるつもりか？」

ジェイクは眉を上げた。「ミズ・キンケイドはもう捜査官じゃないでしょう」

「肩書きと実力は関係ない」エイデンハーストは言った。「君は誰よりわかってるはずだ」

すべてを見通しているような相手の表情を見て、ジェイクは寒けを覚えた。こちらの気のせいだろうか——それともエイデンハーストは真実を知っているのか？

最後の極秘作戦はまったく記録に残っていない。単独での命懸けの任務だった。今もジェイクは夜中に汗だくになって目を覚ますことがある。血まみれの砂が広がる光景が鮮やかによみがえる。

ジェイクは頭を振った。考えすぎだ。自分にはすべき任務があり、それを過去に邪魔させるつもりはなかった。たとえエイデンハーストが余計なことを知っていたとしても。

「どうやら彼女は、話し合いで犯人に計画を断念させられると思っているようですね」ジェイクは言った。マギーが犯人とのやり取りでどれほど強く出ようと、ばかげているとしか思えない。ジェイクからすれば、やり方は初めから決まっている。長引かせる必要などどこにもない。身代金の要求額を尋ね、場所の指定に同意し、被害者と交換する。それだけだ。

「彼女のやり方を疑っているのか?」エイデンハーストが尋ねた。

「自分の経験上、言葉は軽いものです」ジェイクは言った。「任務をまっとうするのに必要なのは、言葉ではなく実際の行動です」

「マギーのことで君に助言させてくれ」エイデンハーストが言った。「君のため……そして彼女のために。マギーを甘く見るな。彼女は君のあらゆる予想を覆す」

「それは楽しみですね」ジェイクは言い、自分が本気でそう思っていることに驚いた。

マギー・キンケイドは興味深い。鋼のように鋭く強く、また女性には珍しくものごとにいっさいの妥協がない。ただ自分の同僚である女性兵士と同じく、FBIの女性も一般的な女性ではない。男優位の分野で男と肩を並べ、なおかつ成功する女性は例外的にならざるをえない。

マギーはエイデンハーストから全幅の信頼を寄せられている。これまで調べた限り、それは簡単なことではないはずだ。

しばらくは彼女のやり方に任せ、そのあいだに準備をし、状況が悪くなった時点で交代すればいいだろう。

「お互いに気持ちよく仕事ができることを望んでるよ」エイデンハーストが穏やかにほほえみかけた。

「もちろんです」ジェイクは曖昧な笑みを浮かべた。今のところは素直に従っておいてもいいだろう。もちろん上院議員の耳には入れておかなければならないが。「では失礼します。上院議員が僕を捜していると思うので」

「どうぞ行ってくれ」エイデンハーストが言った。

ジェイクは図書室に戻った。シーブズはまだそこにいたが、ミセス・シーブズの姿は見あたらなかった。

「奥様は上階《うえ》に行かれたんですか？」

シーブズはうなずいた。心労のために肌がグレーの髪と同じくらいくすみ、口のまわりの皺も深くなっている。

「少しふたりで話をさせてください」ジェイクは提案した。

シーブズはうなずき、人ごみで迷子になった子どものようにジェイクのあとについてきた。ジェイクは少なからず同情した。今のような状況はすべての親にとっては悪夢だ。

シーブズの執務室は図書室から廊下を隔てた向かい側にあった。ジェイクは部屋に入ってドアを閉め、デスクの正面に置かれた椅子に座った。

「君はあのマギー・キンケイドという女をどこまで知っている？」シーブズは腰を下ろすなり尋ねた。

「これまでかかわったことはありません」ジェイクは答えた。「彼女は二年前にFBIを辞めています。ちょうど僕がワシントンDCに戻った頃に」

「彼女のことをすべて知りたい」上院議員は言った。「何者なのか。どこの学校を出たか。なぜFBIを辞めたか。どうして今になって戻ってきたのか。なぜエイデンハーストが彼女を連れてきたか」

「貴重な人材と考えているようです」

「君はどう思う？」シーブズがきいた。

ジェイクは返事を迷った。犯人とのやり取りで、マギーは熟練兵のように確固たる自信をのぞかせていた。カイラが生きている証拠を新たに示すよう、リスクを承知で犯人に要求した。そしてそのリスクの度合いは自分としては賛同できないが、明らかによく計算されている。「意見をお伝えする前に、調べたいことがあります。二時間ください」

「ありがとう、オコナー」シーブズがやつれた顔に弱々しい笑みを浮かべた。「ホフマン将軍が君をよこしてくれたことに感謝するよ」

「では、仕事にかかります」ジェイクは言った。「必要な情報を仕入れてきます」

上院議員はジェイクのために二階の小さなオフィスを用意していた。FBI捜査官たちのいる場所から離れており、都合がよかった。彼らが彼らのルールや方法論に沿って仕事を進めるように、自分も自分のやり方で動く。

ジェイクは窓際のデスクに向かった。窓からは芝生の生えた裏庭にバラが咲いているのが見える。

電話をかけてスピーカーモードにすると、彼は呼び出し音を聞きながら椅子に深くもたれた。

「ボス、どうしたの?」助手の明るく高い声が聞こえた。「シーブズ上院議員のところに送られたんですってね。娘さんは見つかった?」

「まだだ、ペギー。ある人物に関する情報を集めてほしい」

「誰を調べるの?」聞こえてきた物音から、ペギーが席を立ち、デスク代わりに使っているふたつの実験用テーブルのあいだを移動したのがわかった。彼女は並の助手ではない。書類整理やスケジュール管理の能力が高いのはもちろんだが、国防総省《ペンタゴン》の通信システムに侵入することもできるし、目隠ししたまま自動拳銃のM15を組みたてることもできる。少し化学をかじると言って、六週間のうちに新しい毒薬数種類とその解毒剤を作ったこともある。

超おたく――ペギーは屈託のない笑みを浮かべてそう自称する。

彼女はホフマン将軍のひとり娘でもあった。自前のシンクタンクを立ちあげることも独自の防衛システムを構築することもなく、ホフマンの下で働いているのはそういうわけだ。

「名前はマギー・キンケイド」ジェイクは言った。「二年前までFBIで交渉人をしていた」

「オーケー」ペギーが小声で言い、ジェイクの耳にキーボードを打つ音が聞こえだした。「ええと……マギー・エリザベス・キンケイド。三十歳。父親は死去、母親は存命。大学を出てすぐにFBIにスカウトされたみたい。ハーバードからそのままクアンティコへ移ってるわ」

「FBIでの経歴は？」

「ええと……」さらにキーボードを叩く音が聞こえた。「あった！」ペギーが得意げに言った。「ニューヨーク支局で一年勤めたあと、ワシントンDCに配属されたわ。フランク・エイデンハーストに呼ばれて」

「彼女の指導教官だ」ジェイクは言った。

「なるほどね。マギー・キンケイドをニューヨーク支局に推したのもこの人よ。立派な推薦状がつけてある。エイデンハーストが独自の捜査班を立ちあげたときも、真っ先に彼女をメンバーに選んでるわ」

「悪い情報は？」ジェイクは尋ねた。「担当した案件の成功率はどうなっている？」

「勤続年数は五年よ」ペギーが言った。「そのうち、死傷者が出なかった事件を拾ってみるわね……まあ！」低く口笛を吹いた。「たいしたもんだわ。彼女は担当したすべての事件で合計五人しか死傷者を出してない。しかも人質が死亡したのはそのうちのひとりだけ」

ジェイクは椅子の中で体を起こした。「人質が殺されたのはいつだ？」

「二年近く前よ」ジェイクの予想どおり、ペギーが言った。

「彼女が最後に担当した事件じゃないか？」

「なぜわかるの？」

「勘だよ」ジェイクは言った。「つまりマギー・キンケイドは有能なわけだ」

「ぶっちぎりね」ペギーが楽しげに言う。

「しかし最後の事件で……死者を出した」ジェイクは考えこみながら口にした。ペギーはとてもいい相談相手になる。「それでまいってしまったのか？」

「子どもが犠牲になるのはきついわよね」ペギーがため息をついた。

「犠牲者は子どもだったのか？」

「ええ、ショッピングモールで十代の少女が撃たれたの。ひどい話よ」ペギーがぞっとしたように言った。「本当に人間って最低」

つまりマギーはひとりの少女の命を救うことに失敗し、今度こそ救ってみせると決意している。だからあそこまで自分の流儀にこだわるのか？

それとも、ただの石頭か？

「そこにいるの、ボス？」ペギーがきいた。

「ああ、ちょっと考えていた。引き続き調べて、何か関係がありそうなことを見つけたら知らせてくれ」

「了解。ほかに調べるべき人物はいる？」

「さっきメールで送った上院議員のスタッフの名簿は受け取ったか？」

「ええ。今のところ何も出てきてないわ。全部私の検索システムにかけてるけど」

「オーケー。あとひとつ頼みたい。シーブズのことも調べてくれないか」

「あの人まで怪しいの？」ペギーが驚いた声で言った。

「いや」ジェイクは言った。「ただシーブズが標的にされていることはほぼ確実だろう。その場合、金も影響力も持っている以外に理由がないとは言いきれない」

「何か弱みがあるかもってことね」ペギーがジェイクの考えを先まわりした。「それが事件解決の手がかりになるかもしれない。なるほどね。オーケー、仕事に戻るわ。悪いやつが早く捕まるといいわね」

「ああ」カイラの病気のことがジェイクの脳裏をよぎった。「まったくだ」

　彼は電話を切り、椅子にもたれて考えにふけった。顎を撫でるとざらざらした。今朝はひげを剃《そ》っていなかった。この分だと昼までに顔が黒くなるだろう。

　マギーが犯人に新たな証拠を求めたことで、マギーにもジェイクにも時間的余裕ができた。それだけでなく、情報も得られた。カイラの救出方法を考えるには、まず監禁場所を突きとめなければならない。手がかりが得られない限り、自分は動きようがない。

糸口が必要だ。マギーが要求したビデオ映像にそれが見つからなければ、犯人がうっかり何かを明かすのを待つしかない。

ジェイクは苦笑いを浮かべた。

結局のところ、マギー・キンケイドと協力して事を進めるしかなさそうだ。

7

あたりは暗く、カイラには何も見えなかった。激しい動悸を抑えられず、鋭く息をするたびに男にかぶせられたフードが唇に触れた。

なぜ自分はこれほどばかだったんだろう？　気がつくべきだった。父の言いつけに従うべきだった。日頃から気をつけるよう言われていたのに、いつも無視していた。近頃は父の言うことはほとんどすべて無視していた。本当に……愚かだった。どうしようもないほど。

ざらざらしたコンクリートの上で、カイラは体を動かした。右肩が鈍く痛む。起きあがるとふくらはぎに強い痛みが走った。長いあいだ床にうずくまっていたせいで、こむらがえりを起こしたのだ。彼女は唇を嚙んで脚を精いっぱい伸ばし、痛みがやわらぐとほっと息をもらした。膝がすりむけているのか、ひりひりした。縛られた両手を伸ばして痛む部分を探ると、湿った絆創膏《ばんそうこう》に触れてどきっとした。指についた血のせいで――きっと血のはずだ――急に現実を突きつけられた気がした。カイラは手を握りしめて涙をこらえた。

何度もフードを脱ごうと試みたが、首のまわりで紐《ひも》が強く締められていて脱げなかった。両手をきつく縛られているため、血の巡りが悪くなっていて思うように動かせない。

ここでパニックを起こしてはいけない。ほかのことに注意を向けなければ。カイラは目を閉じ、唇にあたるフードのことを忘れようとした。痛みも苦しみも――最後のインスリン注射から数時間が経過していることを思いだしたときの、胸を締めつけられる恐怖も。

パニックを起こしちゃだめと、カイラは自分に言い聞かせた。ほかのことを考えるのよ。

乗馬大会の前に髪を編んでくれた母のことを考えた。母の指が髪を優しく引っ張り、きれいな三つ編みを作っていく。カイラは何度やってもうまくできず、いつも途中で母に代わってもらった。母に口で伝えたことはないが、カイラは朝のその時間が大好きだった。ふたりで話をすることもあったし、しないときもあった。会話がなくても、母がいてくれるだけで安心できた。自分が愛されていると感じられた。

ああ、なぜそのことをママに言わなかったの？　もしこのまま言えなかったら？　もしあの男が私を殺すつもりで、そのタイミングを待ってるとしたら？　ママはとても心配しているだろう。そしてパパは……パパの言うことを聞いておけばよかった。ばか、ばか、ばか、ばか！

少しでも楽な姿勢になろうと、カイラはコンクリートの上で体をずらした。まるで一日じゅう走ったかのように背中と脚が痛み、思わず顔をしかめる。彼女はぎこちなく立ちあがった。筋肉がこわばっているのとまわりが見えないのとで、危うくひっくり返りそうになる。制服のスカートのプリーツが腿までめくれあがっていた。自分がまだ制服を着ていたことにカイラはひとまず安心した。自分もまったくの愚か者ではない。世の中に頭がどうかした連中がいることは知っている。誘拐犯は何もしなかった――これまでのところは。

カイラは両手を前に伸ばして手探りしながらぎこちなく進んだ。指先が何かなめらかなものに触れた――壁だ。何も考えず動いたせいで、足元にあった正体不明の物体につまずいた。倒れるとき、カイラはざらざらしたコンクリートの床に縛られた両手を突きだした。頬が床に叩きつけられ、一瞬頭がぼうっとした。咳《せ》きこみながら、しばらくそのままじっとしている。やがてまだ咳《せき》をしながら横向きになって両手を伸ばすと、ひんやりした滑りやすいものに触れた。つまずいたのはマットレスと寝袋だった。カイラは震える息を吐き、熱い頬を涙で濡《ぬ》らしながら再び立ちあがって出口を探した。一番遠い壁にドアがあった。取っ手をつかんでまわそうとしたが、鍵がかかっていた。指で探ると金属部分に触れ、デッドボルト錠だとわかった。ドアを繰り返し叩いてみてもびくともしない。

「ここから出して!」カイラは叫んだ。声がかすれ、両手がしびれるまで。彼女は寝袋の上に倒れこみ、荒い息をついた。口の中がからからだ。最後に飲み物を口にしたのはいつだろう。練習の前にベッキーが水のボトルを差しだしてくれたのは? もう何年も昔の気がする。

カイラは体を起こし、記憶を呼び起こそうとした。自分は水を受け取り、ベッキーに伝えた。ラクロスの練習をさぼってどこへ行こうとしているかを。だからベッキーは誰かに言うだろう。今頃はみんなが自分を捜しているはずだ。ベッキーはきっと誰かに話しているはず。日頃は口が堅いけれど、今回は特別だ。

胸にかすかな希望の火がともった。ベッキーはきっと誰かに伝えている。みんなが監視カメラの録画で自分を捜しているはず。

しかしようやく呼吸が楽になったと思った矢先、鍵が開いてドアの開く音がした。

た。カイラは壁際に縮こまり、近づいてくる足音の方角を確かめようと頭を前後に動かした。

フードが乱暴にはぎ取られた。明るい光が目に突き刺さる。カイラは涙を流しながら、目の前に立つ相手をよく見ようと懸命にまばたきをした。手袋をはめた指先に顎をつかまれ、何かを確かめるように乱暴に左右に向けられた。ようやく光に目が慣れてきたとき、顔全体を黒いマスクで覆い、頭からグレーのフードをすっぽりかぶって髪を隠している男が見えた。ああ、いったいこの男は誰？　何が狙いなの？　なんとか説得できないだろうか。自分をひとりの人間として見てもらうようにできないだろうか。たしかこういう状況ではそうするのが重要だったはず。カイラは母に反対されながらベッキーといっしょに見たテレビの犯罪番組を必死に思いだそうとした。

「あなたは誰？」震える声で尋ねた。「私はカイラよ。たぶん知ってるだろうけど。お願い、パパに電話をかけて……パパがあなたの望みをかなえてくれる」声が震えないように大きく息をついた。「面倒なことにはならないと誓うわ。とにかくパパに電話をかけて。パパがあなたの欲しいものを準備するから」

その男――誘拐犯が前に進みでた。カイラは壁を伝って、部屋の隅へと逃げた。男はポケットを探りながら近づいてくる。もうこれまでだ。男は銃かナイフを取りだして自分を殺すつもりなのだ。カイラは命乞いをしようと大きく口を開いた。しかし男が武器を持っていないとわかって、声をのみこんだ。彼女を殺すつもりはないのだ。少なくとも今のところは。男はカイラがいつもインスリンを打つための器具を入れている紫色のポーチを手にしていた。そして注射器とバイアル瓶を取りだし、目の前で注入しはじめた。

「ちょっと待って」カイラは注射器から目を離さずにゆっくりと言った。ああ、もしあそこに気泡が入ったら？　男が正しいやり方を知らなかったら？　ドクターと自分以外で信用できるのは母だけだ。父はカイラのインスリン投与を一度もしたことがない。父は注射針が嫌いなのだ。だからインスリン投与の方法をカイラに教えてくれたのも母だった。

もし男が注射器に入れているのがインスリンでなかったらどうしよう。まったく別の恐怖が生まれた。あれがただインスリンのように見えているだけだったら？

男が注射器を指ではじいて気泡を除き、注射針を上に向けて近づいてきた。カイラは恐怖に目を見開いた。

「待って！」叫んだものの、壁に押さえつけられた。彼女は必死に押しのけようとしたが相手の力のほうが数倍強く、鉄のような腕でコンクリートに押しつけられた。男がカイラのシャツの裾をめくる。カイラはやみくもに足で蹴りつけたが、何もあたらなかった。悲鳴をあげるカイラの腰に男が注射針を突きたて、プランジャーを押した。中身がインスリンであることを願うしかなかった。

男は体を引き、ポーチをポケットにしまった。そして、ドアの近くに置いてあったバックパックからビデオカメラを取りだした。

カイラは部屋の中を見まわした。窓はなく、見えるのは灰色の壁と床だけだ。誘拐犯が彼女の膝に本を投げてよこした。カイラはわけもわからず見おろした。『罪と罰』だ。

「読め」男がビデオカメラを向けながら言った。おかしな声だ。本来の声を隠すためなのか、妙に低くかすれている。

カイラは身を縮めた。「わかったわ」力なくささやく。また壁に押さえつけられたくない。さっき押さえつけられた鎖骨がまだ痛かった。縛られた両手で苦労しながら本を開く。恐怖から震えが止まらないので、なおさら容易ではなかった。なんとか第一章の最初のページを開く。カイラは大きく息を吸い、ひからびた喉から声を絞りだして読んだ。ときどきビデオカメラを見ながらどうにか最初のページを読み終え、次のページをめくる。カイラが続きを読もうとしたとき、男がビデオカメラを下ろし、スイッチを切った。男は凍りついている彼女に近づき、再びフードをかぶせた。あたりが暗くなる直前にカイラが見たものは、ぴかぴかに磨きこまれた茶色のタッセルシューズだった。

8

十一時をまわる頃、マギーはランニングシャツからダークブルーのタイトスカートと糊《のり》のきいたオックスフォードシャツに着替えていた。三つ編みはオコナーにからかわれたことを思いだしながら乱暴にほどいた。〝ブロンドちゃん〟だなんて。見ていなさい。髪のボリュームを少しでも抑えようと指で梳《と》かしつけたものの結局あきらめ、後ろでねじりあげてなんとか小さくまとめた。スペクテイターシューズのかかとがカーマイケル・アカデミーの玄関ホールの大理石の床を打つ音があたりに響いた。

学校は周囲を二メートル以上もある高いフェンスに囲まれ、クアンティコのＦＢＩアカデミーと同じくらい堅牢《けんろう》な門に守られていた。完璧に手入れされた芝生が六万平方キロも広がり、大学並みに立派な陸上競技場、テニスコート、ラクロスのコート、厩舎《きゅうしゃ》がワシントンＤＣに集まるエリート家庭の子女のために設けられていた。煉瓦《れんが》造りの校舎が並び、メインの建物には小塔がある。

「少々お待ちください」建物まで案内してくれた守衛が言った。「あなたがいらしたことをミス・ヘイズに伝えてきます」

マギーは椅子に座り、手慰みをしないように気をつけながらこれまでの経緯を考えた。頭脳明晰《めいせき》で自己顕示欲の強い犯人が主導権を握ろうとするのは好ましくない。犯人は学校の外でカイラのあとをつけたに違いない。学校のセキュリティをかいくぐるのはどう考えても不可能だ。校門を通るのに、マギーは三種類の身分証の提示を求められた。しかも彼らはフランクにビデオ通話でマギーの身元を確かめさえした。

「ミス・キンケイドですか?」

見あげると、銀髪を後ろでまとめた面長の痩せた女性が立っていた。「私が校長のヘイズです」

「マギーと呼んでください」マギーは手を差しだしたが、ヘイズは握ろうとしなかった。これは手ごわそうだ。こういう学校の経営者は自分の生徒を、そして裕福な親を過剰に守ろうとする。

「校長室で話しましょうか?」

マギーはヘイズのあとについて窓のない部屋へ入った。いかにも校長室らしい陰気な部屋だ。壁に写真はなく、頬ひげを生やした厳しい表情の男性の肖像画がデスクの上からこちらをにらみつけていた。

「あなたは交渉人だそうですね」ヘイズが言った。「つまり誘拐された人を解放するようあなたが犯人と交渉するのですか？」

「それも役割のひとつです」マギーは言った。「私はこの事件全体を指揮しています。ですからカイラを安全に家に帰すため、すべてを知っておく必要があります。ぜひご協力ください」

ヘイズは固く結んだ口を曲げ、怒ったように言った。「カーマイケル・アカデミーはプライバシー保護を何より優先していることをご理解ください」

ああ、まただ。子どもが犯罪に巻きこまれているときにプライバシー保護を持ちだす大人が、マギーは何より我慢ならなかった。ヘイズが強気に出るなら受けて立とう。もちろんこちらが勝つ。

「プライバシー保護が大切なのはわかります。ですが、この学校の生徒が現に危険にさらされているんです。とても危険な状態ですので、ご協力をお願いします。まず、カイラの授業予定をすべて教えてください。それから彼女の友人をここに呼んで事情聴取させてください」

「そもそもそうしたことをするかどうかを決定するにあたり、保護者の許可が必要です」ヘイズが言った。

「私がお願いしたことをただちに実行してください」マギーはほほえみながらもわずかに威圧的に言った。「子どもが授業をさぼって学校の外に出たことを知ったら、保護者は喜ばないと思います。ミセス・シーブズはほかの父母ともつながりを持っています。彼女が何本か電話をかけたら、あなたは学校のイメージダウンの問題に直面することになりますよ」

「生徒たちは授業をさぼったりしていません！」ヘイズが声を荒らげた。

マギーは肩をすくめた。充分に脅しをかけたので、あとは待つだけだ。アンクル・サムからしばらく時間を稼いだものの、あまり余裕がないことはわかっている。校長が手順どおりに進めるのをただ座って待っているわけにはいかない。

「たしかなことは誰にもわかりません。違いますか？」マギーは尋ねた。「カイラは学校の敷地内で拉致されたのかもしれません。ここに鑑識班を呼んでくることもできるんですよ。数時間後に子どもたちを迎えに来た保護者は、大勢のＦＢＩ捜査官が学校内を犯罪現場として捜査するのを見て写真を撮るでしょう。あるいはカイラは、授業をさぼって学校を抜けだしたところを誘拐されたのかもしれません。学校の危機管理に問題があって、許可を得ずに簡単に出ていけたのだとしたら？　カイラの当日の行動と、友人から見た彼女の様子を聞かせてもらうまで、確実なことは何もわからないんです。ですから、早く友人を呼びだして事情聴取をさせてください。ただしあなたが、動揺して詰め寄ってくる保護者や好奇心の強いリポーターたちを相手にしたいなら別ですが」

ヘイズの高い頬骨が怒りで赤く染まった。彼女は電話の受話器を取りあげ、ボタンをいくつか押した。「グレンダ」不機嫌な声で手短に指示を出す。「ブリー・ローソンとベッキー・ミラーとエイドリアナ・サスマンを私の部屋まで呼びだして」

「事情聴取の場にいっしょにいていただいても問題ありません」マギーが言うと、ヘイズは部屋のほとんどを占領しているアンティークのデスクからにらみつけた。

「出ていこうとは夢にも思っておりません」ヘイズは硬い声で言った。

数分後、職員が三人の十代の少女を連れてきた。三人は体を寄せあって校長を見つめ、次にいぶかしげにマギーを見た。

「こちらはミス・キンケイドです」校長が言った。「あなたたちもすでにカイラのことは聞いているでしょうね?」

少女たちはうなずいた。赤毛の少女ははなをすすり、目元をぬぐっている。

「ミス・キンケイドはあなたたちにききたいことがあるそうなの」

「こちらに座って」マギーは部屋の隅に置かれた座り心地の悪そうなアンティークの長椅子を示した。それに向かい合わせになるよう自分の椅子を移動させ、ヘイズに背を向けた。「カイラのお母さんがあなたたちに電話をかけて何か知らないか尋ねたことは承知しているわ。私は彼女がしなかった質問をいくつかするわね。初めに名前を聞かせてもらえる？」

「私はブリーです」赤毛の少女が答えた。「カイラのお母さんは絶対に秘密だと言ってました。ほかの誰にも言わないようにって。だからあなたにも言ってはいけないんじゃないですか？」

「私はカイラが行方不明になったことをすでに知っているのよ」マギーは指摘した。「そしてこの事件の捜査をしてるの。だから私には話しても大丈夫。ただし、ほかの誰にも言わないで。メディアにも。いいわね？」

少女たちはうなずいた。

「ありがとう」マギーは言った。

「何かわかったんですか？」ブリーが尋ねた。

「まだよ」マギーは答えた。「だからここに来たの。カイラと一番親しかったあなたたちに協力してもらうためにね。昨日のカイラはいつもと比べて落ち着きがないとか、何かに怯えているとかいった様子はなかった？」

「いつもどおりだったわ」小柄でブロンドの、ティンカーベルのような少女が口を開いた。「ただ、代数の試験のことを心配してたけど。前の日にスターのところに……カイラの馬なんだけど、遅くまで残っていたから」

「私は体育の時間にカイラを見ました」ブリーが言った。「ベッキーも見たわよね」

彼女は隣で黙って下を向いてマギーと目を合わせないようにしている黒髪の少女にうなずきかけた。「カイラは元気そうでした。試験は思ったほど難しくなかったって。ほっとしてたみたい。だから私も安心しました。午後に同じ試験を受ける予定だったから。結局私はあまりよくできなかったけど」

「昼食をみんなでいっしょにとったの」エイドリアナが言った。「いつもどおりに。何も変わった様子はなかったわ」

「誰がこんなことをしたんですか？」ブリーがきいた。

「わからないわ」マギーは答えたが、ひとり黙っている少女を見つめずにはいられなかった。何を隠しているのだろう？「私はカイラに恋人がいたかどうかご両親に尋ねたの。ご両親はいないと言ったけど、あなたたちの年代なら何もかも親に話したりしないでしょう？　私も男の子のことは親にまったく話さなかったもの。そこで質問するけど……カイラに恋人はいたの？　誰か親に知られたくない相手と交際していなかった？」

少女たちは顔を見あわせながら椅子の中で身じろぎした。

「知る必要があるの」マギーは言った。「重要な手がかりになるかもしれないから。ひょっとしたら恋人といっしょだったかもしれないし、彼にはどこへ行くか話していたかもしれない」

エイドリアナが深いため息をつき、ブロンドの前髪を揺らした。「カイラは数カ月前からルーカス・バーミンガムとつきあってたわ。上級生で、ちょっと不良っぽい人。カイラは親には内緒にしてたの。お母さんはルーカスのことをいやがるだろうし、お父さんもかんかんに怒るだろうからって」

「エイドリアナ！」ベッキーが友人を鋭い目つきで見た。

「何よ？」エイドリアナが言い返した。「今はほんとのことを言わなきゃ！　この人は事件を担当してるのよ。それにルーカスが何か知ってるかもしれないじゃない！　カイラは死ぬかもしれないのよ、ベッキー。カイラが糖尿病でインスリンが必要なのを忘れたの？　ひょっとすると人身売買か何かに巻きこまれたのかもしれないのよ」

その言葉を聞いてブリーが泣きだし、マギーは危うくエイドリアナをにらみつけるところだった。マギーは硬い表情を崩さないヘイズに目を向けた。

「あなたはそんなことになってるなんて思わないでしょう?」ブリーが泣きながらマギーに訴えた。

「わからないわ」マギーは優しく言い、ヘイズのデスクからティッシュペーパーの箱を取ってブリーに渡した。「ミス・ヘイズ、ルーカスはどこにいますか?」

校長はコンピュータに向かい、何か打ちこんだ。「体育館です」

「彼と話したいのですが」

「わかりました。あなたたちは教室に戻りなさい。ミス・キンケイド、ついてきてください」

女子生徒たちは校長室を出て散り散りに去っていき、マギーはヘイズのあとについて学校というより美術館のような広い廊下を歩いていった。壁には有名な卒業生の作品らしき油彩画——資産家が寄贈したのかもしれない——が飾られ、凝った彫刻が施されたアンティークのケースにトロフィーがおさめられている。あらゆるものが富と権力と歴史を物語っていた。体育館は噴水のある煉瓦敷きの中庭を隔てたところにある石造りの建物で、ほかの校舎に比べて近代的なデザインだった。

建物に入ると、生徒たちが登山用ロープを順番に使っていた。ヘイズに目をとめた、木の幹のように太い脚をした背の低い体育教師が心配そうな顔で足早に近づいてきた。

「ミス・ヘイズ、何かご用でしょうか？」

「ルーカスに話があるの」ヘイズが言った。

マギーはすでに十代の若者のグループのほうに向かっていた。数人が彼女に気づき、小声で言葉を交わしている。高い天井まで伸びたロープを半分ほどのぼっていた生徒が下を向き、マギーと目が合った。

「ルーカス！」女子生徒のひとりが金切り声をあげた。少年がロープを持つ手を緩めてしまい、一メートルほどずり落ちたのだ。

「気をつけろよ！」男子生徒のひとりが声をかけた。ルーカスはマギーを見つめながらロープにぶらさがり、大きく揺れている。

警官のような硬い表情で、マギーは二本の指を曲げてルーカスを呼んだ。これは難しくない。十代の男子を震えあがらせるくらいなんでもなかった。

サーファーのような髪型をしたルーカスはしばらくロープで揺れていたが、やがて床まで滑りおり、体操服に両手をこすりつけながらやってきた。

「ロープですりむくと痛いわよ、バーミンガム」マギーは言った。「もっと注意しないと。私についてきて」

ルーカスは生意気そうに肩をそびやかした。親の金と権力をかさに着た態度がふてぶてしい。「あんた誰だ？　警察ならそう言えよ。親父《おやじ》の弁護士を呼んでもらう。弁護士が来るまで、俺は何も話さなくていいんだ」

「やけに用心深いわね」マギーは腕組みしてルーカスを見た。「どういうこと？　ロッカーにマリファナでも隠してるの？　私が逮捕しに来たと思っている？」

ルーカスは眉をひそめ、後ろの生徒たちを振り返った。

「廊下に出ましょう」マギーは言った。ルーカスはうなずき、彼女のあとから体育館を出た。

「それじゃあ、ショッピングモールの件で来たんじゃないんだな」ルーカスがおどおどと言った。

「ショッピングモールの件って？」

「仲間といっしょにちょっとふざけて万引きした」

「ちょっとふざけて？」

「たいしたものじゃないよ！　ほんの少しだ」

「その件はしばらく置いておくとして」マギーは言った。「カイラのことを話しましょう」

ルーカスは首の後ろをかきながら戸惑った顔をした。どうやらあまり頭がよくなさそうだ。「カイラが行方不明になったんだろう。エイドリアナが言ってた」

エイドリアナのSNSのアカウントをすぐに閉鎖するようFBIの技術班に言わなければ。若者の一部はこうやって自ら危険を招く。「そうよ。だから私が来たの」

「俺はカイラの行き先を知らない」ルーカスが真剣な表情で訴えた。嘘をついているようには見えない。「知ってたら言うさ。俺も最近、カイラのことを心配してたんだ」

「なぜ心配だったの？」

ルーカスは唇を嚙んだ。

「地元警察に万引きの件を通報してあげてもいいのよ、ルーカス」マギーは指摘した。

ルーカスは下を向き、地面をにらんだ。やがてため息をついてから話しはじめた。

「カイラとはちょっと前からつきあいだしたんだ。親しくなって、よくいっしょに過ごすようになった」

「フェイスブックに公開するような、いわゆる彼氏と彼女というわけね？」マギーは言った。「わかったわ。でもなぜカイラのことが心配だったの？」

「二週間くらい前、カイラが待ち合わせの時間にとんでもなく遅れてきたんだ。俺は映画を見損ねてむかついてたけど、やってきたカイラが急に泣きだして。それも大泣きしたんだ。それまでもくだらない映画を見て泣くことはあったよ。でも、そんなんじゃなかった。なかなか理由を話そうとしなかったけど、よっぽど腹を立ててたのか最後には話してくれた。やっぱり父親のことだった」

「やっぱり？」マギーは口を挟んだ。

ルーカスは肩をすくめた。「シーブズ上院議員が表向きはくだらない仲よし家族を演じているのは知ってるよ。カイラと母親の仲がいいのは本当だ。だけど父親は？実際はいつも喧嘩ばかりだ。カイラが俺とつきあいだしてからもめてばかりだったから、上院議員は俺のことなんか知りもしないさ！　その晩もカイラは父親のことが原因で怒ってた。父親は嘘つきだって言うんだ。でも、どんな嘘をついたのかは聞けなかった。俺はただしばらくそばにいてやった。それきりカイラはそのことについて何も言わなかった。一度話を振ってみたけど、その話はやめてくれって言われた」

「ほかにカイラが言ったことを思いだせる？」マギーは尋ねた。

ルーカスはかぶりを振った。

「昨日はいつもと変わりなく見えた？」

彼はうなずいた。「いつものように、三時間目と四時間目のあいだに会った。カイラの歴史のクラスと俺の英語のクラスが隣同士だから、廊下をいっしょに歩くんだ。

普段と変わらず元気だったよ。ラクロスの練習のあとでメールすると言ってくれた。でもメールは来なかった。なぜって……」ルーカスの言葉が途切れた。

「わかったわ」マギーは腕組みを解いた。「何かつけたほうがいいわよ」ロープですりむけた手を指した。

「カイラを見つけてくれるだろう？」立ち去ろうとするマギーにルーカスは言った。

「きっと無事だよな？」

振り返ったマギーは、心配そうなルーカスの顔を見て胸が痛んだ。あまり賢くないとはいえ、ルーカスが優しい心の持ち主なのはわかる。彼は心からカイラを心配していて……おそらく愛しているのだろう。マギーは励ますようにほほえんだ。

本当に無事であってほしかった。また犠牲者を出すわけにはいかない。そんなことは自分も耐えられない。


カーマイケル・アカデミーの階段を下りて自分の車に向かう途中、マギーは胸にじわじわと不安がこみあげた。自分はカイラの世界を少しずつ身近に感じてきている。いいことではあった。事件により集中し、理解を深めることができるから。しかし同時に、個人的な感情を抑えることが難しくなっていた。カイラは十代の少女だ。友達がいて、無鉄砲だが本気で心配してくれる恋人がいる。彼女はそうした日常から無理やり引き離され、永久に戻れないかもしれないのだ。今頃どこかでひとり怯え、誰かが助けに来てくれるのを待っている。

ときには誰も助けてくれず、自分の身を自分で守らなければならないこともある。しかしカイラ・シーブズをそんな目に遭《あ》わせるわけにはいかない。マギーがバッグから車のキーを取りだそうとしたとき、後ろから声がした。

「ミス・キンケイド？」

マギーは振り向いた。校長室でエイドリアナの話を止めようとした黒髪の少女――ベッキーが階段の上に立っていた。サドルシューズの靴音を響かせながら足早に下りてくる。

「ベッキーね？」マギーは言った。

少女はおずおずとうなずいた。

「ゆうべカイラが泊めてもらうとミセス・シーブズが思っていた友達でしょう」マギーは言った。

「そうです」

「あなたは何も聞いていなかったそうね」

「ほんとに知らなかったの」ベッキーは言った。「カイラがお母さんにそんなことを言ったなんて思いもしなかった。私に言ってくれていたらもう少しうまくごまかしてたわ。親が寮長に確認することくらい想像がつきそうなものなのに」

マギーは笑みを隠した。「つまりあなたはカイラが嘘をついたことを知らなかった。でも、ほかのことを知ってるのね？」

ベッキーは大きく息を吸った。「行方不明になる前にカイラに会ったの。学校の授業が終わった直後よ。私たちはラクロスのチームに入っていて、いっしょに練習に行こうとしてたの。でもカイラは〈サットンズ〉に行くと言いだした……〈サットンズ〉はメイプル・ストリートにあるアイスクリームショップなの。ほんとは承認を得た大人といっしょでないと学校から出てはいけないんだけど、裏技があるのよ」

「その店に連れていってもらえる？」

ベッキーはうなずいた。「ミス・ヘイズが許可をくれたわ」

マギーが驚いた顔をしたのだろう、ベッキーがほほえんだ。「私の父は学校に寄付をしたの。翼棟まるまるひとつ分の建設費を。だからミス・ヘイズは私に優しいの」

「なるほどね」マギーは言った。

「そんなに悪い人じゃないのよ」ベッキーは言った。「ただ、校長先生にはこの学校以外の何かが必要だわ。間違いなく」

マギーはほほえんだ。「仕事ひと筋はまずいわね」自分の口からよくそんな言葉が出たものだと後ろめたくなった。

ベッキーはマギーのあとから駐車場までついてきた。マギーは車のドアを開けてやり、運転席に座ってエンジンをかけた。守衛にうなずきかけるとブザーが鳴って門が開いた。マギーはベッキーの案内に従って車を走らせた。十分後、昔ながらのアイスクリームショップを模した小さな建物の前に着いた。店の外にアンティーク調のロゴが入った古びた馬車があり、馬がつながれていた。

「安っぽい見かけだけど、ここのアイスクリームはおいしいの」ベッキーが車を降りながら言った。「カイラがここを好きな理由は、店長のミスター・コールドウェルが砂糖を使わないフレーバーをいつも二種類以上そろえているからよ」

マギーはベッキーのあとに続いて店に入り、ドアのところでしばらく止まった。白黒の床はきれいに磨かれていた。店内に白い鉄製のパーラー椅子と円テーブルがいくつも置かれている。自動演奏のピアノが《空中ブランコ乗り》を奏でる中、笑顔の男が真鍮で縁取られたガラスケースからアイスクリームを出して客と話していた。店の奥の壁にはタフィーやハードキャンディを入れたオーク材の樽《たる》がずらりと並んでいる。

幼い頃にエリカといっしょに母に連れていってもらった店と雰囲気がよく似ていた。姉はタフィーが大好きだった。母は虫歯になると脅したが、エリカはそれでもかまわないと言った。

ふたりが誘拐された夏、エリカは歯列矯正を受けることになっていた。姉は矯正器具をつけられるのをいやがり、やめてくれるよう母に懇願した。

〝二十歳になる頃には親に感謝するようになるわよ〟母は言った。もちろんエリカは二十歳にならなかった。二十歳どころか、十五歳にも。

「ミス・キンケイド？」ベッキーが言った。

マギーはキャンディの入った樽からベッキーに注意を向けた。「ごめんなさい。今なんて言ったの？」

「カイラは誰に会うか言わなかった」ベッキーが言った。「私は勝手にルーカスだろうと思ってたの。ふたりはお互いの家では会えないから。でも、彼じゃなかったのね」

「カイラは間違いなく誰かと会うことになっていたの？」マギーは尋ねた。「彼女がひとりでここに来ることはなかった？」

ベッキーは首を振った。「人に会うと言ってたわ。カイラはひとりで行動するタイプじゃないの。厩舎にいるとき以外はね。人といっしょにいるのが好きなの。いつもみんなの中心にいたいのよ。エネルギーにあふれているから」

マギーはうなずき、改めて店内を見まわした。「何か注文したら?」十ドル札を差しだした。「私はちょっと調べたいことがあるの」

ベッキーは紙幣を受け取り、席を立ってカウンターに行った。マギーはゆっくりと店内をまわって細部を確かめた。監視カメラは見あたらない。客も小さな少女と母親のふたりだけで、ケースに入ったアイスクリームを熱心に選んでいる。マギーは大きな出窓に近づき、通りの向かい側に立つクリーニングショップとビンテージもののブティックを眺めた。それらの店先にも監視カメラはなく、ディスプレイの馬車が視界をさえぎっていた。つながれた馬は膝を折って眠っており、たとえ雪崩が起きても目を覚ましそうにない。

おそらくカイラはここにいるとほっとできたのだろう。彼女はこの店を日常的に訪れていた。ここなら警戒心も弱くなっている。誘拐するのにうってつけの場所だ。ほとんど人目にもつかない。

犯人はただ頭がいいだけではない――プロだ。

それは悪いことではないかもしれない。特にカイラの持病のことを考えれば。おそらく犯人はそのことについても抜かりなく準備しているはずだ——昏睡状態の人質は健康な人質ほど役に立たないから。

しかしそれは同時に犯人が手ごわい交渉相手で、正体を暴くのが難しいということでもある。

プロはミスをしない。

マギーはそのミスを誘ってやるつもりだった。

9

マギーがベッキーを送ってカーマイケル・アカデミーの建物正面の階段前に車を停めたとき、時刻は二時近かった。肩の筋肉がすっかりこわばり、スパとチョコレートにでも散財したい気分だ。しかしリラックスしている暇はない。上院議員の邸宅に戻ってフランクに自分の見解を伝えなければ。

アイスクリームショップからの帰り道、ベッキーはずっと車のウインドーから外を眺め、懸命に涙をこらえていた。かつて自分が十代だったときを除けば、マギーはこの年頃の子どもたちと接したことがない。しかし自分の大好きな誰かが行方不明になっているときの気持ちは痛いほどわかった。相手が危険な状態にあって——ひょっとすると死んでしまうかもしれないのに自分は何もできない。無力感で喉はふさがり、身も心も疲れ果て、抜け殻のような気分になる。

マギーは腕を伸ばしてベッキーの肩を抱いた。「あなたのせいじゃないわ、ベッキー」

「カイラをラクロスの練習に連れていくべきだった」ベッキーが声を震わせた。「さぼっちゃだめと言えばよかった」

「あなたは正しいことをしたのよ。彼女がどこへ行ったか教えてくれたでしょう」マギーは言った。「とても助かったわ」

ベッキーの黒い瞳が希望を求めるようにマギーを見た。「ほんとに？」

マギーは元気づけるようにほほえんだ。「本当よ。さあ、授業に戻って。私がミス・ヘイズに居残りを命じられないうちに」

ベッキーはその冗談に笑い、車から降りて階段を駆けあがっていった。マギーは後部座席からバッグを取ろうと後ろを向いた。

そのとき誰かに助手席のウインドーを叩かれて驚いた。身をかがめてこちらをのぞきこんでいる男が誰だかわかった瞬間、マギーはいやな気分になった。ポール・ハリソン。私の元婚約者。後ろめたさがこみあげ、ハンドルを握る手に力が入って指の関節が白くなった。いったいなんの用でやってきたのだろう？

マギーはボタンを押してウインドーを開け、顔をのぞかせた。「ポール、今ちょっと取りこんでるの。荷物のことは改めて連絡するわ」

ポールがほほえんだ――いつものあの穏やかな笑顔だ。初めて会った日に心惹かれた、おなじみの笑顔。彼に惹かれたのはそれだけではない。あの日ポールは、人質にナイフを突きつけて立てこもるヘロイン依存症患者と対峙《たいじ》し、人質と犯人の両方を救おうとしていた。交渉人としての経験は浅かったにもかかわらず、わずか十五分で犯人と信頼関係を結び、投降させた。まったく手探りの状態から、マギーが駆けつける前に最善の結果を出した。その意志の強さと純粋さは尊敬に値した。それに見た目も悪くなかった。ブロンド、ブルーの瞳、えくぼがさわやかな、いわゆる〝正義のヒーロー〟だ。

ポールといっしょにいると安心できた。心地よくもあった。しかし彼はマギーの中にある闇を理解しきれなかった。彼女の中にそれを見いだしたとき、ポールは愛の力で消し去ろうとした。その闇がよくも悪くもマギーの本質であることに気づかずに。

「マギー、僕は荷物のことで来たんじゃない。フランクに呼ばれたんだ」

ポールがいるのは少々やりにくいが、それが組織にとって正しい判断であることはマギーにも理解できた。彼がものごとの細部や規則に注意を払うところは、マニュアルどおりに進めようとする捜査官たちから受けがいい。しかしフランクは、そしてマギーもその点よりもポールの粘り強さを評価していた。

「私に目を光らせるためにフランクが呼んだの？」

フランクは首を振った。「マギー、フランクはそんなことはしない。僕は学校のセキュリティ管理者に事情聴取に来たんだ。ビデオ映像を解析するために技術班といっしょにね。あのミス・ヘイズのことはどう思う？」言いながら肩をすくめた。「校長に反対すると十六歳に逆戻りしたような気持ちになるのはおかしいかな？」

マギーは力なくほほえんだ。「あの人、かなり怖いものね」

「車に乗せてもらえないか？」ポールが言った。「技術班はまだ当分かかりそうなんだ」

できることなら断りたかった。気まずい空気になるのはわかっている——自分がそういうふうにしてしまうだろう。しかし断るのは無礼だ。ジェイク・オコナーに対してなら無礼になっても気にしない。先に向こうが偉そうに質問してきたのだから。いったい自分を何様と思っているのだろう？　彼はマギーの警告をおもしろがりさえしていた。ジャクソン・ダットンが相手でもいくらでも無礼になれる。彼の肥大したうぬぼれは人並みに戻してもらう必要がある。でも、ポールに対しては無礼に振る舞うわけにはいかない。彼の心を踏みにじったあとではなおさらだ。マギーは今も婚約を破棄したときのポールの表情を思いだせた——それは驚きの表情ですらなかった。

そのことがかえってマギーに罪悪感を抱かせた。あのとき、ポールは悲しいあきらめの表情を浮かべた。おそらくマギーが切りだす前からうすうす感じていて、心の中でずっと打ち消していたのだろう。

しかし彼女は自分をごまかしきれなかった。

「乗って」マギーは言った。

カーマイケル・アカデミーの門をくぐって通りに出ると、ポールは身をかがめてラジオのスイッチを入れた。車に乗るときの音楽について冗談まじりに言い争ったことを思いだし、マギーは喉まで出かかった言葉をのみこんだ。自分が運転中にラジオをかけるのが嫌いなことをポールに思いださせたくなった。だが今さらそれで口論しても意味はない。

マギーは学校を囲む並木通りからそれた。中心街に通じる大通りは、モクレンの若葉とピンク色の花で鮮やかに彩られていた。昔は毎年春になると、この大通りにある真鍮の像は――ほとんどが歴史上の人物だ――五月祭のリボンで飾られた。リード・パークの前を過ぎたとき、西口の近くにあるジョージ・ワシントン像の肩からピンクとブルーの飾りリボンが下がっているのが見えた。

「セキュリティ管理者から何か有益な情報を聞けた？」きまり悪い沈黙を破るために

マギーは尋ねた。

「昨日は誰も不審なものを見なかったそうだ」ポールが言った。

マギーは車線を変えた。学校から遠ざかるにつれて次第に交通量が増え、車のスピードが落ちる。彼女はまっすぐ前を向いていたが、ポールがこちらを見つめているのを視界の隅にとらえた。静けさがどうにも耐えがたい。「何よ?」つい刺のある言い方になってしまったことに顔をしかめた。ポールに対してこの態度はひどい。

「ただ君が大丈夫かなと思っただけだよ」ポールが静かに言った。「十代の少女の誘拐事件となれば思いだすだろう。とてもつらい……」そこで言葉が途切れ、マギーは身構えた。ポールはまた過去を蒸し返そうとしている。どうしてもマギーに思いださせずにはいられないのだ。心配しているからこそ――愛しているからこそ言うのだろうが、まるでわかっていない。私は過去について話せないのだ。少なくとも、こういう流れでは。あのときの恐怖は記憶の奥底に封印している。

「わかるだろう」ポールが言った。「君の子ども時代。まだ答えてもらっていない質問の答え。君のお姉さんのこと」

マギーは胸を煉瓦で直撃されたような気がした。予期していたものの、実際に言われると体が冷たくなった。ポールはマギーの過去を知る数少ない人物のひとりだ。隠したことはないが、それについて詳しく話すよう求められることをマギーは拒んだ。プロポーズからひと月ほど経った頃、ポールが予告なく彼女のアパートメントに立ち寄ったことがあった。そのときマギーはコーヒーテーブルにアルバムを広げて泥酔していた。それは毎年人知れず行っている儀式だった。エリカを失った――見捨てた日を忘れないための。マギーはすっかり打ちひしがれていた。これから結婚しようとしている相手の前で打ちひしがれても何も悪くない。そのときは自分にそう言い聞かせたが、ポールにそこまで弱さを見せてしまったことがずっと心に引っかかっていた。

あのときポールは正しいことを言った。紅茶を淹《い》れ、泣いているマギーを抱きしめてくれた。姉妹の子ども時代の写真を時間をかけて見て、懸命に慰めてくれた。しかしマギーは思わずにいられなかった。彼にとって正しいことでも、自分にとっては正しくない。

ポールはマギーの悲しみをわかってくれたが、怒りや罪悪感はわかってくれなかった。実はそうした感情こそが彼女にとっての救いであり、支えと癒やしになっていたのに。

自分にそれらが必要であることを、マギーはポールに言えなかった。自分は怒りを必要としている。体内を血液よりも速く強く流れる強烈な罪の意識を。それが心に火をつけ、自分の核になっている。だが放っておけば、ポールはそれを溶かそうとするだろう。怒りや罪悪感ではなく、愛と幸福で自分を満たそうとするだろう。庭と犬と白いフェンスのある、絵に描いたような幸せな家庭を築くことで。マギーはそれを恐れた。そこまで相手に自分をゆだねるのが怖かった。すっかり無防備になってしまうのが。自分を駆りたてる負の感情を手放すこと、すでに自分の核になっているものを失うのが。

本当はあのときに婚約を破棄するべきだった。だが勇気がなかった。だから自然に終わりが来るのを待った。ポールも同じだ。

「子ども時代の話をするつもりはないわ」マギーは冷たくはねつけた。

「僕はただ、それが君のトラウマに――」

「ポール、あなたは私の精神科医じゃないし、私はもうあなたの婚約者じゃない」自分の声ににじむ強い怒りにおののきつつ、マギーは言った。「もうやめて」ハンドルを力いっぱい握りしめる――頭がどうにかなってしまいそうだ。

「マギー」ポールが静かに言った。「話したくないのはわかった。本当だ。でも君のことが気になるから大丈夫かどうか確かめたかったんだ。これは大きな事件だ。もう一度交渉人として引き受けたのが今回の事件で本当によかったのか？　よりによってブロンドの少女が人質なのに？　万一――」

「ポール、私なら大丈夫よ」マギーは冷ややかにさえぎった。理性を取り戻し、放っておけば荒れ狂いかねない感情を静めなければならない。いったん心を麻痺《まひ》させなければ。だが頭の中は〝もし〟であふれていた。もしポールの言うとおりだったら？もし自分がもはやこの事件の担当にふさわしくなかったら？　最適どころか、まともに対応もできないほど力を失っていたら？

マギーはハンドルから片方の手を離し、反対の手首をさすった。自分でも止められなかった。

ポールが気づいた。「ああ、ハニー」心配そうに低くささやいた。

マギーは顔を赤らめてすばやくハンドルを握り直した。「大丈夫よ」相手の話を打ちきるように繰り返した。大きくゆっくり息を吸い、心の中で十まで数える。そのあいだにパニックを静め、数分前の自分に戻り、犯人からの電話に応じる役割に戻るつもりだった。「学校のビデオ映像はどうだったの？　カイラは映っていた？」

「いるべき場所のすべてに映っていた」急に事務的な口調になったマギーの変化に合わせてポールが答えた。「学校から出ていく姿は映っていなかった」

「でも、彼女はたしかに出たのよ」お互いにいつもどおりに戻ったことに安堵《あんど》しつつマギーは言った。

これまでになく強くならなければならないときに、心配顔の元婚約者に記憶を呼び起こされたくなかった。道路の混雑がましになり、車がスムーズに流れだした。マギーはほっとしながらアクセルを踏んだ。

「友人の話では、カイラは学校の生徒たちがよく行くアイスクリームショップに行ったらしいの」

「誰かと待ち合わせしてたのか？」

「そうかもしれない」

「犯人のことをどう思う？　過去にも犯罪歴があると思うか？」ポールが尋ねた。

「自分のしていることをちゃんと理解してると思うわ」マギーは答えた。「とても注意深く、細部まで考え抜いている。次の要求はプロらしく完璧に準備を整えてくるでしょうね。多額のお金を秘密の口座に電信送金させようとするとか。しかも短い指定時間で。相手は余分な時間を与えないでしょう。要求された額を数時間内に集められたら幸運よ」

ポールが戸惑った顔をした。「時間が足りなくなったらどうなる？　カイラが無事でいられる確率は？」

マギーは息をのみ、アクセルを踏みこんだ。返事をしたくなかったが、沈黙が答えになった。カイラの病気を考えれば、誘拐犯はわざわざ殺すまでもない。食べ物も飲み物もインスリンも与えず、放置すればいいだけだ。カイラの監禁場所についてたしかな手がかりがない以上、短時間での発見は不可能だ。

マギーが突破口を見つけない限り、カイラが生き延びられる可能性は低い。

10

「上院議員、あなたが記者会見をするのが一番いいと思いますよ」

政策アドバイザーのマックス・グレイソンが二台の携帯電話とスムージーを交互に持ち替えながら部屋を行き来するのをジェイクは見つめた。グレイソンは小柄で、間違いなくジャケットに肩パッドを詰めている。いつ見ても正装で、不自然なまでに日焼けし、片手にグリーンスムージー、別の手に二台の携帯電話を持っている。相手に強い印象を与えたいらしいが、ジェイクから見れば失敗している。自意識過剰のいけ好かない男だ。図書室に集うFBI捜査官たちは、興奮気味のグレイソンを迷惑そうに避けていた。シーブズ上院議員はデスクについていた。片手で口を覆い、憔悴《しょうすい》した目をしている。

「不謹慎ですが、これは次の選挙でかなり有利に働きます」部屋の重苦しい空気も意に介さずグレイソンは続けた。ジェイクは先ほどミセス・シーブズが上階でやすむことを承知してくれたのをありがたく思った。そうでなければグレイソンを黙らせる方法を考えなければならないところだった。もちろん丁重に扱うつもりなどない。

「マックス、悪いがあとにしてくれないか？」上院議員が疲れきった声で言った。

「今後の戦略を考えなければなりません」グレイソンが食い下がる。

ジェイクはうんざりして首を振った。「上院議員のおっしゃるとおりだ。少し休憩しよう」ジェイクは命令したつもりだったが、グレイソンは頭に血がのぼって正しい判断ができなくなっていた。グレイソンは携帯電話からジェイクに視線を移した。話を邪魔され、明らかに不快そうだ。

「このままではいつ情報がリークされてもおかしくないですよ」グレイソンはジェイクを無視してシーブズにたたみかけた。「まだされていないのが不思議なくらいだ。何しろあの交渉人の女は学校に行ったんですよ。今の十代の子どもやソーシャルメディアがどんなものかは想像できるでしょう。分別も何もあったもんじゃない。先を越されないうちに、こちら側でストーリーを作らないと」

ジェイクは鼻を鳴らしたいのをこらえた。〝ストーリー〟だと？　この男はそんなふうに考えているのか？　これはれっきとした犯罪だ。年若い少女の命が脅かされている。この世では悪なる者が悪をなす。ただそれだけ、明快そのものだ。それゆえに、マギー・キンケイドがおとなしく身を引き、あとの処理を自分に託さないのがもどかしかった。彼女はとびきり美人で負けん気が強く、とても魅力的だ。しかしあまりに頑固すぎる。ジェイクがこの世を白か黒かでとらえるのに対し、マギーはさまざまな濃淡でとらえているのだろう。このまま誘拐犯と不毛な駆け引きを続けていれば――力ではなく頭脳で相手を出し抜こうなどというまわりくどいことをしていたら、きっと誰かが傷つく。カイラが死ぬ結果になるかもしれない。

ジェイクはこういうときの対処法を心得ていた。悪い連中を始末する腕には自信がある。そのために訓練を受けてきた。十八歳で合衆国に忠誠を誓い、今日までその誓いを守ってきた。ブートキャンプで鍛えられ、ほどなく実戦に出るようになった。レンジャースクールに入ったときの誇らしい気持ちは、長い軍生活の中でも鮮明に記憶に残っている。彼は祖国と名誉を守るために同胞と命を懸けてきた。五度目の任務のときには、赤十字の医師や看護師をナイジェリア北部の難民キャンプへ護送するさなかに敵の奇襲を受けた。常時活動と違い、彼らはその地域に入ってまだ間がなかった。上官からは可能な限り難民の力になるよう指示されていた。敵の攻撃に対する備えは充分ではなかった。それでもジェイクは弾丸とミサイルが雨のように降り注いだとき、すぐさま指揮を執った。

彼は怯えている医師や看護師をひとりずつ部下とペアにし、自分が援護射撃をするあいだに順に避難させた。副司令官はジェイクを残して逃げることを渋ったが、ほかに選択肢はなかった。赤十字のスタッフを守り抜け――それがジェイクの命令だった。ひとり残ったジェイクはひっくり返ったトラックの陰に這《は》いつくばり、擲弾筒《グレネードランチャー》とわずかな弾倉だけでボコハラムの狙撃手を相手に抗戦した。

敵はそのあと難民キャンプを襲い、女性や子どもたちを非道なやり方で殺すに違いない。ジェイクは敵をひとり残らず倒すことに徹した。無辜《むこ》の民の命は何ものにも代えがたい。自分たちは難民キャンプに学校を作り、子どもたちが朝から勉強できるようにするために来ている。その目的をこんな連中にぶち壊されてたまるか。

アドレナリンと血と恐怖が入り乱れる、人生で最も長い悪夢の三十六時間だった。だがジェイクは生き延びた――同じ部隊の仲間、難民たち、すべての医師や看護師たちとともに。その後、軍はジェイクを帰国させ、いくつもの勲章を与え、報道陣の前に立たせた。また、国に仕える最高の道は戦地に戻ることばかりではない、ワシントンDCのエリートの役に立つという道もあると諭《さと》した。軍の英雄が政治家の側近になるのは聞こえがいい。政治家は防衛に精通しているように見えるし、軍はメディア受けがよくなる。

やがてホフマン将軍がジェイクの自宅を訪ねてきて、自分の特別チームに入るように言った。扱う案件は国家機密とまではいかなくても、細心の注意を要し、深刻化する前にすみやかに手を打たなければならない性質のものだった。

ワシントンＤＣは中東とはまったく異なる戦場だった。だがジェイクは与えられた任務をうまくこなした。いささかうまくやりすぎたかもしれない。ときどきジェイクは、あの日自分の部隊が赤十字のスタッフの護送を命じられていなければどうなっていただろうと考えた。ホフマンの目にとまって今の仕事をすることもなかっただろうか？　仲間のもとへ戻れただろうか？　あの日の決断を後悔したことはない。難民や部下や医療スタッフの命は何より大切だ。しかしそれと引き換えに自分の人生が変わってしまったという思いはいつもついてまわった。

今となってはグレイソンのような薄汚い政治屋の相手をするのも仕事のうちだ。だが必ずしも仕事を気に入る必要はない――もしくは、卑しい者への嫌悪を隠す必要もない。

「これは小説じゃないんだ、グレイソン」ジェイクは威嚇するように言った。「上院議員のお嬢さんのことだぞ」まったくこの男の頭はどうなっている？　突き飛ばしてやりたいくらいだ。誘拐事件を選挙キャンペーンと結びつけるなんてもってのほかだ。

上院議員は疲れ果てて、まともに頭が動かなくなっている。

ようやくグレイソンが恥じ入った——もしくは、少しは場の空気を理解したように見えた。「こっちはただ力になろうとしているだけだ」

「どう思う、オコナー?」シーブズが尋ねた。

「マスメディアを巻きこむなんてとんでもない」上院議員がほかの者の意見を聞こうとしたことにほっとしつつジェイクは言った。グレイソンの言うとおりにしたら大混乱になる。あの頑固なマギー・キンケイドも腹を立て、ますます指示を飛ばすだろう。正直なところ、セクシーで怒りっぽい彼女がグレイソンと対立するのを見てみたい気もした。マギーはまなざしひとつでグレイソンを一蹴するに違いない。きっといい厄介払いになる。「上院議員、われわれは非常に危ういバランスで駆け引きをしています。犯人はそのバランスをいつでも壊すことができる。なぜならカイラをとらえていて、われわれより力を持っているからです。あなたはこの家をカメラクルーに取り囲まれることを望んでいますか? フェンス越しにパパラッチにのぞきこまれてもいいんですか? カイラが生き延びる確率についてテレビ評論家にコメントされて平気ですか? ここは辛抱強く犯人からの要求を待たなければ、ただでさえ危険な状況が取り返しのつかないことになる。今回の件はなるべく穏便に解決すべきです。世間に大声で訴えるのはまったく逆効果だ」

「こちらのストーリーが世に伝われば、それはわれわれの力になる」グレイソンが訴えた。「投票にもつながる。上院議員、考えてみてください。きっとわかっていただけると——」

グレイソンが言い終わる前に図書室のドアが開き、例のブロンドの小さな司令官が入ってきた。午前中にカイラの部屋で見かけたときは、反抗的な態度がただ滑稽だった。しかし犯人からの最初の電話のあとは、いささか煙たい存在に思われた。今はどうか？　正直なところ、ジェイクは彼女に感心していた。ペギーから情報をもらってからは特に。マギー・キンケイドは何度も表彰された経験があった。名門大学を卒業し、交渉の成功率もずば抜けて高い。

〝金の舌を持つ女〟ペギーは笑いながら言っていた。〝そう呼ばれてるらしいわよ。交渉人のあいだで伝説になっているみたい。マギー・キンケイドにかかればどんな相手も陥落するんですって〟

マギーの判断を信じるべきだろうか？　今回の事件も彼女の成功リストに入ると思うべきだろうか？

もしくは——人質も犯人も死亡したシャーウッド・ヒルズ事件によって、マギーはすっかり自信をなくしていないか？

こういう仕事では自分の力を信じきることが鍵になると、ジェイクは誰よりわかっていた。

マギー・キンケイドは自分の力を信じているだろうか？　カイラが無事に救出されるまで信念を貫き通せるか？

それを知る必要がある。

マギーはランニングシャツからシャツとタイトスカートに着替えていた。ジェイクの目は彼女の形のいい脚に吸い寄せられた。ランニングは心身両面に効果があるようだ。

実際より若い印象を与えていた二本の三つ編みはなくなり、髪は後ろで小さくまとめられていた。それでも癖の強いほつれ毛があちこちから飛びだしている。ジェイクはマギーのこめかみにかかるほつれた髪を撫でてみたい衝動に駆られた。今朝バランスを崩した彼女を支えたときに触れた体はあたたかく、やわらかかった。

ジェイクは咳払いをし、足の重心を移動させた。今はマギー・キンケイドのブロンドや体つきではなく、その手腕に注目しなければならない。まわりに忍耐を強いる彼女のやり方は、世間に共感を求めて票を稼ごうというマックス・グレイソンのアイデアより悪い結果を招く恐れもある。あまり時間をかけすぎると犯人を追いつめてしまうからだ。追いつめられた犯人は考えるより先に銃を撃つ。カイラをその犠牲にしてはならない。

ジェイクはマギーが別の捜査官と静かに話している様子を見守った。今朝は見かけなかった捜査官だ。彼女が新たに引っ張ってきたのだろうか？　男はどこまでもマギーについていきそうな顔をしている。さながら子犬のようだ。だがマギー・キンケイドは同じ気持ちではないらしい。むしろ迷惑がっているようにも見える。なぜかジェイクは満足感を覚えた。

マギーは男に何か言ったあと、意を決したように腰に手をあててシーブズ上院議員に近づいた。グレイソンが敵意のこもった目をマギーに向け、続いてジェイクをにらみつけた。自分の戦略に横やりを入れられたことに腹を立てているのだろう。こっちは職務を果たしているだけなのに。愚かな男め。ジェイクはグレイソンを蠅《はえ》のように叩きつぶすところを想像し、うっすら笑った。なんなら本当にそうしてやろうか。

「少し席を外してもらえないか、マックス」シーブズが言った。

グレイソンはしぶしぶ部屋の反対側に置かれた革張りの椅子のところへ行き、腹立たしげに二台の携帯電話をいじりはじめた。

ジェイクはマギーと上院議員の会話が聞こえる位置に立った。無表情を装いつつ、必要なときに話に加われるよう耳を澄ます。

「何か情報を得られたかね？」上院議員が尋ねた。

「カイラの友人と話しました」マギーが答えた。「ルーカス・バーミンガムとも」

「知らないな」シーブズが言った。

「カイラが数カ月前からつきあっている恋人です」マギーがそっけなく言った。

彼女は十代の若者の交友関係を聞きだしてきたわけだ。その恋人が役に立つ情報を教えてくれたのならいいが。カイラを見つけるためにはあらゆる情報を考慮しなければならない。たとえどんなに小さなつまらないことでも。

「ルーカスという名前をカイラの口から聞いたことはなかったが」シーブズが戸惑った表情になった。

「彼のほうはカイラからあなたのことをいろいろ聞いて知っていましたよ」マギーは言った。「ふたりは自分たちの交際を、あなたにもミセス・シーブズにも隠していたようです」

シーブズが身を乗りだした。「詳しく聞かせてくれ、ミズ・キンケイド」

「ルーカスはカイラとあなたがうまくいっていなかったと言っていました」マギーは

言った。「よくぶつかっていたと。あなたが何かについて嘘をついていたことを知ったカイラが取り乱し、泣きながら自分のところへやってきたとも言いました」

シーブズは椅子の中で体を起こし、顔をこわばらせた――マギーに対する怒りで。ジェイクはそこに引っかかった。自分の娘を捜そうとしてくれている相手に怒るのは筋違いだ。たとえ自分の知らない娘の恋人の話をされたとしても。さらに、その恋人が自分について不愉快なことを言ったとしても。

「なぜその若者がそんなことを言ったのかわからんが、全部でたらめだ」シーブズは言った。「私は毎日長時間働いているが、カイラは理解してくれている。私はカイラのための時間を増やすよう努力し、娘が無視された気持ちにならないよう心がけている。ともかく、カイラからルーカスという恋人の話を聞いたことはない。その相手が娘に片思いして話をでっちあげているだけではないのか？」

マギー・キンケイドがシーブズを正面から見据えるのをジェイクは見守った。彼女はうまく隠しているが、内心いらだっているのがわかる。眉間に小さなV字の皺が刻まれ、ブルーの瞳が嵐のようなグレーを帯びた。この女性は相手が嘘をついたことを見破れるのだ。マギーはいいかげんな言葉に惑わされない。特に子どもの命が懸かっているときは。カイラの命を救うためならどんな戦いも障壁も乗り越えるだろう。

「上院議員、今があなたにとっておつらいのはわかります。ですが、本当のことを教えていただきたいのです。おわかりですね？　私はすべてを知る必要があります。都合の悪いことも、法に反することも、隠しておきたいことも、何もかも。これはあなたのキャリアや結婚の問題ではありません。かわいいお嬢さんの命が懸かっているんです。カイラと何についてもめていたのか教えてください。浮気でもしていたんですか？　それを見つかったんですか？　ギャンブルの借金ですか？　誰かに脅迫されているんですか？」

シーブズが目を細め、唇を引き結んでマギーを見た。かろうじて怒りを抑えているのがわかる。ジェイクはいつでもあいだに割って入れるよう身構えた。

「私と娘はこのうえなく良好な関係を築いている」シーブズが冷ややかに言った。「誰だか知らないが、その若者は勘違いしている。私は昔からカイラと仲がいい。喧嘩などしたこともない。妻に対しても不誠実だったことはない」

マギーがため息をついて顔を上げた。そのとき、ジェイクと目が合った。彼女の眉間の皺が深くなる。「何をじろじろ見てるの、オコナー？」

ジェイクは半ば感心してほほえんだ。「失礼」

ジェイクの素直な言葉に、マギーはけげんな顔をした。ジェイクは彼女を称賛のまなざしで見つめた。怒っているときのマギーはなんと魅力的なのだろう。

「ちょっとコーヒーを飲んできます」マギーがつっけんどんに言った。「しばらく考える時間を差しあげます、上院議員。戻ってきたら返事を聞かせてください。嘘のない返事を」

ジェイクはドアに向かうマギーを見送った。ハイヒールのおかげで十センチは高くなっているが、それでも小柄だ。ほとんど折れそうなほど華奢《きゃしゃ》に見える。少なくとも、やわらかくて魅力的な外見の下に鉄のごとく強い精神が宿っていることに気づかないうちは。

マギーは上院議員の急所を突いた――シーブズは呆然《ぼうぜん》としている。ジェイクがペギーに上院議員を調べるよう言ったのもまさにそれが理由だった。シーブズはたしかに娘の心配をしているが、今のやり取りといい、マックス・グレイソンの愚かな提案をただちに否定しないことといい、マギーの勘は正しいと言えるだろう。選挙の得票数だの、くだらない記者会見だのを気にしている場合ではない。それより娘の心配をすべきで、事件解決に向けてあらゆる情報を共有しなければならない。ありふれた親子喧嘩をしているだけなら、あそこまでむきになって否定はしないだろう。ひょっとしてカイラは、父親が世間に顔向けできないような真似をしたのだろうか？　十四歳という年齢は望まない妊娠をするには少し早すぎる気がするが、妊娠かドラッグ依存症の可能性は否定できない。最近の子どもは早い時期からこうした問題を起こすようになっている。たとえエリート階級の子女であっても。

「待ってくれ」シーブズの声が部屋に響いた。

マギーは振り向いた。勝ち誇った表情が、シーブズが手にしているものを目にしてすぐに変わった。

上院議員の携帯電話が鳴っている。

「犯人からだ」シーブズが言った。

11

マギーは部屋を突っきってシーブズから携帯電話を受け取った。心臓が喉元までせりあがり、上院議員への怒りは早くも消えていた。今は冷静になるべきときだ。

「どうした？」ポールが部屋の向こうから近づいてきた。

「動画ファイルだわ」マギーは言った。USBケーブルでノートパソコンに接続し、ファイルを画面に映しだす。まわりに人が集まってくるなか、マギーは再生ボタンを押した。

最初と同じ灰色の空間にカイラがいた。青ざめた顔に汗をかき、震える手で『罪と罰』を持ち、かろうじて聞き取れる声で読みあげている。マギーは注意深く観察した。何もない灰色の壁、コンクリートの床。映像が一瞬暗くなり、マスクをかぶった男の顔が映った。喉の近くで何かを持っているが、フードで隠れている――おそらくボイスチェンジャーだ。

「マギー、証拠を送った」犯人が言った。「今度はそっちが動く番だ。五百万ドル用意するよう上院議員に伝えろ。明日の朝、振込先の口座を教える」

映像が暗くなり、マギーは当惑して体を起こした。

「これからどうする?」シーブズが詰め寄った。しかしマギーは考えこみながらコンピュータの画面を見つめた。

なぜ明日の朝まで待つのだろう? 彼女はジェイクを見た。彼も同じことを考えているように眉根を寄せている。何かがおかしい。普通なら誘拐犯は取引を急ぐものだ。そのためにとても周到に計画を立てる。少しでも早くカイラを手放し、金を受け取ろうとする。あらかじめ追跡されない口座を用意して。シーブズ上院議員ともなれば五百万ドルくらいすぐに準備できるだろう。犯人ももちろんそれをわかっている。上院議員とその家族のことはあらかじめ調べあげたはずだ。

それなのになぜ待つのだろう? ほかにも何か目的があるのだろうか? 何か見落としていることがあるのだろうか?

「どう思う?」ふいにジェイクが尋ねた。マギーは驚いて隣に立つ彼を見つめた。近づいてきたことすら気づかなかった。まるで猫だ——音を立てず、気配すら消してしまう。ますます軍人に違いないという確信を深める。広い肩、たくましい腕、常に緊張感をたたえたグリーンの瞳。間違いない。いつも後ろで静かに目を光らせているが、ひとたび命令されればすぐに前に躍りでて敵を絞めあげるだろう。さぞ見ものに違いない。

「何か妙だと思わない？」マギーは低い声で尋ねた。

「君もそう思っているならよかった。身代金を用意させるのに、どうしてこれほど時間を与える？」

「わからない」マギーは言った。「でも突きとめてみせるわ。ジェッサ」染めた黒髪をワックスで立たせ、パンク趣味のピーター・パンのようないでたちをした科学捜査室のスタッフを呼んだ。「この動画ファイルを研究室に送って、犯罪心理分析官《プロファイラー》に見てもらって。あらゆることを調べてほしいの。服のブランド、塗装の色、ビデオカメラのアングル、壁の影、反射光……何もかも。音声学の専門家に相談して、犯人が何を使って声を変えているか調べて、もとの声を再現してもらって。とにかくできることをすべてして。犯人の歯にケシの実がついていたらそれも調べるの。わかった？」

「わかりました」ジェッサはコンピュータに向き直ってキーボードを猛然と打ちだし、本部の研究室と連絡を取りはじめた。

「キンケイド捜査官」背後から声がした。再びそう呼ばれたことにマギーは奇妙な感覚を覚えた。だが、すぐにその思いを振り払った。考えている暇はない。振り向くと若い技術者が、まるで学校の授業で指名されるのを待つように手を上げてこちらを見ていた。「気になるものを見つけました」

「何？」マギーは近づき、彼の肩越しにコンピュータ画面をのぞきこんだ。

「初めに被害者の画像を送ってきた携帯電話の所有者です」技術者が言った。「メタデータを調べていたら、この名前が出てきたんです。ランディ・マコーム」

「プール係か？」ポールとジェイクが同時に言った。

ふたりは驚いたように顔を見あわせた。マギーは眉を上げ、ポールが差しだしたタブレットを見た。上院議員の使用人のリストが載っていた。

「そんなはずがないわ」マギーは首を振った。「犯人はプールの清掃人なんかじゃなくプロよ。自分の携帯電話を使うはずがない。プリペイド式の携帯電話を使うわ」

「考えすぎだ、マギー」ポールが言った。「〝オッカムのかみそり〟だよ。答えは最もシンプルなものだ。考えてごらん。マコームは敷地内に入ることができ、上院議員にもカイラにも容易に近づける。カイラの日課も知っている。ひょっとすると一家に個人的な恨みがあったのかもしれない。誘拐犯は被害者と直接的なつながりがある場合が多い。君もわかっているだろう。もしこの男がプロのように見えるとするなら……」彼は肩をすくめた。「誘拐事件の映画をたくさん見て影響を受けたんだろう。そして――」

「映画を見ただけで上院議員の娘を誘拐できたりするものか」ジェイクがばかにしたように横から言った。「真似ごとならできるかもしれない。しかしこの犯人は本気だ」

ポールはジェイクをじろじろ見て鼻で笑った。「誰も君の意見などきいていないよ、オコナー」

ジェイクはあきれたように天井を仰いだ。「映画に影響された説に反対したからか？　いいかげんにしてくれ」

「ポール、彼の意見も参考にすべきだわ」マギーはジェイクを見つめながら言った。今朝は威圧してきたくせに、今は自分をかばってくれている。駆け引きのつもりだろうか？　そのうち足をすくおうとしているの？

それとも本当にそう思っているの？

「あなたの考えを聞かせて」マギーは言った。

「このプール係には会ったことがある」ジェイクが言った。「あの男がやったとしたら、世界一の俳優だ。われわれが追ってるのは日焼けしたプール清掃係じゃない。この種のことに慣れている者だ」

「雇われのプロ？」

「その可能性もある」ジェイクは言った。「水仕事は稼ぎがいい。しかし人質をとらえて金を脅し取るにはより高い専門技術が必要だ」

「携帯電話のメタデータを残しておくほど不注意なはずがないわね」マギーは小声で言った。

「ありえない」ジェイクが同意した。「犯人はわれわれを撹乱《かくらん》しようとしているんだ、キンケイド。だからこそ、カイラがとらわれている場所がわかり次第、すみやかに決着をつけたほうがいい。早いに越したことはない」

「私もそう思うわ」マギーはうなずいた。「でも、犯人逮捕の話をする前にカイラの監禁場所を突きとめたいの。それはあなたではなく私の仕事よ」念を押すように言った。

ジェイクがにやりと笑い、マギーをどきりとさせた。「わかってる。君がすべてを決めるんだろう」

意外にも、マギーはジェイクとのやり取りが不快ではなかった。むしろとても気に入った。ポールともこんなふうに話したかったが、なぜか調子が合わなかった。ジェイクは彼女のひとつひとつの発言に対して、くだけた口調ながらも真剣に返事をする。

マギーはそこに興奮と希望を感じた。彼女がポールを見ると、彼は渋い表情をしていた。まだ釈然としないらしい。マギーの希望はとたんにしぼんだ。

ポールとはどうしても波長が合わない。

ポールがマギーの肩をつかんだ。彼女は視界の隅で、ジェイクがポールのしぐさを見て不服そうな表情になるのをとらえた。「マギー、すまないが、僕はこの件を放っておけない」ポールが言った。

マギーは頬の内側を嚙んだ。もちろんそうだろう。ポールはどんな小さな可能性も放っておかない。そんなことをしても無駄だと本能的にわかっていても。「あなたは自分がしなければならないと思うことをすればいいわ」彼女は肩をすくめた。ポールはマギーが原則どおりに動こうとしないのを察し、がっかりした表情になった。

マギーが窓のほうを向くと、ポールはほかの警官や捜査官を連れてランディ・マコームの逮捕に向かった。ポールが自分の意見をまるで取り入れないことがマギーは腹立たしかった。ジェイクが自分の味方についただけでなく、対等な立場で賛成してくれたことがとても心強く、そんなふうに感じる自分にひそかに驚いていた。

ひょっとすると、自分はジェイクを誤解していたのかもしれない。このマッチョな二枚目は奥が深そうだ。筋肉と頭脳の両方を備えているなんて、女性にしてみればまったく不公平きわまりない。

仕事中に不謹慎なことを考えてしまった。マギーは頭を振った。今はジェイク・オコナーのスーツの中身ではなく、事件に集中すべきだ。だがそれは難しかった。というのも当の本人が窓辺にいるマギーに近づいてきたのだ。

「時間の無駄だ」ジェイクが言った。

「わかってるわ」マギーは車寄せから出ていくSUVを見つめながら答えた。

「今後の計画は？」

マギーはジェイクを見あげ、彼の真剣な目を見て素直に言った。「まだわからない。何かを見落としている気がするの」

「僕もたまにそんなふうに感じることがある」ジェイクが言った。「こういう事件は変化が速い。口座が判明すれば監禁場所を突きとめられるだろう。場所さえ特定できれば、僕は必ずカイラを救いだす。約束するよ」

その言葉にマギーは衝撃を受けた。「そんなことは約束すべきじゃないわ」かすれた声が出た。

ジェイクは眉をひそめ、前に進みでて手を差し伸べた。「キンケイド――」

彼女は触れられる前に体を引いた。今朝ぶつかったときのジェイクの体の熱をまだ忘れていなかった。それを思いだしたくない。「約束はしないで」硬い声で言った。

「こういう仕事では」

ジェイクがそれ以上何か言う間もなく、マギーはスカートの皺を伸ばし、足早にジェッサのところへ向かった。

「もう一度ビデオ映像を再生して」マギーは指示した。今度は何か発見があるかもしれない。

12

ジェイクは上院議員の執務室の外で両手を後ろで組んで待っていた。

部屋からシーブズが政策アドバイザーのひとりと話している声が聞こえる。

ポール・ハリソンがプール係を逮捕したのは無駄骨だった。そんな明らかな小細工にのせられるとは考えられないことだが、ハリソンはどうやら頭が固いらしい。なんでも規則どおりにしようとするタイプだ。

ジェイクの心は再びマギーのことに戻った。カイラを無事に連れ戻すと約束したときの、マギーの怯えた表情が気になる。

あのときはただ妙に思っただけだが、マギーがエイデンハーストとともに上院議員の邸宅をあとにした直後、彼女に関する完全な情報ファイルをペギーが送ってきた。

ジェイクは仮のオフィスで一時間かけてそのファイルを読んだ。一ページ読むたびに心臓が締めつけられた。ようやくフォルダーを閉じたときには手のひらをファイルにあてていた。あたかも、そうすればマギーが自分の手のぬくもりを感じていられるかのように。少しでも心が慰められるかのように。

相手のプライバシーに土足で踏み入った気がした。日頃マギーが他人に明かさない、人生で最も恐ろしい出来事について知ってしまったことに気がとがめる。しかしこれは仕事だ。ジェイクは自分にそう言い聞かせた。

だがマギーは仕事ではない。彼女は……。

マギーをどう形容すればいいか、ジェイクはわからなかった。賢い。美しい。腹立たしい。不可解。

過去の記録を考えれば、彼女は鋼のように強い。まだほんの幼い少女だったというのに、なんと過酷な運命を背負ったことか。姉をあんな形で失うとは……。

「オコナー？」

ジェイクはわれに返り、視線を上げた。シーブズ上院議員がドアの向こうに立ち、もの言いたげに眉を上げていた。

「話がしたいのだが」

「わかりました」ジェイクは上院議員のあとから執務室に入った。

「ハリソンがプール係を逮捕した件をどう思う？」シーブズが尋ねた。

「まったく的外れだと思います」

シーブズは疲れきった表情でため息をついた。「君の考えが間違っていることを望んでも気を悪くしないでもらえるだろうね」

「ええ」ジェイクは言った。「今の時点ではあらゆる可能性を追って手がかりを捜す必要があります。ただ、何か釈然としません」

「さっきの件はどうなった？」シーブズが言った。「あのキンケイドという女のことは？　調べがついたか？」

「ええ。彼女には多くの実績があります。ＦＢＩの交渉人としての成功率は、平均よりもずっと高い」

「有能というわけか」上院議員がゆっくりと言った。「私の娘の命をギャンブルのように考えている気がするが」

「調べた限り、彼女を超える者はいません」ジェイクは言った。「それにこういうときはリスクを取ることも必要です、上院議員」

「間違っている」上院議員が低い声で言った。「私の子どもの命が懸かっているんだぞ」

「わかります。キンケイドもわかっているはずです」

シーブズは何かを考えるように目を細め、両手を組みあわせた。「彼女はなぜFBIを辞めた？」

ジェイクは身じろぎした。選択肢はふたつある。ここで自分の疑念――マギーは最後の事件で犠牲者を出したことに打ちのめされたのだと言えば、すぐに担当から外されるだろう。そうなればジェイクはすみやかに人質救出に動くことができる。FBIは優等生のポール・ハリソンを担当にするだろうが、あんな男はどうにでも扱える。

しかしジェイクは思いとどまった。決してマギー・キンケイドに惹かれているからでも、一目置いているからでもない。ジェイクは本能的に、カイラの命を救うことができるのはマギーだけでも自分だけでもなく、ふたりがチームとして協力したときだとわかっていた。

「キンケイドはFBIを去る直前に父親を亡くしています」それは嘘ではなかった。「おそらく家庭の事情からでしょう。亡くなった父親は不動産をたくさん遺《のこ》したようです。キンケイドは母親を助けるために帰郷したと思われます。それから〈クリーン・ウォーター・イニシアティブ〉に参加するために。これは父親が始めたプロジェクトです」

「家族思いだな」シーブズが言った。

「ええ。僕も初めは彼女が捜査班に入ったことに疑問を抱いていました。しかしすでに退職したキンケイドをエイデンハーストが引っ張ってきたのは、何より幸運だったかもしれないと思いはじめています」

シーブズは困惑した表情のまま口を手で覆った。「そう願いたい。私の家族のためにも」

13

フランクはFBI本部の正面玄関でジャケットを腕にかけてマギーを待っていた。ふたつの通りに面したコンクリート壁に窓がずらりと並んだ建物は、昔から古めかしい雰囲気をたたえている。

舗道から再びこの建物を見あげたとき、マギーは奇妙な思いにとらわれた——シャーウッド・ヒルズ事件以降、マギーは一度もここに戻らなかった。私物はフランクに頼んで自宅に送ってもらった。

この瞬間をずっと避けてきた。この建物に入り、シャーウッド・ヒルズ事件以前の自分がしてきたことを思いだし、翻《ひるがえ》って現在の自分と向きあうことを。かつての同僚と顔を合わせ、批判、もっと悪くすれば憐《あわ》れみのまなざしを向けられるのが耐えられなかった。どうしても気にせずにはいられなかった——クアンティコの研修時代に最も期待されていた自分が失敗したと思われることを。

胸の中で嵐の海のように恐怖が渦巻く。ああ、やはりあそこには入れない。

「また連れ戻してみせると言っただろう」フランクが笑顔で来訪者用のバッジを差しだした。

マギーはバッジを受け取ってシャツにとめ、恐怖をのみこんだ。

「その気になれば本物のバッジをつけられるぞ」フランクが言った。「仕事に戻りさえすればいい」

マギーはフランクを鋭くにらんだ。「ありがとう。でもお断りするわ。私は戻りたくないの。これは一度きりの協力よ。言ったでしょう?」

「わかったよ」フランクは小声で言いながらドアを開いた。「つれないな」ふたりは金属探知機をくぐり、被疑者が尋問を受けるエリアに入った。廊下を通るとき、周囲の視線を感じて肌がざわついた。マギーは無視した――ここにいる人々からどう思われようと、もう自分には関係ない。しかし前方の部屋の外に、特殊機動部隊《SWAT》のチームリーダーのひとりマイク・サットンが立っていた。

一瞬足が止まりかけたが、マギーはそのまま進んだ。

「おやおや」サットンはこちらを見てにやにやしている。「誰が来たかと思ったら」

「サットン」マギーは短く挨拶した。

サットンは壁にもたれ、両手をポケットに突っこんだ。「今回の事件の担当になったのか、キンケイド？　あんな失敗をしておいて、よく抜擢《ばってき》されたな。気をつけてくださいよ、フランク。それに引き換え、うちの連中はあなたのためにずいぶん頑張りましたよ。あのプール係をたった二十秒で捕まえた。なんの問題もなくね。シャーウッド・ヒルズ事件とは大違いだ。あれはまったくひどかった。今回はまともな大人が現場にいたおかげでプール係を捕まえられた。でなけりゃ、また面倒なことになってたでしょうよ」

マギーは爪が手のひらに食いこむほどきつくこぶしを握りしめて黙っていた。男の醜い自己顕示欲につきあっている暇はない。サットンは自分がのしあがるために他人を——日頃からばかにしている女性を足蹴にすることに喜びを覚えるタイプだ。こんな男と争うよりも大切なことがある。カイラを見つけなければならない。

「サットン、まだ書類仕事が残ってるんじゃないのか？」フランクが怒りのこもった目でにらみつけた。

「いいのよ、フランク」マギーはさばさばと言った。「また会えてよかったわ、サットン」それだけ言うと、目を丸くしているサットンの前を急ぎ足で通り過ぎ、取調室に向かった。フランクが慌てて追ってくる。

　多くの取調室と同様、ここにも捜査官のための防音の監視室があり、椅子がいくつか置かれ、尋問の様子が見えるように壁に大きなマジックミラーがはめこまれていた。ポールと数人の捜査官がマジックミラーの前に集まり、無言で尋問を見守っている。

「誰が尋問してるの？」マギーは割りこんだ。

　ランディ・マコームは真っ黒に日焼けしたたくましい青年だった。自慢の筋肉を見せつけるためにオーバーサイズのタンクトップを着た、見るからに単純そうな男だ。捜査官から矢継ぎ早に質問され、ランディは黒く太い眉を困惑したように上げている。捜査官は思うような返答がないと声を荒らげた。

「おまえはカイラとよく話をしてたんだろう？　かわいいと思ってたのか？」

「カイラはいい子だったよ」ランディは怯えた様子で目を見開いた。「だけどまだ子どもだ！　俺には彼女と同じ年頃の妹がいるんだよ！」

「いつもこき使われて、上院議員に腹を立ててたんじゃないのか。俺がおまえの立場なら腹を立てる。週末ずっと働かされていたんだろう」捜査官が言った。

「俺は自分の仕事が一番だと思ってる」ランディはいらだたしそうに首を振り、マジックミラー越しにこちらを見た。まるでシーブズが助けに来てくれるのを期待するように。「自作の曲の歌詞を考えつくためには外にいたほうがいい。それが俺の生き方なんだ！　ミスター・シーブズは年のわりには話のわかる人だよ」

「ミセス・シーブズについてはどう思ってるんだ？」捜査官はすぐさま別の動機を引っ張りだしてきた。聞きながらマギーはめまいに襲われた。この捜査官を教育したのはいったい誰だろう？

なんてこと。あまりに恥ずかしい。こんなことをしても何も生みださないし、カイラの救出に結びつかない——欲しいのは本物の手がかりだ。探偵映画に毒されたようないいかげんな尋問ではなく。

こんなお粗末な仕事は見ていられない。マギーは向きを変え、ポールたちが止める間もなく取調室のドアを開けた。

ふたりの男が同時に顔を上げた。「ここからは私がするわ」マギーは捜査官に向かってぶっきらぼうに言った。相手は鋭い目でにらみつけてきたが、彼女は受けて立ったんと平然と見つめ返した。

「あんたの事件だものな」捜査官は精いっぱいの皮肉をこめて言い、席を立って取調室から出ていった。

マギーはランディの向かい側に座り、優しくほほえみかけた。「こんにちは、ランディ。私はマギーよ」

「俺は何もしてない」ランディはすぐさま言った。

「昨日はどこにいたか教えて」

「おふくろに会いにボルティモアへ行った」

「それを証明できる？　給油の記録とか、バスのチケットを持っていない？」

「おふくろに電話をかけてくれればいい」

マギーはマジックミラーに向かって声をあげた。「誰か彼の母親に連絡して」再びランディに視線を戻す。「携帯電話はどうしたの？」

「少し前になくしたんだ」

「そう、なくしたの」マギーは相手の言葉を繰り返した。自分の仮説が裏づけられることが初めからわかっていたように。

「ああ、あちこち捜した」ランディが言った。「今も友達に頼んでかけてもらってるけど、どこにもつながらない」マギーがすぐに反応できずにいると、ランディが言った。「なんだよ？　ひょっとしてあんたたちが持ってるのか？」

マギーは鋭くマジックミラーを見た。すべての可能性を考えなければならないとはいえ、彼女にはわかった——今や捜査官たちもわかっただろう。これ以上尋問しても無意味だ。自分たちはまったく無関係の人物を逮捕したのだ。

ランディに礼を言って取調室を出ると、マギーは元同僚たちに声もかけずに監視室を出た。ほかの誰にも会わないうちにここを出ていきたかった。悪い記憶に打ちのめされる前に。

「マギー……」フランクが声をかけてきたが、彼女は鋭くにらみつけた。「こっちへ来るんだ」フランクはかまわずマギーを廊下の隅へ引っ張っていった。ランディを連行した捜査官たちのいないところへ。

「俺たちはすべての手がかりをたどるしかないんだ」マギーが返事を拒むように腕組みすると、フランクは続けた。「いまいましいのはわかる。だが、それが俺たちの仕事だ」そこで彼はじっとマギーを見た。「最後に食事をしたのはいつだ？」濃い眉を心配そうにひそめる。

「ランニングのあとで朝食をとるつもりだったわ。でもおかしな男に声をかけられて、昔の恩返しをしろと言われたのよ」マギーはそっけなく言った。

フランクが悲しそうにほほえんだ。「一時間休憩してこい。どのみち仕切り直しが必要だ。食事をして戻ってきたら、またひと踏ん張りしよう」

フランクの言うとおりだ。ちゃんと食べなければ。

「わかったわ。サルの店でハンバーガーを食べてくる。でも何か変わったことがあったら――」

「真っ先に電話をかける」フランクが請けあった。

「じゃあ、一時間後に」

ふたりはそこで別れ、マギーはエレベーターに乗ろうとした。そのとき、誰かが声をかけてきた。

「マギー、待ってくれ」ポールだった。

フランクのおかげで気持ちが落ち着いたのに、あっというまに台なしだ。マギーはいらだちを覚えながら振り向いた。「何よ?」

「そう怒るな」

「怒ってないわ。貴重な時間が無駄になったことに焦ってるだけ。カイラはとても危険な状態にある。あなたもわかってるでしょう? 糖尿病のことがあるからなおさらよ。仮に犯人がカイラを生かしておくつもりだとしても、病気の知識がなければ失敗するかもしれない。ランディが犯人でないのは最初からわかってたのに、あなたは原則どおりにすることにこだわった。彼がこんな犯罪を企《たくら》むわけがないでしょう」

「みんなが君のような人間じゃないんだ」ポールが初めていらだちをあらわにした。

マギーは一瞬驚いた。それまでの彼はとにかく辛抱強かった。マギーの気持ちが変わり、再び自分を求めてくれることを待っているかのように。

「どういう意味かわからない」マギーは言った。

「君は高い能力に恵まれている。生まれつきの才能だ。そういう直感が働きにくい者もいるんだ」

マギーは呆然とポールを見つめた。「生まれつきの才能?」今にも泣きだしそうな、押し殺した声が出た。生まれつきの才能などではない——恐ろしい体験から学んだのだ。血と恐怖と喪失から。十二歳のあの日以降、マギーの無邪気な子ども時代は永遠に失われた。姉も二度と戻らなかった。それなのに、これが生まれつきの才能だというのだろうか? 吐き気がする。

ポールが誤りに気づいたときはすでに手遅れだった。彼はブルーの目を見開き、無意識に手を差し伸べた。だがマギーは視線すら合わせることなく後ろに下がった。

「マギー……」

「もう行くわ」彼女は手を上げて制した。

マギーは足早にその場から去った。追いかけてこないだけの分別がポールに備わっていたことに感謝しながら。

14

片目で腕時計をにらみながら、マギーは以前よく行った数ブロック先の〈サルズ・ラウンジ〉に向かって車を走らせた。通りの反対側に駐車し、車を避けながらアスファルトの車道を横切る。〈サルズ・ラウンジ〉はネオンサインが弱々しくまたたき、ブロック壁もすっかり傷んでいて、いかにも見劣りがした。だがマギーはこの店がお気に入りだった。

ここに来るのは本当に久しぶりだ――近所に来ることさえずっと避けていた。しかし店長のサルが大切にしている磨きこまれたオーク材のカウンターは以前と変わらず、陰気ながら心落ち着く照明もそのままだった。

「マギー」銀髪の長い三つ編みを背中に垂らした大柄な女性がほほえみかけた。「ずいぶん久しぶりね。ジェムソンのロックでいい？」

「ハンバーガーだけをお願い」マギーは古びた革張りのスツールに座り、カウンターに肘をついた。なんて一日だろう。今朝ランニングに出たときは、まさかフランクが現れて自分を捜査班のメンバーとして連れ戻し、やっと手にした平穏な日常がひっくり返されるとは思いもしなかった。ポールとジェイクのふたりにはそれぞれ異なる意味で動揺させられた。心の糸は限界まで張りつめ、今にも切れてしまいそうだ。

サルが水の入ったグラスをカウンターの上で滑らせた。マギーはそれを受けとめ、口をつけた。「勤務中なの？」サルが尋ねた。

マギーはうなずいた。

「だったら急いで作ってあげる」

「ありがとう」マギーは言い、午後にカーマイケル・アカデミーへ行く際に束ねた髪を何気なくほどいた。

「ひとりかい？」髪をオールバックにしてサイズの合わないスーツを着た男が隣のスツールに腰かけた。「いっしょに飲もう」

マギーはあきれ顔で男を見た。話し相手は今、最もいらないものなのに。「私は飲んでないわよ。それに、悪いけどひとりでいたいの」

「つれなくするなよ」男が近づいてマギーの腿に手を置いた。マギーはその手首をつかんでねじりあげた——かなりの力で。男が息をのむ。

「ノーと言ったらノーよ」マギーは凄《すご》んだ。「早く消えて」

男はほうほうの体で逃げていった。

マギーはもうひと口水を飲んだ。一時間の休憩をくれたフランクは賢明だ。今日はもう充分すぎるくらい男の厄介な性質につきあわされた。安物のコロンのように不快にまとわりつき、鼻につく。まずポールの頭の固さと、ダットンの自己顕示欲に悩まされた。次に、上院議員の不信感、政策アドバイザーの露骨な野心。本部ではマイク・サットンのいやがらせ。まだ完全に幻滅せずにすんでいる相手はジェイク・オコナーだけだ。今朝初めて彼に会ったときの自分に、午後にはそんなふうに感じていると伝えても信じないだろうが。しかし今は……何年もいっしょに働いてきた元同僚と議論するより、ジェイクと意見の交換をしているほうがよかった。奇妙なことに。

彼はいったいどういうつもりなのだろう？　今朝はこちらのやり方すべてが間違っていると挑みかかってきた。しかしマギーがカーマイケル・アカデミーから戻ったあとは、熱心に話に耳を傾け、彼女の考えに共感し、さらに進んだ意見を示した。何がジェイクを変えたのだろう？　自分と同様に、この事件はどこか腑《ふ》に落ちないと思っているのだろうか？

ジェイク・オコナーはおそらく軍にいた経験があるのだろう。もし違っていたら、自分の一番上等のハイヒールを食べてもいい。彼が兵士だったことは物腰からも明らかだ。今朝、上院議員の邸宅から出ていこうとするマギーを追いかけてきたとき、ジェイクはわずか数秒ですべての出入口をダブルチェックした。戦闘経験者はほぼ確実にそうする。マギーの知っているＦＢＩの現場捜査官も同じことをする。もちろん彼女も。どんなときも非常時に備えて逃げ道を頭に入れておく習慣はすでに体にしみついている。

もっともマギーはこうすることをＦＢＩや軍で教わったわけではない。エリカとともに誘拐された夜に学んだのだ。もう手遅れだが、忘れたことはない。

ジェイク・オコナーはどんな人生から学んだのだろう？　あの鍛え抜かれた体と気骨ある性格の組み合わせは軍人に好まれただろう。生まれつきの指導者。彼は命令されることに慣れていない――むしろ命令してきた側だ。だから今朝もマギーから主導権を奪おうとした。だがそのあと態度を軟化させた。協力的になったとさえ言える。

とにかくジェイクのことはよくわからない。わからないうえに……魅力的すぎる。それでも彼が味方になってくれたことにほっとした。今もカイラの監禁場所がわかり次第突入するつもりでいるようだが。その気持ちはよくわかるし、非難するつもりもない。かつてマギーもそんなふうに思ってしまうことがあった。その焦りを無視するのが大切だと身をもって学んだだけだ。

髪を手で梳《す》きながらもうひと口水を飲んだとき、携帯電話が振動した。驚いて飛びあがりそうになったが、ＦＢＩのプロファイラーで友人のグレースがメールを送ってきたのだ。

〝本部に戻ったそうね。今どこ？〟

マギーは返信した。

〝サルのところ〟

数秒後、携帯電話が震えた。

〝すぐ行くわ〟

そのときサルがハンバーガーの入ったバスケットと揚げたてのフライドポテトを持って現れ、マギーの前に置いた。マギーはひと口頰張り、そのおいしさにうめきそうになった。

あまりに空腹だったため、数分後にグレースが現れたとき、マギーはハンバーガーをほとんど食べ終えていた。

グレースは高級な香りをまとって入ってきた。パリで特別に調合してもらった香水だ。マノロブラニクのヒールがタイルの床に響く。さっきマギーに言い寄ってきた男が視線を上げ、グレースをなめるように見た。マギーが礼儀を教えてやったおかげでおとなしく引っこんでいるが。

グレース・シンクレアは見れば見るほど美しさを感じさせるタイプの美女だった。ストレートの黒髪は腰まで届いている。砂時計のようにくびれた長身の体で、最新のデザイナーズブランドを着こなす。靴ひとつにしても、いったい一足にいくら注《つ》ぎこんでいるのかと思うほどだ。気さくで優しそうなハート形の顔は表向きの表情にすぎない。それはグレースが優秀なプロファイラーである理由のひとつだ。人々は高価な服を着た底の浅い女と彼女を侮り、逆に利用される。FBIのような男中心の社会に女性が身を置くことは簡単ではない。上を目指すためには、使える武器や才能はなんでも使わなければならない。グレースはそのことを理解しているし、マギーも同じだった。その共通認識のおかげで、ふたりは初めて会ったときから意気投合した。当時グレースはアカデミーの研修を終えたばかりで、マギーは捜査官になって一年ほどだった。

グレースはマギーの隣のスツールの埃《ほこり》を手で払って腰かけた。ダークブルーのリネンのワンピースのネックラインは左右非対称で、鰐《わに》の歯を思わせる。彼女は膝丈のフレアスカートからのぞくすらりとした長い脚を優雅に組んだ。スティレットヒールは凶器のごとく尖《とが》っていて、その気になれば敵の急所を貫くこともできそうだ。

マギーはグレースの心意気をよく理解していた。初めていっしょに組んだ事件では、ふたりの銀行強盗がロビーにいた大勢の客を人質に立てこもった。そのときグレースは、女性に差別的な男のプロファイラーの補佐役だった。彼はグレースの分析に耳を貸さなかった。しかし彼女はひるむことなく発言を続けた。そのうちマギーはグレースに意見を求めるようになった。グレースは犯人ふたりの関係性について分析した。マギーはそれを参考に手下の犯人と信頼関係を結ぶことに成功した。やがて手下が主犯格の男に不満を募らせて発砲し、それをきっかけにSWATが突入して、人質を無事に救出することができた。

「いつもこの店ね」グレースがため息をつき、薄暗くみすぼらしい店内をあきれたように見渡した。「セカンド・ストリートのワインバーのどこがいけないの？　あそこは毎週火曜がジャズナイトよ」

マギーはほほえんだ。グレースはジャズが好きなのだ。薄暗いジャズバーに連れていかれ、グレースが発掘したカルテットの演奏をいっしょに聴かされた回数は数えきれない。当時グレースは恋愛で悩んでいたが、そのときも同じように美しかった。マギーはグレースが大好きだが、ビールが飲めないバーには足を踏み入れない主義だ。

どんなに仲のいい友人でもそこだけは譲れない。

「こっちのほうが店長の人柄がいいわ」マギーは抵抗するように言った。

「フランクが休憩させてくれたの?」

「食事してくるよう命令されたの」マギーはフライドポテトをケチャップにつけながら答えた。「今朝、公園でランニングしているところをつかまって、それからずっと休憩なしで仕事をしてたのよ。犯人と初めて接触し、学校にも事情聴取に行ったわ。そのあと私が違うと言ってるのに、ポールが見当違いの被疑者を追いかけた。つまり、最高の一日だったってわけ」フライドポテトを乱暴にケチャップに突っこんだ。

「あのフランクが頼みごとをしてくるとはね」

「本当に」マギーは短く言った。

「まあフランクも、あなたが休んでいた二年を一気に取り戻すつもりはないでしょう」グレースが考えこむように言った。

「グレース、私はチャドで井戸を掘ってたのよ。休暇に出ていたみたいな言い方をしないで」

「もちろん慈善活動そのものはとても意義があるわ」グレースは言った。「でも、あなたは逃げだしたの。そこはお互いわかってるでしょう」

マギーはため息をついた。グレースの言うとおりだ。〈クリーン・ウォーター・イニシアティブ〉の活動はやりがいがあった。父が情熱を捧《ささ》げた活動であり、その遺志を受け継いで活動を続けられたことがうれしかった。しかしマギーはそれまでの人生から——自分の仕事と失敗から逃げるようにチャドへ向かったのだ。

「逃げたといえば、ポールといっしょに仕事をするのはどんな感じ？」グレースが尋ねた。

マギーはため息をついた。「彼は感じよく接してくれるわ。わかるでしょう。どこまでも間違ったことをしない人」

「ミスター優等生ね」グレースがほほえんだ。ポールはグレースのチームリーダーで、いっしょに仕事をしていた。マギーが婚約を破棄してチャドに行ったとき、グレースやほかのチームメンバーがポールを支えてくれると思うと少しだけ気が楽だった。

「まさにそれ」マギーは言った。「私にはあくまでも仕事仲間として接しているわ。むしろ厄介なのはジェイク・オコナーみたいなタイプよ」

グレースは完璧に整えられた眉を上げた。「オコナー？」

「セキュリティ・アドバイザーだそうよ。陸軍関係だと思うわ。上院議員のところへ送りこまれたのね。こういうデリケートな案件を専門に扱うみたい」

「ホフマン将軍が送りこんだ人のこと？」グレースがきいた。マギーは興味を引かれた。ジェイクについてもっと知っておく必要がある。スーツ姿が犯罪的なまでに魅力的だということ以外にも。

「わからない。そうかもしれないけど」マギーは言った。「誰の命令を受けて来てるのか明かさないの」

「将軍の命令で来てるなら不思議はないわ。私は去年、ホフマン将軍が送りこんできた部下といっしょに仕事をしたの」グレースが言った。「若い技術者だけど、ゾーイーと同じくらい腕利きだったわよ」

ゾーイーはグレースのチームが所属する科学捜査室のトップだ。日頃からグレースが褒めたたえていたので、比較された相手がどれほど優秀か想像できた。

「それで、彼らは信用できるの？」マギーは尋ねた。

「最高に優秀よ」グレースが言った。「でも、あの人たちは基本的に兵士なの。どれだけ口が堅いか想像がつくでしょう」

「オコナーはすべて自分に任せるべきだと言ってきたの。いまいましいったら」

「ばかげてるわね」グレースが言った。「だけど、いっしょに組むとしたらどう？そう悪くないかもしれないわよ。カイラを安全に救出する方法についていい案を出してくれるんじゃないかしら」

「そこへたどり着く前に、まずカイラの監禁場所を知る手がかりが必要なの」マギーはため息をついた。

「その後、まだ何もわからないの？」グレースが尋ねる。

「報告書を読んだの？」

グレースはうなずいた。「フランクが電話の録音と事件ファイルを送ってくれたわ。とりあえず今わかっている材料から初歩的な分析をしてほしいって」

「材料はあまり多くないわ」

「もっと少なかったこともあるわよ」

「どこか……腑に落ちないと思う？」マギーは尋ねた。

「腑に落ちないって、どういうふうに？」

「ずっと考えてたんだけど、筋が通らないのよ。誘拐犯は上院議員に必要以上に時間を与えている。そんなことをするのは不慣れな素人だけよ。でもその点を除けば犯人はとても手慣れている。とても周到に準備してるわ。まさしくプロの手口よ。なのに、なぜそこだけミスをするの？」

「わからないわね」グレースが考えこみながらマギーのフライドポテトをつまんだ。

犯人の性格を分析するために、グレースがその明晰な頭脳をフル回転させているのがマギーにもわかった。「犯人はカイラのインスリン依存を知っていると言い、どうやらその処置を自分でしているらしい。つまり、おそらくサディストではないわ。カイラはあくまでも道具であり、褒美ではない。それはいいことよ。犯人は明らかに肥大したエゴの持ち主だけど、目的意識が強く、カイラはその目的を達成するための手段にすぎない。つまり性的暴行や虐待を加えられる可能性はとても低いということよ。むしろ犯人はそういうことに耐えられないタイプかもしれない」

「よかった」

「おそらく犯人は、カイラの世話をきちんとすることで自分の欲しいものを手に入れようとしている。もしくは……罪悪感さえ持っているかもしれない。子ども、特に重い病気の子どもを連れ去るのは大人を誘拐するより心理的負担が大きいわ」

「そうね」マギーは言った。「でも、初犯ではないと思う。犯人にそれほど良心があるかは疑問だわ」

「たしかに」グレースが言った。「誘拐の手際のよさ、インスリン投与の準備、音声変換、電話信号を中継するテクニック……行動すべてが経験者であることを物語ってるわ。なのに、振込先を指定せずに身代金を要求してきた。これはやり方が雑ね」

「足がつくことを恐れたんだと思う?」マギーは質問した。それしか思いつかなかった。

グレースはワイングラスをまわし、中に入っている真紅の液体を見つめた。「電話信号を中継するほどのテクニックがあるなら、追跡されない口座を持ってるはずよ」

マギーはため息をついた。やはり自分は正しかった。「いくら細部を組みあわせても全体像が見えてこないの。ひょっとして私の腕がなまってしまったのかも……」マギーはもうひと口水を飲んだ。

「マギー、あなたのことがちょっと心配だわ」グレースが深刻そうに眉根を寄せた。「ここのところ多くの変化があったでしょう。FBIを辞め、ポールとも別れた。もちろんあなたが決めたことをどうこう言うつもりはないの」グレースは急いでつけ足した。「あなたのことは大好きだし、ポールはいい人だわ。なぜうまくいかなかったのかはわかってる。あなたが仕事を離れて慈善活動に身を投じる必要があったことも理解できる。でも今、また交渉人として戻ってきた。フランクに借りを返すためだけに。そこが心配なの」

マギーは唇を噛んだ。「何が言いたいの?」

「この先とてつもない混乱とストレスが待ち受けてるわよ」グレースが気遣うように

言った。「誰か専門家にかかってる？　シャーウッド・ヒルズ事件のことをセラピストに言った？　生活の変化について話した？　セラピーを受けることは恥でもなんでもないわ。トラウマや喪失を乗り越えるのにとても有効よ。お姉さんのことがあったあとにあなたが心理療法を受けていい効果を上げたことは知っているわ。また誰かの手を借りてもいい頃じゃない？」

マギーは熱いものに触れたように体を引いた。グラスが砕けそうなほど手に力が入った。一瞬、耳の奥で心臓が激しく打ち、悪夢に出てくる悲鳴が頭に響いた。マギーは深く息を吸って短く答えた。「グレース、私は大丈夫。それから、気を悪くしないでほしいんだけど、私が自分のことで誰かに相談するとしたら、それはＦＢＩ捜査官ではなくて……」突然あることが頭にひらめき、マギーはグラスを落としそうになった。「なんてこと。わかったわ」

「何が？」グレースが尋ねる。

「犯人が出した要求は偽物よ。欲しいのはお金じゃない。別のものだわ。お金は目くらましにすぎない。だから振込先を教えなかったのよ。やり方が雑なんじゃない……むしろ計算し尽くしてる。次の行動を起こすための時間稼ぎをしてるのよ。犯人はまったく別のことを念頭に動いている。本当に欲しいものを手に入れるために、おそらく上院議員に直接接触するに違いないわ。それが行われるのは今夜よ」

マギーは慌ててスツールを下りるとジャケットと携帯電話をつかみ、カウンターに小銭を置いた。

「もう行くわ。心配しないで、グレース」

グレースはもどかしそうな目をした。「私はあなたの友達よ。だからいつも心配してるわ。無事でいてね」

マギーは店を飛びだした。必ず無事でいると約束するつもりはなかった。約束はそもそもしなければ破らずにすむ。

15

シーブズの邸宅に戻る途中、マギーはフランクにメールを打った。〝少し遅れるわ。手がかりをつかんだの。脈があれば連絡する〟

ハンドルを指で叩きながら通りを抜け、門のところにいる警備員に臨時の通行証を見せた。車寄せに続く最初のカーブを曲がると同時にヘッドライトを消し、建物の玄関のドアと執務室の窓が見渡せるよう逆向きに駐車した。

マギーは闇に紛れて待った。

グレースには大丈夫と言ったが、嘘だった。ビデオ映像の中で、カイラが恐怖を表に出さないよう目を細めてビデオカメラを見つめているのを目にしたとき、手首に食いこむロープの感触を思いだし、パニックに陥りかけた。グレースの言うとおりだ——おそらくセラピーにかかるべきなのだろう。誘拐事件のあと、子ども時代をずっとセラピーにかかりながら過ごした。そのあとの高校時代も、大学時代の大半も。再びそんな日々に戻るのかと思うとすっかりまいってしまいそうになる。考えることそのものが自滅行為だ。

もっとも、悪夢には効果があるかもしれないが。

ほとんど毎晩のようにマギーは夢の中で十二歳の少女に戻り、小屋に向かって走っていた。小屋にたどり着いてドアを開くと悲鳴をあげた。なぜならそこにはただ血の跡が残されているだけだから。エリカの血の跡が。

血は小屋の壁と床に飛び散っていた。目の前の光景に打ちのめされてマギーがその場に膝をつくと、血が服にしみこんだ。血のにおいは強烈で、口の中まで味がして、何週間も喉の奥に残った。血の汚れを洗い流そうとするが、何年経っても肌にしみこんでいる気がした。

車のヘッドレストに頭を預けると、マギーは目を閉じて記憶を締めだそうとした。しかし余計に記憶が鮮明になってくるだけだった。

「ほかに方法はないわ」エリカが言った。

「私ひとりで行くなんて無理よ」マギーは懇願した。できない。できるはずがない。なぜお姉ちゃんはこんなことを頼むの？　もしあいつがお姉ちゃんを傷つけたら？

マギーが逃げたことでお姉ちゃんを罰したら？

エリカがマギーを引っ張った。「私は出られないの、マギー」マギーの耳元でささやいた。「体が大きいから。だからあなたが行かなくちゃ。ただここに座って何かが起きるのを待ってるわけにはいかないの。あなたならできる。そこから這いだして助けを呼びに行って。ここで待ってるから」

「いやだ」マギーは蚊の鳴くような声で言い、縛られた両手をエリカの頭にまわしてぎこちなく抱きしめた。「お姉ちゃんを置いていったりできない。傷つけられたらどうするの？」

「大丈夫」エリカが言った。「勇気を出して。私たちふたりのために」

「わかった」やらなければならない。それ以外に選択肢はない。いつものように姉は正しかった。

エリカが弱々しくほほえみ、マギーの頬にかかる髪を払った。「今夜、あいつが食べ物を持ってきたあとにやるの。いい？　あの男が出ていったら、這いだして走って助けを求めに行って。全速力で走るのよ。何があっても止まらず、何があっても振り向かないで」

マギーはこみあげる涙をこらえた。強くならなくちゃ。勇気を出さなくちゃ。お姉ちゃんのためにも、私たちを捜しているパパとママのためにも。

エリカがマギーの手をきつく握りしめてささやいた。「大丈夫。今夜何があっても、私とあなたの心はつながってるから」


マギーは勇気を出そうとした。あのときも、そのあとも。ときにはうまくできていると自分に思いこませることができた。しかしシャーウッド・ヒルズ事件のあとは、もはやごまかしきれなくなった——自分の心さえも。

自分に助けが必要なことはわかっている。だが、わかっているのと実際に行動するのとは別だ。自分が経験したようなことは誰も理解できるはずがない。どれほど善意があろうと友人たちでは無理だ。ほとんどの精神科医は能力が足りない。マギーはどうすれば助けを求められるのかわからなかった。そもそも助けを求める旅に出る勇気が自分にあるのかどうかも。むしろ感情を抑えつけ、無視するほうがずっと簡単だった。たとえ化膿《かのう》しようとも、傷口を治療するより放置しておいたほうが。

離れたところで何かが動き、マギーは思考を中断された。彼女が注意を向けると、通用口から人影が出てきた。雲が切れ、月明かりが銀髪の頭を照らしだす。

シーブズ上院議員だ。

ショータイムが始まろうとしている。

マギーはシーブズがシルバーのレクサスに乗りこんで出ていくのを見守った。懐かしい感覚が胸によみがえる。脈が速くなり、期待でみぞおちが痛くなった。ああ、この感覚だ――これまでわざと忘れていたのかもしれない。この仕事が恋しくなってしまうから。全身の細胞と思考が目覚め、満たされていく。自分がいるべき場所にいて、すべきことをしていると心から信じられる。

シーブズが見えなくなると、マギーはあとを追って私道を進み、レクサスがツタに覆われた門を出て左折するのを見届けた。

彼女はほかの車を数台挟んでレクサスを追跡した。全身の筋肉が張りつめ、耳の奥で鼓動が響く。レクサスだけに焦点を絞って目を細めるうち、ほかのものが視界から消えた。今ここに存在するのは自分とレクサス、自分と目標、自分と答えだけ。今回の答えは本物だ。

シーブズはごく普通に車を走らせていた。スピードを出しすぎることもなく、車道をそれることもなく、慌てている様子もない。ウインカーもきちんと出している。怪しい場所へ向かっているようには見えない。しかしマギーには信じられなかった。上院議員は何か隠している。夜中にこっそり出ていくのが何よりの証拠だ。

誰かがクラクションを鳴らした。マギーは毒づきながら右の車線に入って一台のSUVをやり過ごした。一瞬、目標を見失った。アクセルを踏みこんでSUVを追い越し、前方の車を順に見ていく。ああ、いた。彼女は安堵のため息をもらし、座席に身を沈めた。

渋滞するフォールズ・チャーチの住宅地を抜けて何キロか行ったところで、マギーは少しリラックスした。

ただし、あくまでも少しだけ。完全に気を抜いてはならない。なぜなら目標は必ずと言っていいほどそうした瞬間に動くからだ。

ワシントン・ブルーバードをゆったりと走っていたレクサスが、ふいに車線をふたつ変更し、幹線道路のランプにのった。

マギーはすばやく車線変更し、危うくセダンにぶつかりそうになりながらどうにかランプに入った。幹線道路に入ったとき、一瞬相手を見失ったと思った。尾行に気づかれただろうか。けれども大丈夫だった——四台挟んだ前方で、シルバーのレクサスが追い越し車線に入るのが見えた。

「見つけたわよ」マギーはほほえんだ。「どこに行くのか見物させてもらうわ、上院議員」

ワシントンＤＣに向かって東に進みながら、マギーは深呼吸をした。集中力を維持しなければならない——一刻一刻と時間が経過する中、犯人は作戦を練り、破壊の準備をしている。

16

三十分後、マギーはシーブズを追いかけてワシントンDCに入った。上院議員は低所得層向けホテルの駐車場に車を停め、今ではめったに見なくなった公衆電話ボックスまで歩いていった。電話ボックスの中に入り、数秒ごとに腕時計を見ている。

マギーは車六台分離れた場所に駐車し、後部座席に手を伸ばして床に置いてあるシルバーのブリーフケースを取った。今朝公園から車を持ってきてくれた技術者のマットに頼み、本部からいくつか必要なものを届けてもらっていた。会話を聞き取るための指向性マイクがいつ必要になるかは事前に予想がつかないものだ。マギーはいつも万全の準備をしておく主義であり、幸いマットは言ったとおりにしてくれた。

マイクは最新モデルだった。小型イヤホンを装着し、小さなディスク型のマイクを上院議員のほうに向けたとき、公衆電話が鳴った。

深夜の車の往来が電話の音を拾いにくくした。マギーはダイヤルをまわし、マイク

いった。

耳の奥までノイズが響いて思わず顔をしかめたが、やがてノイズは消えた。うまくいった。

「そこにいるのか？」上院議員が緊張した声で言った。

「指示が伝わったな」アンクル・サムが言った。今朝聞いたのと同じ、デジタル加工された声だ。心臓が激しく打つのを感じながら、マギーはシーブズの表情を読み取ろうと目を凝らした。彼は怯えているだろうか？ それとも怒っている？ こんな形でアンクル・サムと直接接触するよう命令されたことを、なぜ自分やジェイクに言わなかったのだろう？

「話しあいたい――」シーブズが言った。

「話しあうことはない」アンクル・サムがさえぎった。「指示したものを手に入れるか、娘が死ぬかだ」

マギーは顔をしかめ、マイクのボリュームをさらに上げた。〝手に入れる〟とはなんのことだろう？ 身代金でないのは明らかだ。上院議員が政府の機密に関与する機会は無数にある。

「ただ国会議事堂へ行って取ってこられるものじゃないんだ！」シーブズが言いなが

ら髪に手を突っこんだ。離れた場所にいるマギーにも、彼の頬が赤くなっているのがわかる。彼女は勘があたったことに喜びを覚えたものの、新たな事実に衝撃を受けた。シーブズは自分に隠しごとをしていた。身代金よりはるかに重要なものについて。

「おまえは議員だ。誰にも怪しまれない」アンクル・サムが言った。「言い逃れをするな。おまえが手に入れなければ、かわいいカイラは糖尿病の機能障害を起こして死ぬ。死体を沼に沈めてやろうか。そうすれば二度と見つからないだろう。おまえの妻は墓参りすることもできない。ひどい話だと思わないか、上院議員？」

「頼む」シーブズが声をうわずらせた。「君の要求は……法に反する。私は逮捕されてしまう。何もかもおしまいになる。金ならいくらでも払うから――」

マギーは必死に考えを巡らせながらマイクを握りしめた。金の問題ではない。だったらなんなのか？　国会議事堂にあるどんなものがアンクル・サムにとって他人の娘を誘拐するほど大切なのだろう？　またシーブズにとって、娘を誘拐されても拒まなければならないほど大切なものとはなんだろう？　娘の命が懸かっているときになぜ合法かどうかなどと言っていられるのだろう？　マギーの胸の奥で怒りに火がつき、一瞬で燃え広がった。いったいこのシーブズという男はどういう人間なのか？　優先順位がめちゃくちゃだ。

「やるんだ。さもないと娘が機能障害を起こすまでもなくなるぞ」アンクル・サムが言った。「その前に喉をかききってやる」

「しかし――」シーブズが言った。

カチッという音がした――そしてダイヤルトーン。

「くそっ！」シーブズが受話器をフックに叩きつけた。勢いで跳ねあがった受話器がコードからぶらさがって揺れている。シーブズは震える手で髪をかきあげ、いても立ってもいられないように靴底を地面にこすりつけた。

ろくでもない優柔不断にはつきあっていられない。カイラを見つけるために上院議員と戦わなければならないようでは、カイラの命はますます危険になる。マギーは心を決めてドアを開け、勢いよく車を降りて歩道を歩いていった。外は寒く、ピーコートの襟元をかきあわせた。答えが必要だ。それも今すぐ。相手が上院議員だろうと、どれほど権力を持っていようと、今回の悪夢を招いた原因がなんであろうと、どうでもいい。何より大切なのはカイラだ。

シーブズはまだ電話ボックスの中でうなだれていた。すっかり打ちひしがれた様子で足元を見ている。問いつめるなら今がチャンスだ。マギーは冷静に判断した。動揺しているとき、人はうまく嘘をつけないものだ。今ならシーブズの隠しごとを暴きやすい。

「上院議員」マギーは声をかけた。

シーブズがはじかれたように振り返り、ショックを受けた顔で目を見開いた。

「ミズ・キンケイド」事務的に答えようとしたのだろうが、その声はかすれ、後ろめたさがにじみでていた。

「そろそろ本当のことを話してください」

「君こそ車に乗って家へ帰れ」シーブズははねつけるように言った。「君に担当を外れてもらうよう、ただちにエイデンハーストに伝える」

マギーは体をまっすぐ起こして相手を見つめた。こういう手合いには慣れている。他人を踏みつけてでも自分の要求を通そうとする男。対処法は心得ていた。

「上院議員、あなたの車の中で話を聞かせてもらうわ。いいかげんにしないと本気で怒るわよ」

マギーの不遜な返事にシーブズは目をむいた。上院議員というのは特権的な地位にいる。日頃、相手から拒否されることはまずない。

カイラにとって幸運なことに、マギーは意気地なしではなかった。

「誰に向かって口をきいているのか、わかっているのか？」シーブズは威圧するようにマギーに近づいた。しかしマギーは平然と見つめ返した。「おまえを破滅させることもできるんだぞ」

「そして私はあなたを逮捕し、二十分以内に取調室に引っ張っていくことができる」無表情に続けた。「テレビカメラを並べて公式に録音して、本部から留置場へ移送するときに報道陣の前を歩かせましょうか。それ以上私を脅す前に考えて。私はあなたを破滅させることができる。それも再起不能なまでに。あなたは仕事も友人も失う。妻も去っていく。そしてカイラは……あなたがなんらかの秘密を抱えたことにより命の危険にさらされているあなたの娘は、二度とあなたと口をきかなくなる。もっともそれは、彼女がこの危機を無事に乗り越えられたとしての話だけど。あなたは世間によくある汚職政治家のリストに名前を連ねる。大統領執務室で写真を撮ることは永久にない。でもどうやらあなたはカイラの命より、そっちのほうに興味があるみたいね。自分の政治生命を守るために娘の命を危険にさらす人がいるなんて、私にはとうてい理解できない」

シーブズは言葉を失ったまま、怒りに打ち震えながらマギーをにらみつけていた。殴りかかられるかと一瞬思ったが、マギーはかまわず続けた。万一のときは相手を拘束すればいい。

「どちらが大切か考えて。あなたの家族……娘の命が懸かってるのよ。もし大切に思うなら私の言うとおりにして」

マギーは腕組みし、鋭い目でにらみつけた。引きさがるつもりはなかった。自分はそのへんにいるおべっか使いではない。カイラの擁護者であり、希望の光だ。必ず無事に助けだしてみせる。

「答えて、上院議員」

17

ジェイクは助手席のモニターを片目でにらみながら小さく毒づいた。赤いマークはフィフス・ストリートにとどまったまま、かれこれ十五分動かない。どこへ行ったかはともかく、上院議員は車を停めたようだ。

午後にマギーと最後に話したあと、ジェイクはレクサスに追跡装置をつけた。どうしても何かが腑に落ちなかった。その夜遅くになって赤いマークが動き、シーブズが自宅を出たのがわかった。やはり思ったとおりだ。

ウインカーを出さなかったために警官に呼びとめられたりしなければ、上院議員のあとをつけられたはずだった。警官に身分証を見せるとすぐに行かせてもらえたが、シーブズを見失ってしまった。

まったく。ジェイクは混雑する通りを進んだ。刻一刻と焦りが募る。ようやくフィフス・ストリートに入ることができ、誰も乗っていない駐車中のレクサスを発見してスピードを落とした。ブロックをひとまわりして戻ったとき、ふたりを見つけた。なんてことだ。マギー・キンケイドが歩道でシーブズ上院議員と口論している。もちろん彼女もシーブズに狙いをつけていたのだ。ジェイクは苦笑いを浮かべた。あとは自分に任せてもらおう。少なくともそれで少しは愛想よくしてもらえるだろう。マギーは情熱家であると同時に厄介な存在だ。ジェイクはその両方にめっぽう弱かった。彼女はジェイクの心をかきたてる。とても強く。そんなふうに感じさせる女性は多くない。軍の英雄である自分をそんなふうに思わせる女性は。

マギー・キンケイドは昔の出来事に引きずられるタイプではない。いつも現在のことを考えている。今はこの事件のことを。時間が経てば経つほど、ジェイクはますます彼女といっしょにいたくなった。だからこそ、先手を打たれるわけにはいかない。

マギーが上院議員を連れて車に戻ったので、ジェイクはSUVを降りて通りを歩いていき、レクサスの遮光ガラスのウインドーを叩いた。楽しいパーティといこう。

ウインドーが薄く開くと、ジェイクは後ろめたそうな表情のシーブズにほほえみかけた。「上院議員、後部座席に乗せてもらいますよ」

相手の許可を待たずに後部座席のドアを開けて乗りこんだ。

マギーが〝またあなた？〟という表情で振り向く。ジェイクは無言でほほえんだ。

彼女は再び前を向き、シーブズに話しかけた。

「どういうことか話してください」マギーが鋭いまなざしを向けた。「何を言ってもかまいません。悪いことだろうと法に反することだろうと気にしませんから。私はもうFBI捜査官ではありません。あなたがどんな法律違反をしようと、どんな汚い政治に手を染めようとどうでもいい。私はあなたを罰するために来たんじゃありません。あなたのお嬢さんを救うために来たんです」

シーブズはため息をつき、眼鏡を持ちあげて目頭をもんだ。そして話しはじめた。

「国会議事堂に、ある機密文書が存在する。特定の委員会に属する上院議員しか見ることのできない文書だ。内容の特殊性から、それを閲覧するための特別室がある。そこへの入室は完全に制限されていて、筆記用具も携帯電話も持ちこめない。犯人は私にそのファイルを持ちだせと言ってきた」

「そんなことができるんですか？」ジェイクが尋ねた。

シーブズは首を振った。「できない。違法だ」

ジェイクは顔をしかめたが、マギーを見ると彼女もまったく同じ表情をしていた。娘が誘拐犯にとらわれているというのに、法を犯すことを恐れている？　何かがおかしい――どう考えても。

「上院議員、犯人はどんな機密文書を要求しているんですか？　そこに何が書かれているんです？」マギーがきいた。

「君たちには言えない」シーブズがそっけなく答えた。「そこに書かれているような国家機密を、君たちは理解できない」

シーブズは嘘をついている。とてもお粗末な嘘だ。たとえ嘘でないとしても関係ない。マギーが鋭く息を吸う。ジェイクの胸にも怒りがこみあげた。この男は自分の子どもがどうなってもいいのか？　自分なら、もし子どもがさらわれたら天も地も動かしてみせる。そして誘拐犯をこの手で八つ裂きにしてやる。

「でたらめだ」侮蔑のこもったジェイクの声に、マギーが目を見開いた。「そこまでの国家機密なら、あなたはいくらでもまわりに助けを求められる。国家安全保障局が黙ってないだろう。軍もＦＢＩも、おそらくスパイたちも」

シーブズににらみつけられたとき、ジェイクはふいにあることを悟った。みぞおちが締めつけられた。勘があたったときはいつもそうなる。「アンクル・サムが欲しがってるのは、あなたにとって都合の悪いもの……政治生命にかかわるものなんじゃありませんか？　あなたは自分を守ろうとしてるだけでしょう」

「違う！」上院議員が言った。「私が嘘をつく理由などない。しかし国家の安全を守るべき理由は山ほどある。捜査をしくじったのはＦＢＩだ」マギーに意味ありげなまなざしを向ける。

「私は何もしくじっていません」マギーは気色ばんだ。「重大な情報を隠したのはあなたです。自分がすべきことの優先順位を考え直したほうがいいですよ」さらに続けた。「自分の政治生命のためにお嬢さんの命を危険にさらすつもりですか？」

「私はあらゆる求めに応じてきた」シーブズはマギーと目を合わさずに言った。「こんなはめに陥ること自体が間違っている。ＦＢＩの技術者はとうの昔に犯人の電話の発信元を突きとめているべきだ。ＳＷＡＴもとっくに娘を救出してしかるべきだった」

「そう簡単にはいきません、上院議員」ジェイクが言った。「こういう犯罪は特に」

しかしジェイクを見つめ返したシーブズの目には暗い決意が浮かんでいた。「オコナー、君はものを考えるためにここにいるのではない。命令に従うためにいるのだ」

シーブズはマギーを見た。「ミズ・キンケイド、君の洞察力に感謝する。だが私は政治家としての誓いを破ることはできないし、国家の安全を脅かす危険な情報を頭がどうかした男の手に渡すわけにはいかない。私にはカイラ以上に考えるべきことがある。娘を無事に連れ戻すのは君たちの仕事だ。私の仕事は国家の安全を守ることだ」

上院議員は血も涙もなくはっきりと突き放した。これ以上言っても無駄だとマギーは悟った。少なくとも今夜のところは。これまでにわかったことを整理し、よく考える必要があった。自分の子どもの生死さえかまおうとしないこの男の周辺を洗い直さなければならない。シーブズは娘を誘拐した犯人よりも恐ろしい——キャリアのためならわが子の命まで簡単に投げだそうとする怪物だ。マギーは体の震えを抑えた。

「オコナー」シーブズが大きな声で言った。「私は家に帰る。休息が必要だ。明日の朝に会おう。マックスの助言どおり、記者会見を開くことにする。こちら側のストーリーを作りあげる時期だ」

マギーはため息をついた。「あなたはとんでもない間違いを犯そうとしているわ」言いながら車のドアを開いて降りた。

ジェイクもあとに続くと、シーブズはレクサスをバックさせて向きを変え、荒々しく発進させた。マギーは腰に手をあて、怒りのこもったブルーの目で走り去る車をにらみつけている。やがて携帯電話を乱暴に取りだしてどこかにかけはじめた。

「フランク、私よ。犯人が直接シーブズに接触してきたわ。この事件は思ったより複雑よ」言葉を切り、相手の言葉にうなずいた。「わかったわ。じゃあ、明日の朝に」

彼女は電話を切ってにらみつけた。

「エイデンハーストは規則に従うのか?」ジェイクは尋ねた。エイデンハーストは有力者の圧力に屈する人物には見えなかったが、人は見かけによらない。

マギーが鼻を鳴らした。「フランクは短気だし、最近は定年後の身の振り方を気にしてるのよ。まあいいわ。シーブズが邪魔してくれたおかげで、むしろカイラを助ける手がかりがつかめたもの」

「これからどうする?」

「夜の担当が引き続き電話をモニターしてるけど、犯人は夜中にはかけてこないでしょう。犯人がシーブズに直接連絡したということは、私たちにしてくる連絡にはまったく別の意味が生まれるわ」

「どんな?」

「演技よ。犯人は実際は私と何も交渉していない。交渉しているふりをしてるだけよ。求めているものを私が与えられないことは相手もわかってる。犯人が欲しいものはシーブズだけが与えられるのよ。フランクは明日、チームを再編成して作戦を立て直すつもりよ」

「シーブズは君を妨害するだろう」

「わかってる。まったくふざけた男だわ」マギーは反論を待つようにジェイクを見た。

しかしジェイクは苦々しげに首を振った。「同感だ」

マギーは驚いた顔で後ろに下がり、彼の顔から足元までを見おろし、再び顔を見あげた。目と目が合ったとき、ジェイクは相手が赤くなることを期待しながら眉を上げた。

けれどもマギーは言った。「どのみち明日の朝までは何もできないから、飲みに行かない？」

彼女が突然話題を変えたことに驚いたジェイクは、シーブズに対する激しい怒りを一瞬忘れた。自分の唇に笑みが浮かぶのがわかった。「いいところを知ってるよ」

18

ジェイクはマギーを近くのバーに連れていった。最高のラザニアを出すイタリアンバー〈ジョルジオズ〉だ。店は小さく、一九五〇年代の昔懐かしい雰囲気がなんとも心地よい。

ジェイクはマギーが店内を見まわす様子を観察した――ワインボトルに反射するろうそくの光、チェック柄のテーブルクロス、壁にかかるフランク・シナトラのサイン入りの写真。カウンターの向こうに誇らしげに立つ、ろうそくの光に映える糊のきいた白いシャツに身を包んだ店長のジョルジオ。

一瞬ジェイクは、マギーがこの店を嫌うのではないかと思った――あまりにも俗っぽいと。彼女を軽く見すぎただろうか？　ボトルサービスがあったり、ミシュランの星がついていたりする店に連れていってほしがるタイプの女性だったのだろうか？

しかしマギーはいやな顔をするどころか、みずみずしい唇を大きく広げてほほえんだ。「いい店ね！　まあ……あれはミートボールに金めっきを施してあるの？」バーの隅に置かれたガラスケースを指さした。なるほど皿の上に金色のミートボールがある。

「そうだ」ジェイクは言った。

「どういうわけ？」

「ただ……ミートボールに金めっきを施して置いてあるんだ」ジェイクは言った。

「ずっと昔からね」

マギーは笑いだした。その声はジェイクの深い部分に届き、疲れた心を癒やした。

「わかったわ。ぜひいわれを聞かせてもらわなきゃ」店の奥に入っていきながらマギーは言った。

「ジョルジオから聞くのが一番だ」ジェイクはカウンターの向こうにいる男にうなずきかけた。

「ジェイク、よく来たね」ジョルジオが言った。「そちらのすてきな女性は？」

「マギー・キンケイドだ。キンケイド、こちらがジョルジオだ」

「どうぞよろしく」ジョルジオがマギーの手を取り、キスをした。

「彼女はミートボールのことを知りたがってるんだ」ジェイクは言った。

ジョルジオが黒いひげの下でほほえみを浮かべた。「この世にはときどき完璧すぎて食べられないものがある」大真面目な表情でマギーに言った。「ある日うちのシェフがミートボールを皿に盛った。初めはよくわからなかったんだが……とにかくその瞬間、私はそれがこの世で唯一無二の完璧なミートボールだと確信した」

「味見もしないで？」マギーがいたずらっぽい表情でジェイクを見ながら言った。

「味見なんて必要なかった！」ジョルジオが大仰に言った。「直感でわかるのさ」

「あなたは直感の人なのね」

「ここで感じることが何より大切だ」ジョルジオは丸い腹を叩いた。「とにかく、私はそのミートボールをシェフが怒るのもかまわずかっさらった。彼女はいつも口うるさいんだ」

「結婚生活が続く程度には辛抱してもらってるんだろう？」ジェイクが指摘した。

「たしかに」ジョルジオが言った。「妻には料理の才能がある。私はその才能を記念にしたかった。いつまでも残しておける特別なものにしたかった。彼女の才能に見合う捧げものとして」

「そういうわけで、この世で最も完璧なミートボールに金めっきを施したのね？」マギーが締めくくった。

「愛のためにね！」ジョルジオが熱をこめて言った。「そして後世のために！」

「それを結婚記念日に奥さんに贈ったんだ」ジェイクはつけ加えた。

「まあ」マギーが言った。「どうなったの？」

「一週間カウチで寝るはめになった。しかし、それだけですんだよ」ジョルジオがにやりとした。「最近では妻もあれを気に入ってる」

マギーが笑った。「ジョルジオ、あなたって変わった人ね」

「よく言われるよ」ジョルジオは言いながらワインの栓を抜いて二個のグラスに注いだ。「彼も……」ジェイクを指す。「この男も唯一無二だ」

「そうなの？」マギーがスツールの上で向きを変えてジェイクを値踏みするように見た。

「兵士が唯一無二なものか」ジェイクは言った。「兵士は部隊の構成要素にすぎない」

ジョルジオが鼻を鳴らす。「あんた以外に誰が町じゅうの店の窓に落書きするやつらを相手にしてくれる？　うちの女性バーテンダーが夜中にひとりで町を歩かなくてもいいように家まで送ってくれるやつは？　この男は……」言いながらジェイクの肩をつかんだ。「本当にいいやつなんだ。放すんじゃないよ」彼はマギーにウインクした。

「あら、わたしたちは――」マギーが言いかけたが、厨房《ちゅうぼう》からジョルジオを呼ぶ女性の声がした。

「仕事だ」ジョルジオはお辞儀をした。「ほかに欲しいものがあったら呼んでくれ」

ジョルジオは厨房に消え、ジェイクはマギーを見た。

「ここがあなたの行きつけの店なのね」彼女は店内を見まわした。

「ああ、僕はこの近所に住んでる。ここのガーリックノッツ（ピザ生地でできたガーリックブレッド）は最高なんだ」

「料理はあまりしないの？」マギーが尋ねた。

「グリルチーズ以外はね」

マギーのブルーの瞳がやわらいだ。「私もあまりしないほうよ」言いながらワインに口をつけた。「さあ、事件の話をしないと」

さっそく仕事か。もっとも、彼女を責めることはできない。事態は一刻を争うのだから。しかしマギーがジョルジオと軽口を叩きあう姿を目にすることができてよかった。とてもリラックスして見える。意外な一面だ。

マギーをさらにリラックスさせることを考える代わりに、仕事に集中しなければ。

それにしても彼女のことが気になってしかたがない。自分からわずか数センチのところにいて、肌をろうそくの光に輝かせ、ワイングラスを持っている。ジェイクはその指先を吸い寄せられるように見た。マニキュアを施していないのがいい。マギーは銃を扱う者の手をしている。いかにも有能そうで、かえって魅力的だ。

悪を正すために戦う非情な女。

それ以上に魅力的なものはこの世にない。

ジェイクがこれまでに見た中で、マギーが最も美しい女性であることは間違いなかった。肌はクリームみたいになめらかで、瞳は突き抜けるようなブルーだ。このブロンドの巻き毛を指で梳き、彼女を抱き寄せてキスできたら……。

「シーブズをどうしたらいい？」マギーの質問で空想が中断された。ジェイクは咳払いをし、居心地が悪くなってスツールの上で身じろぎした。

「僕には腕のいい部下がいる。シーブズのコンピュータに侵入して、何を隠しているか調べることができる」

「でも、何を隠しているかはもうわかってるわ」マギーが言った。「もしくは誘拐犯が何を求めているか。それがなんであれ、国会議事堂にある。シーブズのコンピュータではなく」

「たしかにそうだ」ジェイクは認めた。「君が考える最善の策は？」

「犯人はファイルの内容を知ってるわ」

「まさか君はその内容について、犯人にしゃべらせようとしてるのか？」

「なぜいけないの？」マギーが眉をひそめる。

「いけなくはない」ジェイクは言った。「いい考えだと思う。シーブズが要求に応じなければ、犯人は再びわれわれに連絡してくる。うまく話を持っていけば、シーブズよりも包み隠さずに話すかもしれない」

「可能性はかなり低いわ」マギーがグラスの赤ワインをまわしながら言った。「あまり強く主張できないし、焦ってると思われてもいけない。シーブズが私たちに情報を明かしていないことを悟られたらそれまでよ。圧倒的に向こうが有利になってしまう」

「君ならできる」ジェイクは言った。

「そう思う？」マギーの声に気弱さがにじみ、ジェイクは驚いた。彼女はとても自信に満ち、向こう気が強い。最後の事件についてペギーが教えてくれたことを、ジェイクはほとんど忘れかけていた。

「ああ。僕より先にシーブズをつかまえたじゃないか」

マギーが得意げにほほえんだ。「そうね」いたずらっぽく言う。

「笑うな」

マギーが舌を突きだした。「私があなたより尾行がうまいからってひがまないで」

「僕は警官に止められたんだ！」

「私はそもそも止められたりしない」彼女は顎を上げた。

ジェイクは笑った。「君は仕事ができるんだな」マギーのことがますます好きになってきた。気分がほぐれ、楽しくなってくる。

「そうあろうと努力してるわ」マギーは携帯電話の時間を確認した。「もう行かないと。遅くなったわ」

「運転は大丈夫か？」

「ワインをグラスに半分飲んだだけよ」マギーがスツールから立ちあがった。「大丈夫」

ジェイクは彼女を店の外まで送った。ジェイクがマギーの腰に軽く手をあてると、彼女は顔をしかめたり体を引いたりすることなく、むしろジェイクに寄り添ってきた。ジェイクの鼓動が速くなった。

この時間、外は人通りがなく暗かった。マギーは笑顔のままジェイクを見た。

「楽しかったわ。あなたは思ったほどいやなやつじゃないみたい」

「そこまであっさり認めるとは驚いたね」

「行かないと」そう言いながらも、マギーは動かなかった。

ジェイクは身をかがめてマギーにキスしたかった。魅力的な細いウエストをつかんで引き寄せ、やわらかな肌、胸や腰の感触を味わいたい。しかしできないことはわかっていた。そうしてしまったら、金めっきのミートボールのエピソードとグラス半分のワインのおかげで生まれたあたたかな同志愛が失われてしまう。

ジェイクはそれを失いたくなかった――自分のためにも、彼女のためにも。この先ひょっとして変わるかもしれないふたりの関係のためにも。

「僕を家まで送ってくれてもいいんだぞ」ジェイクは冗談であることがわかるように笑いながら言った。

「あなたはもう子どもじゃないでしょう、オコナー。ひとりで大丈夫よ」

「じゃあ、また明日」向こうを向いて車のキーを取りだしたマギーにジェイクは言った。

「ええ、明日ね」

ジェイクはマギーが車に乗りこんで発進させるのを見守り、通りの向こうにブレーキランプが消えるまで見送った。それから再び店に入った。

ジョルジオはバーカウンターを拭いていた。「もう怖がらせちまったのか？」

ジェイクはうんざりして目をくるりとまわした。「彼女は明日早いんだよ」それは自分も同じだった。

「いい子だな」ジョルジオがほほえむ。

「ああ」マギーが笑ったときの瞳のきらめきを思いだしながらジェイクは言った。ハスキーな笑い声がいつまでも耳の奥に残っている。「そう思うよ、ジョルジオ」

19

フランク・エイデンハーストには多くの顔があった。愛国者。射撃の名手。チェスの達人。人並みによくできた夫——少なくとも妻のアリスは今のところ文句を言っていない。十月が来れば結婚三十五周年だ。

だが彼はうまく立ちまわれるタイプではなかった。だから上院議員の執務室でマックス・グレイソンがグリーンスムージーをすりながら近づいてきて、ヘイル・ビルディングで記者会見を開くことについて意見を求めてきたとき、不機嫌に言い放った。

「まったくひどいアイデアだ」

「ひどいものか！」グレイソンが半ば楽しげに言った。「間違いなく広範囲で票が稼げるぞ。人々のあいだに一体感が生まれるだろう」

「記者会見など開いたら、今まで世間が気にしなかったことにまで注目されるようになって、子どもの命が危険にさらされる」フランクは吐き捨てた。こんなおべっか使いの考えにのるなんて、シーブズはいったい何を考えているのか？　おのれの野心に目をぎらつかせたグレイソンは、明らかにボスの娘の命より集票に血道を上げている。しかし上院議員までが同じ行動を取ろうとするのはなぜだ？　シーブズにマギーを会わせて以来、フランクは大きな懸念を抱いていた。シーブズの考えていることがわからない。しかし犯人の意図は次第に明確になりつつある。標的は上院議員だ。フランクは午前四時から通話記録をモニターしていた。口座を知らせる犯人からの電話を待っているだけでなく、シーブズの通話記録を調べたのだ。今のところはなんの収穫もないが、捜査は始まったばかりだ。

「どのみちすぐにニュースになる」フランクのそっけない態度に少々気を悪くしたようにグレイソンが言った。「そうすればわれわれがストーリーを話すことになるんだ」そのときグレイソンの携帯電話が鳴った。「失礼」フランクにうなずきかけた。「グレイソンだ」彼は立ち去りながら電話に出た。「だめだだめだ。テレビカメラは会場に少なくともあと三台用意しろ。上院議員とミセス・シーブズの姿をあらゆるアングルから映せるように。それと照明はどうなってる？」小走りでどこかへ行こうとしている助手に向かって指を鳴らした。「ミセス・シーブズを見なかったか？」

「まだベッドでやすんでいると思います」助手の女性が答えた。

グレイソンはうんざりしたように天井を仰いで電話のやり取りに戻った。

フランクは軽蔑の表情を押し隠した。まったくあきれた男だ。

マギーはジェイクといっしょに戻ってきていた。部屋を歩きまわりながらテレビカメラの位置やマイクについて話しているグレイソンを見て、唇をきつく引き結んでいる。

「犯人からの連絡は？」マギーがフランクに尋ねた。「口座の指定をしてきた？」

フランクは首を振ったが、彼女はさして驚いた様子を見せなかった。

「それで、彼らは相変わらず記者会見を開くつもりなの？」マギーが目を細めながらきく。

「そのようだ。思いとどまらせようとしたものの、聞く耳を持たない。われわれが犯人となんとか交渉できるまで待てと説得したんだが」

「もう一度話してみるわ」マギーが言った。フランクが止める間もなく、彼女は叫んだ。「グレイソン！」

グレイソンは振り返り、取り込み中だと言いたげに携帯電話を指さしてマギーに背を向けた。

フランクは顔をしかめた。あれはまずい。マギーを無視するのは照りつける太陽を無視するようなものだ。

マギーはグレイソンに近づいていき、携帯電話を取りあげた。「もしもし、グレイソンはあとからかけ直します」通話を切り、そのまま携帯電話を大きなソファに投げた。携帯電話は二度跳ねたあと、部屋に敷きつめられているアンティークのペルシア絨毯《じゅうたん》に落ちた。

「何を――」グレイソンは驚きのあまり言葉を詰まらせ、耳まで赤くなった。

フランクは笑いを嚙み殺して首を振った。

「記者会見なんてとんでもないわよ」マギーが言った。「よっぽどの間抜けでなければわかることだわ」

「君には関係ないだろう」グレイソンが嚙みついた。「私は君の命令になど従わない。私はシーブズ上院議員のために働いているし、これは彼が望んだことだ。そうですよね、上院議員？」マギーの肩越しに向こうを見た。

フランクが振り返ると、上院議員がドア付近からふたりの対立を見ていた。

マギーが振り向いてシーブズを見つめた。「上院議員、どうか考え直してください」せっぱつまった声で言った。「ゆうべ話したことを考えてみてください。ここで騒ぎを大きくすべきではありません。記者会見などしたら、状況をコントロールできなくなります」

「彼女の言うとおりです、上院議員」ジェイクが横から言った。「犯人との交渉を報道されたら、何もかも手がつけられなくなります。事件解決がいっそう困難になる。リポーターたちは傍若無人です。スクープのためなら捜査の邪魔さえする。そんなふうに世間の注目を集めれば、何が起きてもおかしくない。戦略としてはまったくよくありません」

「誘拐犯は簡単にパニックに陥るものです」マギーが懸命に訴えた。「全国民がこの事件に注目するんですよ。当然誰もが犯人捜しを始めるでしょう。そうなると犯人は過敏になります。お嬢さんの命を握っている相手をそんな状況に追いつめてはいけません。私たちは今のところ犯人にとって交渉しやすい関係性の構築に努めています。でも、記者会見をしたらその前提が崩れてしまう。すべてが台なしになって、挙げ句の果てに……」意味ありげに上院議員を見つめて言葉を切った。シーブズは彼女の視線を避けて黙っていた。

「世間には知る権利がある！」グレイソンが部屋を横切り、シーブズの隣に立った。「カイラの友人がまだ事件をインターネット上に流してないことのほうが不思議だ！」

「それは私たちが外にもらさないよう口止めしたからよ」マギーが冷ややかに言った。

「彼女たちはとてもいい子だわ。友人が見つかることを心から願ってる。あなたと違ってね」

グレイソンが痛撃を受けたようにあとずさりした。しかしフランクにはそれが演技だとわかった——目が冷酷だからだ。グレイソンが体勢を立て直すのをフランクは息を詰めて見守った。マギーの意図していることはわかるが、これはやりすぎだ。グレイソンのような男は根性を叩き直されるべきではあるものの、こんな手荒な手法は怖いもの知らずのマギーにしかできない。

「もちろん私だってカイラが見つかってほしいと思ってる」グレイソンが静かに言った。「しかし、いい子だろうとなんだろうと子どもは信用できない。自分たちで立ち向かわなければ」シーブズの肩に手を置いた。「上院議員、あなたは公人だ。みんなの前で話すのがあなたの仕事です」

シーブズは深く息を吸ってマギーを見つめ、続いてジェイクに、最後にグレイソンに視線をやった。「そのとおりだ。記者会見をしよう。原稿はできているのか?」

「取り返しのつかない間違いだわ」マギーが軽蔑のこもった低い小声で言った。まわりが何か言う間もなく、彼女は向きを変えて執務室から出ていった。こぶしを握りしめ、肩をそびやかして去っていく背中に強い怒りがにじんでいる。

フランクはため息をついた。マギーはワシントンDCの有力者たちのモラルの低さに我慢がならないのだ。もちろん今回ばかりはフランクも腹が立った。このろくでなしは選挙キャンペーンのために自分の娘の命を危険にさらすというのか。しかしフランクはこの地域の性根の曲がった政治家たちの周辺で長年仕事をしてきた。マギーはそういう連中といっしょに仕事をすることを拒んだ。初めはやんわりと断り、それが無理になるとはっきり反発した。特に誰かの命がかかわる場面では。

彼女は誰より優秀だ——天才的と言えるほどに。優秀な新人をスカウトするため、誘拐事件のシナリオを使って研修生に実地訓練をしたときからわかっていた。マギーはたぐいまれな直感と、経験を積んだ捜査官でも太刀打ちできない冷静さを併せ持っていた。

実地訓練では、最後の段階で新人たちの一部が冷静さを失った。ほかの者ももって数時間だった。言葉の端々にわざとらしさがにじみ、犯人との交渉に失敗した。直感の弱い者も多かった。そういう者たちは、押す、引く、譲歩する、目的を変える、毅然と拒否する、理解を示すなどのタイミングがわからない。

マギーは最後まで健闘した。ブロンドの巻き毛と真剣そのもののブルーの目をした、まだほんの小娘だったのに。人質と誘拐犯の両方が死亡したと知らされてもくじけなかった。

フランクは授業のあと、階段にいたマギーに声をかけた。

〝おまえはよく頑張った〟あのときフランクはそう言った。

そのときマギーが顎を上げて返した言葉をフランクは今も忘れていない。〝私はすべて正しく行動しました。でも、現実でも彼らは死んでいたでしょう〟

フランクは優しく言った。〝この仕事ではそういうこともある〟

それは新人が最初に学ぶべきことであり、最も大切なことでもあった。

マギーは深く息を吸って言った。〝わかってます〟

実際マギーがそのことをどれほどよく理解していたか、フランクは数日後に彼女の経歴書を見て初めて知った。マギー自身が誘拐事件の被害者だったのだ。

今日彼は、あの頃のマギーが再び帰ってきた気がした――グレイソンの携帯電話を投げ、氷のごとく冷ややかな侮蔑をこめて上院議員に盾突く姿を見たときに。二年前に彼女がＦＢＩを辞めて以来、フランクは何より勇気づけられた。もちろん自分は気をつけて見てきたつもりだが、シャーウッド・ヒルズで少女を助けられなかったことでマギーが再起不能になるのではないかと恐れていた。

しかし今、彼女は女性捜査官ならではの鋭い切れ味とともに戻ってきた。女性は男よりもがむしゃらに働く。男のパワーゲームに巻きこまれることなく直感を研ぎ澄ます。自らの能力を証明しなければならない場面も男より多い。

マギーは常にその能力をまわりに証明してきた。だからこそ自分の腕に磨きをかけることができた。彼女は常に向上しようと努力した。慢心することはなかった。

マギーはほかの誰もかなわないほど危機というものを理解していた。

「エイデンハースト、ちょっと外してくれ」シーブズの言葉でフランクは現実に引き戻された。

彼はため息をついた。「上院議員、私ならここはプロの意見に従います」

シーブズがフランクをにらみつけた。「もう決めたんだ、エイデンハースト」

フランクは唇を噛んだ。自分も愚か者ではない。何か裏があることはわかっている。だが自分がシーブズに何かを告白させられるとも思えなかった。

しかしマギーなら……。

「外にいます」フランクは言った。ドアを閉めるとき、マックス・グレイソンが上院議員に寄りかかるように話しているのが見えた。照明のあたり方について助言しているのだ。

フランクは鼻を鳴らし、階段全体が見渡せる椅子に座った。真鍮の花器に活《い》けられた巨大なシダの葉の陰に半分隠れる格好になった。

そのとき、マギーがジェイク・オコナーにつき添われながら階段を下りてくるのが見えた。

「この件について話しあおう」ジェイクが言った。

「私だけでできるわ」マギーが言った。「手助けは無用よ」

「いや、話し合いが必要だ。君はひとりで突っ走る癖がある」ジェイクが言い返す。

マギーがあきれた顔で目をくるりとまわした。「ゆうべ私に先を越されたことを根に持ってるんでしょう」

「僕は警官に呼びとめられたんだ。それがなければ追いついていた」

マギーが鼻を鳴らした。「もうたくさん。オコナー、私は大人よ。自分の仕事は自分でできるわ」

「一匹狼《おおかみ》を気取るのか、ブロンドちゃん」

「その呼び方はやめてと言ったでしょう！」マギーがぴしゃりと言った。

ジェイクが感心したように目を輝かせてほほえんだ。「すまない、うっかりしてた」

フランクにはマギーの目が笑っているように見えた。「忘れないで」

彼女は残りの階段を下りてきたが、フランクが座っているのを見つけ、はたと足を止めた。

フランクが眉を上げると、マギーはさっきの会話を聞かれたことを悟り、赤くなった。

男女がああいった言い争いをする理由はふたつある。惹かれあっているか、憎みあっているかだ。

マギーは顔を赤くしながらふたりを残して廊下を去っていった。ということは、明らかに前者だろう。

20

マギーはピーピーと音を立てはじめたケトルを持ちあげ、カップに湯を注ぐとティーバッグを浸し、蜂蜜を少し入れてかきまぜた。湯気の立つカップをつかみ、キッチンを出てリビングルームへ向かった。

結局、その日は一日じゅう上院議員の邸宅で待機したが、誘拐犯からの連絡がないまま時間は過ぎ、緊張は増すばかりだった。夕闇が迫ってくると、とうとうフランクがマギーを部屋の隅へ引っ張っていった。

「どうやら犯人からの連絡はなさそうだな」

フランクの言うとおりだ。しかしこれが犯人の攻撃的戦術なのか、懲罰を与えているつもりなのか、それともパフォーマンスなのか、マギーには判断がつきかねた。犯人はただ捜査陣を引っかきまわしたいのだろうか。あるいは躊躇《ちゅうちょ》しているのか、自分のしでかしたことの重大さを知って冷静さを失っているのか。それともすべてがゲームで、犯人はマギーの知らないところで上院議員と交渉を進めているのだろうか。

「狙いは身代金じゃないわ」マギーは執務室の壁にもたれ、明日の記者会見で話す内容を思案中の上院議員とマックス・グレイソンを眺めた。ミセス・シーブズは自室にこもったきりだ。「犯人からの連絡はすべて、真の狙いから目をそらすためのものよ。身代金の受け取りよりももっと大きな目的があるんだわ」

「見当がついてるのか？」

マギーは首を振った。「これだと言えるようなことは何も。ここでは考えられないわ。あまりに多くのことが起こりすぎてるし、人が多すぎる」

「二十分もすれば夜勤の者が交代しに来る」フランクが言った。「今夜はもう電話はかかってこないだろう。おまえは家に帰れ。少し眠って、取ったメモと捜査ファイルを見直すといい。ひょっとして、見落としていたことに気づくかもしれない。何か動きがあれば知らせる。明日、記者会見場で落ちあおう」

「それで本当にこの砦《とりで》を守れると思う？」マギーは尋ねた。

フランクは目を細めてシーブズを見た。「彼から決して目を離しはしない」

それでマギーは家に帰り、手がかりを捜していた。上院議員が何を隠しているのか、そして犯人が本当は何を望んでいるのかを教えてくれる手がかりを。

マギーがテレビの音を大きくすると、ソファで丸まっていた猫のスウォンクがニャアと鳴いた。彼女はグレーの耳をかいてやった。スウォンクは黄色い目を気持ちよさそうに細め、喉をごろごろ鳴らした。

「次のニュースです。シーブズ上院議員が明日、記者会見を開く予定です。今のところ、会見の目的は明らかにされていませんが、著名な政治家であり実業家でもある上院議員が個人的な件について話すものと見られています」

マギーはリモコンのボタンを押してテレビを消し、グレーのリネン地のソファに深くもたれた。上院議員は愚か者よりもなおたちが悪い。自分のエゴと投票数のために娘が生き延びるチャンスをつぶそうとしている悪人だ。シーブズはマギーに言われても信じるそぶりを見せなかったが、記者会見など開けば今後の交渉において無用な緊張が増すだけだと彼女にはわかっていた。世間の注目が集まれば、誘拐犯が無傷で逃げおおせる見込みはなくなる。自殺願望をかなえるために警官に射殺してもらおうとしてこういった事件を起こす者もいるが、アンクル・サムの自意識とこれまでの策略を考えると、マギーにはこの犯人にそんな願望があるとは思えなかった。そんな気があるならカイラを連れまわしているはずだ。マギーは頭を振った。いったいシーブズはどういうつもりで、こんなひとりよがりなことをして娘の命を投げ捨てようとしているのだろう？

マギーはため息をつき、片手で髪をかきあげながら殺風景なリビングルームを見まわした。スウォンクを迎え入れる前に買ったソファと白い椅子がひとつ。爪研ぎをされないように、椅子には布をかけたままだ。ほかにある家具といえば、ガラスと木でできた長方形のコーヒーテーブルとテレビ台ぐらいだった。

壁に飾ってあった数枚の家族写真も、婚約パーティのあとは二階のベッドルームに移していた。ポールの大学時代の友人のひとりから悪気なく姉の消息を尋ねられ、マギーはその夜ずっとみぞおちに痛みを感じながら幸せそうな笑みを浮かべ、手首をさすらないよう気をつけて過ごした。

マギーは実用一点張りで、必要だと思うものもそれほど多くなく、部屋を飾りたてることもしなかった。それがポールを悩ませた。ポールはそれを彼女が他者に関心を持てないことの表れだととらえた。自分の家を彩る色すら決められないマギーが、彼に関心を持てるはずがないというわけだ。しかしこのブラウンストーンでできた家には、優美な羽目板や天井の円形飾りから埃を払うのも大変な一九二〇年代のシャンデリアに至るまでさまざまな特徴があり、マギーはそれを取り去るつもりはなかった。なぜならそれは少女の頃のエリカが愛したものだからだ。ここにはキンケイド家の歴史がある。この家を父から譲り受けたのはマギーだが、本当なら自分と姉のふたりで継ぐはずだったということはいやというほどわかっていた。

マギーは紅茶を飲んだ。かすかなバラの香りがつらい記憶を封じこめる助けになった。過去ではなく、今に集中しなければならない。上院議員がどういうつもりであろうと、捜査を続けてこの事件を解決してみせる。シャーウッド・ヒルズ事件のように終わらせてはならない。カイラを無事に家へ帰すのだ。その父親が何を考えていようとも。

マギーはコーヒーテーブルに捜査ファイルを広げた。通話記録とプール係のランディ・マコームに対する尋問の書き起こしがある。彼女はノートパソコンを開き、アンクル・サムが上院議員に送りつけた動画ファイルを探しだした。

最初は通常の速度で再生した。突然ライトをあてられて目を細めるカイラの怯えた顔がどうしても気になった。

マギーはその感覚をいやというほどよく知っていた。何年経っても、黄麻布《おうまふ》が頬にこすれる感触を生々しく感じる。体の奥でパニックが悲鳴をあげつづけているのを、痛みと怪我だらけの体でどうにか押し隠していた。膝は痣《あざ》だらけ。一日じゅうコンクリートの上にうずくまっていたせいで背中はこわばり、喉はからからに渇いて痛いほどだった。マギーは画面から目を離して視線を落とし、いつの間にかまた手首をさすっていたことに気づいた。

彼女の悪態をつく声がブラウンストーンの高い天井にこだました。突然の大声に驚いてソファから飛びあがったスウォンクが悲しげに鳴いた。「ごめんね」マギーは逃げていく猫に声をかけたが、スウォンクはすでにお気に入りの隠れ場所である彼女のベッドの下へと消えていた。

マギーは大きく息をつき、目を閉じて気持ちを落ち着かせようとした。

「集中しなさい」自分に言い聞かせる。「これはあなたの事件じゃない。カイラを助けるのよ」

もう一度大きく息をつくと、再び動画を再生し、今度はコマ送りにして見ていった。しかしカイラのアップばかりで、少女がとらわれている部屋についてはほとんど何もわからない。壁が灰色に見えることぐらいだ。カイラの怯えた顔が気にかかり、ほかの細かい点にはなかなか目がいかなかった。

マギーは音量を上げ、カイラが震える声で口ごもりながらドストエフスキーを朗読するのを聞いた。その声に気を取られないよう心を鬼にして周囲の様子に集中する。壁は灰色だが、石膏ボードに慌てて色を塗ったようにも見える。石膏ボードが合わさっているつなぎ目も丁寧に仕上げられてはいなかった。動画が終わると、彼女はまた頭からコマ送りで再生し、詳しく調べていった。

ちょっと待って——あれは何？　マギーは目を細めてカイラの左側を見た。部屋の隅に黒ずんだものがある。拡大して、数分かけて画像を処理し、解像度を上げた。

ただのごみの山だった。

今度は声に出して悪態をつかないようこらえたが、本当は叫びたい気分だった。ノートパソコンを勢いよく閉じると、憤然とソファに背中を預けた。

何を見落としているのだろう？

ランディ・マコームの電話。マギーは背筋を伸ばして座り直した。彼の携帯電話がない。明らかに、誘拐犯が盗んだのだ。それを追いかけて捜査が手づまりになるように。

でもどこに消えたのだろうか？

マギーは自分の携帯電話をつかみ、ランディがＦＢＩに残していった連絡先にかけた。呼び出し音が鳴りつづけ、彼女があきらめようかと思ったそのとき、眠たげな声が応えた。

「もしもし？」

「ランディ？」

「そうだけど？」

「捜査官の……いえ、マギー・キンケイドよ」マギーは奥歯を嚙みしめて言い直した。この事件のせいで、さまざまなことがよみがえってしまう。「ＦＢＩの本部で昨日話したわよね」

「ブロンド娘か」ランディは言った。「覚えてるよ」

「追加でききたいことがあるの」マギーは言った。「携帯電話をなくしたと言ってたでしょう？」

「そうだ」

「最後に見たのはどこで？」

「なんだよ、知るかよ」ランディは困惑しながら答えた。「たぶんソファの下に落ちてたか何かしたんだろう。充電切れで」

マギーは目をくるりとまわしたくなるのをなんとかこらえた。「そう。ひとつお願いがあるの。携帯電話をなくした日の出来事をもう一度確認させて。あなたは朝起きて……」

「インターネットで天気予報をチェックした」ランディが言った。「自分の仕事をしたのさ。わかるだろ」

マギーは今度は目をくるりとまわした。まったく、男というのはどうしてこうもいちいち威張りたがるのだろう。

「それからプロテインスムージーを作った」ランディが話を続けた。「服を着た。恋人に電話をかけた」

「シャワーを浴びずに?」マギーは念のためメモ用紙に答えを書きつけながら尋ねた。

「シャワーはジムで浴びるんだ」ランディは言った。「ああ、それだ、ジムだよ!」

「そこが携帯電話を持っていたのを記憶してる最後の場所なのね?」マギーは勢いこんで言った。

「同僚のタンクにメールを打ったのを覚えてる。歩きながらだ、間違いない。俺は携帯電話を自分のロッカーに置いていったんだ!」

「それは月曜日のこと?」マギーは〝ジム〟と書いて丸く囲みながら尋ねた。

「火曜だ」

「ジムを出るときに携帯電話を持っていなかったというのはたしか?」

一瞬の間があった。ランディにはそれだけ考えるのにも大変な労力が必要なようだった。「ジムに入る前にタンクに連絡したのは覚えてる。その次に携帯電話が必要になったのは家にいるときで、そのときにはもうなかった」

「ジムから家にはまっすぐ帰ったの？」マギーは尋ねた。「コーヒーショップやガソリンスタンドに立ち寄らなかったのね？」

「ああ、どこにも。まっすぐ帰った」

「わかったわ」マギーはほっとして言った。少なくとも手がかりをひとつ得られた。たとえそれが間抜けなプール係からもたらされたものであっても。「ジムはどこにあるの？」

「〈アドニス・ロッジ〉だ。五丁目の」ランディは答えた。

美しい男性の代名詞であるアドニスの名を冠するとはひどいものだが、マギーは驚きもしなかった。「ありがとう、ランディ。助かったわ」

「なあ、あんたはカイラを見つけてくれるんだろ？」ランディがきいた。「カイラは本当にいい子なんだ。昨年、俺の妹を自分の誕生パーティに招いてくれた。妹が俺のところを訪ねてきてると知ってね。ふたりは一度も会ったことがなかったけど、カイラは妹が楽しく過ごせるよう取り計らってくれた」

「最善を尽くすわ」マギーはカイラの人柄の一端を知らされて胸が締めつけられた。しかし誰にもなんの約束もできない。自分自身にさえも。「ありがとう、ランディ。

さよなら」

マギーは電話を切り、書きなぐったメモを見つめた。〈アドニス・ロッジ〉に行かなければならない。今すぐに。しかし援軍が必要だ。自分は筋肉だけで脳みそのないような人間とは話ができない。

マギーが電話をかけているあいだにスウォンクがリビングルームへ戻ってきたことに気づいていたので、彼女は小声で悪態をついた。

助けを求めなければならないと思うと気乗りしなかったが、携帯電話を取り、電話番号を打ちこんだ。

「オコナーだ」ざらついた声に、マギーは胃をひねりあげられた気がした。

「キンケイドよ。あなたの助けが必要なの」

21

ジェイクはベッドの上で体を起こした。シーツが腰まで落ちた。「何があった？」そう尋ねたときにはすでに両脚をベッドから投げだし、足の裏を床につけていた。常に兵士であることを忘れず、ただちに行動に移る習慣が身についていた。

「緊急事態というわけじゃないの」マギーが慌てて言った。「メモを見直してただけ。プール係のランディが携帯電話をなくしたと言ってたのよ」

「なるほど」ジェイクはゆっくり言った。なぜマギーが電話をかけてきたのか、まだつかめていなかった。

「ランディに自分の行動を思いだしてもらったの。どこで電話をなくしたのかわかるかもしれないと思って。私は彼が携帯電話を紛失したわけじゃないと思う」

「犯人に奪われたのか」ジェイクは言った。

「そう」マギーは言った。「ランディが最後に携帯電話を持っていたと記憶している場所はジムだった。でも私には捜査官のバッジがないから、ジムに行って監視カメラの映像を提出させることができないのよ」

「朝になったらそこで落ちあおう」ジェイクは言った。「住所をメールで送ってくれ」

「ありがとう」マギーが言った。あっけなく協力が得られたことに驚いているらしく、一瞬の間が空いた。「もう切るわね」

ジェイクはそこで初めてマギーの様子を頭に思い描こうとした。自宅にいるに違いない。どんな部屋だろう？　こぢんまりとしたあたたかな部屋？　もっとモダンな部屋が彼女の好みだろうか？

マギーがふわふわしたものでいっぱいのピンク色の家に住んでいるとは想像できない。彼女はもっと尖っている——いい意味で。誰にも座らせないような椅子を置いたり、小物をごちゃごちゃと飾りたてたりするタイプではない。

「おやすみ」ジェイクは言った。

「おやすみなさい」

彼は〝通話終了〟の文字をしばらく見つめ、マギーの静かな挨拶を聞いて胸にこみあげた感情を分析しようとした。マギー・キンケイドにはなぜか惹きつけられる。それは彼女がこれまで出会った中で最も美しい女性だからというだけではない。

マギーの精神――あの頑固さ――が彼女のことをもっと知りたいと思わせる。ジェイクはマギーのすべてが知りたかった。

彼は頭を振り、マギーを頭の中から追いだそうとしたが、手遅れだった。あの電話のあとではもう眠れなかった。今夜は自宅のベッドに戻れたのだから、眠らなければならない。あと数時間もすれば起きる時間だ。ジェイクは携帯電話をサイドテーブルに放り投げ、ベッドに横になって目を閉じた。

彼はうとうとし、やがて眠りに落ちた。

落ちていったのは夢の中だった。

最初に意識したのは圧倒的な感覚だった。ありえないほどやわらかな肌がジェイクの肌をかすめ、完璧な官能性を放つ胸が彼の胸に押しつけられた。ジェイクが腕の中でマギーに背を向けさせると、あのハスキーな笑い声が聞こえた。シーツがふたりの体に絡まり、次第に焦点が合ってきて、上気した満足げな美しい顔がはっきりと見えるようになった。

マギーが笑みを浮かべてジェイクを見あげていた。愛する者の腕に抱かれ、安全で幸せを感じている女性のほほえみだった。

「今度はあなたが上になるつもり？」甘いほほえみにいたずらっぽさがまじった。

「いつだってそうだろう」ジェイクがキスをしようと頭を下げると、マギーは腕を彼の首に巻きつけ、背中をくねらせながら体を押しつけてうめいた。

ジェイクはあらゆる場所に手をさまよわせた。いくら触れても足りない。ベルベットにも似た肌の感触は天国と地獄がいっしょになったかのようだ。ピンク色の胸の頂をジェイクが指でもてあそぶと、マギーはのけぞった。頂のひとつを唇で包まれ、彼女がはっと口を開く。

「あなたのせいで頭がどうにかなりそう」マギーが息も絶え絶えに言った。ジェイクは口でマギーの胸をたどっていき、鎖骨あたりの敏感な肌に軽く歯をあてた。ジェイクの腕の中でマギーが身をよじり、さらにすり寄ってくる。彼女は一心不乱に動いていた。

ジェイクはマギーのすべてが欲しかった。今も。明日も。永遠に。

「君が僕の頭をどうにかさせてるんだ」彼は言い返し、マギーの首筋を軽く吸った。

彼女はかすかに体を離し、かわいらしく顔をしかめた。「キスマークはやめて！十六歳じゃないのよ！」

ジェイクはくすくす笑い、マギーは自分のものだと主張している首筋の赤い点に向かって息を吹きかけた。「君といると十六歳に戻った気分になる」彼はささやいた。

マギーはにっこりして身をよじり、ジェイクの腕から逃れると、彼をベッドに押し倒した。ジェイクはされるがままで、この展開に魅惑されていた。マギーはいつも支配したがる——ベッドの中でさえも。

ジェイクはそれがとても気に入った。

マギーは片脚をはねあげ、彼の腰にのった。その動きにつられて揺れた胸を包みたくて、ジェイクは手がうずいた。彼が胸の頂をたどれば、マギーは身もだえするだろう。しかしマギーは彼の胸に軽く爪を立て、その手を下へ滑らせた。ジェイクの欲望は限界を超えた。

だが結局のところ、大事なのはマギーが何を欲するかだ。

「あなたは私の思うがままよ」マギーは輝くばかりの笑みを浮かべて言った。

「それだけは勘弁してくれ」彼女をまた笑わせたい一心で、ジェイクは真面目な顔で言った。その褒美にあの美しい笑い声で心と魂を満たされた。

マギーが身をかがめ、手でたどった跡を唇で追いはじめた。彼女がボクサーパンツのウエストバンドの上に指をさまよわせると、ジェイクは腹部を引きしめた。マギーがボクサーパンツに指をかけて引きおろす。

彼女はブルーの目をからかうようにきらめかせた。その表情は自分がジェイクに何をしようとしているか正確に把握していることを物語っていた。マギーの口が、あの賢くてみだらな口が彼の欲望の証《あか》しを包みこんだ。

ジェイクはうめいた。彼女の唇の熱さが感覚を満たしていく。

ビーッ。ビーッ。ビーッ。

ジェイクははじかれたように目を開けた。早朝の光がほかに誰もいないベッドを照らしている。ジェイクは十キロも走ったかのように荒い息をしていた。手を伸ばして目覚まし時計を止め、マットレスに倒れこむ。夢の中でマギーに触れられ、全身がうずいていた。あまりにも現実味を持って感じられた。

現実であってほしかった。

ジェイクは即座に悟った。マギーが魅力的なのは知っている。自分が彼女を欲しいと思っているのもわかっている。もしいっしょにベッドに入ることになったらどんなにすばらしいだろうと夢想もしていた。しかし胸を締めつけるこの感情は……。

それ以上のものだった。何か違うものだ。

何か特別な。

それを追求しよう。上院議員のこの騒動が片づいたらすぐにでも。

22

翌朝早く、マギーはジムに行った。〈アドニス・ロッジ〉とは正しい命名だった。古い煉瓦造りの建物に入っていく途中ですれ違った男は三人とも、長身で浅黒く筋肉質のモデル風のハンサムだった。そして木の羽目板張りのロビーでマギーを待っていたのは、長身で浅黒く筋肉質の警備の専門家で、頻繁すぎるほど彼女の脳裏に浮かんでいた人物だった。

どういうわけか、同じように筋肉質の体を誇示する男たちの中でも、ジェイクはひときわ目立っていた。もしかしたら深いグリーンの瞳のせいかもしれない。かすかにゆがんでいる鼻のせいかもしれない。軍隊で、あるいは単にバーで喧嘩して折られたのだろうとマギーはぼんやり考えた。

ジェイクの体はプロテインのグラム数を計算したり、何セット運動したかを数えたりして作られたものではない。彼にはもっと真剣にすべきことがあった。ジェイクの体は仕事で鍛えあげられたものだ。戦闘に身を投じてきたジェイクは直感が働き、それに耳を傾ける。そして自分の直感を信じている――おそらく、シャーウッド・ヒルズ事件以降のマギーが自分の直感を信じているよりもずっと。

認めたくはなかったが、今のマギーに必要なのはその自信だ。今回の事件に関してはすべてがめちゃくちゃで、彼女はいらだちを抑えきれなかった。何よりも、記者会見を開くという上院議員の選択には面食らうしかなかった。どこの父親が娘の命よりも自分の政治生命を選ぶというのだろうか？　マギーは自分の両親の様子を思いださずにはいられなかった。彼女を取り戻したとき、両親の顔には苦痛に代わって安堵が浮かんだ……そしてエリカがいっしょにいないとわかると、その安堵は悲しみに取って代わられた。マギーは息もできないほどきつく抱きしめられたが、母は人間とは思えないような声を出し、切れ切れのうめきは悲鳴へと変わった。父は地面にくずおれて両手で顔を覆った。マギーは父が泣くのを初めて見た――それが最後ではなかったが。あれこそが上院議員の取るべき行動だ。そして彼がそうしないという事実に、マギーはあらゆる意味で警戒心を募らせていた。

「ウエイトリフティングでも始めて腹筋を割る気かい？」ジェイクは片方の眉を上げて尋ねた。

マギーはつまらない冗談に対してにらむことで応戦した。「笑えるわね」古びた木のカウンターの後ろに座っている男を顎で示した。「監視カメラの録画を見せてくれるよう、話をつけてもらいたいの。あなたなら彼らと話ができるでしょう」彼女は手ぶりでジェイクを指した。「あなたもこういう男らしいことをしてるわけだから」

「健康を保つようにはしている」ジェイクは肩をすくめた。「砂漠にいるときは健康を保つことが生き延びることと同義なんだ」

マギーは顔を赤らめた。ジェイクを侮辱するつもりはなかった。いや、少しはあったのかもしれない。彼といるとどうにもいらいらさせられる。

「私がひとりで行っても見せてはもらえないわ。でもあなたが言えば見せてくれるかもしれない。男同士の連帯ってやつでなんとかしてよ」

「君は男たちがどうやって仕事をするか知らないんだな?」ジェイクは愉快そうに言った。

「あなたは女たちがどうやって仕事をするか知ってるの?」マギーは言い返した。

ジェイクはショックを受けた顔をしてみせた。「デザイナーシューズの話をしたり、女同士で枕投げをしたりするだけじゃなかったのか?」

マギーは不本意ながら笑みを浮かべずにいられなかった。

「君はここにいろ。僕が特別な男のパワーを使って言うことを聞かせてくる」

ほかの女性なら、その横柄さに思わずジェイクを平手打ちしていたかもしれない。しかしマギーはそこまで大胆ではなかった。彼女はジェイクが大股で歩いてカウンターに向かうのを眺めた。彼はカウンターにかがみこんで笑顔を見せた。「どうも」

「新規のお申し込みですか？」受付係はこめかみに白いものが見える初老の男で、クリップボードを手にして立ちあがった。「今月はお得な契約プランがありますよ」

「なるほど」ジェイクは言った。「おや、あなたもレンジャーにいらしたんですか？」

男の腕の刺青《タトゥー》を顎で示す。

「二十年近くいた」男は誇らしげに答えた。「最後の任務で膝を壊して、本国に送還されたんだ。数年は銃の扱い方を教えていたが、もう引退した。ここは息子が経営していてね」ジムのほうに手を振った。「退屈しすぎないように、手伝っているんだ。妻は私が外に出ているほうが喜ぶし」

「僕は十五年いました」ジェイクは言った。「オコナーといいます。ジェイク・オコナーです」

「マークだ。マーク・ラドリー」

ふたりは握手をした。

「それで民間人の生活を楽しんでるわけですね？」ジェイクはにやりとした。

マークが声をあげて笑った。「合わせないとな。何もかもが地獄のようにのろくて、ときどき砂漠が懐かしくなるよ」

「気持ちはわかります」ジェイクは言った。「ピート・コンプリンはご存じですか？」

マークは破顔一笑した。「ああ、ピートは最高だよ。今もどこだかわからない場所でバーベキューをやっているのか？」

「僕が最後に聞いた限りでは」ジェイクはほほえんだ。「それはそうと僕は今、とある上院議員の警備の仕事をしているんです。彼のプール係がここの会員で、その男が何かを盗んだ疑いがあるんです。たいしたものではないので、上院議員は警察をかかわらせずに内々に話をおさめたがってます。わかってもらえますか？」

「わかるよ」マークは言った。「お偉いさんたちは秘密を好む」

「そのとおり」ジェイクは同意した。「盗まれた品が消えたとき、その男がどこにいたか調べてるんです。彼の行動はおおむね把握したんですが、僕と助手に……」ジェイクが顎でマギーを示し、彼女は新しい身分に怒りを見せないようにするのに苦労した。「火曜の正午頃の監視カメラの録画を見せてもらえませんか？」

マークは眉をひそめた。「それはスタッフ以外には見せられないことになっている」

「わかります」ジェイクは言った。「ええ、よくわかります。ですがこの泥棒を捕まえないと、僕が上院議員につるしあげられる。そのプール係だと見当はついてるんですよ。ただ、確認が必要で。その時間に男がジムにいなかったと確かめたいんです」

「いいだろう」マークが言った。明らかに男が戦友意識とジェイクの有無を言わさぬ調子が功を奏したようだ。「仲間の兵士を助けるためなら、しかたがない」

マークはマギーとジェイクを廊下の奥へ案内し、運動器具や体重計、汗まみれの筋骨隆々とした男たちでいっぱいの鏡張りの部屋を通り過ぎた。

「息子さんはよくやってますね」ジェイクは清潔で設備の整った部屋を称賛の目で見ながら言った。「仲間が数人、ここの会員なんです。みんな本当に気に入っていますよ。とてもいいと言ってます」

「そう聞いてうれしいよ。頭がいいんだ、うちの息子は」マークはほほえみ、廊下の横のドアを開けた。そこはビデオルームで、男がひとり座っており、十台はあろうかというモニターでさまざまなアングルからジムを監視していた。

「やあ、ダニー」マークはモニターを見ている男に呼びかけた。「火曜日の録画を出してもらえるかい？　それから、こちらをしばらくふたりきりにしてやってほしい」

「もちろんです、ミスター・ラドリー」男は中央のモニターに録画を映しだして、部屋を出ていった。

「数分で終わらせてくれよ」マークが言った。

ジェイクは手を伸ばして再び彼と握手をした。「ありがとう、ブラザー」

「必要なものが見つかるといいが」マークは言った。「それと、さっき言ったメンバー契約の話は本当だ。いいプランがいろいろある」

ジェイクはにっこりした。「考えてみます」

「では、あとで」マークはマギーにうなずき、後ろ手にドアを閉めた。

一瞬、沈黙が広がった。部屋は薄暗く、ジェイクの彫りの深い顔を画面から放たれる光がまたたきながら照らしていた。

マギーはただ彼と見つめあった。あたたかい部屋なのに、体が震えた。フランクが公園で接触してきてから初めて――まったく、まるで遠い昔のことのようだ――彼女は手首が幻の痛みでうずくのを感じなかった。

ジェイクがとても深いグリーンの目でマギーの唇を一瞬だけ見た。それから意識を集中し直そうとするように頭を振り、咳払いをした。

それはふたりで話していてマギーが感情をさらけだした一昨日のあの瞬間のようだった。ジェイクは表情をやわらげ、無意識に、そうするのが当然だというように彼女のほうに手を伸ばしてきたのだ。

触れたいからではなく、触れざるをえないからだと言わんばかりに。

マギーはそんなふうに感じた経験が一度もなかった。自分がそういった感情を相手に抱かせる女だとは思っていなかった。だがジェイク・オコナーからほんの数センチしか離れていないところに立って目をそらすこともできずにいると、そんなこともありうるのかもしれないと思えた。ふたりのあいだに何かが芽生えようとしているのが感じられる。彼女は存在することすら知らなかったものを求めたい気持ち——あるいは求めざるをえない気持ち——になった。期待が体の中のあらゆる部分を引き絞る。脳裏にはさまざまなイメージが躍っていた。ジェイクが両手でマギーの腰を支え、その手を下ろしていく。唇で彼女の顎のカーブをなぞり、かすかに歯を立てる。マギーは身を震わせた。

いったいどうなってしまったのだろう？　マギーはシャツの裾を引っ張り、目をそらして、息を荒らげないようにした。今は集中しなければ。ジェイク・オコナーとその大胆不敵なほほえみにではなく、目の前の画面にこそ集中すべきだ。「録画を見ましょう」

「そうだな」

マギーは椅子を中央のモニターの前に引き寄せた。ジェイクは隣の椅子に座り、ボタンをいくつか押して録画を再生した。

「あなたが元レンジャーだったとは知らなかったわ」マギーは静かに言った。目はロビーの様子を映しだしている粒子の粗い画面に釘づけだった。

彼女はジェイクが何か言うとは思っていなかったが、同じように静かな声で返事が返ってきた。「ときどきまるで別の人生だったかに思えるよ」

マギーはなんと言えばいいかわからなかった。あの瞬間に感じた親密な感覚がよみがえり、驚いていた。

これほど自分とジェイク・オコナーに共通点があるとは思わなかった。こんなふうに感じるなんて……というか、何を感じているのかはよくわからないが。魅力以上のもの？　欲望？　絆《きずな》？　そのすべて？

結局のところ、類は友を呼ぶということだ。

マギーには錨《いかり》を下ろせていないという感覚がよくわかった。ＦＢＩは彼女のつなぎ綱で、交渉人の仕事は彼女の礎だった。マギーはそのまわりに生活を築いていた。そうしたほうが、子どもの頃に誘拐されたことで破壊されてしまったトラウマだらけの土台よりも安全で確実だからだ。辞職したとき、マギーは自分という存在の内部に大きな穴をうがち、自己意識を抹殺した。彼女を導いてきた仕事はもはや、ずっと逃げつづけてきたトラウマからの便利なバリアとしての役をなしていなかった。

ジェイク・オコナーは何から逃げているのだろう？

「おっと、あの男が来たぞ」ジェイクは言い、背筋を伸ばして画面を指さした。

マギーはモニターを見つめた。ランディ・マコームがゆったりとロビーを歩いている。完璧に整えた髪に、つばを後ろにした野球帽をかぶっている。彼はデスクで会員証をスキャンすると、一瞬だけマークと言葉を交わしてからロッカールームに向かった。

「数分先まで早送りして」マギーは言った。

ジェイクが操作し、ふたり目の人影がロビーに現れたところで一時停止した。

マギーは眉をひそめて男を見つめた。監視カメラからそむけた顔はフードで隠されている。

「ほかの監視カメラでもっといいアングルから顔が見えない？」マギーは尋ねた。

ジェイクがモニターの前のキーボードに何やら打ちこむと、画面はロビーから彼らがさっき通ってきた廊下に変わった。しかしフードをかぶった男はうつむいて、監視カメラに顔を映されないようにしている。そして男はロッカールームへと姿を消した。

マギーは悪態をついた。これが追うべき犯人だと確信していた。こんなにも注意深く監視カメラを避けていること自体が怪しい。アンクル・サムはあらかじめここの下見をしていたはずだ。監視カメラのアングルを記憶して避けたのだろう。

「ちょっと待て」ジェイクはさらにいくつかのコマンドを打ちこんだ。

「ロッカールームに監視カメラはないわよ！」

「もちろんだ」ジェイクは言った。「だが……」さらに二回クリックした。「ほら」

画面がまた変わり、今度はロッカールームのドアを違うアングルから映したものになった。

「通路を歩いているときに気づいたんだ。火災警報器に似せた監視カメラがいくつか取りつけてあった。おそらく窃盗犯を見張るためだろう。毎日来てる場所の下見をするのは難しくないものだ。あるいは明らかにカメラとわかるものを避けるのも」

「犯人はこの監視カメラに気づかなかったと思う？」マギーは感心していた。それが監視カメラだとは気づかなかった。

「そう願いたいね」ジェイクが言い、マギーは熱心にモニターをのぞきこんだ。

一分後、ロッカールームのドアが開き、そこに男が現れた。

ジェイクは映像を一時停止した。

マギーは眉をひそめ、遠くから映された男を見つめた。その顔にはどこか見覚えがあるような気がしたが、それが誰かは思いだせなかった。

「拡大してみよう」ジェイクがカチカチと音を立てて操作した。マギーは息を詰めた。心臓が肋骨《ろっこつ》に激しくぶつかる。

「なんてこと、嘘でしょう」

「くそっ」ジェイクが言った。

ふたりはついに突きとめた事実にぞっとして、画面からそらした目を見あわせた。

「記者会見場に行かないと」マギーは言った。

ジェイクが重々しい顔でうなずいた。「運転は任せてくれ」

マギーはバッグをつかんでドアへ向かい、最後にもう一度、画面の男の顔を見た。

誘拐犯の顔を。

それはマックス・グレイソンだった。

23

「銃は携帯しているのか？」ジェイクがなめらかに車を走らせながら尋ねた。右へ左へとレーンを縫って走るその運転があまりにもスムーズで正確なので、マギーは彼の前世は車の窃盗犯だったのではないかと考えた。

彼女はバッグに手を入れ、革のホルスターに入ったグロックを握った。それを取りだして、安全装置と弾倉をダブルチェックする。「準備万端よ。あなたは？」

ジェイクは脇腹を叩いた。「ばっちりだ」

ジェイクはアクセルを踏みこんでレーンを移り、ゆっくり走行しているピックアップトラックをやすやすとかわした。

「偶然のはずがないわよね？」マギーは尋ねた。

「グレイソンがあんなジムに通うわけがない」ジェイクは言った。「やつは気取った健康おたくだ。〈アドニス・ロッジ〉にはヨガのクラスがない」

「なるほど」マギーは言った。「だとしたら、偶然じゃないってことね」

「偶然なんてありえない。グレイソンのくそったれめ」ジェイクが小声で言った。

マギーは唇を噛み、目の前の道路に視線を戻した。ジェイクの怒りはよくわかった。彼女も激怒していた。その怒りのほとんどは自分自身に対してだ。

なぜ気づかなかったのだろう？　グレイソンは目の前にいたのに。しかし彼がシーブズの邸宅にあれだけ姿を現していたということは、少なくとも車で行き来できる距離にカイラを監禁しているということだ。それは小さな情報のかけらかもしれないが、集めていけば犯人の目の前で爆発させられるぐらいの火薬樽になるはずだ。

「グレイソンはいつから上院議員のもとで働いてるの？」マギーは忙しく思考を巡らせた。彼はずっと前から計画してきたのだろうか？　たまたまなんらかのトラブルに巻きこまれて、一番狙いやすい標的が上院議員だったのだろうか？

「会場に着いたら、別行動を取るのよ。フランクに言って、建物を封鎖してもらいましょう」マギーは携帯電話に番号を打ちこんだが、数秒後にはいらいらと電話を置いた。「だめ、フランクったら電話に出ないわ」ポールにもかけてみたが、彼も応えなかった。マギーはいらだち紛れに頭を振った。捜査官たちは人ごみに紛れようと会場に散らばっているのかもしれない。となると最新情報を彼らと共有するには、自分が静かにすばやく動かなければならないということだ。危険をはらんだ低い声に、マギーは腕の毛が逆立った。

「それより彼を泳がしておいたほうがいいかも」マギーは言った。「カイラが監禁されてる場所を突きとめないと。グレイソンはそれを逮捕されたときの交換材料に利用するかもしれない」

「僕を信じろ。監禁場所は吐かせてみせる」

車は加速してペンシルバニアに向かい、外交官ナンバーの車の行列で行く手をふさがれそうになるのを危ういところですり抜けた。ジェイクはすばやく横道に曲がり、黒塗りのセダンをかわした。「もうじき着く」彼は言い、マギーがバランスを取るためにウインドーに片手を押しつけなければならないほど鋭角に右折してタイヤをきしませた。割りこまれた車がクラクションを鳴らしたが、使命感に突き動かされたジェイクはただスピードを上げて前進した。

「捕まえるときはなるべく穏便にね」マギーは警告した。「部屋は人でごった返しているだろうから」

「誰も殺しはしないよ、ブロンドちゃん」ジェイクは非難めいたくぐもった口調で言った。「僕は人だらけの部屋で銃をぶっ放すほど愚かじゃない。ちゃんと標的だけを狙う」

「私たちが同じ考えでいるならいいけど」マギーは言った。「グレイソンには正気でいてもらわなければならないのよ。彼がカイラに最後にインスリンを投与したのはいつなのかしら。できるだけ早く彼女を助けださないと」

「大丈夫だ。やつはきっと正気でいる」ジェイクが言った。「痛みは感じるだろうがな。だがどこにカイラを監禁しているのかはなんとしても吐かせてみせる。絶対に」

「そうあってほしいわ」マギーは厳しい口調で言った。

「さあ、着いたぞ」ジェイクは上院議員の記者会見が開かれているヘイル・ビルディングの前で車を停めた。コロニアル様式の大きな建物は一九八〇年代に改築され、政治関連の会合やそのほかの市民活動に使われている。

ジェイクがブレーキを踏むなり、マギーは車から飛びだし、アーチ型の入口に向かって走った。背後で運転席のドアが乱暴に閉まる音がして、ジェイクがすぐに追いついてきた。マギーは両開きのガラスのドアを押し開けた。

「シーブズの記者会見場は?」ジェイクは驚いている警備担当の捜査官に尋ねた。

「会議室Bです。でも、もう終わる頃ですよ」捜査官はそう言って広い廊下の奥を指さした。マギーは先に駆けだした。ジェイクのほうが脚が長く、すぐに追い抜かれたが、マギーはぴたりと後ろにつけた。走ると重い銃が腰にあたった。

警備担当の捜査官たちはいきなり飛びこんできた元レンジャーの大男ともみあうのに必死で、会議室に入れるのは自分だけだと、マギーはぞっとしながら悟った。「グレイソンは私が逮捕する！」肩越しに怒鳴り、何が起こっているのかまだ理解できていない四人の捜査官の脇を駆け抜けた。

幅の広い木のドアを勢いよく駆け抜けてグロックを取りだした瞬間、彼女の後ろでドアが大きな音を立てて閉まった。部屋じゅうにその音が響き、上院議員とジャーナリストたちがいっせいに振り返ってドアを見た。

マギーはすばやく周囲を見まわした。あそこだ！　グレイソンは上院議員からかなり離れた左側にいた。マギーが入ってきたのとは別のドアに近い。ふたりの目と目が合った。彼女は両手で銃を握りしめた。「マックス・グレイ――」大声で言いかけたそのとき、ふいに床へ突き飛ばされて息が止まった。すさまじい衝撃だった。マギーはカーペットに頬を押しつけられてもがいたが、力強い手で首をつかまれていた。

「銃だ、銃！」誰かが怒鳴っている。「上院議員を守れ！」足音が鳴り響き、ジャーナリストたちが走りだした。彼女の銃は手から叩き落とされて床を滑っていった。マギーは背中にかかる重みに抗って体を起こそうとしながら、必死の思いで銃に手を伸ばした。混乱した叫び声と足音が耳を聾《ろう》する。

「おい、うちの捜査官だ、放せ!」フランクのすりきれた靴が視界に入り、やっとのことで背中の重みが消えた。マギーは脇に転がって咳きこんだ。

「フランク」あえぎながら上半身を起こそうとした。「グレイソンよ! マックス・グレイソン!」彼女は息を切らして言うと立ちあがり、自分の銃をつかんだ。「あいつがカイラをさらったの。グレイソンはどこ?」

マギーはすばやく向きを変え、混乱をきわめている群衆の中を捜した。ジャーナリストたちはテレビカメラをそこらじゅうに放置して出口に殺到し、捜査官たちは慌てふためいている。彼女は銃を構え、すばやく計算された足取りで人ごみを縫いながら突き進んだ。走って逃げようとした誰かにつかまれ、危うく押し倒されそうになってよろめいたが、なんとか体勢を立て直して銃をきつく握りしめた。

「すまない!」そのジャーナリストは振り返りもせずに叫んだ。

マギーは悪態をつき、ゆっくりと振り向いた。捜査官たちが怒鳴って場を落ち着かせようとしている。ここからでは何も見えない。

まったく、背が低いことを呪いたくなることがときどきある。演壇にのぼらなければならない——全体を見渡せる高さが必要だ。グレイソンの姿はどこにも見えなかった。いつもなら上院議員にぴったりくっついているのに、シーブズは邪魔が入ったことに困惑と狼狽《ろうばい》をあらわにしながらボディガードに守られて演壇から離れようとしている。マギーは必死に人ごみのあいだを進み、すばやく演壇に上がった。心臓が喉元までせりあがるのを感じながら、まばらに広がる群衆を見渡した。

遅すぎた。グレイソンを逃してしまった。彼は慌てて逃げだしたのだ。

マギーはその場に膝からくずおれた。敗北感に打ちのめされていた。どうしてこんなに愚かだったのだろう？　グレイソンはずっとそこにいたのに。自分は何も見えていなかった。自慢の直感もこれまでだ。この仕事は失敗に終わろうとしている。シャーウッド・ヒルズ事件と同じように。グレイソンの正体がわかった今、カイラはどうなるのだろう？

それを考えると気分が悪くなった。カイラを助け損ねた。誘拐犯を捕まえたも同然だったのに、遅すぎたのだ。

それでもまだ時間はある。誰も死んではいない。今はまだ。今なら状況をひっくり返せる。

ひっくり返さなければならない。

「ビル全体を封鎖して」マギーはやっと追いついたフランクに言った。

フランクは一瞬考え、自分を追ってきていた捜査官を振り向いた。「聞こえただろう。今すぐやれ！　すべての出入口を閉鎖しろ。あらゆる部屋を調べるんだ。あの野郎はわれわれのど真ん中に隠れていた。最初からみんなをだましてたんだ。今度はわれわれがあいつに同じことをしてやる番だ」

「了解！」捜査官はただちに無線で命令を発した。

マギーは立ちあがるとスカートを撫でつけ、顔にかかった髪を後ろに払った。床に押し倒されたせいで肩が痛んだが、痛みは無視した。

「記者会見は終わりです」残っていたジャーナリストたちに大声で告げた。「ロビーに集まってください。そこで捜査官がみなさんの身元の確認をします」

ジャーナリストたちは一列になって出ていき、立ち尽くしている上院議員が残った。マギーはシーブズをにらみつけたが、彼は目を合わせようとはしなかった。「オコナーはどこ？」彼女は捜査官にきいた。「彼をここに連れてきて」

「何を考えているんだ、マギー？」フランクが尋ねた。

マギーは片手で額をこすった。頭の中でパズルを組みたてていた。「グレイソンはもうここにはいないわ。あの男は頭が切れる。この会場を提案したのは彼よ。おそらく何通りもの逃走経路を考えていたに違いないわ。万が一のために」

「やつは用意周到だと思うんだな？」マギーたちのほうへ大股で走ってきたジェイクがきいた。シャツの袖が少し裂けているが、マギーの目にはジェイクがついさっきまで四人もの警備担当の捜査官と格闘していた――そして四人とも倒した――ようには見えなかった。

「グレイソンは私たちが話していたことすべてを知ってる」マギーは言いながら、改めてその事実を重く受けとめた。「彼は私たち全員を知ってる。私たちがどういう関係で、どう計画を立てるかを知ってる。内情に通じてるのよ。私たちの三歩先を行ってるわ」苦々しげにつけ加えた。「私たちのほうは今までグレイソンがどんなゲームをしているのかさえ知らなかった」

「君の過ちじゃない、マギー」ジェイクが優しく言い、片手を伸ばしてマギーの肩甲骨のあいだにそっと置いた。それは親密な触れ合いだった。友人ではなく恋人を慰めるしぐさだった。ぬくもりが花火のように体を駆け抜ける。その熱が指先にまで届いたのを感じ、マギーはジェイクに全身を預けたくなった。自分の重荷を取り去ってほしいとは思わない。ただ、少しでもその重荷に耐えられるよう助けてほしかった。ジェイクの肩は力強く、目にはあたたかな理解があふれている。彼の腕の中でわれを忘れたい。今すぐそうできたらいいのに。

フランクが咳払いをした。ジェイクが手を離し、マギーは顔が赤らんで彼の手があった場所がうずくのを感じた。彼女はそれを頭から追いだそうとした——もう大丈夫、また気力がわいてきたと自分に言い聞かせる。この数時間はストレスがたまる時間だった。

「自分がばかみたいに思えるわ」マギーは自分に愛想が尽きて顔をしかめた。何も見えていなかった。気づくべきだったのに。

「この事件はどこかおかしい」ジェイクが言った。

「たしかにどうもうさん臭いな」フランクが同意する。

マギーは深呼吸をした。マギーが最初からグレイソンの正体を見抜けなかったせいだと知れば、カイラは失望するだろう。しかしこれ以上は失望させない。シャーウッド・ヒルズ事件のような終わり方にはならない。カイラは姉と同じ結末はたどらない。もしカイラ・シーブズが愛する人たちの記憶の中で永遠に少女のままでいることになったら、マギーは死んでも死にきれない。カイラの頭のどうかした父親から、頭のどうかした誘拐犯が何かを欲しがったせいで、カイラが大人の女性になることなく無《む》垢《く》な少女のままで人生を終えるなんて許せない。カイラは成長し、恋に落ち、大学へ行き、仕事をし、結婚して家族を築くべきだ。そのために必要なことなら、マギーはあらゆることをするつもりだった。姉のように、カイラを十四歳のままで凍りつかせないためならなんでもする。

「何がおかしいのか突きとめるのよ。カイラのために一刻も早くやり遂げないと」

24

カイラはどれくらい時間が経過したのかわからなかった。今は朝なのだろうか？　部屋には窓がなく、誘拐犯は――いったい誰なの？――本を朗読する彼女をビデオカメラにおさめて以来戻ってきていない。

どうにか紐をほどき、やっとフードを外した。部屋にこもったむっとする空気でさえも最高に気持ちいいものに思えた。

カイラがいるのは窓のない灰色の部屋だった。ドアがあることを除けば箱の中にいるようなものだ。ドアの前には鉄格子入りの防護ドアがついていた。彼女は鋭い目で周囲を見まわした。武器が必要だ。なんでもいいから武器が欲しい。犯人がバケツを置いていったので、カイラはそれを近くに引き寄せ、においに顔をしかめた。

涙をこらえ、落ち着きを保とうとする。犯人はパパとママと連絡を取ったのだろうか？　今頃はもう身代金が用意されているはずだ。

すぐに助けが来る。パパとママがここから助けだしてくれる。

自分をだますことはできず、カイラは乾いた唇をなめてすすり泣きをこらえた。私はどうなるの？　死にたくない。私が帰らなければ、ママは立ち直れないだろう。

手首を縛られていて難しかったが、なんとか両膝をついて体を起こした。背筋を伸ばすとめまいに襲われた。そして両手が震えはじめた。

血糖値が急速に下がっている。何か食べなければ。インスリンが必要だ。ああ、いったいどれぐらい時間が経ったのだろう？

カイラは立ちあがり、自分の紫色のポーチを捜して小さな部屋を歩きまわった。犯人はインスリンを置いていってくれただろうか？

しかし部屋には何もなかった。錆《さ》びたバケツと、マットレスの上に置いた寝袋があるだけだ。

これからどうしたらいいのだろう？

そのとき、足音が近づいてくるのが聞こえた。カイラは慌ててあとずさりし、部屋の隅に戻った。鍵が開く音がした。

ドアが勢いよく開き、カイラは心臓が跳ねた。目の前に、父の政策アドバイザーのマックスがいた。一瞬、カイラは彼が救出しに来てくれたのだと思った。父がマックスを送りこみ、彼がどうにかして自分を見つけてくれたのだと。

だがすぐに彼女は気づいた。マックスは誘拐犯と同じパーカーを着ている。彼が誘拐犯なのだ。

ああ、なんてこと。マックスはいつから計画していたの？　何年もパパのもとで働いていたのに！

みぞおちが痛んだ。これはまずい状況だ。非常にまずい。

マックスは髪が乱れ、荒い息をしている。まるでここまで走ってきたかのように。

カイラは壁に身をつけて縮こまった。頭はフル回転していた。何がどうなってるの？　なぜマックスはこんなことをしてるの？

「どういうつもり？　あなたはパパのために働いてるんでしょ！」

マックスが口を引き結んだ。「芝居は終わりだ、カイラ。ゲームの局面が変わった」

「お願い、私は何もしてないわ。パパとママはお金を払わなかったの？　ママに話してくれれば、あなたはきっと望みどおりの金額を手に入れられる。約束するわ」

「父親ではなく母親を頼るとは奇妙だな」マックスが言った。「いや、すべてを考えあわせればそうでもないか。ちっちゃなカイラは大好きなパパが何を企んでるのか知ってしまったのかな？」歌うように言う。

カイラは唇が震えだした。しかしここは強気でいなければならない。「何を言いたいのかわからない。お願い、いいからママに電話をかけて。パパとは別にお金を持ってるのよ。とても裕福な家の出だもの」

「巻き添えを食うというのは常にあることだ、カイラ」マックスはインスリンの入った紫色のポーチを取りだした。カイラは心臓が激しく打ちだした。嘘よ……マックスがそんなことをするはずない。「悲しいことに、おまえは十字砲火のど真ん中にいる。戦争が起きてることすら知らなかっただろうがな。そして、そろそろプレッシャーを強める頃合いだ」

マックスはポーチを床に投げ、踏みつけた……思いきり。カイラの耳に、インスリンの瓶が割れる音が響いた。

ああ、神様。両手が激しく震え、汗が背中を流れ落ちた。最悪の状況だ。

マックスはカイラを殺そうとしていた。じわじわと。

マックス・グレイソンが彼女を見た。そのぎらついた目は頭がどうかしている男のものに見えた。「おまえの父親が雇った腕利きの交渉人がどういう反応を示すか、見てみようじゃないか」

25

マギーは給湯室に続く長い廊下の壁にもたれていた。会議室からは充分に離れていて、ここなら人の声もほとんど聞こえない。

彼女は目を閉じ、顔を天井に向けた。胸の内に渦巻く怒りを静めたかった。あんなにグレイソンの近くにいたのに！　彼はするりと逃げていった。マギーのチームに関するあらゆる情報を汚い手に握って。

「マギー？」

彼女が目を開けると、ジェイクが立っていた。グリーンの目が心配そうに翳《かげ》っている。

マギーは姿勢を正した。「私は大丈夫よ」尋ねられてもいないのに言った。

「君を連れ戻すよう言われた。行けるかい？」

マギーはジェイクを見あげた。イエスと言わなければならないのはわかっていても、全身がノーと言っていた。マックス・グレイソンが記者会見場から逃亡し、FBIの手をすり抜けてから一時間が経っていた。シーブズ上院議員とその妻、マギーのチーム全員がドアの向こう側で彼女を待っていた。

マギーがなんらかの答えを出すのを待っている。

どうして見抜けなかったのだろう？ グレイソンこそが自分の追っている犯人だと、なぜ気づかなかったのだろう？ 冷酷な政治屋に対する嫌悪感で、直感が曇ってしまったのだろうか？ 高価なスーツとつややかな髪の下に隠された悪魔のような犯罪者の正体がどうして見えなかったのだろう？

「誰にもわからなかったんだ、マギー」ジェイクが静かに言った。

マギーは一瞬虚を突かれ、自分が頭の中の問いを口に出していたのだと気づいた。頬が熱くなる。だがジェイクに優しくほほえみかけられると、気恥ずかしさは薄れた。彼の黒髪が乱れている。先ほどの警備担当の捜査官たちとの乱闘のあと、髪を直すどころではなかったのだ。マギーはふいに、両手でジェイクの髪をかきあげたいという衝動に駆られた。見た目どおりに豊かでなめらかなのだろうか。彼女は気を散らせるその思いを脇に押しのけた。

「グレイソンはカイラの映像を撮影するためにこっそり抜けだしていたに違いない

わ」

「あのとき周囲には少なくとも四十人はいた」ジェイクが言った。「見逃してもしかたがない。君のせいじゃなく僕のせいだ。君の仕事は交渉することだ。僕が警備上の弱点に気づくべきだった。それなのに僕はやつが出ていったことにも気づいていなかった」

ジェイクが罪をかぶろうとしてくれているのはうれしいが、マギーは自分のせいだとわかっていた。彼女は訓練を受け、犯罪者の思考を知り尽くしている。元上司からぜひにと乞われてチームに招かれたのだ。マギーはグレイソンの正体を見抜くべきだった。一番必要だったときに、直感はどこに消えていたのだろう？　それは彼女を裏切った。シャーウッド・ヒルズでそうだったように。

直感が衰えてしまったのだろうか？　現役を退いてから二年が経っている。もしかしたらフランクの買いかぶりかもしれない――マギーは適任ではないのかもしれない。だが今はそんなことはどうでもいい。もしチームに変化があれば、グレイソンはこちらがパニックに陥っていることを知る。そして弱みにつけこんでくるだろう。

「グレイソンは時間を指定できるなんらかのアプリを使って、二度目の身代金請求のビデオ映像を送ってきたんだと思う」マギーは言った。「技術班に調べてもらうべきね」

「そうしよう」ジェイクは言った。「われわれは絶対に突きとめる。カイラを無事に家に帰し、グレイソンを逮捕する」

「どうしてそんなに希望を持っていられるの？」マギーは自分もそんなふうに確信を持っていたかった。信念に満ちていたかった。しかしあれだけいろいろなことがあって——いくつもの恐怖の夜を過ごし、姉を置き去りにして死なせ、シャーウッド・ヒルズでもおのれの手をさらなる血にまみれさせた——もはや自分に希望があるとは思えなかった。プレッシャーを受けてぼろぼろになりかけていた。今にも床に崩れ落ちそうだった。けれどもジェイクがここにいる。目の前に立って、彼女が聞くべきことを語り、彼女を引っ張りあげ、彼女を支えてくれる。どうしてジェイクはそんなことができるのだろう？　なぜ本人よりも先に、マギーが何を必要としているのかがわかるのだろう？

ジェイクが手を伸ばしてくる。いつものマギーならひるんで体を引いているところだ。しかし気づけばその手に身を預けていた。彼の親指でそっと頬を撫でられると、マギーは身を震わせた。ぬくもりがどっと体の中に流れこんでくる。

「僕が希望を持っていられるのは、これまでの君の働きぶりを見てきたからだ。君はすばやく動き、独創的な考え方をする。君は恐怖に自分を支配させたりしない。君ならできる。君はみんなの道しるべなんだ」

ジェイクにそう言われると、彼女は安心できる気がした。「そのとおりよ」マギーの声は自分が思ったより震えていたが、彼はほほえんだ。

ジェイクがかがみこむと、マギーは凍りついた。ジェイクはキスしようとしている。いや、マギーが彼にそうしてほしがっている。

マギーも手を伸ばして筋肉質の腕をつかみたかった。ジェイクを引き寄せ、たくましい胸を自分のやわらかな胸に押しつけたかった。ふたりのあいだにあるあらゆる違いを指先と唇でたどりたかった。彼の顎のたくましさ、彼の肩にみなぎる力に触れたかった。

ジェイクがあまりに近くにいて、マギーは彼のアフターシェーブローションのかすかな残り香さえ嗅ぐことができた。スパイシーで男らしい香りだ。無精ひげが伸びてざらざらしたセクシーな頬がマギーの頬をかすめ、ジェイクの唇が彼女の耳に触れた。

「さあ、戦闘開始だ、ブロンドちゃん」ジェイクは言った。

マギーは生まれ変わった気分でドアを開け、部屋に入った。ゲームの局面は変わった。勝てるかどうかはわからない。しかしあらん限りの力でカイラのために戦うしかない。やめるわけにはいかない。

「みんな、いい？　再検討の時間よ」彼女はきびきびと部屋の中央に向かった。

捜査官と技術者の一団が集まり、シーブズ上院議員は妻のために椅子を引いた。ミセス・シーブズの充血した目の下には青黒いくまができている。彼女は夫のほうに手を伸ばしたが、シーブズは一瞬触れただけで手を引っこめた。マギーにうなずいてみせたフランクの顔は険しかった。彼は状況がどれほど悪いか熟知しているのだ。マックス・グレイソンは内情に通じている。チームの人員と戦略を把握している。そして今、彼は逃亡している。

これ以上悪くなりようがないくらい最悪の状況だ。平和的解決の望みは消えた。誰かが傷を負うだろう――それがカイラではないようにするのがマギーの務めだ。

マギーは手首の痛みを無視しようとした。こぶしを握り、手首をさすりたい衝動をこらえる。彼女は視線を上げてジェイクを見た。ジェイクはＦＢＩの技術者たちの頭越しにほほえみ、そのぬくもりがマギーの胸の中まで届いて幻の痛みを消し去ってくれた。

ポールが捜査官たちの輪の中心にホワイトボードを引っ張ってきた。マックス・グレイソンの写真が中央に貼ってある。

マギーはその顔を指さした。「これが誘拐犯よ。マックス・グレイソン。約二年間、政策アドバイザーとして上院議員のもとで働いていた。最初に要求してきた身代金の五百万ドルについては、彼はその後まったく執着していない。これは金銭目的の事件じゃない……政治の問題よ」

マギーは顔をしかめてこちらをにらみつけているシーブズ上院議員を見た。彼女が言おうとしていることに腹を立てているのだ。マギーは唾をのみこみ、シーブズから放たれている怒りは無視した。もっと大事なことがある。「今わかってるのは、グレイソンがどうしても欲しがっているのがシーブズ上院議員しかアクセスできない機密ファイルだということよ」

ミセス・シーブズが混乱した顔で眉をひそめ、夫を見た。シーブズは妻から視線をそらし、あらぬ方向に目をやった。マギーは胃がよじれた。この女性は今ここで初めて、知りたくない事実を知らされている。自分がその知らせをもたらす使者になりたくはなかった。しかし上院議員が代わりを務めてくれると思うほど、マギーは世間知らずではない。

最後にもう一度、シーブズに頼まなければならない。見込みは薄いだろうが、それでもこれだけ多くの捜査官たちと妻に見つめられているという重圧を利用して、彼の防御を突き崩せるかもしれない。マギーはシーブズの評判などどうでもよかった。彼が失職しようとかまわない。どんなことでもするつもりだった。カイラの命は彼女の父親の選択にかかっている。

「上院議員、グレイソンは準備万端だっただけではありません。彼は私たちの三歩先を進み、私たちのことを熟知しています。全員を知り尽くしているんです。私たちがどう動くか、あらゆるセオリーを知っています。最初からグレイソンが思いどおりに動かしてきたんですから。そのファイルを餌に使うことなく彼を出し抜くのは不可能です」

「あのファイルは私にも入手できない」シーブズ上院議員が言った。「このことは話しあったはずだ、ミズ・キンケイド。別の方法を考えろ。仕事をしろ。工夫するんだ」

マギーは目をそらし、夫が拒否するのを聞いてすすり泣きをこらえるミセス・シーブズを見ないようにした。

「だったらせめて、なぜグレイソンがほかでもないそのファイルを要求しているのか教えていただけませんか?」ジェイクが尋ね、人の輪を抜けてマギーの横までやってきた。マギーはその振る舞いに困惑する代わりに、横に誰かがいてくれることを喜んでいる自分に気づいた。シーブズにはここでもうひと押ししなければならない。

「そうしていただけると助かります」マギーは急いで言った。「動機を理解する必要があるんです。グレイソンが何をしてきたのか、あなたの側近として潜りこむのにどれだけの期間を要したのか。そのファイルの中の何がグレイソンにとってそんなに大事なのか。何年もかけて計画してきたんですから、彼は今さら金や嘘の約束ではごまかされませんよ」

「あいつがそのファイルを欲しがる理由など見当もつかん」上院議員が言った。「頭のどうかした男の考えていることが、どうして私にわかるというんだ？　たしかにあの男の狙いは私だろう。いつからそうなのかは神のみぞ知るだが、君はそれについてどうすることもできないようだな」

「それはあなたがわれわれに隠しごとばかりしているからでしょう」ジェイクが大声で言った。声は部屋じゅうに響き渡り、シーブズは彫像のように固まった。こんなにもあからさまに叱責されたことに対して上院議員がどう反応するのか、全員が固唾をのんで見守っているのがマギーには感じられた。ほかの誰もこんなふうにシーブズと対決する勇気はないだろう――彼女以外は誰も。断固たる態度を取っているジェイクに対する称賛の気持ちがマギーの中で急激に増していく。マギーが不本意ながらも感じている彼の魅力と同じように。

上院議員が身を乗りだした。頬がまだらに赤く染まり、声はかすれている。「私を嘘つき呼ばわりするのか、オコナー？」

あからさまな軽蔑を顔に浮かべてシーブズを見おろしたジェイクは、いっそう背が高くなったかに見えた。

「落ち着いて」顔がどんどん紫色になってきた男が何か言う前に、マギーは割って入った。「シーブズ上院議員、お座りになってはいかがですか？」指を鳴らし、捜査官に椅子を持ってこさせてミセス・シーブズの横に置いた。「オコナー……」マギーは懇願するようにジェイクを見た。

怒りと疑念に満ちていたジェイクの顔が、マギーに名前を呼ばれたとたん穏やかになった。「わかった、いい子にしてるよ」

「ありがとう」マギーは自分を見つめている人々を見渡した。彼らはマギーの導きを待っている。カイラを救うために。マギーは自分がこれほどの信頼を受ける価値があるのかどうかわからなかった。実際、そんな価値はないとほとんど確信していた。

「今の最優先事項は……本当に重要な唯一のことは、マックス・グレイソンがどこに逃走し、カイラをどこに監禁しているのか突きとめることよ。それがわかれば、ファイルなんてどうでもいい」

「今のところ、目撃情報はなしだ」ポールが前に進みでた。「警察署長には連絡した。地元警察の分隊が町じゅうに散らばっているし、われわれの捜査官も各所に配置されているが、これまでのところ情報は何も上がってきていない」

「グレイソンの電話は？　複数持ってるはずよ。私が最後に見たときには二台持っていた」マギーは言った。

「技術班に追跡させたが、信号は世界じゅうを飛びまわっている」ポールは言った。

マギーはホワイトボードの写真に向き直り、マックス・グレイソンの日に焼けた顔を見つめた。どこにいるの？　今、何を感じているの？　グレイソンはとても慎重だった。何年もかけて計画してきたに違いない。それほどまでに彼にとって重要なものは何？　特権、権力、莫大《ばくだい》な収入といった手にしたすべてをなげうってまで自分のものにしたいのは何？　そのファイルの中に何があるの？　それを差しだせば上院議員は自分のただひとりの子どもを救うことができるのに、そうできないほど重要な情報って？　極秘ミサイルの位置情報？　核施設の暗号コード？　大企業との不正取引の証拠？

そしてグレイソンがそれをこんなにも必死に欲しがる理由は？　闇取引で高く売れる情報が欲しいだけなら、もっと簡単なやり方がある。特に彼は、上院議員のスタッフとしてさまざまな情報にアクセスする権利を持っていたのだから。これだけ手のこんだ計画を立てたからには、グレイソンの目的はファイルの内容と複雑に絡みあっているに違いない。上院議員自身と関係があるはずだ。しかしマギーがそれを正確に知るには、ファイルを手に入れるよりほかに方法がない。

グレイソンはＦＢＩに先を越されることなどみじんも予想していないだろうとマギーは確信していた。それが最も心配な部分だった。マックス・グレイソンはあらゆるものごとを管理して命令を下さずにいられない。そういう人間は自分の計画どおりに事が進まなくなるとパニックに陥る傾向がある。パニックは強力なものだ。マギーはそれを知りすぎるほどよく知っていた。あの晩、ひとりで逃げるようエリカに説得されたあの晩、マギーを突き動かしたのはそのパニックだった。喉に爪を立てられているように感じ、すすり泣き、痛みと恐怖に震えながら、彼女はパニックに背中を押されて森を駆け抜けた。

パニックは人を変えてしまう。人から理性的な思考を奪う。

パニックは人を殺人鬼に変えてしまう。

「身代金の要求のビデオ映像に関して研究室から報告書が届いた」ポールがタブレットの画面を見ながら言った。「場所について言えることはほとんどないようだ」ページを下にスクロールしていく。「しかし背景の虫は特定された」

「虫?」ジェイクが尋ねた。

「そうだ、水中に生息する甲虫らしい」ポールは言った。「カイラは水辺に監禁されているのかもしれない」

「ワシントンDCは湿地帯の上に築かれた街よ」マギーは首を振った。「それでは捜索エリアを狭めることはできない。もっと詳しい条件が必要だわ」

「研究室に言って昆虫学者に調べさせよう。もしかしたら特定の地域でしか見つからない甲虫かもしれない。まあ、その可能性は薄いと思うが」ポールが言った。

「どんな情報でも欲しいわ」マギーは言った。ポールからタブレットを渡され、自分で報告書を見ていった。何かぴんとこないかと思ったが、収穫はなかった。ありきたりの石膏ボードの壁、特徴のない床……寝袋も量販店で普通に売られているものだ。甲虫以外にカイラの監禁場所を示すものは何もない。マギーはタブレットを指できつくつかんだ。放り投げてばらばらに壊してしまいたくなったが、その衝動を抑えてポールに返した。

会議室の両開きのドアが大きな音とともに開き、警官が駆けこんできた。「ミズ・キンケイド！」彼はあえぎながらマギーのところまでまっすぐやってきた。「車を発見しました。封鎖される前に幹線道路にのったようです。そしてハミルトン・ストリートの出口で幹線道路を下りました」

「車内に何かあった？」マギーはせきたてるように尋ねた。

「携帯電話が二台、ただしＳＩＭカードはありません。電話はどちらも叩き割られていました。あなたに報告しに行こうと思ったところに、ＦＢＩの鑑識班が到着しました」

「ジェッサ」マギーは右側にいた科学捜査室のスタッフを指さした。「この警官といっしょに行って、車の捜査を指揮して。あらゆる箇所を調べてほしいの。タイヤの溝についた泥まで、何もかも抜かりなく調べあげて。その車が行ったすべての場所が知りたいわ。髪とか爪とか、ＤＮＡがわかるものがないか捜して。私たちはカイラがそれに乗ったことがあるのかどうかを知る必要がある」

「任せてください」ジェッサは言い、警官のあとについて部屋を出ていった。

つまりグレイソンは代わりの乗り物を用意していたということだ。いったいどこまで周到なのか。どれぐらい先のことまで考えているのだろう。マギーは手首をさすり、グレイソンが自分たちを導こうとしている迷路をたどろうとした。

「私たちはこれからどうするの？」

マギーは振り返った。ミセス・シーブズだ。ミセス・シーブズの目の奥に、マギーは自分の母親がたたえていたのと同じ恐怖を見て取った。娘がひとりしか帰ってこなかったあのときの恐怖を。マギーは穏やかな表情を保ち、繰り返し脳裏によみがえる記憶を追いやろうとした。

「捜しつづけます」彼女はミセス・シーブズに言った。

「彼を見つけられなかったらどうなるの？」ミセス・シーブズが震える声で尋ねた。その先をじっくり考えることはしたくない、今でも希望を持っていると言いたげだ。もしかしたら夫が妥協しなくても、マギーがカイラを無事に連れ戻してくれるのではないかと。マギーは空約束以上の慰めをミセス・シーブズに与えられたらいいのにと思った。だがなんの約束もできない――そんな軽はずみなことをしないだけの分別はあった。もし最悪の結末を迎えることになったら、ミセス・シーブズの悲しみに約束を破られた痛みまで加えたくはない。マギーは果たされなかった約束が人にどんな影響を及ぼすかをよく知っていた。マギーの母はそのせいで精神的にも肉体的にもぼろぼろになった。かつては元気で明るかったのに、口数の少ない、痩せ細った、今にも壊れそうな女性になってしまった。それでも最善を尽くして悲しみと向きあい、マギーのためにすばらしい母親でいてくれたが、マギーは自身が味わった地獄をほかの誰にも味わわせたくなかった——最悪の敵にさえも。そしてミセス・シーブズは明らかに、自分自身を定義するのに母親であることを何よりも優先している人だ。それが彼女のアイデンティティであり、そのために彼女は生きている。

カイラこそがミセス・シーブズの生きる理由なのだ。

「たとえ私たちがグレイソンを見つけられなかったとしても、彼のほうから姿を見せます」マギーは言った。「向こうから連絡してくるに違いありません」

「どうしてそう確信できるの？」

マギーはいらだちと怒りもあらわに上院議員を見た。「なぜならグレイソンの欲しがっているものを手に入れられるのは上院議員ただひとりだからです。グレイソンがそれをあきらめるはずはありません」

グレイソンはきっと連絡してくる。

そして自分は今度こそ、準備を整えて彼を迎え撃つ。

26

ひと筋の汗が額を流れた。マックス・グレイソンはおぼつかない手で汗をぬぐい、廊下の奥を見つめた。この先にある部屋にカイラを閉じこめてある。

彼はうまく逃げおおせた。それが大事なことだとマックスは自分に思いださせた。まるで足そのものが頭脳を持ったかのように勝手に前後に動いて、彼は動きまわるのをやめられなかった。皮膚を破って体の中身が飛びだし、むきだしになった神経が火花を散らしている気がする。ああ、なんという急展開だ。あそこから無事に逃げられたなんて信じられない。一瞬、あの女に捕まるかと思ったが、部屋じゅうが大混乱になったおかげでなんとか人ごみを抜けでることができた。

念のために予備の車を幹線道路の先に用意しておいたので命拾いした。慎重になりすぎて悪いことはないと改めて思う。ぐらぐらする椅子に腰かけたかと思うと飛びあがり、またあたりを歩きまわった。

疲れていたが、高揚感もあった。ここまでよくやってきた。まあ、意外な障害も現れたがと、マックスは苦々しい思いで振り返った。あのくそあまのマギー・キンケイドに正体を突きとめられるとは。そうなることは予想していなかった。

だが、うまく切り抜けてみせる。切り抜けなければならない。

マックスはポケットに手を突っこみ、金属のキーチェーンを取りだした。親指でハーレーダビッドソンのロゴをさすって握りしめる。

これは兄さんのためだ。言っただろ、やつらがしたことの償いをさせてやるって。もうじきだ、ジョー。もうすぐ家に帰れる……約束したとおりに。

鍵のかかった部屋から、ドスンという音がした。マックスは眉をひそめ、キーチェーンをポケットにしまうと、シンクまで歩いていってグラスに水を満たした。

鍵を開けてドアを開き、後ろ手に閉めた。カイラはドアから最も遠い隅に引きずっていったマットレスの上で丸まっていた。彼の注意を引こうとこぶしを打ちつけていた石膏ボードの壁に汗のしみがついている。

「お願い」彼女の声はかすれていた。「インスリンが必要なの」

マックスは歩いていって水の入ったグラスを差しだした。カイラは疑わしげに目をやったが、喉の渇きが勝った。彼女はグラスをつかんだものの、両手が、それに全身がひどく震えていて半分近い水がこぼれた。

マックスは喜べなかった。カイラはまだ子どもだ。彼はこれまでにたくさんの悪事を働いてきたが、子どもに害を及ぼしたことは一度もなかった。マックスは怪物ではない。しかしカイラはマックスが求めている結末に至るための手段だ。ほかに選択肢はない。彼は約束した。その約束はカイラより……ほかのどんなものより重要だ。

「おまえには頑張ってもらわないと、カイラ」マックスは空のグラスを奪った。

「お願い、マックス。なぜ助けてくれないの？」

「おまえはきっと大丈夫だ」そうはいってもカイラは青ざめ、汗をびっしょりかいて、目は半分まぶたが落ちてどんよりしている。

「いいえ、だめ。前にもこうなったことがある。私にはインスリンが必要なの。お願いだからインスリンをちょうだい」カイラの声は絶望でひび割れ、骨にまでしみこんだ恐怖で目が大きく見開かれた。「あなただって私に死んでほしくないでしょ？　私が死んだら身代金を取れないわよ、マックス。私が生きていない限り、あなたは欲しいものが手に入らない。私が生きているためにはインスリンが必要なの」

マックスは体の向きを変え、胸の内にわきあがる罪悪感を抑えこんだ。

ジョー。兄の名前を思うだけで、マックスの決意は強まった。

「望むものを手に入れるには、こっちからプレッシャーをかけるしかない」マックスはにべもなく言った。「なんとか持ちこたえろ」

怒りのせいでもあり恐怖のせいでもある涙がカイラの頬を流れ落ちた。彼女はマットレスの上でとても小さく見えた。「あなたは絶対に捕まるわ!」部屋を出ていくマックスの背中に向かってカイラが怒鳴った。

それはどうだろうとマックスは思った。彼はずっと注意深く事を進めてきた。すべてを入念に計画してきた。

そして今は、彼らを震えあがらせたかった。上院議員に電話をかけるのは延期してやろう。あんなふうにシーブズに協力を拒まれて、こちらが必死になっているとは思われたくない。娘を誘拐されれば犯人の言うことをなんでも聞くはずだと人は思うかもしれないが、政治家というのは特殊な種類の人間のくずであることをマックスは知っていた。しかもシーブズは……。

そう、シーブズは怪物だ。マックスはそれをほかの誰よりもよく知っていた。そしてまもなく世界じゅうの人々がそれを知る。

やつらを心配させてやれ。待たせてやるんだ。マスコミにあれこれ考えさせて、さまざまな仮説をまき散らさせておけばいい。

マギー・キンケイドはしばらくのあいだ、自分の尻尾を追いかけていればいい。カイラを見つけられないと悟ったら、キンケイドもこちらの話に耳を傾ける気になるだろう。

そのときキンケイドは、主導権を握っているのは彼のほうだと知ることになる。

27

彼らは待っていた。

マギーはフレームに入れられた一枚の写真を上院議員の執務室のサイドテーブルから取りあげた。写真のカイラは少し幼くて、紫色のドレスを着て体をくねらせている。カメラに向かってにっこりし、ドレスアップした目的であるダンスか何かに興奮しているようだ。

グレッチェン・エリスもあの日、シャーウッド・ヒルズで同じことをしていた。マギーがグレッチェンを助け損ねた日に。新入生歓迎のダンスパーティのために彼女が買ったドレスは黄色だった。それを着たグレッチェンはさぞきれいだったことだろう。

ふいに手の中の写真がずっしりと重く感じられた。

「それが娘の最初のダンスだったわ」背後から声がした。

マギーが振り返ると、ミセス・シーブズが立っていた。上院議員の妻は腫れぼったい目をして怯えていても美しかった。自分をどう見せるかを心得ていて、堂々としている。

「紫が好きなんですね」マギーは言い、大理石の天板に写真を戻した。

「ピンクかグリーンを好きになってほしかったわ」ミセス・シーブズが言った。「パステルカラーをね。でも娘は……あの子は目立つ色が好きなの」

マギーはほほえんだ。

「なぜグレイソンは電話をかけてこないの？」ミセス・シーブズが尋ねた。「あなたは彼がきっと連絡してくると言った。もう二時間も経つのに、なんの連絡もない。あなたが間違っているの？　もし……」言葉が途切れ、最後まで続けることはできなかった。ミセス・シーブズはやがて落ち着きを取り戻した。まだ手は震えているが、顔には優美な表情の仮面をつけている。しかし刻一刻とその優美さは失われていた。娘がとらわれつづけているうちに、パニックと恐怖が母親の顔と声に表れはじめている。両手の細かい震えはひとつ息をするごとに大きくなっていた。

マギーは手を伸ばしてミセス・シーブズを慰めたかったが、自分の立場でそれをしてはならないとわかっていた。自分の母は誰が慰めてくれたのだろうとマギーは思った。マギーとエリカが小さな部屋の中で縛られ、恐怖に震えているあいだ、母を慰め、安心させたのはどの捜査官だろう？　マギーが目の前のミセス・シーブズにかける言葉がないように、その捜査官も母を慰めるのはつらかっただろうか？

「グレイソンはゲームを仕掛けてきてるんです」マギーは言った。「今あなたが感じている不安と恐怖を私たち全員に感じさせたいんです。自分が主導権を握っていることを私たちに知らしめるのが狙いです。私たちを絶望させ、とうとうグレイソンが連絡してきたときには……ええ、きっと連絡してきます、ミセス・シーブズ。そのときには私たちが自分の望みどおりのものを差しだすよう仕向けたいんです」

「あのファイルね」ミセス・シーブズは無表情で言った。「夫が渡すことを拒んでいるファイル」

「ええ、それがどうかしましたか？」

「グレイソンはファイルが手に入らなかったらどうするつもりかしら？」ミセス・シーブズが尋ねた。

石のように硬いその表情から、マギーにはミセス・シーブズがすでに答えを知っているのがわかった。それでも醜い真実を彼女に告げることはできなかった。この気の毒な女性の中に残されている希望を打ち砕くわけにはいかない。「未来のことはわかりません、ミセス・シーブズ」マギーは静かに言った。「とはいえ、もしご主人が……この件に関してもっと柔軟に対処してくだされば助かるのですが」

ミセス・シーブズが短く放った辛辣な笑い声に、マギーは背筋が凍りついた。「私の夫は柔軟な人ではないわ」

「そうなるよう学んでいただく必要があります。今すぐに」

ミセス・シーブズはマギーを上から下まで見た。真剣に値踏みをされているその瞬間、マギーは居心地が悪くなって身じろぎした。「私はあなたが好きよ、ミズ・キンケイド」ミセス・シーブズが言った。「あなたは賢い女性だわ。できる人。尻ごみしたことなんてほとんどないでしょう？」

「そうあるよう努力しています」

「でもあなたは母親ではない」

マギーはうなずいた。「たしかに母親ではありません」

「とらわれているのは私の娘なの」ミセス・シーブズがブルーの目に炎をたたえて言った。「私はあの子を身ごもった。私がカイラをこの世界へ産み落とした。私の人生の目的はこの世界から娘を守ることに変わった。カイラが安全で、愛されていることを確認するのが私の仕事になった。もしあなたが娘を取り戻す唯一の方法があのファイルを手に入れることだと言うのなら、私は国会議事堂をこの手で破壊してでもそれを手に入れるわ」

「そのときはお供します」マギーは言った。「でも、ご主人はそうはしないでしょう。私はもうひと押しするための何かを探らなければなりません。グレイソンの心理と目的を理解するための洞察が必要です。ファイルへのアクセス権を持っているのは上院議員なのですから、なんとか彼に話をしていただかないと」

ミセス・シーブズはうなずき、目を細めた。「わかったわ」暖炉のそばに座っている上院議員を見た。彼は黙って薪《まき》を見つめ、この数日間で十歳も老けたように見えた。「私が夫と話すわ」ミセス・シーブズは言い、マギーの横を通り過ぎた。「ああ、そうだわ、ミズ・キンケイド……」

マギーは振り返った。「なんでしょう?」

ミセス・シーブズは背筋を伸ばした。女王のように堂々として、死刑宣告でもするかのような凄みがあった。「もし何か起こったら、もしあなたがミスを犯したら……私の娘が無事に家に帰らなかったら、あなたをめちゃくちゃにしてやるわ。あなたの人生のすべてをね。あなたのせいかどうかなんて、もうどうでもいい」

マギーはゆっくりと息を吐いた。称賛の口笛を吹きたいくらいだ。ミセス・シーブズは戦士のように立っていた。愛する者のために戦いに赴く覚悟をしていた。その姿はマギーに自分の両親を思い起こさせた。両親はエリカを救うことができるなら、世界を引き裂いてもかまわなかっただろう。

「結構です」マギーは言った。ミセス・シーブズがそれだけ覚悟を固めているのなら、現状をきちんと説明しておいたほうがいいだろう。「あなたも私も目的は同じです、ミセス・シーブズ。カイラを無事に家に帰したい。ですがご主人の非協力的な態度を見る限り、彼にとってはそれが最優先事項ではないように思えます。そのことをよく考えていただいたほうがいいかもしれません。私が彼の妻なら、私がカイラの母親なら、どんなことをしてもまずそこを変えさせます。今すぐに」

ミセス・シーブズはマギーが放った一撃に身をこわばらせたりはしなかった。結局のところ、彼女は政治家の妻なのだ。マリリン・モンローではなく、ジャクリーン・ケネディと同じタイプの。ミセス・シーブズはマギーと同じく自制心がある。怒りと疑念を目の奥に光らせながらも、何ごともなかったかのような顔で背を向け、それ以上何も言わずに歩み去った。

「ずいぶんとまた友好的だったな」ジェイクの声がした。「あまりの緊迫感に、ナイフで切られたような気分になったよ」

ミセス・シーブズに集中していたせいで、マギーはジェイクが追加の警備手段についてフランクと話していたのを中断してこちらに歩いてきたことに気づかなかった。彼女は弱々しくほほえんだ。「ミセス・シーブズはただ恐れてるのよ。親だもの。非難したくなることもあるわ。これは……」ざわざわと話している捜査官たちを手ぶりで示した。強い恐怖に満ちた緊張が張りつめている。「どこの親であろうと最悪の恐怖よ」

マギーはミセス・シーブズの気持ちがよくわかった。おのれの無力さを感じ、自分にできることは何もないと思い知らされている。ひとりではどうにもならない、自分の娘なのにあきらめるしかない。マギーが有能で娘を取り戻してくれることを祈る以外にないのだ。

泥沼に沈みこむような、すべてを封じられる恐怖がマギーには痛いほど理解できた。エリカがあの穴からマギーを押しだし、逃げてと言ったときからずっと、彼女はその恐怖とともに生きてきた。ときどき、その恐怖こそがマギーをFBIに進ませ、交渉人の仕事をさせたのではないかと考えることもあった。マギーがエリカを見つけることはないだろう。マギーと母が手に入れたのは、空っぽの墓の上に置かれた大理石の墓石だけだった。だが少なくともマギーはほかの人たちを助けることができる。あんな出来事がこれ以上ほかの家族に起こるのを防ぐことができる。

「そうだな」ジェイクが頭を振った。「こういう状況で自分が親の立場だったら、何をしていたかわからないな」

「戦地でひとりでも自警団ができるくらい武装するとか？」マギーは言った。

彼女は冗談のつもりだったが、ジェイクのハンサムな顔に浮かんだ表情を見て、海底に沈む錨のように心が重くなった。

「僕は自分の愛するものを守る。どんな代償を払っても」

その声にこめられた約束、その言葉の誠実さに、マギーは体の芯から揺さぶられた。どうということもない、むしろからかうような言い方だったものの、ジェイクの目の奥に突然表れた真剣さを見て、彼に守られたいと――彼の愛する人になりたいと思った。「向こう見ずなのね」

「そこがいいと思ってるんだろう？」ジェイクがおもしろがるように口元をゆがめた。革のソファに腰かけ、マギーを手招きする。

マギーは一瞬ためらったが、彼から放たれる熱を感じないように少しだけ離れて座った。乾いた唇をなめて身じろぎし、心地よく座れる姿勢を探した。

「これからどうする？」ジェイクが尋ねた。「君の計画がただじっとグレイソンが動きだすのを待つなんてものだとは思えないが」

「もちろん違うわ」マギーは言った。「グレイソンのアパートメントに鑑識班とFBIでも最高のプロファイラーを送りこんだの。そこへ行って、グレイソンについてわかったことがあるかどうか見てみるつもり」彼女は間を置いた。きくべきかどうか確信が持てなかった。「あなたも来る?」

ジェイクはかぶりを振った。「僕はそこにいてもなんの役にも立たない。僕は技術者じゃないし、プロファイリングはプロに任せたほうがいい。こっちはこっちで、知っている地元の連中をちょっと調べてみる」

マギーはかすかに失望したが、ジェイクの言うことは正しいとわかっていた。「これという手がかりが見つかったら連絡してくれるわね?」

「君がボスだ、ブロンドちゃん」

マギーはもはやその呼び名に憤慨しなかった。それどころかほほえみを押し隠そうとしたが、それはあまり成功していなかった。「じゃあ、またあとで」

マギーは警官に言って車を呼んでもらった。彼女の車はまだ〈アドニス・ロッジ〉に停めたままで、そこから記者会見場に行くのにはジェイクの車を使ったのだ。シーブズの邸宅の門まで、マギーはゆっくりと呼吸をしながら長い私道を歩いていった。

顔に照りつけている太陽が心地よい。彼女は一瞬足を止め、太陽で肌をあたためた。もっとも心の底からその瞬間を楽しんでいたとは言えない。事件は急展開し、手のつけられない状況になりかけている。シャーウッド・ヒルズ事件と同じように。しかしあのときとは違う結末に持っていかなければならない。充分に警戒し、慎重に動いて、自制を失ってはならない。

何があってもカイラを失ってはならない。

完璧な犯罪者など存在しない。マックス・グレイソンですら例外ではない。彼がいかに策略家で綿密に計画を立てていたとしても、自分はきっとわずかな隙間を見つけ、そこからこじ開けてみせる。事件を白日のもとにさらしてみせる。グレイソンのアパートメントで何か見つかるといいのだが――カイラを監禁している場所の手がかりや、彼がどうしても欲しがっているファイルの内容についてのヒントか何か。上院議員が自発的に情報提供する気がないのなら、ほかの方法で見つけるまでだ――誘拐犯から聞きだすことになったとしても。

マギーはヒールで砂利を踏みしめて私道の最後のカーブを曲がった。そこで足を止めた。カメラのフラッシュが視界をさえぎり、その向こうから飛んできた怒号に包みこまれた。報道陣が門の向こうに集まって、車を――そして彼女の脱出口をふさいでいる。

マギーは後ろによろめいた。子どもの頃に味わった恐怖、とらわれているというおなじみの感覚が顔をのぞかせた。両親のもとに戻ってから数週間、マスコミは彼女を追いかけまわした。彼らはハゲワシのように旋回し、いつでもマギーを標的に定める用意をしていた。それは彼らにとってもっと目新しい標的が現れるまで続いた。マギーは手首が痛み、そこをさすらずにいられなかった。あらゆる角度から彼女に向かって質問が投げつけられた。

「キンケイド捜査官！ キンケイド捜査官！ カイラ・シーブズの誘拐についてコメントをいただけますか？」

「あなたが二年前にFBIを辞職したというのは本当ですか？ だとしたら、なぜ捜査の指揮を執っているんです？」

「マックス・グレイソンは二年以上も前からミスター・シーブズのもとで働いていました。彼がなぜこんなことをしたのか、仮説は立ててるんですか？」

マギーは感情を顔に出さないように気をつけながら、肩を怒らせて大股で門に近づいていった。マスコミは目つきや眉の動き、ほほえみひとつにも意味を読み取るものだ。彼らはそれをばらばらにして分析し、理論づけ、世間をあおりたてて狂乱状態へと導く。マギーが門の前にいる警備員にうなずくと、彼は彼女がなんとか通れるぐらい門を開けた。

報道陣がマギーに群がり、顔の前にマイクとテレビカメラを突きつけて質問をたたみかけた。あまりの混乱状態にマギーは固まり、パニックを起こしかけた。瞬時に肌が冷たくなる。身動きが取れず、頭の中であらゆるものが全力で叫んでいた。逃げろ、逃げろ、逃げろと。あらゆる方向から押され、一台のテレビカメラに危うく頭から激突しそうになった。マギーは地面に崩れ落ちたかった。頭を抱え、膝を胸につけて縮こまりたかった。今にも脚から力が抜けそうだ。ここで倒れたら、群衆に踏みつぶされる……。

「おい、どけ！　道を空けろ！」フランクが隙間をこじ開けるようにして突き進んできたかと思うと、マギーの腕をつかんで引っ張っていった。自分が乗ってきた車の後部座席に彼女を文字どおり突き飛ばし、ドアを勢いよく閉めた。車内はあたたかく安全で、マギーはやっとまた息ができるようになった。震える両手を落ち着かせようと大きく息をし、腕をさすって寒さを振り払った。

「ここは俺が引き受ける」フランクが半分開いたウインドーに身を寄せてマギーに言った。「グレイソンのアパートメントに行くんだろう？」

マギーは革の座席に背中を預けてうなずいた。突然の静けさと、そばに人がいないのがありがたかった。フランクはいつでも味方でいてくれる。「彼について、もっと手がかりが必要なの」

「行ってこい」フランクは言った。「この騒ぎはこっちでなんとかする」

彼は背筋を伸ばし、穏やかな笑みを浮かべた。報道陣を振り向いたときには、専門家として質問に答える用意ができていた。「みなさん、車を通してくれたら、質問には私が喜んで答えます」

「行って」マギーは運転者に言った。

楽に呼吸ができるようになったのは、たっぷり二キロほど走ってからだった。

28

グレイソンの自宅はダウンタウンの〈バークシャー・アームズ〉という名の高層アパートメントにあった。堂々たる煉瓦造りの建物はにぎやかな街の中心にあり、グレイソンのような男にはぴったりの立地だった。というか、彼が自分をどういう男に見せたいのかがよくわかる選択だった。

マックス・グレイソンが周囲を欺《あざむ》いてきた周到さは驚異的だった。マギーは落ち着かない気分になった。それはグレイソンの知性と計画が非常に高度であることを物語っているからだ。マギーが完全に優位に立たない限り、彼を操るのは難しい――いや、不可能だろう。これまでのところはグレイソンがあらゆる意味で先行している。

ドアマンに身分証を見せ、グレイソンの自宅は十二階だと教えられてもまだ、マギーは迷っていた。これは偶然から生まれた犯罪なのだろうか？　それとも、マックス・グレイソンはどうしても必要な謎のファイルを手に入れるだけの目的で上院議員のもとで働きはじめたのだろうか？

マギーの直感は、前者だとしたら偶然が多すぎると告げていた。だがすべての可能性を捨て去りたくはなかった――グレイソンにこんなにも先を行かれている以上は。

今度はマギーがグレイソンの先を行く番だ。

彼の部屋に何か手がかりがありますようにと祈りながら、マギーはエレベーターのボタンをいらいらと押しつづけた。やっとドアが開くと彼女は中に入り、十二階へ上がった。

〈バークシャー・アームズ〉は一九二〇年代に建てられた建物で、やわらかな光に照らされた長い廊下には曲線の美しい壁のくぼみ《アルコーブ》がついていた。アルコーブにはツタがあしらわれており、無機質な建物にかすかな命の息吹を感じさせる。しかしここの住人のほとんどは自宅でゆったりと過ごす時間などないだろう。首都を忙しく駆けまわるエリートたちにとって、家は大切にされるべきものではない。単に寝るだけの場所だ。

悲しいことに、マギーはそんな彼らに共感できた。もっとも彼女には猫のスウォンクがいるのだが。

マギーは三十八号室の外で足を止めた。ドアに警察の立ち入り禁止テープが貼られ、警官がひとり立っている。彼女は何も考えずにバッジを取りだそうとコートの内側に手を伸ばしてからやっと、自分がもうバッジを持っていないことに思いあたった。

「マギー・キンケイドよ。中に入らなければならないの」

「申し訳ないですが、バッジなしではお通しできません。ここは犯罪現場の可能性があります。法執行機関の者しか入ることはできません」

マギーは唇を噛んだ。「私はこの捜査の指揮官よ。中にいるプロファイラーのグレース・シンクレアを呼んで」彼女をうさん臭そうな目で見ている警官に言った。「髪の長い、すこぶる美人がいるでしょう？　しゃれた服を着こなしてハイヒールを履いた人よ」

警官はグレースを思いだして恍惚《こうこつ》とした表情になり、マギーは目をくるりとまわしたくなるのをこらえた。「ああ、そうですね。いらっしゃいます」警官の言葉には少しどころではない称賛がこめられていた。

「彼女を呼んできて」マギーは言った。

警官が室内に入っていくと、しばらくしてグレースが出てきた。青い靴カバーと手袋をつけていてもなお、彼女は完璧な着こなしをしているように見えた。鮮やかなピンクの口紅は千鳥格子のAラインのスカートにたくしこまれたアンゴラのセーターと同じ色で、長い黒髪は作業の邪魔にならないよう三つ編みにして頭のまわりに王冠のように巻きつけられていた。

「ちょっと、アーサー、彼女は中に入れていいのよ」グレースが警官に言った。「一般人は入れないようにと言ったけど、マギーを締めだせとは言ってないわ」

「バッジをお持ちでなかったので」警官はグレースを女神のごとく仰ぎ見た。

「彼女には必要ないの」グレースは応え、青いビニールの靴カバーを差しだした。マギーは革のアンクルブーツの上からそれを履き、テープの下をくぐってアパートメントに入った。グレースに差しだされた手袋をつかみ、無意識に肘まで突っこんで、両手を体の脇に垂らす。こういう場に来るのは二年ぶりだが、習慣はしみついているものだ。

鑑識班のメンバーがそこらじゅうに散らばり、ピンセットを使ってカーペットの繊維や毛髪を証拠品袋に入れていた。

「まだ何も見つからない？」マギーは証拠採集の邪魔にならないように移動しながら尋ねた。

部屋にはごく普通の家具が置かれているばかりで、個人的な趣味を思わせるものはほとんどない。政治関係の雑誌がガラスのコーヒーテーブルの上に散乱し、その前にはおそらくイケアで買ったと思われるベージュのソファが置いてある。キッチンカウンターの上のボウルに入っている果物は熟れすぎていて、汚れたミキサーが流しに放置されていた。冷蔵庫近くにあるミキサーの機械本体の横には粉末プロテインの袋の切れ端が残っていた。

「カイラがここにいた形跡はないわ」グレースが言った。「研究室に持ち帰った毛髪のサンプルはどれも短くて、色と髪質からしておそらくグレイソンのものでしょうね。血痕はなし。暴力や格闘の形跡もなし。カイラをここに監禁するなら、予備のベッドルームを防音にしておく必要があったはずよ。こういう古い建物は壁が薄いから。でもそこはジムの器械だらけだった」

マギーはリビングルームをゆっくりと歩きまわり、感覚をつかもうとした。グレイソンがソファに寝そべって雑誌を読んでいる姿を頭に思い描いてみる。ここにはテレビがない。ベッドルームにあるのだろう。ニュースに遅れないでいるために、テレビは持っているはずだ。彼がキッチンに歩いていって冷蔵庫を開けるところを想像する。中はテイクアウトした料理やジュースだらけだろう。もしかしたらお気に入りのホットソースをあれこれ取りそろえてあるかもしれない。典型的な仕事の虫の家だ。

「どう思う?」マギーはグレースに訪ねた。「プロファイリングできる?」

「グレイソンは几帳面《きちょうめん》よ。非常に有能だわ。デスクを見てみて」グレースはマギーを廊下へと案内し、二番目のベッドルームに入った。そこはオフィスになっていて、フラット画面のテレビが三台、壁にかけてあった。グレースはデスクからリモコンを取って電源を入れた。どのテレビも主要なニュース局のチャンネルに合わせてあった。「何もかも恐ろしいほどきちんと整頓してあるのよ」グレースが言った。デスクの中央には黄色いメモ用紙が置かれ、ペン立てにペンが何本も挿してある。鉛筆はどれも先を尖らせて削ってあり、完璧に並べられていた。

マギーはかがみこみ、メモ用紙に顔を近づけた。それは真新しく、一度も使われていなかった。

「典型的な政治家予備軍みたいでしょう?」グレースは言った。

マギーはうなずきつつも、グレースにはほかに何か言いたいことがあるような印象を受けた。「ええ、すべてがきっちりしているように見える。それがどうしたの?」

「そこが問題なのよ。きっちりしすぎている」

マギーは眉をひそめ、マックス・グレイソンの自宅オフィスを見まわした。正直に言って、そこは彼女の想像どおりだった。

「家じゅうを調べたわ」グレースが言った。「こっちに来て」マギーをマスター・

ベッドルームに連れていった。キングサイズのベッドが部屋の大半を占めていた。白のサイドテーブルにはランプがひとつと、携帯電話の予備の充電器がひとつあるだけだ。

「蔵書はグレイソンのプロファイルに合うものばかりよ」グレースは続けた。「映画ももちろんそう。『ザ・ホワイトハウス』のDVDボックスセットも含めてね。服、ベッドシーツ、冷凍庫にあるレンジであたためるだけの食事。すべてが〝独身貴族の政治おたく〟のプロファイルにぴったり」

「なるほど」マギーは言った。「そんなはずはないと言いたいの？」

「私が言いたいのは、人は散らかすものだということよ」グレースは言った。「でもここは完璧。乱れたものが何ひとつない。何ひとつよ。プロファイルから外れたものが皆無なの。グレイソンが人に見せたがっている人物像そのまま。普通の人はひとつの箱におさまったりしない。そこからはみでるものが何かあるはず。自分を自分たらしめるものがあるはずなの。たとえ徹底したきれい好きであっても、個人的な性格を表すものが何かしらあるものよ。たとえばあなたにあのおばかさんの猫がいるみたいに」

「スウォンクはかわいい猫よ」

「でもあなたは別に猫好きじゃないわよね、マギー」

マギーはそれは認めないわけにはいかなかった。彼女は猫派ではない。

「そしてあなたが私の暮らしぶりを見ても、すぐさま〝グレースは総合格闘技が大好きなのね〟と考えたりはしないでしょう」

「つまり、グレイソンは偽装しているとあなたは思ってるのね」マギーは言った。

「断言はできないけど。でもあまりにわざとらしくて、それがどうも気になるの」

「グレイソンはサイコパスなの？」マギーは尋ねた。

「そうは思わない」グレースが言った。「使命に関しては何もかもコントロールしたがるタイプだとは思うけど。彼にとって意味のある使命……そういう使命があれば、ほかのどんなことより重視するタイプかもしれない」

グレースは周囲を身ぶりで示した。マックス・グレイソンが自分たちに調べさせようと残していった、注意深く作りあげられた生活がそこにあった。「グレイソンは自分の生活から個人的なものをいっさい削《そ》ぎ落としてる。それは明らかに、誰かに疑念を抱かれることなく計画を進められるよう、うまく自分の役を演じるためにしてることよ。ここまで徹底的にするということは、よほど深く根差した動機があるんだわ。耐えられないほどの感情。あるいは強迫観念。その両方かもしれない。あのファイルの中に何があるにせよ、それはマックス・グレイソンがどんなことをしてでも手に入れたいと思うほどのものよ。そのためなら彼は死ぬ覚悟もできてる。もっと重要なのは、そのためなら人殺しも辞さないということ」

「カイラを救出しないと」マギーは言った。

「それも急いで。あなたはグレイソンの計画を台なしにした。彼はおそらく怒り、怯えてるに違いないわ。いずれ邪魔が入るのは計画のうちだったとしても、この段階で実際にそうなるとは予想してなかったと思う。カイラを拉致することで充分に上院議員に揺さぶりをかけられると思っていたはず。シーブズがファイルを渡すのを拒否することは想定してなかった。あなたが現れることもね」

「私もこの部屋を調べてみてもいい？」マギーは尋ねた。

グレースはうなずいた。マギーはベッドや戸棚には見向きもせず、クローゼットへ向かった。

「そこは全部見たわ」グレースが言った。「トレーニング用の服もそれなりのブランドのものばかりで、個性はなかった。すりきれた出身大学のTシャツや、地元のチャリティマラソンのTシャツなんかはひとつもない。身元が特定できるようなものは何もないわ。なんだかとても……注意が払われすぎている感じがするのよ、マギー」

マギーはクローゼットをのぞいた。スーツとボタンダウンシャツがずらりと並び、イタリア製の高価な革靴がいくつも置かれている。彼女はそれらを脇にどけて、隅にしまわれているものがないかどうか確認した。グレースのところに戻ろうとしたとき、ふと足を止め、もう一度クローゼットの奥に目をやった。

小さすぎる気がした。アパートメント内のクローゼットだとしても、やはり小さい。壁はまるで配管を隠しているかのように前に数センチせりだしている。配管が必要なバスルームとキッチンはアパートメントの反対側にあるのに。

マギーは笑みを浮かべ、スーツを脇にどけて奥へ踏みこんだ。背の低さが役に立つ貴重な瞬間だ。彼女の体はかがむ必要もなく小さなスペースにおさまった。

「何か見つけたの？」グレースが肩越しに尋ねる。

「ちょっと待って」マギーは手袋をはめた手で壁を下から叩いていった。半分ぐらいの高さまで来たところで、壁の向こうの音が明らかに空洞に変わった。「ここだわ！」心臓が跳ねた。彼女は壁に指を這わせ、継ぎ目ができている箇所を探した。マギーをカイラのもとへと導いてくれる秘密が。隠された空間には秘密が存在するはずだ。

どうかこれが手がかりでありますように。

「ナイフをもらえる？」マギーが言うと、グレースは慌てて部屋を出ていき、ナイフを三本持って戻ってきた。完璧主義者のグレースらしい行動に、マギーはほほえんだ。万能ナイフを選んで継ぎ目に走らせ、強く突いて石膏ボードを切り裂く。繊細に刃を動かし、平らな面で壁の一部をえぐると、ファイルフォルダーがしまいこまれている空間が現れた。

マギーはフォルダーをつかんでクローゼットから出た。石膏ボードの粉塵《ふんじん》とマックス・グレイソンのコロンの香りが残るスーツの山に窒息しそうで、早く逃げだしたかった。グレースにきけば、そのブランドが彼の偽の人物像にいかに合致しているか教えてくれたかもしれない。

「まあ」マギーがフォルダーを開くと、グレースは言った。「グレイソンはそこまで賢いわけではないみたいね」

マギーが最初に見たのは、望遠レンズで遠くから撮られた写真だった。学校にいるカイラ。ラクロスの練習中のカイラ。馬に乗るカイラ。ルーカスと車の中でキスしているカイラ。両親といるカイラ。ぱらぱらめくっていくと、新聞や雑誌の記事の切り抜きを見つけた。どれも上院議員とその家族に関するものだ。ひとつは再選時の選挙運動を報じた雑誌の記事で、カイラの糖尿病について触れた文章にグレイソンは下線を引いていた。

マギーは黙ってフォルダーをグレースに手渡した。心配そうに顔をこわばらせたグレースはページを繰り、警戒した目つきでマギーを見た。

「グレイソンはこれを二年以上も前から計画していたんだわ」マギーは言った。

「長期戦ね」グレースは視線をファイルに戻しながら頭を振った。マギーはグレースが何を考えているのか手に取るようにわかった。グレースはこれまでに組みたててきたプロファイルに新たな情報のすべてを加え、すでに分析を始めている。それが結末にどう影響するかということを。

カイラの結末に。

マギーは部屋を見まわした。マックス・グレイソンが完璧に作りあげた偽の生活。彼女はいらだちと混乱に襲われた。いったいここで何が起きているのだろうか？　足元を照らす光がないまま、森をさまよっているような気がした。追うべき手がかりが何もない。隠された秘密が多すぎる。そしてその真ん中に正体不明の犯人がいる。

「この男はいったい何者なの？」マギーはささやいた。

どうすればこの男を打ち負かせるのだろう？

29

ジェイクは国会議事堂の階段を二段飛ばしで駆けあがった。携帯電話で自撮りしている観光客や学生たちの横を通り過ぎ、右に曲がって警備員のほうに向かった。金属探知機の前に立っている警備員に、上院議員から渡されていたバッジを見せる。

「今日はどういうご用件ですか？」警備員が尋ねた。

「僕はシーブズ上院議員のセキュリティチームの者だ」ジェイクは説明しながら携帯電話と鍵、財布をスキャニング用のトレイに入れた。「ここ数日の大騒動のせいで、上院議員は今になってやっと自分のブリーフケースを執務室に置いてきたことに気づいてね。それを取ってくるよう僕をよこしたわけだ」

警備員はジェイクを金属探知機にくぐらせ、身体検査を行うと――銃とナイフは車の中に置いてきていた――承認のしるしにうなずいてみせた。ドアの向こうへと通されたジェイクは、シーブズの執務室に向かって歩いていった。

何度来ても、この建物にいると歴史の重みが骨までしみこんでくるように感じる。男女問わず偉大な先人たちがこの廊下を歩き、ジェイクが仕えることに誇りを持っているこの国を形作り、守りつづけてきたのだ。

ジェイクは複雑な人間ではない。ただ自分の国、自分のチーム、自分の家族に対してはとびきりの忠誠心を持っている。それが彼という男だった。

だからこそ、ジェイクは激怒していた。彼が仕えるシーブズ上院議員が、娘の身の安全について心配もしていないように振る舞っているのが許せなかった。シーブズの決断にジェイクは驚愕《きょうがく》した。それは偉大な男のする選択ではない。よき父親がする決断でもない。あのファイルの中にある何かが、シーブズにとっては娘の命よりも大事なのだ。それはなんだ？　その問いが頭を離れず、ジェイクはなんとしても答えを見つけようと決意していた。

上院議員は明かさないだろう――彼に口を割らせることができる人物がいるとすれば、それは癇癪《かんしやく》玉のようなマギー・キンケイドのはずだ。となるとジェイクも自ら事件の解決にあたり、何が起きているのか探らなければならない。まずはここからだ。

マギーはジェイクに先を越されたと知ったら怒るだろう。また激怒して、口を尖らせたあのかわいらしい顔を見せるかもしれない。ありえないほど鮮やかなピンク色をした彼女の唇を見ると、ジェイクは気が散ってほかのことが考えられなくなるのだ。その色は自然のものだと彼は知っていた。マギーは仕事中に口紅を気にするような女性ではない。ジェイクは彼女のそういうところが気に入っていた。この街は完璧な髪型に完璧な爪に完璧な口紅の女性だらけだ。彼はその理由がよくわかっていた——女性に関する限り、二十一世紀に入ってもまだ目が覚めていない男たちが牛耳っている社会でプロとして真剣に受けとめてもらうための、ひとつの方法がそれなのだ。ジェイクの最後の恋人は、ノーメイクで彼と会うことをいやがるロビイストだった。ジェイクは香水ではなくはねた泥をつけた田舎娘たちとともに農場で育った。もしかしたらそれでマギー・キンケイドのざっくばらんなところ——自然な朗らかさや明瞭で頑固な集中ぶり——に惹きつけられているのかもしれない。船乗りがセイレーンに惹きつけられるように。

ジェイクは警備員が発行してくれたカードキーを使って上院議員の執務室に入った。小さな部屋にはシーブズの自宅の執務室にあるのと同じようなデスクがひとつ置かれ、カイラと妻の写真が数枚、フレームに入れて飾られている。大きな本棚には法律関係の書類がぎっしり並べられ、壁から合衆国建国の父たちの肖像画が見おろしていた。しかしジェイクはここに上院議員のことを調べに来たのではない——ジェイクの目的は脇のドアからつながっているマックス・グレイソンのオフィスにあった。ジェイクはポケットから鍵を取りだし、ホイッスルのように見えるシルバーのキーチェーンのキャップをねじって外すと、中から小さなレンチとピッキングの道具をひとそろい取りだした。レンチで軽くロック内部のピンを引っかき、その感触を確かめたところで、ピックを差しこんでピンをひとつずつ押しあげていく。熟練の動きでレンチをひねると、ロックが解除され、ドアが開いた。

ジェイクは満足げな笑みを浮かべ、グレイソンのオフィスに足を踏み入れた。

彼はマックス・グレイソンのような男たちを知っていた。そういうタイプの連中のことならよくわかる。軍隊から数々の勲章を授与され、秘匿性の高い任務に就くため本国へ送り返されて以来ずっと、ジェイクはそういう男たちに囲まれてきた。

グレイソンのような政治おたくにとって家は眠る場所で、仕事場にこそ人生がある。そういう男はテレビでスポーツの試合を見ているよりも、オフィスにいるほうがくつろげるはずだ。マギーならグレイソンのアパートメントでメモか何かを見つけるだろうが、ジェイクはここにいるほうがいい。別行動のほうが全体をカバーできるし、グレイソンのアパートメントにはＦＢＩの面々もいるのだからマギーも安全だ。彼女も武装しているし、自分が何をしているかわかっている。それを思うと、ジェイクは肩の荷が少し下りた気がした。マギーが自分の意見を曲げず、援護も待たずに自ら現場へ飛びこんでいくたちだと知っているからこそ、グレイソンを追っている彼女をジェイクが必死に追いかけるなどということをせずにすむのはありがたい。

誘拐犯がグレイソンだと判明した以上、カイラの時間は刻々と失われつつある。そう考えると、ジェイクは何かを、あるいは誰かを、できるものなら上院議員を殴りたい気分になった。あのかわいらしい子を死なせるわけにはいかない。彼は改めて心に誓った。マギー・キンケイドのような女性がカイラのために戦っているのだからきっと大丈夫だ。それにそのマギーの背中をジェイクが支えているのだから。

出会ったばかりの人物にそれほどの信頼を置くとは自分でも奇妙に思えたが、ジェイクはそこから逃げず、その感情――マギーに対する感情――を突きつめていった。彼女とのつながりによって、ジェイクが自分のチームに対して抱いていた何かが呼び覚まされた。部下たちを残して本国に戻されたときに失ったと思っていた感覚だ。彼はマギーを信頼していた。彼女の知性、彼女の直感、彼女の闘志は信頼できる。マギーは頭が切れるだけでなくセクシーだ。しかしジェイクを惹きつけ、きちんとボタンがとめられたシャツの下に両手を滑らせたいと思わせるのは肉体的な魅力だけではない。あの大きなブルーの目の奥に何かがあった。人を鉄よりも強くするような深い痛みが。

マギーはカイラを取り戻すために決死の戦いをするだろう。ジェイクはマギーのそばについていようと決意していた。誰かが彼女の背中を支えてやらなければならない。FBIはマギーを首にして面目を失わせたがっている男ばかりだ。ジェイクは笑みを浮かべた。マギーが本気を出したら、男たちは皆、銃の腕でも頭脳でも彼女にかなわないだろう。マギーは誰かの命が懸かっているときにおとなしくしていられる女性ではない。そしてそういう女性に惹きつけられるのではなく、脅威を感じるタイプの男というのは確実に存在する。

ジェイクは控えめに言っても惹きつけられるタイプだった。

グレイソンのオフィスは簡素で、上院議員の部屋よりも小さかった。デスクもさほど豪勢ではない。デスクの後ろには鍵のかかる書類棚がふたつ並んでいた。ジェイクは長いほうのピックを選び、二十秒もかからずに解錠した。書類棚からファイルがこぼれ落ちてきた。特に順序も何も考えずに詰めこまれていたようだ。デスクがきちんと整頓されていることを考えると、それは少々奇妙に思えた。ジェイクがさらに数冊のファイルを床に落とし、山積みになっている残りのファイルの奥を探ると、ノートパソコンの四角い端がちらりと見えた。

ジェイクは書類棚の一番奥からノートパソコンを引っ張りだし、書類やマニラ封筒をさらに床にまき散らした。

グレイソンのデスクにノートパソコンを置いて電源を入れる。案の定、パスワードを要求された。グレイソンは愚か者ではない。慎重きわまりない男だ。しかしそれはジェイクも同様だった。ポケットから財布を取りだすと、クレジットカード入れに差しこんでおいた細いUSBドライブを引き抜いた。

軍を辞めて民間企業の技術部門に転身した仲間がいると便利なこともある。この小さなUSBドライブにはコンピュータ・ウイルスの暗号コードが仕込まれていて、コンピュータに差しこむとあらゆるパスワードを解読しはじめ、ひとつずつ解除していくようになっていた。

安全なものなどない。秘密を守り通せるものなどない。適切なコードを持っていれば、あるいは適切な友人がいれば、秘密の扉は開けられる。

ウイルスは三分とかからずにパスワードを解除し、画面に複数のフォルダーが現れた。〝グランシー公聴会〟や〝上院議員の十月の予定〟といったタイトルがつけられたフォルダーを次々にクリックしてみたが、どれも空で、ジェイクは袋小路に追いこまれたのではないかと思いはじめた。

検索バーを出して、〝.jpg〟と打ちこむ。グレイソンは画像の保存用にこのノートパソコンを置いておいたのかもしれない。カイラの監禁場所については詳しく調べなければならなかったはずだ。ジェイクが検索ボタンをクリックすると、画面に画像一覧が現れた。

彼は画像を次々にクリックして見ていった。ほとんどはコンピュータにあらかじめ入れられていたサンプル画像だ。〝ハーレーダビッドソン〟とタイトルのついたファイルをクリックしてみると、画面に出てきたのはバイクの画像ではなく、一枚の集計表だった。

「見つけたぞ」ジェイクはにやりとした。画面をスクロールしていくと、財務情報、日付、時間、グレイソンのパスポート写真のコピーが出てきた。

ジェイクは眉をひそめた。これがなんなのか知っていた。以前、アフガニスタンに駐留していたときに見たことがある。これは偽の身分証だ。しかもプロ級の仕上がりで、幼少期の医療記録にまでさかのぼれるようになっている。

どうしてこんなものがここにある？　念のためにもう一度スクロールしてファイルを調べた。情報はあまりにも広範囲にわたっていて、あまりにも完成度が高い。グレイソンはどうやってこれを手に入れたのだろう？　誰がやつに都合したんだ？

マックス・グレイソンはマックス・グレイソンではない。彼に関するすべて――捜査陣がこれまで知っていると思っていたすべて――は偽りだった。マックス・グレイソンは存在しない。彼はまがいものだったのだ。上院議員のあの秘密のファイルの中にある何かを手に入れるためだけに作りあげられた偽の仮面。

ジェイクは椅子に背を預け、目の前の情報を見つめた。ここに来て新たなトラブルの登場だ。違う種類のゲームが始まっている。

いったいこの男は誰なんだ？　そしてカイラに何をするつもりだ？

30

「覚悟はいいかい？」ポールが尋ねた。今週マギーがFBI本部の廊下を歩くのはこれで二度目だ。今回彼女は自分を追いかけてくる視線や口笛をより簡単に無視できるようになっていた。マギーが戻ってきたことに驚きを隠せない人々にほほえんでみせることすらできた。

〝君はみんなの道しるべなんだ〟頭の中でジェイクが言うのが聞こえた。あの真剣で確信に満ちた口調で。彼がどれほど自分を信頼してくれているかを思うと、マギーの内側に力がみなぎった。「準備万端よ」

「またここに舞い戻ってくるなんて思ってもみなかっただろう？」ポールは心配そうに尋ねた。

彼はいつもマギーのことを心配している。彼女はポールがいまだに重荷を背負っているのを残念に思った。それもあってふたりは別れたのだ。マギーはポールに言いたかった。自分は大丈夫だと。そしてそれを信じてほしかった。ふたりがいつかはそういう関係になれるのかどうか、彼女は確信を持てなかった。

ポールには前に進んでもらいたい。彼の善良さと優しさにふさわしい女性を見つけてほしい。ポールに自分のことを心配してもらいたいと思っている女性、自分を愛してもらいたいと思っている女性はほかにいるはずだ。

ポールに必要な優しさはもうマギーには残っていない。人生は彼女からそれを奪ってしまった。マギーは鋭く尖らせた刃を使うだけでなく、その刃を気に入りはじめていた。

「去ったときは本気で戻らないつもりだったわ、ポール」マギーは言った。その言葉の二重の意味に彼が気づかないはずはない。マギーはFBIを去り、ポールのもとからも去った。それが正しい選択だとわかっていた。FBIは一時的にせよ彼女を連れ戻したかもしれない。しかしポールには決してそんなことはできない。

ポールは悲しげにほほえみ、マギーのために会議室のドアを開けようと手を伸ばした。「君はきっと大丈夫だ」

「もちろんよ」マギーは言った。「そうでなければならないの。カイラのために」

彼女は顎を上げ、自信をみなぎらせて部屋に入っていった。三面のホワイトボードのまわりですでに十人ほどの捜査官たちがマギーを待っていた。マギーは背中を追いかけてくるささやきを無視して、きびきびと部屋の奥へ歩いていくと捜査官たちに向き直った。

「私たちが追ってる犯人はもはや見知らぬ男じゃないわ」そう告げて中央のホワイトボードに貼られたグレイソンの写真を指さした。「カイラ・シーブズを誘拐したのはマックス・グレイソン、上院議員の政策アドバイザーよ。シンクレア捜査官にとりあえずまとめてもらったプロファイルを、配布したファイルに載せたの。グレイソンは非常に限定的な目標を掲げ、高度な計画能力を持った犯罪者だわ。その目標とは、上院議員だけがアクセスできる国会議事堂の機密文書を手に入れたいというものよ」

「それが何か、上院議員から聞いているんですか?」ひとりの捜査官が質問した。

「シーブズはその情報を明かしていないわ」マギーは言った。「国家機密にかかわるというのが彼の主張なの」

「その言い分を信じるんですか?」疑わしげな声が尋ねた。

まさかとマギーは思ったが、それを口にするわけにはいかない。捜査官たちには、グレイソンと彼の潜伏場所の捜査に集中してほしかった。カイラに残された時間は刻一刻と減っている。

「上院議員は多くの機密事項を扱ってる」マギーは言い、確信に満ちた口調に聞こえていればいいけれどと思った。「だけど自分の子どもの命が危機に瀕《ひん》している今、シーブズならこう言うわ。われわれが集中すべきはグレイソンを捜しだすことだと。グレイソンに関する情報ならどんなことでも集めなければならない」彼女が左側にいた三人を指さすと、彼らは姿勢を正した。「トーマス、ワイルダー、イーガー、あなたたちは財務情報をお願い。グレイソンが何をどこで買ったのか、すべてを知りたい。特にガソリンスタンドの利用状況は詳しく調べて。プルマンとスミス、あなたたちは電話の記録を。誰にかけ、誰がかけてきたのか。すべての通話を追跡し、すべてのメールを分析してほしいの」

「さっそく取りかかります」プルマン捜査官はそう言いながらすでにノートパソコンを開いていた。

「ジョンソン、あなたは薬局の情報を」マギーは言った。「グレイソンはカイラにインスリンを投与していた。それをどこで手に入れたのか調べて」

「本当にそんな情報が必要だと思うのか？」人間というよりネアンデルタール人に近いと思える濃い眉をした大柄なジョンソン捜査官が尋ねた。

マギーはすばやく振り向き、相手を殺しかねない目つきでにらみつけた。「カイラのインスリン依存度を考えると、ええ、間違いなく必要だと思うわ」

ジョンソンは腕組みし、意固地な態度を見せた。「なぜ俺があんたみたいに燃え尽きたやつに命令されなきゃならないんだ、キンケイド?」

マギーが何か言うよりも早く、ポールが前に進みでてジョンソンをにらみつけた。ジョンソンはそわそわと体を動かした。ポールが自分より地位が高いことはよく知っていた。「なぜなら僕がそうしろと言ったからだ、ジョンソン」ポールは大声で言った。

マギーは怒りに切り裂かれた。ポールが本気でマギーを守ろうとしてくれているのはわかったが、これでは彼女が敬意を勝ち取ることはできない。マギーは自分で戦える。

「あなたの仕事をしなさい、ジョンソン」彼女は命じた。「あなたはそれをする方法を知ってる。そうでしょう?」

ジョンソンはマギーをにらみつけたが、ポールに鋭い目を向けられて、不機嫌そうにうなずいた。

「続けるわ」マギーは言った。指揮を執りつづけなければならない。捜査班は機械のようなものだ。あらゆるパーツが一体となって動かなければ機能しない。一瞬の判断の遅れがすべてを台なしにしかねないのだ。「シンクレア特別捜査官と私がグレイソンのアパートメントから押収した証拠から、これが長期間にわたって計画されていたことは明らかよ。何年もかけて。それはつまり――」

ドアが勢いよく開いて部屋にいた全員が驚き、マギーは途中で言葉を切った。ジェイクが飛びこんできて、大股で捜査官のあいだを通ってマギーのほうに向かってくる。興奮したざわめきが起こり、マギーの耳にも〝上院議員のところで働いている……〟〝……SWATにいたんだろ？〟といった断片が聞こえてきた。

「ちょっと話せるか？」ジェイクは声を抑えて問いかけた。

マギーは話を中断されてすでに文句を言っている一団に神経質そうに目をやった。

「あとにできないの？」

「君はこの情報を聞きたいはずだ」ジェイクが言った。マギーがためらっていると、彼はさらに言った。「僕を信じろ」

これほどシンプルな言葉がこんなにも複雑な要求をしてくるなんて。

ジェイクを信じられるのか？

マギーはそうしたかった。それは自分に向かって伸ばされたジェイクの手にセックスそのものの官能を感じたからというだけではない。

「五分休憩するわ」マギーは声をあげた。「話は向こうの部屋で」会議室に続く小部屋を指した。ジェイクは一瞬ためらったが、マギーは彼の腕をつかんだ。彼女は力ずくでジェイクを動かせるとは思っていなかった。小柄なわりに力が強いといっても、煉瓦の壁のようにがっちりした、それでいてセクシーな彼には太刀打ちできない。それでもジェイクは、懇願するように自分をつかんでいる手に引かれるままマギーに従った。

マギーは捜査官たちの好奇心と疑念に満ちた目を最後に一度ちらりと見てから、ドアを閉めた。

「あんなふうに会議をさえぎる必要があったの？」

「これで局面ががらりと変わる」ジェイクは言った。「君に先に知らせたほうがいいと思った。君からチームに公表できるように」

マギーは唇を噛んだ。会議の途中で引っ張りだされるというのは不本意だったが、彼女にはジェイクの言うことが正しいとわかっていた。

「わかったわ、ありがとう。さあ、何があったのか話して」

ジェイクは小さなデスクにノートパソコンを置いて開いた。「マックス・グレイソンは存在しない」

「なんですって？」マギーはその言葉に腕の毛が逆立った。「そんなことがありうるの？」

「マックス・グレイソンというのは偽名だ」ジェイクは説明した。マギーがジェイクの肩越しにパソコンの画面をのぞきこむと、彼はファイルを開いた。

「国会議事堂のグレイソンのオフィスから持ってきた」ジェイクは言った。「本名はロジャー・マンキューソ。シャーロッツビル出身。控えめに言っても幸せな子ども時代を過ごしたとは言えない。両親は死亡、兄も死亡。ほかに家族はなし。やつの身元を知る者も、やつの計画を邪魔する者もいない」

「これは彼のオフィスにあったの？」マギーは尋ねた。それは道理にかなっていた。アパートメントよりもそこのほうが安全だ。

「書類棚の奥に押しこまれてた」ジェイクは言った。「本名では、こいつは微罪で六度も逮捕されている。酔った挙げ句の喧嘩や迷惑防止条例違反といったことだ。最後に犯した罪は間抜けな判事によって軽微な暴行事件とされて減刑された。五年前、こいつは仮釈放中に行方をくらました。

僕はさらに調べようと、海外にも連絡を取った。ロジャー・マンキューソが逃亡した直後、マックス・グレイソンはまずパリに一週間ほど姿を現している。次に現れたのがワシントンDCだ。明らかに履歴書は見事な出来で、身上調査をうまくごまかせたようだ。やつは三年かけて政界の階段をのぼり、シーブズ上院議員に雇われるまでになった」

「五年も前から計画してたのね」マギーはあえぐように言った。考えていたよりもさらに事態は深刻だ。人生における二年間という時間を犯罪計画に捧げてきたとしても、それは充分な献身と言える。

それどころか五年も……。

五年間となると、もはや取り憑《つ》かれていると言ったほうがいい。

ジェイクがマギーと目を合わせた。彼の厳粛な視線にも不安が宿っていた。「われわれがこの男について知ってると思っていたことは、すべて嘘だったんだ」

31

「これは大変だわ」マギーはそう言ってから声を立てて笑った。疲労と絶望が体の中で泡立っているかのようだ。「ああ、それどころの騒ぎじゃないわね」

「この男はある種の復讐心《ふくしゅう》に突き動かされている」ジェイクは言った。「君も僕も知っているように、そういう男は……」言葉を切った。

「そういう男は手かげんをしない」マギーは続きを言った。

「そういう男は金など欲しがらない」ジェイクが言った。「欲しいのは権力だ」

「そして上院議員はそれをたっぷり持っている」

「行って、チームに知らせないと」ジェイクが言う。

マギーはためらい、唇を噛んだ。胸の内に恐怖がわきあがった。

「どうした?」ジェイクは尋ねた。

「私は気づかなかった」

「おいおい、それはしかたないだろう」ジェイクが安心させるように言った。「君はその点に着目して捜したわけじゃなかったんだから」

「いいえ」マギーは言った。「アパートメントでその点に着目して捜したのよ。グレースは彼の家は奇妙だと言ったわ。個性を示すものがいっさいないと」

ジェイクは眉をひそめた。「それで君は、僕が先にやつのオフィスへ行ったことで自分を責めようというのか？　君だって自宅の次にあそこに行ってたはずだ、マギー。もし先に行ってたら、君がこのパソコンを見つけただろう」

「わかってる」マギーは言った。「でも彼らは？」ドアのほうを指した。「捜査官たちは私を嫌ってる。私は彼らを差し置いて出世したくそ女よ。私が失敗したとき、あの人たちはそれをずっと待っていたかのようだった。今度もまた私がしくじるのを待ってるのよ。そしてこれは彼らにとってこのうえない爆弾だわ」

「そんなのは放っておけ」

マギーはぽかんと口を開けた。「なんですって？」

「聞こえただろう」ジェイクが言った。「そんなのは放っておけばいいんだ。君ほどの適任者はいない。そうだろう？　僕が君のことで連絡した相手は誰もがそう言った。ひとり残らずだ、マギー。彼らは君が闘犬みたいだと言っていた。君は決してあきらめないし、決して止まらず、決して疲れないと。みんなが口をそろえて言ったよ。この事件を担当するのに最も適任なのは君だと」

マギーは頬が熱くなるのを感じながら、会議室に続くドアをちらりと見た。「彼らは私を卑劣な手段で攻撃しようとしてくるわ」力なく言った。

「僕が君を援護する」ジェイクが約束した。

マギーは以前にもその言葉を数えきれないほど聞いたことがあった。同僚から、友人から、恋人から。

しかし、これほどまでにその言葉を信じられたのは初めてだ。

気づいたときには手を伸ばしていた。長身のジェイクに合わせて爪先立ちになり、片手を彼の肩に置いてバランスを取りながら、無精ひげの生えた頬にキスをした。

「ありがとう、オコナー」マギーは静かに言った。

身を離しかけたマギーの腰をジェイクがつかまえ、くびれた部分を広げた指で支えた。シャツの布地越しに感じる指先の五つの点が燃えているかのようだ。ジェイクがマギーの唇に視線を落とす。

「今ここで君にキスすることもできる」かすれた声で言った。

「そうね」マギーは息も絶え絶えに応じた。心臓がどれほど激しく打っているか、ジェイクにも聞こえるだろうか？

ジェイクはもう一方の手を上げ、親指で彼女の下唇を撫でた。マギーはうっとりと目を閉じ、うずくような衝撃が体じゅうで躍りまわるのを感じた。マギーがゆっくりと目を開けると、ジェイクは美しい神秘的な生物でも見つけたかのように彼女を見つめていた。何時間でも、何日でも、何カ月でも時間を費やしてその謎を解き明かしてみせるというように。

「だがそうしてしまったら、自分を止められなくなるだろう」

マギーはほほえんだ。「だったら私を放して」彼女はささやいた。

「それは命令かい？」ジェイクはいたずらっぽい少年の目つきになってにやりとした。マギーの胸の中で心臓がよじれた。どうして彼はこんなにさまざまな笑顔を見せることができるのだろう？マギーはそのすべてを見たいと思った。それをジェイクといっしょにいる理由にしたかった。

「命令してほしいの？」彼女は言い返した。

ジェイクはマギーを放した。名残惜しそうに彼女の体から指を離す。「君はいつだって僕に命令していいんだ、ブロンドちゃん」

マギーは顔を赤らめ、それを見たジェイクの顔に笑みが広がった。

「さあ、仕事にかかろう。捜査官たちが想像しているとおりのひどいくそ女になればいいんだ、マギー。やつらはどう対応すればいいかわからなくなるはずだ」

「援護してくれるのね？」マギーはあの言葉をもう一度聞きたかった。もう一度感じたかった。あの希望に満ちたあたたかな感情を。ジェイクの信頼を受けて胸の中に芽生えはじめた感情を。今ここでその感情の正体を——どこから現れ、いかに早く根づいてしまったかを考えている場合ではないが、おかげで安心できるのはたしかだった。

「僕が君を援護する」ジェイクは約束した。

マギーがドアに向き直ったそのとき、デスクに置いてあった携帯電話が鳴った。

彼女は電話をつかみ、画面を見た。

「非通知番号だわ」

「やつだと思うか？」

「たぶんね」

「連中に逆探知させせよう」ジェイクは会議室に続くドアを開け、技術者のひとりに合図して逆探知の用意をさせると、マギーのそばへ戻った。部屋は静まり返り、マギーは捜査官たちに背を向けて心を奮いたたせた。全員に見られていると思うとやりにくいが、これは大事な電話だ。

彼女はマックス・グレイソンの正体を知っている。とうとう一歩彼に先んじた。その有利な状況を慎重に扱う必要がある。

これまでのところ、やすやすと計画を実行してきたグレイソンは自分の成功に酔いしれている。だが今こそ局面を変えるときだ。彼の鎧《よろい》にひびを入れてやらなければならない。

考えている暇はなかった。電話に出なければ。心臓が神経質に飛び跳ね、胃はぐるぐるまわっている。マギーは画面を指でスワイプし、大きく息を吸って電話に出た。

「もしもし？」その声は落ち着いていて、内心の必死さをかけらも見せていなかった。

「もしもし、マギー」マックス・グレイソンが言った。声はデジタル加工されていなかった。彼女は何年も嘘をついて生きてきた男のわざとらしい声を耳にしていた。

「秘密がばれた以上、あの中年男を介す必要はない。おまえと俺だけで仲よく話せたほうがいいだろう？」

「あなたのクローゼットの奥にある秘密の空間もばれてるわよ」マギーは言った。

グレイソンが笑い声をあげた。「俺のものを嗅ぎまわったんだな？　どうだった？」

「あざけるために電話をかけてきたの？　あなたが私をだましてたから調べたのよ。お望みなら、それについて話してもいいわ。あるいはあなたが本当に欲しがってるものについて話してもいいわよ」

「その前にひとつ知らせておこう」グレイソンが満足げな声で言った。「かわいいカイラのインスリンが入った瓶は壊してやった。カイラは震えてるよ、かわいそうに。血糖値が下がってるんだろう。インターネットで調べたが、低血糖症を起こすと相当つらいらしいな。早く助けが来ないと、取り返しのつかないダメージを受けることになりかねないぞ。昏睡状態に陥って、二度と目を覚まさないかもしれない。母親にとっては相当な打撃だろうな。だが父親はそれほど気にしないだろう。かかわりの深い父親とは言えなかったようだからな」

マギーは彼の冷酷さに激しい怒りを覚えたが、なんとか冷静さを保った。「もう一度きくわ」声がきつく尖った。「取引がしたいの、マンキューソ?」

はっと息をのむ音がして、長い沈黙が続いた。

「ええ、そう」マギーは続けた。「あなたの正体はお見通しよ。ロジャー・マンキューソ。育ったのはシャーロッツビルのノース・ストリート三四五番地。これだけ精巧な身分証を作りあげるには費用も相当かかったでしょう。感銘を受けたと認めなければならないわね、マックス」最後の言葉にはたっぷりと皮肉がこめられていた。

「こんな……こんなことで事態を変えられると思うなよ」ようやく発したマンキュー

ソの声はかすれていた。明らかに狼狽し、それを必死に隠している。「こっちにはカイラがいる。おまえは時間内に彼女を見つけることはできない、マギー。前の事件もあんなことになったのに、また同じことを繰り返したいのか？」

マギーはきつく携帯電話を握りしめすぎて、自分がそれを壊すのではないかと怖くなった。何も言えなかった——言えば声が震え、怒りがあらわになってしまう。マンキューソは自分の一撃が見事に命中したと知るだろう。呼吸を整えて自制を取り戻さなければならないとマギーは自分に言い聞かせた。これは私の問題ではない。カイラの身の安全だけを考えなければ。シャーウッド・ヒルズ事件のように失敗するわけにはいかない。

「おまえのことを捜査官たちがどう言ってたか知ってる」マンキューソはなおも言った。「おまえがどんなふうに燃え尽きたか、みんなが知ってる。おまえを連れてくるなんてエイデンハーストは頭がどうかしてるともっぱらの評判だ。二年前におまえがどんなにひどいへまをしたか、その後始末がどれだけ大変だったか、みんなが話してた」マンキューソの声の凄みが増した。「また失敗を繰り返したいのか、マギー？俺はおまえを大失敗させることができる。おまえが想像もできないような大失敗をな」

マギーは思わず息をのんだ。その音はマンキューソにも聞こえてしまっただろう。彼女は喉がからからになり、唾をのみこんだ。マギーは自分自身を守ることはできない。マンキューソからも、誰からも。それは今ここですべきことではない。

これは私の問題じゃない。大切なのはカイラだ。胸の中に押し寄せる痛みと疑念は無視しなければならない。しっかりしないと。私はマギー・キンケイド。決してぐらついたりしない。

「シーブズ上院議員には七時まで時間をやろう。それまでにファイルをよこすんだ」マンキューソは高揚した声で続けた。「あの男にファイルを持ってこさせろ。ラファイエット・スクエアの入口のすぐ外にあるごみ箱にファイルを落とすんだ。ひそかに警官を張りこませようなんて考えるなよ。警官がいればすぐにわかる。俺の言ってることは本当だと知ってるだろう、マギー。俺は一度おまえを出し抜いた。今度もそうなる。ほかのやつにファイルを持ってこさせたら、カイラをいっそ昏睡状態になりたいと乞い願うような目に遭わせてやる」

マンキューソの決然とした口調に、マギーは鼓動が乱れた。彼はどんどん図にのっている。彼女には手の出しようがない。マギーが下手に刺激すれば、マンキューソはキレるかもしれない。

しかしマギーが何もしなければ、マンキューソはつけあがる。ああ、どうしたらいい？

何が正しい選択なのだろう？

自分の手首を縛っているロープが徐々に締まっていくように感じられた。マギーは手首を猛烈な勢いでさすり、頭をフル回転させた。

「もしあなたがファイルを手に入れたら、そのときは私にカイラのいる場所を教えて」マギーは言った。「ただし彼女が健康でいることが条件よ、マンキューソ」

「もし俺がファイルを手に入れたら」マンキューソは強調した。「そのときはカイラを帰してやろう。だがおまえの大事な上院議員は、まったく協力するつもりがないんだろう？」そうあざける声は悪意に満ちていて、マギーは鳥肌が立った。

ジェイクがメモに何か書きつけて彼女に見せた。〝ファイルの内容は？〟

マギーは了解したことを示すためにうなずいた。

「ええ、彼は協力してくれない」そう言いながら頭の中で計画を練った。シーブズ上院議員は明らかにファイルの内容をマギーに教える気はない。そして彼にファイルを引き渡させるのはもっと難しいだろう。マンキューソならマギーに必要な手がかりを与えてくれるかもしれない。彼女は声をやわらげ、厄介な上司に対する愚痴を同僚と言いあっているような口調に変えた。「いらいらさせられるわ、正直に言って。むかついてると言ってもいいくらい。シーブズは典型的な政治家よ。実際以上に自分のことを重要人物だと思ってるんだから」

「やつの厚い面の皮をはがそうとして失敗したのか」マンキューソがせせら笑った。

マギーは、彼女が突然口調を変えたことにマンキューソが気づいていないことを確信した。このまま彼の懐に入りこみたい。互いへの同情で結ばれているように思わせるのだ。「シーブズって本当に頑固なのよ。というか、あなたは彼のもとで働いていたんだから、私の言いたいことはわかってくれるはずよね」

マンキューソが鼻を鳴らす。「ああ」

マギーは彼の反応に手ごたえを感じた。信頼関係が築かれつつある。いい兆候だ。

「実際、何をするにしてもシーブズを動かすのは信じられないくらい大変だったわ。でもあなたはそんな人じゃない。出会ったとき、あなたはとても率直な人なんだろうと思った。とても口がうまいけど、それがあなたの作戦なのね。あなたは上院議員みたいに要点に触れるのを避けたりしない」

「そのとおりだ」

「あなたなら私の力になってくれるかも」マギーはマンキューソの声にプライドがに

じんでいたことに勇気を得て言った。彼との距離は縮まりつつある。「あなたと私、どちらにとってもあなたの力が必要なのよ。あなたの抱えているものを少しでも知ることができれば、私はあなたがどういうふうに育ってきたかをより理解できる。きっと大変だったんでしょうね。あのファイルの中に何があるの？　上院議員はだんまりを決めこむつもりよ。つまりあなたがシーブズの子どもを拉致したところで、彼は動かないってこと。私にはどうにかしてシーブズを動かす力が必要なのよ、マンキューソ」

長い沈黙が落ちた。マギーは胃が締めつけられ、今のはやりすぎだっただろうかと不安になった。

「善良なる上院議員にサウスポイント石油のことをきいてみろ。なんのことか、やつならわかる」

ジェイクが携帯電話をすばやく取りだして画面を操作しはじめた。グーグルで検索しているのだろう。

「ほかに教えてもらえることはない？」マギーはその手がかりに勇気を得て尋ねた。

「七時までにファイルがこっちの手に渡らなければ、おまえは二度と俺から連絡を受けることはない」マンキューソが言った。「そしてカイラは喉をかききられることになる」

電話が切れた。

マギーは背筋に寒けが走るのを感じながらジェイクを見あげた。だが恐怖と不安に身をすくめている場合ではない。今こそ行動を起こすべきときだ。

「上院議員ともう一度話をする必要があるわ」

ジェイクが重々しくうなずいた。「簡単にはいかないだろう。子どもが誘拐されても動じなかったくらいだ。何がやつを動かすのか、僕にはわからない」

「やってみるしかないわ。援護してくれる？」

ジェイクのあたたかな表情に、マギーはまるで赤々と燃えている炎の前に立ったような気がした。ジェイクが自分を援護してくれると信じられる。何があろうと彼は助けてくれる。心安らぐその奇妙な感覚は、今この瞬間にマギーが最も必要としているものだった。

「君を援護するよ、マギー」ジェイクが彼女の目を見つめた。「どこまでも」

32

「妻はやすんでいる」上院議員はぶっきらぼうに言い、先に立って執務室へ向かった。

ＦＢＩ捜査官の多くが撤収した家はがらんとしていた。今は捜査官がふたり、シーブズ自身が雇っている警備員といっしょに門のところに詰めているだけだ。

マギーとジェイクがそろって姿を現したのを見たシーブズはあからさまに不快の念を表した。ふたりがわざわざここに戻ってきた理由がわかっていて、それが気に食わないのだ。執務室に入ると、シーブズはマギーをにらみつけた。その冷ややかな沈黙に、彼女はシーブズが新たな戦いの火蓋を切ったのを見た気がした。

「座ってくれと言いたいところだが、長居してほしくない」上院議員が言った。

マギーはわざとデスクに向かって置かれた革張りの椅子に腰かけ、片方の眉を上げてシーブズも椅子に座るのを待った。シーブズは腕組みし、すねた子どものように顎を突きだした。

「マックス・グレイソンはあなたが思っていたような男ではありません」

「そうだろうとも、ミズ・キンケイド。そんなことはとっくにわかっている」シーブズは応じた。「何か新しい情報があるのかね？　それともまた無理な要求をしに来たのか？」

「彼女はグレイソンがあなたのセキュリティチームによる身上調査をただすり抜けたと言っているのではありません」ジェイクが言った。

「マックス・グレイソンというのは偽名です」マギーは説明した。「カイラを誘拐した犯人の本名はロジャー・マンキューソ。あなたに対して相当強い恨みを抱いているようです」

マギーは上院議員の様子を観察した。彼は賛成しかねるというように口元をゆがめた。すべてはマギーの失態だとでも言いたげだ。

「あの男は娘を誘拐したんだ。私を嫌っていることぐらいはわかっている」シーブズがぴしゃりと言った。「私はアメリカ合衆国の上院議員だぞ。私を嫌う者は山ほどいる。やつはどうやってセキュリティチームのチェックをかいくぐったんだ？」非難するようにジェイクを見た。「あの男は信用証明書を持っていた。推薦状もだ。経歴も調査した。うちのセキュリティチームはワシントンＤＣでも一流だ」

「問題はマンキューソも一流のチームを雇ったということです」ジェイクは言った。「あの身分証を作った者は間違いなく一流の中の超一流です。あれなら誰のレーダーにも引っかかりませんよ」

シーブズの頬がまだらに赤く染まり、唇は見えなくなるほどに細く引き結ばれた。彼はマギーに向き直った。「君はどうするつもりだ、ミズ・キンケイド？」シーブズは詰め寄った。「これまでのところ、娘を無事に取り戻す手立てを示してもらえていないようだが」

それはあなたが協力してくれないからよ！ マギーは怒りに燃える頭で考えた。シーブズが国会議事堂に行けば万事解決なのに、検討さえしないのが信じられなかった。いったいなぜ？ その理由を突きとめなければならない。

「マンキューソはカイラにインスリンを投与していません。あなたがファイルを渡さない限り、マンキューソは彼女の病気を利用するつもりです」

「その話はもう終わったはずだ」シーブズはにべもなかった。「ファイルは渡せない。ほかの方法を探せ」

胸の内でいらだちがふくれあがり、マギーは何もかもぶちまけてしまいたくなった。彼女は深呼吸をした。自制を保たなければならない。「だったら、あのファイルに何が書かれているのか教えてください。せめて手がかりがいただきたいんです」奥歯を嚙みしめて言った。

上院議員は椅子の中で姿勢を正した。マギーの目の奥で燃える怒りに驚いたようだ。マギーはシーブズに不快に思われようと、彼の娘を救うために正しい方向へ導いてくれる道しるべが手に入るならどうでもよかった。

「ファイルの内容を明かすことはできない」上院議員が言った。「君はもはや捜査官ですらないじゃないか」彼は冷笑した。「たとえ捜査官だったとしても、機密情報の取り扱い許可を有していない」

マギーは唇を嚙んだ。そこを突かれたら終わりだ。彼女の餌に獲物は食いつかなかった。この最低な男はファイルをマンキューソの手に渡すくらいなら自分の娘を死なせるつもりなのだ。何をそんなにも恐れているのだろうか？　マギーはデスク越しにシーブズをにらみつけ、爆弾を投下することにした。「サウスポイント石油のことを教えてください」

彼女が探していたしるしが現れた。罪悪感が驚きとないまぜになって、シーブズの顔がゆがむ。マギーはそうなるだろうと知っていた。確信していた。しかし全身を駆け抜けた満足感はどうにもほろ苦いものだった。上院議員は失っては困るものを数多く抱えている。その中心にあるのがサウスポイント石油なのだ。シーブズは何に代えても——カイラの命をもってしてもファイルを手放す気はない。マギーは喉の奥に嫌悪感の塊がつかえるのを感じた。口の中に苦い味が広がる。両手を無意識のうちに握りしめていて、彼女は自分に命じて手を開かなければならなかった。

マギーの両親は娘たちを無事に家に帰すことができるならどんなことでもした。どんな代償でも払った。身代金代わりに両手を差しだせと言われれば、父は自分の手を切り落としただろう。ところがここにいる男は、民衆の指導者を自称し、愛情に満ちた父親であり夫であるはずのこの男は、自分の評判に傷がつくかもしれないとなったら、娘を救うために指一本持ちあげることさえしようとしない。

シーブズのような男は特別な地獄に落ちるがいい。こんな男の命はカイラの命とは比べるべくもない。彼女の命はこの男よりもずっと価値がある。

マギーの中で怒りが煮えたぎり、皮膚を破って噴きだしそうだった。彼女は大きく息をして自分を抑えた。落ち着かなければならない。なんとしても。

「サウスポイント石油がどうしたというんだ？」上院議員はさりげなさを装おうとしていたが、首筋を流れる汗とかすれた声は動揺を隠せていなかった。

「あなたの地元に本社がある石油会社です」ジェイクが言った。

上院議員は肩をすくめた。「メリーランドは非常に企業優位な政策を打ちだしている州だ。そこに本社がある会社を私がすべて把握していると思ってもらっては困る」

「嘘はやめてください」マギーは歯ぎしりしながら言った。

シーブズはマギーをにらみつけて黙らせようとしたが、それはかえって火に油を注いだ。マギーはまっすぐシーブズを見返し、すっくと立った——いや、座ったままできる限り背筋を伸ばした。まばたきもせず、目をそらすこともなく、決然とにらみつける。

「嘘はついていないぞ、ミズ・キンケイド」

マギーは手のひらをシーブズのデスクに叩きつけて憤然と椅子から立ちあがり、ほんの数センチの近さにまで彼に顔を近づけた。シーブズは突然の動きにすくんだが、すばやく立ち直り、顔に怒りを表した。

しかしマギーは恐れなかった。シーブズには理解できないであろう怒りに突き動かされていた。なぜならシーブズよりもマギーのほうが彼の子どものことを気にかけているからだ。マギーにはカイラが今どんな気持ちでいるかがわかるからだ。どれだけ怯えていることか。自分を家に帰すためなら父親はなんでもしてくれると、どんなに必死の思いで信じていることか。

しかしシーブズは何もする気がない。むしろカイラの安全を脅かしている。マギーはそれを黙って見ていられなかった。

「自分のしたことを明らかにせず、悪事を隠そうとするあなたにはうんざりだわ」彼女はきっぱり言った。「あなたの娘の命が懸かってるのよ、この人でなし！　カイラが今、何に耐えているかわかってる？　そのことを一瞬でも考えたことがある？」声が張りつめて震えた。記憶の中のロープがきつく締まって手首に食いこむ。「カイラは暗闇の中にいる……ひとりぼっちで怯えて。彼女は無力よ。自分が病気で、刻一刻と死に近づいていくのがわかってる。どこかに座りこんで恐怖に震え、父親が自分を救出してくれるのを待ってる。あなたが自分のために来てくれるのを信じてる。あなたがどんなことをしてでも自分を家に帰してくれると信じてる。今ならまだ、あなたはカイラが思ってるとおりの人になれる。彼女がそうであってほしいと思ってるような人に。いいえ、あなたはそういう人であるべきよ。でも、あなたはそうあろうとしない。国家機密だなどとごたくを並べてファイルを渡そうとしない。上院議員、あなたは恐ろしい嘘つきよ……そしてそれ以上にひどい父親だわ」

シーブズがはじかれたように立ちあがった拍子に、ジャケットの袖で鉛筆立てを倒した。デスク一面に鉛筆が散らばる。「私にそんな口をきくな」危険をはらんだ低い声で吐き捨てるように言った。目は怒りに細められていた。「私のやり方が気に入らないなら、勝手にするがいい。私の視界から消え失《う》せろ」

マギーはひるまず、シーブズの目を見つめた。「あなたのやり方ですって？　あなたはあの子の父親なんかじゃない。カイラに愛され、父親と呼ばれるには値しない。私はあなたが何を隠しているのか見つけてみせる。汚らわしい秘密をすべて暴きだしてみせるわ。それでカイラが無事に戻るなら、あなたの評判など叩きつぶしてやる。あなたがなりふりかまわずカイラを取り戻そうとしないという事実は、あなたが人間以下だってことを示してるわ。あなたは人間のくずよ。私の〝くそったれリスト〟の中で、あなたの名前は誘拐犯よりも下に載ってる。私があの男とどう戦うか、黙って見ているのね」

それだけ言うと、マギーはデスクを押して離れ、ゆっくり歩いて部屋から出ていった。玄関ホールを抜けて大きな両開きのドアから外へ出ると、明るい日差しが彼女を待ち受けていた。こんなにも激怒しているときに、景色の美しさに胸を打たれるというのも奇妙に思えた。マギーが半ば期待していたのは、今の気分に合う雷雲や稲妻だった。肌の下で怒りが音を立ててうなっているかのようだ。

彼女はシーブズを叩きのめしたかったが、まともにパンチを食らわせる前に警備員を呼ばれてしまうだろう。それでは問題は何も解決しない。

歩こう。それも選択肢のひとつだ。歩いているうちに怒りが焼き尽くされ、足音も荒く屋敷に戻ってアメリカ合衆国上院議員を殴りつけるなどという振る舞いをせずにすむかもしれない。マギーは足を踏みだし、手首をさすりながら芝生を足早に歩いていった。

彼女がバラ園に向かって広い坂を半分ほど下ったところで、誰かが自分の名前を呼ぶのが聞こえた。

マギーが振り返ると、ジェイクが彼女のほうに走ってくるところだった。

マギーは彼が追いつくのを待った。ジェイクはほほえんだ。

「見事な戦いぶりだったな」敬意をこめた目をきらめかせる。

「その話はしたくないわ」マギーは言った。ふたりはバラ園を通り抜ける砂利道に到着した。赤、白、ピンクの花が深いグリーンに映えている。彼女は大きく息を吸い、心安らぐ花の香りを楽しみ、ゆっくりと飛びまわる蜂の羽音に耳を傾けようとした。

マギーはついに足を止めた。生い茂る木立に隠され、もはや屋敷が見えないところまで来ていた。心臓が早鐘を打ち、肌は火照っている。彼女は座りこんで両手に顔をうずめたかった。

「大丈夫か？」ジェイクが尋ねた。

手首が痛み、下唇が震えはじめて、マギーはきまりが悪くなった。自分がぎりぎりまで追いつめられ、手首のロープがきつく締まっていくのを感じる。あと少しでもプレッシャーをかけられたら、頭がどうにかなってしまいそうだ。

「おい」ジェイクが手を伸ばし、マギーの指をつかんだ。彼女の指は手首を強く握りしめ、爪を肌に食いこませて半月形の跡を残していた。ジェイクは驚くほど優しくマギーの指をそっと外していき、自分の手のひらと彼女の手のひらをそっと合わせた。こんなに大柄でごつごつした男性がこれほど優しいなんて、きっと誰も思わないだろう。

指と指が絡みあう。その親密な行為に、マギーは頬が熱くなった。怒りを追い払うのに充分なほど強力な何かが体に満ちた。欲望だ。

マギーは銃を握るためにできたジェイクの指のたこが、自分のたことそっくり同じ位置にあるのを感じた。

それはまるでふたりが互いにぴったりだと言っているかのようだった。

「座るんだ」ジェイクが言い、庭の奥に置かれた大理石のベンチまでマギーを引っ張っていった。ツタに覆われたあずまやが人目をさえぎり、日陰を提供している。暗がりに入るとジェイクが表情をやわらげ、心配そうな目でマギーを見た。

私を心配してくれている目。

マギーは震える息を吐いた。座ってみてやっと、今にも膝がくずおれそうになっていたのに気づいた。上院議員と対決したせいだろうか？

それともジェイクに触れられたせい？

「君はずいぶんと大変な目に遭ってきたんだろうな」ジェイクが静かに言った。

彼に触れられている、マギーはまともに頭が働かなかった。一歩踏みだせばジェイクの腕の中に飛びこんでしまえるくらい距離が近い。しかも彼の目にはマギーが心から信じたくなる約束が浮かんでいた。

「あなただってそうでしょう」マギーは言った。

「僕はそれに対処するための訓練を受けた。だが君は……若かった。そうだろう？」

またしてもジェイクはマギーが気づいてほしいところに気がついた。一瞬、マギーは今なら打ち明けられるかもしれないと考えた。ポールに話したときは感情を切り離し、事件を他人ごとのように扱った。そのほうが彼も自分も気が楽だろうと思ったのだ。ポールを心配させたくなかった。

しかし結局はそれがふたりの距離を遠ざけてしまった。彼女が感情から逃げつづけてきたせいだ。マギーは痛みから、エリカの記憶からずっと逃げていた。

私はエリカを置き去りにした。そんなことをしてはいけなかったのに。私はあそこに残るべきだった。

エリカといっしょに死ぬべきだった。

それは恐ろしい考えだった。両親のことを思えば身勝手すぎる。特に母は自分の人生を見失ってしまったのだから。しかしマギーの魂の中にそんな暗い真実が潜んでいるのもたしかだった。頭の隅に隠れている真実。それは夜中にふと顔をのぞかせる。決して声を出さず、気づかれることもほとんどないままに。

「私の父はとても裕福な家の出だった」マギーは言った。「いい人だった……すばらしい人だったわ。祖父が亡くなったとき、父は莫大な遺産を受け継いだ。そして父は標的になった。私たちは狙われるようになった」

ジェイクはマギーと並んで座り、肩と肩をつけた。マギーの手を握り、彼女に話を続ける勇気を与えてくれた。

「母は私たちを普通に育てようと決めていた」マギーは思いだしてほほえんだ。「私たちはほかのみんなと同じようにスクールバスで学校に通った。母は私たちをお金持ちぶって威張るような子どもにしたくなかったの」

彼女はバラ園の境で砂利道に影を落としているオークの木々を見あげた。それから深呼吸をして話を続けた。

「それはいつもと同じ一日だった。何もかも普段どおり。私たちの家は町から少し離れたところにあったから、姉のエリカと私はいつもバスを最後に降りていた。何も変だとは思わなかった。運転手が新しい人に代わっていても。そういうことはときどきあったから」

マギーはジェイクが断片をつなぎあわせ、彼女が何を語ろうとしているのか気づいて恐怖の表情を浮かべるのがわかった。ポールは絶対しなかったことだ。彼はいつも扉を閉ざして恐怖を締めだした。想像するのも恐れているようだった。マギーの身に何が起きたのか、本気で考えることを恐れていた。

ジェイクの顔には恐怖が表れていたかもしれないが、同時に彼の目と手からはあたたかな受容が感じ取れた。それはポールが気を遣ってそっと去っていくのとはまったく違うやり方で彼女を支えてくれた。

マギーは空を見あげた。真っ青な空に雲が漂っている。彼女はまばたきして涙をこらえた。「でもその運転手は、いつも私たちが降りるところでバスを止めなかった」声がくぐもった。「私たちは単に彼が間違えたんだと思った。姉は運転手にそう言お

う と立ちあがった。そのとき……」

マギーの目には閃光《せんこう》を放つ銃口が今でもはっきり見えた。エリカが後ろによろめき、身を挺《てい》して妹を守ろうとこちらに走ってきたこと、バスが前後に激しく揺れて、運転手が——誘拐犯に雇われたどこかの男がエリカにじっとしていろと怒鳴ったことを鮮明に思いだせた。その記憶はマギーを縮こまってどこかに隠れたい気持ちにさせた。だがジェイクの存在が勇気をくれた。長いあいだ話せなかったことを打ち明ける勇気を。

「彼は私たちを人けのない場所に連れていった。そこでその男が待っていた。男は運転手にお金を渡して私たちに目隠しさせると、私たちを車のトランクに放りこんだ」

「マギー……」ジェイクのかすれた声には、彼女が恐れていたような憐れみは聞き取れなかった。その代わり、理解しようとする兆しがあった。マギーの身に起こり、彼女を破壊した事件を知ろうとする前向きな気持ちがあった。

「私たちは五日間拘束された」マギーは言った。「姉は……いつだって強かった。姉は男を信用しなかった。私たちを解放してくれるとは信じなかった。両親は必要とあらばいくらでもお金を払うはずだとわかってたけど、そのまま何日も過ぎて、私たちは何かがうまくいかなかったのだと知った。何かが変わったのだと。私たちはなんとかしなければならないと悟った。そうしないと……」彼女は唾をのみこんで、どうにか話を続けた。「姉は背が高かった。父に似たの。私たちが閉じこめられた部屋には木が腐ってできた穴があった。ふたりでそこを蹴って、どうにか私が通り抜けられるぐらいにまで穴を広げた……でもそこを通れるのは私だけだった。私は姉を置いていきたくなかった。本当に、置き去りになんてしたくなかった……」声がひび割れた。

マギーはかつての絶望を思いだしていた。ひとりで逃げろと説得し、これしか道はないのだと主張した姉の顔が頭によみがえる。エリカは自分の命が危ないことを理解していたのだろうか？　そんなことはどうでもよかったのだろうか？

どうでもよかったのだとマギーにはわかっていた。頭のいい姉は、自分の選択がどんな結末を迎えるか理解していたはずだ。そしてそんなことはどうでもよかった。

エリカは自分を犠牲にしてマギーを生かしてくれたのだ。マギーはその思いに報いなければならなかった。それなのに、人生を捧げてきた仕事で過ちを犯した。マギーはまばたきをして涙をこらえ、ジェイクを信頼して打ち明けようとしている真実の重さに震えた。怖いと感じて当然なのに、彼といると大丈夫だと思えた。自分は理解されていると。

ジェイクは痛みを理解してくれている。彼も亡霊につきまとわれているのだ。

「姉を置き去りにして、ひとりであの森を走って逃げる……それは私が生きてきた中で最もつらいことだった」マギーは告白した。「姉の言葉をはっきり覚えてるわ。〝今夜何があっても、私とあなたの心はつながってるから〟と。でもそうじゃなかったのよ、ジェイク。私は姉を置き去りにした。私は姉を見捨てた。そしてそこに戻ったときには……」

マギーは最後まで言うことができなかった。ジェイクには話せない。あそこに戻ることはできない。

血まみれのあの部屋に。エリカが死んだという恐ろしい証拠のもとに。

自分が姉を死なせたという事実のもとに戻ることはできない。

「戻ったとき、何があったんだ?」ジェイクが優しく尋ねた。

マギーは自分のことを受けとめようとしてくれている彼の目から視線をそらした。ジェイクの理解は彼女が受けていいものではない。理解されたいとどれほど思っていても。

「そこは血だらけだった」マギーは震える声で言った。記憶が静かによみがえってきた。「姉の血がそこらじゅうに飛び散っていた。でも姉はいなかった。男は……犯人は私たちが埋葬できるように姉を残していくことさえしなかった。姉の墓石は空っぽの墓の上に立ってる。そして母は毎週日曜日にそこへ行って座ってる。私たちにはそれしかないからよ。全部、私のせいなの。私が姉を置き去りにした。ひとり残して行くべきじゃなかったのに」

目に涙が浮かんだ。マギーは必死にまばたきをして押し返そうとしたが、それに失敗するともう隠すのはやめた。涙が頬を流れ、ジェイクは手を伸ばして親指でぬぐった。その優しい感触に、マギーの内側で別の種類の痛みが巻き起こった。

「君はお姉さんに頼まれたとおりにしたんだ」ジェイクが静かに言った。「君はいい妹だ、マギー。お姉さんの言うことを聞き、自分のすべきことをしただけだ。お姉さんが君にしてほしいと思ったとおりに」

「私は姉を救えなかった」マギーは言った。その重い言葉が自分のまわりに罪の壁を張り巡らせるように思えた。

「でも君はお姉さんに君を救わせた」ジェイクがマギーの頬を手で包んだ。やわらかい肌にあたる彼の硬い手のひらの感触が力強かった。「お姉さんは君がきっと助かる、君なら逃げおおせると知っていた。それが大事だったんだ。お姉さんにとってはそれがすべてだったんだと僕は思う」

マギーはジェイクの目を見た。その真剣な目は彼の言葉こそが真実だと訴えていて、彼女の心は奥のほうからあたたかくなってきた。ジェイクの言葉を信じてしまいそうになる。

ジェイクを信じたかった。

「お姉さんは英雄だ」ジェイクが言った。

「私の英雄よ。それからというもの、私は姉に……私たちに償いをしようと生きてきた。少女だった私たちに、姉がなれなかった大人の女性に、埋め合わせをしたかった。学校では頑張って勉強して、FBIアカデミーに進むことに集中した。それだけが望みだった……それしか考えてなかった。寝ることも食べることも忘れて交渉術を身につけた。犯罪者の動機を理解したかったの。相手をコントロールするために。私は……」彼女は顔をそむけた。ジェイクの手が頬を滑り落ちる。マギーはどう言葉にすればいいのかわからなかった。彼女の中で燃えている熱意。犯罪者の心理を理解し、詳しく分析したいという強い衝動。それを正しく学べば、エリカの身に起こった出来事にまつわる真実をひもとくことができると信じていた。「私はどうにかしてあの事件をなかったことにするための方法を見つけなければならなかった。私たちの身に起きたことを、姉を置き去りにしたことを帳消しにしたかった。あの日、バスに乗ったことすらもなかったことにしたかった。そして考えたの。ほかの子どもたちを無事に取り返せたら、私も解放されるかもしれないと。もしかしたら、ある晩、あの部屋に戻れるかもしれない。ロープで縛られて、音がするたびに怯えたあの夜に」

「君はなぜFBIを去った?」ジェイクが尋ねた。

私のせいでひとりの少女が殺されてしまったから。

マギーはそこまでジェイクに打ち明けられるかどうか確信がなかった。彼の目から優しさが消えて、嫌悪感と失望に変わってしまったら、どうすればいい?

「二年前、私は危険性の高い人質事件を解決すべく召集された」マギーは言った。「ダニエル・ブランソンという男が十代の少女につきまとっていた。少女の名前はグレッチェン・エリス。彼女は男がストーカーだとは知らなかった。グレッチェンはただの……」両手を強く握りしめる。「どこにでもいる十代の少女だった」声がかすれた。「ブランソンは性犯罪者で、グレッチェンを自分の魂の伴侶だと思いこんだ」マギーは忌まわしい記憶を振り払うように頭を振り、話を続けた。「男はそう妄想した。そして親友と地元のショッピングモールのシャーウッド・ヒルズに行ったグレッチェンのあとをつけて、ブティックで新入生歓迎のダンスパーティのためのドレスを買っているところに近づいた。男は自分がいかにグレッチェンを愛してるか、いかに自分たちがいっしょになる運命かを語りはじめた。グレッチェンは混乱し、恐怖に駆られた……そして男を拒絶した。男はキレた。彼女が逃げようとしたとき、男の頭の中の幻想が打ち砕かれた。男はそれに対処できなかった。彼の世界はグレッチェンの上に築かれていたから。それで、男は銃を抜いた」

マギーは自分の手のひらを見おろし、ジェイクの手を握っていられたらいいのにと思った。彼の力強さは魂の失われた部分を満たしてくれる気がした。見ないようにしてきた古い傷、夢の中で生き返る古い傷もその手が癒やしてくれるように思えた。

「グレッチェンは十四歳だった」マギーは続けた。「姉と同じ。そして姉によく似ていた……」涙をこらえ、震える息をついた。「見た目もとてもよく似てたけど、それだけじゃなかった。行動まで似ていたわ。グレッチェンは親友を逃がした。姉がしたみたいに。それでブランソンはグレッチェンをとらえて、頭に銃を押しあてた。グレッチェンは自分を救おうとはせず、親友を救ったの」

「君のお姉さんが君を救ったように」ジェイクは静かに言った。マギーはうなずき、苦痛を呼び覚ます記憶に思わず顔をゆがめた。

「私は自制心があると思ってた」マギーは打ちひしがれた声で続けた。「かつて自分の身に起きたことを乗り越えたと思っていた。私は仕事ができる、過去に足を引っ張られたりしない、経験が私を助けてくれると。ほかのどの捜査官にもできない方法で、私は情報を分析できると思っていた。でも記憶に取り憑かれてすべてがめちゃくちゃになってしまうような状況に置かれたらどうなるか、考えたことはなかった。それが起こったの。グレッチェンは姉にそっくりだった。姉とそっくりな行動を取った……そして私はじっくり時間をかけて状況を精査することなく、SWATを送りこんだ。それが正しい判断だと思ったの。ブランソンは犯人を殺すことも辞さない部隊に任せる必要があると。そうなれば彼も自分の妄想が暴走してしまったのだと気づくだろうと私は思った。さすがにブランソンも止まるだろうと。でもそれは間違いだった。大きな間違いだった。彼がグレッチェンを解放するよりも殺すことを選ぶなんて、私は思わなかった。勢いに任せて突撃するのではなく、じっくり時間をかけるべきだったのに。グレースはもっと詳細なプロファイルが出せるようになるまで待ってほしいと言っていた。私は一刻も早くグレッチェンを救出したかった。でもSWATを送りこんだことで、犯人はパニックに陥った。ブランソンは彼女の頭を撃ったあと、銃口を自分自身に向けた」

一瞬、ジェイクが全身をこわばらせた。それからマギーの指をそっと握り、彼女の目を見た。彼の目には非難の色も批判の光も見えなかった。代わりにあったのは、マギーの心をすっかり写し取ったような深い共感と痛みだった。君は大丈夫だと励ますように、ジェイクは唇の端を持ちあげた。どういうわけかそれだけで力を得て、マギーは話を続けることができた。

「翌日、私はFBIを辞めたわ」マギーは背筋を伸ばして座り直した。自信に満ちた口調で言っているように聞こえてほしかった。ああするのが正しかったのだと思いたかった。本当に正しかったのだろうか？「私は去り、二度と戻らないと自分に誓った。本当にこれでもう終わりだと思っていた。自分にそう約束したのよ。でもフランクが現れて私を連れ戻し、そして今……」

「今、僕たちはここにいる」ジェイクが続きを言った。

「ときどき、頭がどうにかなってしまいそうな気がするの」マギーは打ち明けた。「私はこの役目を任されるような人間じゃない。ぼろぼろすぎて、とても無理」

「マギー」ジェイクが優しく言った。ただ名前を言われただけなのに、マギーはなぜか泣きだしたい気分になった。ジェイクにもたれかかって、彼が差しだしているように見える慰めを受け取りたかった。ジェイクは片手をマギーの腿に置いた。力を入れずにただ置いただけで、その手から安心させられる強さが伝わってきた。マギーは一瞬ためらってから、片方の手でその手を撫でた。おずおずとしたしぐさにジェイクがほほえんだ。「僕たちのような仕事に失敗はつきものだ」彼は静かに言った。「人は死ぬ。ときには僕たちのせいで、あるいはそうではないこともある。命がただ消えてしまうこともある。僕たちが何もかも正しく行動したとしても、すべてのルールを守って正しい標的を狙ったとしても、それでも人が死ぬことは起こりうる。そんな経験を子どもの頃にしたとなれば、なおさらつらかっただろう。僕にはわかる。本当にわかるんだ」切々と訴える声の響きと、彼の筋肉にこめられた力に、マギーは体の奥がうずいた。ジェイクは本当に彼女の痛みを理解している。

私を理解してくれている。

なんという感覚だろう——まるで一糸まとわぬ姿をさらけだして、すべてを吐きだし、何もかも知られてしまったかのようだ。それは解放される感覚だった。高揚させられる感覚だった。

彼女は癒やされていた。

「僕も失敗したことがある」ジェイクが続けた。「大きな失敗だ。僕がへまをしたせいで、善良な人たちを……それに子どもたちも死なせてしまった。僕はそれを背負って生きなければならない。君がグレッチェンとお姉さんの死を背負ってるように。そういった重荷に耐えられない人もいる。だが秘密があるんだ。ふたりの力を合わせれば、僕たちは今より強くなれる。君は強い人だ、マギー。というか、僕の知っている女性の中で一番強い。軍人の妻だった僕の母よりもね」

マギーはほほえんだ。

「自分をよく見てごらん」ジェイクは手を伸ばしてマギーの頬を包んだ。電気が流れたかのような衝撃が体を走り、彼女は目を閉じてその感覚を味わいたいと思ったが、ジェイクの目から視線をそらすことができなかった。ジェイクはその手で、マギーのすべてを知りたいと思っているように彼女に触れていた。いいところも、悪いところも、美しいところもすべて。「君はすばらしい」彼はささやき、前かがみになって、唇でマギーの唇をかすめた。

ジェイクはマギーにキスをした。戦いに赴く前にこれだけはしておきたかったとばかりに。マギーが空気で、光で、音で、彼女なしでは生きられないというように。

マギーもキスを返した。熱烈に。気まぐれに。突然、すべてが欲しいと思った。指を彼の髪に差し入れ、なめらかな手触りを楽しみたかった。何ものにも隔てられずに肌と肌を合わせたかった。ジェイクの口がじらすように首から鎖骨、そして胸へと下りていくのを感じたかった。それから下へ、さらに下へ進み、体の中心で彼を感じたかった。

こんなことをしていてはだめだ。事件が起きているのに。何をすればいい？　ジェイクにキスをされ、彼の味に魅了されていると何も考えられない。体じゅうがジェイクのぬくもりに満たされているときには抗いようがない。

ほかにどうすればいいというのだろう？　マギーは解雇されたのだ。そもそも正式に雇われていたわけでもないが。上院議員は彼女が事件に関与できないように手をまわすに違いない。すべておしまいだ。

でも、自分にはこれがある。これが欲しい。ジェイクが欲しい。その渇望の激しさに自分でも怖くなるのではないかと思ったが、マギーは代わりにいっそう燃えあがった。ジェイクを壁に押しつけて、彼が差しだす慰めを受け取りたかった。ジェイクの目が約束してくれている優しさに溺れたかった。

マギーは心を決め、体を引いて立ちあがった。彼女がジェイクに手を差しだすと、彼の目が熱っぽくきらめいた。

急がなければならないのはわかっている。それでもマギーは手に入れるつもりだった。ジェイクを自分のものにしたかった。

「本当にいいのか？」ジェイクが尋ねた。

「いいわ」

バラ園の西側の木立の奥に温室があった。窓が斜めになっているガラス張りの小さな建物で、無造作に切りだされた台にバラの苗木やランの鉢が置かれている。中に入るなり、ジェイクは飢えたようにマギーをガラスに押しつけた。再びキスをし、両手を彼女のシャツの下に滑りこませて肋骨をなぞり、胸を手のひらで包んだ。ブラジャーの布地越しに親指で胸の頂を撫でられて、マギーは思わず息をのんだ。

「君は完璧だ」ジェイクはそう言って激しくキスをした。指をすばやく動かしてマギーのシャツのボタンを外し、肩から脱がせた。一瞬、ジェイクはただ彼女を見つめた。畏怖と期待の入りまじったその表情に、マギーは自分は慈《いつく》しまれていると感じた。ブラジャーのホックを外すジェイクの慣れた手つきに、彼女の体の奥で欲望が渦巻く。胸の敏感な肌にあたたかな空気が触れると、先端が尖り、彼の手に触れてほしくてうずいた。

マギーもジェイクを見たかった。ふいに位置を入れ替え、彼の肩をつかんでガラスへと押しつけた。ジェイクはいきなり支配欲を見せたマギーに向かってにやりとし、もっといけないことをしてみせろと挑むような目で彼女を見た。

マギーはジェイクのシャツを引き裂いた。彼の体はギリシア彫刻のようだった。肩幅が広く、鍛えあげられていて美しい。マギーは見事なうねを形作っている筋肉に指先を軽く這わせ、胸に手のひらを押しあてた。手の下で心臓が激しく打っているのが感じられる。

自分がそうさせたのだ。

「君はすばらしいよ、マギー」ジェイクはそれだけが唯一頼みにできるものだというように彼女にキスをした。両手でマギーの胸を包み、唇でたどっていく。あたたかな息を胸の頂に吹きかけられ、彼女は息をのんだ。全身を衝撃の波が駆け抜け、マギーはジェイクの肩に爪を食いこませた。「スウィート・ガール」彼はささやいた。「とてもきれいだ」

普段のマギーはそんな言葉を真に受けたりしないが、今は熱のこもったジェイクの声の響きに勇気づけられた。マギーが両脚をジェイクに巻きつけると、彼はウエストをつかまえてやすやすと体ごと持ちあげた。すばやく体を回転させて彼女の肩を冷たいガラスに押しつけ、キスで首筋をたどる。マギーはそのゆっくりとした、頭がどうにかなりそうな舌の攻撃に目を閉じ、くらくらする頭を落ち着かせようとしたが、欲望にのみこまれるばかりだった。ああ、考えなくていいというのはなんてすてきなんだろう。ただ感じていればいいなんて。

まるでドラッグのようなその感覚に体がうずく。切望がわきあがり、マギーは期待に身を震わせた。ジェイクが罪深い手を彼女の背中にまわし、地図をたどるようになめらかな肌を撫でた。

「あなたのせいで頭がどうにかなりそう」マギーはジェイクのベルトのバックルを外した。彼女が震える指でなんとかズボンのボタンも外すと、ズボンが落ちて彼の足元にたまった。「全部あなたのせいよ」マギーはあえいだ。ジェイクは困惑したような彼女の口調に笑った。しかし笑い声はすぐにうめき声に変わった。マギーがボクサーパンツを突きあげている部分に手のひらを押しあて、ゆっくりと回転させたのだ。

「僕はいつか君の命を奪うことになるだろうな」ジェイクがうなった。「いつも文句ばかり言ってるし」親指でマギーのスカートのボタンをはじくようにして開けた。マギーは体を硬くした。手でも口でもいいから、ジェイクに触れてもらいたかった。彼女を解放してほしかった。出会った瞬間からふたりのあいだに燃えあがっていた炎を消してほしかった。「いつだって反論ばかりするし」ジェイクがファスナーを引きおろす音が温室の中でやけに大きく響いた。「援護もないまま飛びだしていくし」彼が指先でショーツの端のレースをたどり、マギーはのけぞって頭をガラスの壁に押しあてた。どうか、お願い。お願いだから。「なんだい、スウィートハート？」ジェイクがマギーの肌の上でほほえんだ。レースに沿って指を滑らせるが、決して彼女が求めている部分には触れようとしない。「君が欲しいものを言ってみろ」

マギーは体をよじり、主導権を握ろうとした。考えようとした。しかしもう溺れかけていた。彼の手が錨となってマギーを引きとめていた。私が欲しいのは……。

ジェイクだ。

「お願い」彼女はあえいだ。

ジェイクが舌でマギーの耳の縁をなぞり、彼女はむせび泣きを押し殺した。体が燃えている。それを癒やせるのは彼だけだ。

「どうしてほしいんだ?」ジェイクが言った。ああ、もう我慢できない。美しくて、セクシーで、私の頭をどうにかさせる男。これが終わったら殺してやる。

でもその前に……。

「お願い、私に触れて」マギーは息を切らして言った。「お願い」

マギーが視線を上げると、ジェイクは満足げな笑みを浮かべ、彼女の体を覆っていたレースをやすやすとはぎ取った。そして一糸まとわぬ姿になったマギーを見つめた。

「ああ、マギー」彼はその名前を祈りの言葉のようにささやいた。指でマギーを開いていく。彼女は自分がジェイクを求めてすでに潤っているのを感じて身を震わせた。

「最初から君が欲しかった」ジェイクがマギーの耳にささやきかける。指で円を描き、マギーの体の奥の緊張を高めていく。

マギーは息をするたびにあえぎ、ぎりぎりのところで耐えていた。それを越えようとしたまさにそのとき、ジェイクが手を引き抜いた。マギーは喪失感に泣き声をあげた。

「君をいかせてやる。心配しなくていい。これはすべて君のためだ」ジェイクは自分の胸をマギーの胸に押しつけ、下腹部を彼女にあてがった。マギーはジェイクに巻きつけた脚に力をこめて彼を迎え入れようとした。どうしてもジェイクが欲しかった。

しかしジェイクはマギーの腰をつかんで動きを封じた。

「僕を見るんだ」彼は優しく言った。

マギーは焦点を合わせようとしたが、欲望でめまいがして、目の前が揺れていた。やっと目を合わせると、ジェイク以外のすべてが消え失せた。ジェイクに奥まで貫かれ、満たされた感覚に、彼女は頭を垂れた。ついに完全になれたと思えた。

ジェイクがうなり、動きだした。マギーの全身にきらめくような感覚が巻き起こった。体じゅうのあらゆる部分が悦《よろこ》びに震える。「ずっと君の中に入りたかった」彼は歯ぎしりしながら言った。その目がゆっくりと閉じられていく。「君とひとつになりたかった。君にどうかさせられたかった。ああ、こんなにも熱いなんて。こんなにも頑固な君を僕のものにしたかった」

マギーは絶頂に向かいつつあるのを感じた。体がこわばり、今にも崩れ落ちそうだ。指をジェイクの肩に食いこませ、自分の体を彼の体に打ちつけるようにして動き、その感覚を必死に追い求める。口と口がぶつかりながら合わさり、ジェイクの甘い唇にマギーの全身が歓喜の歌を歌いだした。彼女は息をのんだ。ジェイクが動きを止めてわずかに体を離し、唇でマギーの顎の線をたどる。

「いいぞ、スウィートハート」ジェイクはマギーの耳に言った。「僕のためにいってくれ」

彼はつながったふたりの体のあいだに手を滑らせ、彼女の敏感な箇所に指を押しつけた。

マギーは悲鳴を押し殺した。視界の隅で光が舞い、彼女は声を抑えようとジェイクの肩に歯を立てた。激しい鼓動が全身を揺るがし、マギーはジェイクにしがみついた。ジェイクが手を離して彼女がくずおれるのを放っておくわけがないとわかってはいても、彼をより近くに感じたかった。

この瞬間が終わってほしくなかった。

「なんて美しいんだ」ジェイクはマギーの髪を顔から払いのけてささやき、再び動きはじめた。マギーはジェイクの腕に抱かれたまま体をよじった。絶頂の余波で、耐えられないほど体が敏感になっている。より速く、より深く突こうとするジェイクをマギーは体の奥でとらえ、彼はうめきと彼女の名前がまじったような音を立てて自らを解き放った。

ジェイクの言ったとおりだと、マギーは衝動のあとに訪れたすがすがしいほど明晰な頭で考えた。こんな欲望を、これほどまでの欲求を感じさせるなんて……彼はいつか私の命を奪うことになる。

でもこれで死ねるなら本望だ。

33

マギーは満足し、全身がすっかりリラックスしていて、このまま動きたくなかった。ジェイクは温室の奥に傾いたベンチが置かれているのを見つけ、彼女をそこへ連れていって寝かせてくれた。ジェイクはおとぎ話のプリンスのようにマギーの隣に横たわっている。もし時間に追われていなければ、ふたりは今すぐ第二ラウンドに進んでいたはずだとマギーは確信していた。

なんて魅惑的な考えだろう。

しかし起きあがらなければならないのはわかっていた。ぎこちない雰囲気になる前に。彼女の疑念が大きくなる前に。ああ、あれは本当に最高だった。頭がどうにかなりそうなくらい、すばらしくて熱かった。体はジェイクの口を恋しく思っていた。彼の舌がもたらす感覚に疑念を打ち消してもらいたかった。ジェイクをベンチに押し倒して腰に脚を巻きつけ、もう一度彼が欲しかった。

そうしてはいられないけれどと、考えながらマギーは唇をなめた。そんな場合ではない。彼女は起きあがってシャツのボタンをとめ、乱れた髪を片手で撫でつけた。

ジェイクがベンチの上で片肘をついて頭を支え、マギーと目を合わせた。もの憂げな猫を思わせる様子で満足げににやりとする。マギーはジェイクをぶってやりたい衝動と、彼にキスをしたい衝動のあいだで引き裂かれた。

彼女は立ちあがり、スカートの皺を伸ばした。「まあ、いいわ」何か言うべきことが頭に浮かぶのを願ったが、何も思い浮かばなかった。「少なくとも私たちは、あれが得意ということね」

ジェイクが短く大きな笑い声をあげた。「僕はいろいろなことが得意なんだ」

マギーはくるりと目をまわした。「あまり自分に酔わないほうがいいわよ、カウボーイ」

ジェイクが手を伸ばし、一本の指で彼女の首筋をなぞった。マギーは身を震わせ、自分でも気づかないうちに彼にもたれかかっていた。「僕は君に酔ってるんだ」

マギーは普通に呼吸しようとした。ああ、こんなのはばかげている。喜んだりして、愚か者みたいだ。「私が先に行くほうがいいわね。私が行ってから何分か待って。いいわね？　念には念を入れて」

「君は僕のことを恥じてるのか、ブロンドちゃん？」ジェイクが片方の眉を上げた。

「あなたは本当に自分たちの気持ちについて話したいの？　今ここで？」そう言われると、男はたいてい黙るか逃げだすものだ。マギーはこの状況でその問いをぶつけるのも辞さなかった。

ジェイクがかぶりを振った。「わかった。待つよ……今は君の後ろ暗い秘密でいよう」

マギーはジェイクをにらんだ。彼の目は輝いていて、自分が怒ってなどいないことを告げていた。そうやってマギーをからかっているのだ。彼女は気を取り直して仕事に戻らなければならないとわかっていたが、自分でも意識しないうちに厳しい目つきがほほえみに変わっていた。

マギーは背を向け、足早に温室を出た。今そこにある危機に焦点を戻さなければならない。自分はおそらく解雇されるだろうが、周辺で動くことはできる。何がどうなってもカイラを無事に家に帰してみせる。マギーは生まれ変わった気分で、いつになく決然としていた。新たな決意とともに、ジェイクの率直さと気遣いに支えられていた。

まずはミセス・シーブズと話をする方法を見つけなければならない。ファイルを渡すように上院議員を説得できるかもしれない唯一の人物だ。ミセス・シーブズが娘を愛していること、娘を取り戻すためならなんでもすることは疑念の余地がない。母親こそが家族の支えであり中心だ。子どもが自分の味方として頼りにできる、この世で一番荒々しい戦士だ。この戦いにふさわしい者がいるとしたら、それはミセス・シーブズをおいてほかにいない。

マギーがバラ園を歩いていくと、上院議員の邸宅から誰かがこちらに向かってくるのが見えた。マギーは速度を緩め、芝生の斜面で足を止めた。ポールだ。

頬が熱くなっているのを意識して気まずい思いを抱えながら、乱れた髪を直そうと手を持ちあげたくなるのを必死にこらえた。

男に抱かれたあとの彼女がどんなふうになるか、ポールが知らないわけがない。

マギーはいっそう頬が熱くなった。お願いだから彼が気づきませんように。

「そこにいたのか！　捜していたんだ」ポールが言った。「やっとシーブズを落ち着かせたところだ」誇らしげにほほえんだ。「シーブズが最低な男だというのは重々承知しているし、君には申し訳ないと思っているが、彼にもストレスはあると思うんだ。僕が説明したから、君にはシーブズも君があらゆる局面でどれほど有能だったかはわかってくれた。この時点で交渉人を変更するのはありえないと強調しておいたよ、特にマンキューソは君の携帯電話に連絡してきたんだからね。君とのあいだにつながりがあるわけだし、今それを変えると悲惨なことになると、シーブズは理解してくれたよ」

ポールに自分がまだこの事件の担当だと言われ、マギーの全身を安堵が駆け抜けた。もっとも、全身の筋肉はすでに信じられないほどリラックスしていたが。

マギーは感謝すべきなのか、上院議員の振る舞いに対する怒りを持ちつづけておくべきなのかわからなかった。

どちらも正直な気持ちだった。感謝したのは、たとえ事件から締めだされたとしても自分で犯人を追いつづけていたに違いないが、解雇されなかったのならそのほうが事がやりやすくなるからだ。そして、怒りを覚えてもいた。なぜならポールの言ったとおりだからだ――彼女は有能なのに、誰もそのことを認めようとしない。

マギーが有能で一番の適任だから、フランクは彼女を連れ戻した。カイラのためを考えればマギーがベストなのだ。

「君がどれほど腹を立てているか考えると、申し訳ない気持ちになるよ」ポールは言い、手を伸ばしてマギーの肩をつかんだ。「本当に大変だと思う。僕は君を助けたいんだ、マギー。君の力になりたい。ただ、一度として正しいことをしたり言ったりできていないようだけど」ため息をついて手を下ろした。「だから僕たちはうまくいかなかったんだろうな。君は僕に絶対に見せようとしない部分があった。僕が決して見ることのできない秘密の部分が」

それをわざわざ言葉にされると胸が痛んだ。マギーがもうずっと前から知っていて、ポールがいつか理解してくれたらと願っていたことだ。しかしその痛みの奥で胸を撫でおろしてもいた。ふたりが決してうまくはいかないという事実を彼がやっと理解してくれたと思うと、心底ほっとした。

「あなたはすばらしい人よ。私にとてもよくしてくれた」

「僕は……」ポールは言いかけて言葉を切った。マギーの肩越しに何かを見て眉をひそめている。マギーは振り返り、彼の視線の先を見た。

ジェイクが庭の奥の温室から出てきたところだった。マギーたちに背中を向け、反対方向へと歩きだしている。

ポールは口を閉じ、マギーに目を向けた。乱れた服、くしゃくしゃの髪、上気した頬にじっくり視線を移動させていく。ポールの目が大きく見開かれ、マギーは彼が答えにたどり着いたのだと知った。そのあとポールが深く傷ついたのも、手に取るようにわかった。

マギーは胸が痛んだ。こんなことになるのを望んではいなかった。ポールを傷つけたいと思ったことは一度もない。婚約を解消したときも、今も。

「なるほど」ポールが言った。マギーは唇の内側を噛んでポールを見つめつづけた。恥ずかしがっているそぶりを見せるわけにはいかない。

それに恥ずかしいとは思っていなかった――マギーが前に進んでいる生々しい証拠をいきなり突きつけられて、ポールが平手打ちを食らったようなショックを感じているのは申し訳なく思うが。それは誰に対してもフェアな仕打ちではないけれど、特にポールのような善良で強くて正直で誠実な人には味わわせたくない感情だった。

「ポール……」そう言いかけて、何を言うべきかわからないことに思いあたった。

彼は大きく息をつき、片手を伸ばしてマギーを止めた。「いいから……やめておこう。僕には関係のないことだ」

「私が言ったことは嘘じゃない。あなたは本当にすばらしい人だわ。それに……今でも私にはあなたの助けが必要なの」

ポールが笑い声とも取れる息を吐いた。「ああ、君らしい集中ぶりだ」かぶりを振る。「僕は常にそれを称賛してきた。君は決して手がけている事件のことを忘れない」

彼は携帯電話を引っ張りだした。「何が必要なんだ？」

「情報。おそらく機密とされているたぐいの。その情報に、私が調査しているとは誰にも知られずにアクセスしたいの」

「それは規定違反だ」

「わかってる」マギーは応じた。「重要なことでなければあなたに頼んだりしない。あなたならいろいろな人を知ってるでしょう？　たとえばポーカー仲間とか」ポールは毎週参加しているゲームについて多くを語ったことはなかったが、彼女はそのプレーヤーの中に高度な機密情報へのアクセス権限を持っている人物もいることを知っていた。ポールは大きな代償を払うことになるかもしれないけれど、彼のコネクションは利用価値がある。

ポールがうなずいた。「君のために情報を手に入れてこよう。何が知りたいんだい？」

「サウスポイント石油とシーブズ上院議員のつながりを探っているの」

ポールは眉をひそめた。「おっと、それなら裏のルートを使わなくてもわかる」彼はしばし間を置いてから言った。「サウスポイント石油はシーブズの選挙運動の最大の支援者だ。彼とCEOのカール・デッセンは古いつきあいで、いっしょにハーバードで学んだ仲なんだ。この前の選挙では、ふたりしてテレビに出まくっていた。メリーランド州の経済について、ふたりでコマーシャルに出てしゃべっていたよ。覚えていないかい？」

ふいにマギーの脳裏にその映像がはっきりとよみがえった。上院議員とカールが小さな町の通りを歩きながら、減税の重要性とビジネスの成長について議論しているものだった。

「ええ、覚えてるわ。ほかに何か有効な情報が出てこないか探ってみてくれる？　どんなことでもいいから知りたいの。ありがとう、ポール。本当に」

ほかのときなら、マギーは爪先立ちになってポールの頬にキスぐらいしていたかもしれない。だがそんなことはもうできない。さらに彼を傷つけるだけだ。

「待ってくれ」ポールは、車に向かおうときびすを返したマギーに言った。「どこに行くつもりだい？」

「サウスポイント石油の本社に行ってくる」マギーは肩越しに返事をした。「自分でもなんらかの答えを見つけてくるわ」

34

カイラは目を開けた。ぼんやりとした部屋にゆっくりと焦点が合っていく。唇をなめると、ひび割れて出血していた唇の端に舌があたって、思わず身をすくめた。口の中が鉄の味でいっぱいになり、その味を忘れたくて弱々しく床に唾を吐いた。

彼女はでこぼこのマットレスに体を小さく丸めて寝ていた。どんなにきつく体を丸めても震えが止まらず、汗が背中と胸を滴り落ちた。自分がどんなにおいを発しているのかは考えたくもない。カイラは口で浅く息をし、あえいでいた。

ひどく疲れていた。何をするのも億劫《おっくう》だった。全身が痛み、暑くてたまらない。頭がずきずきし、動くたびにめまいが襲ってきて、目の前に黒い点が飛んだ。

カイラはこれがなんなのか知っていた。母とともに父の選挙運動に同行していた七歳のときのことだ。その週はあまりに忙しくて、カイラが何回か注射を打ち損ねたことに誰も気づかなかった。彼女は父が演説している最中に気絶して、病院に担ぎこまれた。

そのあと母はカイラの携帯電話に特注のアプリを入れさせ、自分の携帯電話と連動させて、カイラが五分でも注射を打つのが遅れると通知が届くようにした。

そのときの感覚を思いだした。めまい。立とうとすると世界がぐるりとまわったこと。

ママに会いたい。そう考えると、目の端から涙がこぼれ落ちた。母に会いたくて胸が痛み、体もばらばらになりそうなほど痛かった。ママに再会できるのだろうか。私が戻らなかったらママはどうするだろう？　ママは大丈夫だろうか？

カイラは最後に母になんと言ったかを考えつづけた。はっきりとは思いだせなかった。あの朝はいっしょに朝食のテーブルについた——あれは何日前だったのか。母は慈善団体の会合に出かけるところで、毎週恒例の乗馬を火曜日に変更することについて何か言っていた。カイラは自分が困惑していたことを思いだした。

ああ、どうしよう。ママに横柄な口をきいてなかった？　それがママにとって最後の思い出になってしまったら……。

すすり泣きをこらえようと、しゃくりあげた。死にたくない。家に帰って自分のベッドで眠りたい。入院したときのようにママに髪を撫でてもらいながら。

今にも気を失って倒れそうだ。今回は、心配そうな顔の両親や医師や看護師たちに囲まれ、腕に血糖値の上昇を抑える点滴をされながら目覚めることはないだろう。今回は二度と目覚めないかもしれない。

肌が粟立《あわだ》ち、カイラは決意を固めた。

もう時間がない。ここから逃げなくては。逃げよう。どうにかして。なんとしても。

生き延びるチャンスが刻一刻と消えていっているのはわかっていた。母には、少なくとも自分が母のもとに帰ろうと努力したことだけは知ってもらわなければならない。

カイラはなんとか体を起こし、壁に身をつけてドアに向かって進んでいった。ドアを強く叩き、マックスの名前を怒鳴った。やがて足音がして、錠がガチャガチャいう音が聞こえた。

「なんの用だ?」マックスが詰問した。「静かにしていろと言っただろ」

「バケツがいっぱいなの」カイラは嘘をついた。「トイレを使わせてもらえない? 気分が悪くて」片手で胃を押さえた。それは嘘ではない。「あなたに向かって吐くかも」

マックスは不快そうに顔をゆがめ、彼女の縛られた両手にちらりと目をやった。カイラがどこまで痛めつけられることに耐えられるか、限界を推し量ろうとしているようだ。

明らかにカイラにはたいした反抗はできないと考えたらしく、マックスは彼女の手首を乱暴につかむと廊下に連れだし、バスルームへと引っ張っていった。

彼がバスルームの中にいっしょに立ったままでいるので、カイラは恥ずかしさに顔を赤らめた。ちょっと、やめてよ。そこで私を観察する気？

しかしマックスは手ぶりで合図した。「急げよ」彼は出ていき、ドアを閉めた。

バスルームは小さく、よくある造りだった。シャワー、浴槽、洗面台、トイレ。洗面台の上には鏡張りの薬品棚がある。カイラは強くまばたきして目の焦点を合わせようと努めながら、急いで戸棚を探った。スパイクをこめかみにゆっくり打ちつけられているような痛みが走る。ここから逃げださなくては。何か……道具が必要だ。両手を縛られていてはどうにもならない。何か鋭いものが欲しい。

「鋭いもの」カイラはささやき、音を立てないように薬品棚を手探りした。黒い点が目の前で躍るたびに、止まって洗面台にもたれなければならなかった。

ドアにノックの音がした。「あと一分だぞ」

「ちょっと待って」カイラは声をあげた。

「長くかかりすぎだ」マックスは言った。

「私は女なのよ」彼女は言い返し、薬品棚をそっと閉めた。かがみこんで慎重に洗面台の下の扉を開ける。お願い、何か道具を見つけさせて。「生理があるんだから。あなたに言えばナプキンを出してくれるわけ?」

一瞬の間があった。これで最低な男を黙らせることができればいいけど。

「いいだろう。とにかく急げ」

「努力してるわ」指が何か冷たいものに触れた。金属だ。はさみ。

ソーイングキットに入っているような小さなものだが、これでも充分使える。使わなければならない。カイラはそれをつかみ、興奮して勢いよく立ちあがろうとした。

世界が傾いた。足元の床が抜けたかに思えた。

だめ、だめよ。ここで気を失うわけにはいかない。今はまだ。

カイラは必死にまばたきして暗闇を追い払おうとした。はさみを隠さなければ。靴下かスカートか、どこかにしまわないと……。

膝が震えて力が抜けた。彼女は悲鳴を必死に押し殺しながら床に倒れた。

「どうした?」マックスが尋ねた。

ドアノブがまわりはじめる。
カイラははさみを握りしめた。
だめ……。

35

マギーは気づまりなドライブというものが大嫌いだった。残念ながらジェイクとともにサウスポイント石油に向かうドライブは、彼女が経験した中で最も気づまりなものだった。ジェイクは私道でマギーを待っていて、明らかに先ほどふたりのあいだで起きた出来事について話したがっている様子だったが、彼女が上院議員とサウスポイント石油のCEOとのつながりについて話すと、すぐに頭を切り替えた。

ジェイクは自分が運転すると主張し、マギーはしぶしぶ同意した。町を出ると、居心地の悪さは頂点に達した。いたたまれない緊張感が漂っているところに、彼が人生最高のオーガズムを与えてくれたことを意識して、マギーは身じろぎした。ふたり同時にラジオのスイッチに伸ばした手が触れあい、彼女は真っ赤になった。指をもっと絡めたい、ジェイクの肌が自分の肌にあたる感触をもっと味わいたいと思わずにいられない。

事態をなんとかしなければ。美しい木だの、地元の歴史的建造物だのについて見解を述べるにも限度があり、ただ沈黙を埋めようとしているのは明らかだった。しかし、ほかに何ができるだろう。先ほど起こったことを話しあうべきなのか？　それとも事件に集中すべきなのか？　マギーが新しいヒントをつかんでいなければ、ジェイクはただ家に帰っていたのだろうか——それともあれ以上のものを求めて彼女の車のところで待っていたのだろうか？

時間だけが過ぎていく。マギーはとにかく何かしていたくて、手を伸ばしてラジオのスイッチを入れ、ダイヤルをいじりはじめた。なんでもいいから沈黙を破りたかった。いくつかのラジオ局を経由して、クラシック・ロック局で手を止めた。

ジェイクは鼻で笑った。

「何よ？」

「ロックを聞くのか？　本当に？」

「おそらくあなたはカントリーが好きなんでしょうね」

「そのとおり」ジェイクがのんびり言った。子どもの頃は馬に乗り、もし帽子をかぶっていたら、それを小粋に傾けてみせただろう。投げ縄で牛をつかまえていたに違いない。ジェイクがのんびりした口調はカウボーイを気取っているだけなのだろうか？　それとも

ジェイクがただ格好だけを真似しているなんてありえない。彼はどこをどう切ってもアメリカが誇る最高のカウボーイで、それが兵士になり、今は警備の専門家になったのだ。控えめに言っても興味深い職業の変遷と言える。

いろいろな意味で興味深い人だ。そのジェイクの腕に抱かれているとマギーは熱くなり、ここ何年かで初めて生きている実感を得られた。

「あなたとあの黒服の男は話が合うんでしょうね」マギーは言った。

ジェイクがにやりとするのを見て、マギーも思わず笑った。どうやら的を射たことを言えたようだ。彼が相手なら気安く軽口を叩けるのがうれしかった。

「ジョニー・キャッシュ（アメリカのカントリー歌手。いつも黒い服を着ており、〝マン・イン・ブラック〟の異名を持っていた）は愛を知っていた」ジェイクは言った。「いい愛も悪い愛も」

「彼が妻のジューンに苦労をかけたのは間違いないわね」

「この人のためなら戦える。そういう相手もいるとは思わないか？」

マギーはちらりとジェイクに目をやった。その真剣な表情に、マギーは震えが走った。この人は愛する女性を自分の世界の中心に置き、彼女のために戦える人だ。

「着いたぞ」ジェイクはどう答えようか迷っているマギーに言った。

マギーは彼から目をそらし、ウインドーの外を見て驚いた。そこは倉庫の前で、金網のフェンスの向こうにはドラム缶と泥だらけの石油掘削トラックが何列も並んでいた。ジェイクは開かれた門を通っていって車を停めた。敷地内には平屋のプレハブの建物が並び、ほとんどは厳重に施錠されている。マギーは車を降り、ジェイクといっしょに事務所らしき二階建ての建物に向かった。

「おい」誰かが後ろから声をかけてきた。「何か用か?」

マギーは振り返り、男を上から下まで見た。白髪まじりの頭をした年配の男で、フランネルのシャツの首元までボタンをとめ、腕まくりをしている。つばのついた帽子をかぶり、肘の先には油の黒いしみがついていた。

「ここは私に任せて」マギーは小声でジェイクに言った。

ジェイクが答えるよりも早く、マギーはほほえみながら男に歩み寄った。「こんにちは。FBIのキンケイド特別捜査官よ」彼女が財布を見せる動きはあまりにすばやく、男にはそれをじっくり見る暇がなかった。「この施設の管理者を探しているの」

「うちのボスなら食事に出かけてる。出直したほうがいいぞ」

マギーはやすやすと引きさがりはしなかった。「一刻を争うの。今、あなたに少し質問をさせてもらっていい? お名前は?」

「トム・ジェニングズだ」男は言った。「おいおい、なんの話だよ?」

「ある事件の捜査よ」マギーは言った。「シーブズ上院議員を知ってる?」

「もちろん」トムはうなずいた。「俺は彼に投票した」

「このあたりで上院議員の姿を見たことはある?」

トムは眉をひそめた。本当に困惑しているようだ。「なぜ上院議員がここに来るんだ?」

「マックス・グレイソンという名前に心あたりは?」ジェイクが言った。

トムはかぶりを振った。

「ロジャー・マンキューソについてはどう?」マギーは尋ねた。

またしてもトムはかぶりを振り、さらに困惑した様子になった。

「本当に?」ジェイクはポケットから携帯電話を取りだすと、画面を操作してマンキューソの画像を出し、それをトムに見せた。「このあたりで見かけたことは?」

男は携帯電話を取ってしげしげと画面を見た。「見覚えがある気がする」

マギーの心臓が跳ねた。男に飛びつきたい気分だったが、必死にこらえて黙っていた。何かを思いだそうとしている人にプレッシャーをかけるのはよくない。

トムは携帯電話をジェイクに返し、帽子を取って頭をかいた。「ジョーによく似ているように見える。目と顎がそっくりだ。大きな鼻も」

「ジョーというのは誰？」マギーは尋ねた。

「昔ここで働いてた男さ。いいやつだった。働きぶりもよかった。いつも頑張ってたよ。いつだって不平ひとつ言わずに残業していた。あんなことが起こるなんて、本当に残念だ。リヤドで死んだんだ。パイプラインで働いてたときにな」

死んだ？ マギーは頭を働かせた。マンキューソの企みには復讐が絡んでいるのだろうか？ それとも彼は殺人事件を隠蔽しようとしているのだろうか？

「正確に言うと、どうして亡くなったんだ？」ジェイクが尋ねた。

「車の事故だ。最悪だよ。あいつは俺の部下の中でも最高だった。やつが十人いれば、ここの仕事はスムーズに進んでいただろう」

「彼の記録はこちらに残っていない？」マギーは尋ねた。

トムは目を丸くしてマギーを見た。「そいつは社外秘の情報だよ、お嬢さん」

「トム」ほほえみを浮かべたジェイクが割って入った。「いくらで社外に持ちだせる？ 三百？ 四百か？」

男が答える前に、ジェイクは四枚の百ドル札を財布から出してトムに渡した。トムは反射的にその金を受け取っていた。

ジェイクのやり方は賢い。マギーは称賛の念を抱いた。一度受け取ってしまったら、なかなか現金は返せなくなるものだ。

トムが驚いた顔で金を見おろした。「俺は……俺は何も……」彼は口ごもった。

「じゃあ、五百ドル」ジェイクがもう一枚百ドル札をトムの手に握らせると、男の指はそれをきつく握りしめた。

買収完了だ。

「誰にも知らせないように」ジェイクは忠告した。

「ええと、わかった」トムは言い、金をポケットにしまった。「こっちだ」

彼はふたりを建物に案内し、書類棚がずらりと並んだ事務所に入っていった。マギーとジェイクは黙って立っていた。数分後、トムが一冊のファイルを見つけだした。

「あったぞ」振り返ってファイルをジェイクに渡すと、隅にあるコピー機を指さした。

「古いやつだから、一ページずつしかコピーできない。俺は外にいる。俺はあんたたちには会ってない。それでいいんだな？　事務所のドアは閉めて出ていってくれ。俺は十五分後に戻ってきて、すべてをもとどおりにして建物の戸締まりをする」

トムは立ち去った。とにかくここから逃げだしたがっているのがマギーにはよくわかった。いいことだ。彼はきっと口外しないだろう。特に賄賂を受け取ったことを後ろめたく思ったり、神経質になったりしている場合は。

「さてと、コピーの時間よ」マギーは〝ジョー・テイラー〟と書かれたフォルダーを開いた。コピー機まで歩いていって、最初のページをガラス面に置いた。陰になったかと思うと、ジェイクの腕が彼女の腕に触れた。

「表と裏が逆だ」ジェイクが指摘した。

マギーはただ立ち尽くしていた。背中に押しつけられている彼の体のぬくもりのことしか考えられない。肩にこんなにも神経が集まっているなんて知らなかった。彼女は紙を裏返した。

「大丈夫か、ブロンドちゃん？」ジェイクが尋ねた。マギーは振り返るまでもなく知っていた。彼があのきざで自信ありげな笑みを浮かべていると。ジェイクは自分が彼女に影響を及ぼしていることを知っている――そしてそのことを喜んでいる。

マギーはジェイクの顔面にパンチを食らわしてやりたかった。

彼を壁に押しつけて唇を奪ってやりたかった。

問題は、どちらがより自分のしたいことなのかわからないことだった。

36

「事故の新聞記事のコピーをもう一度見せてもらえるかい?」ジェイクが尋ねた。

マギーはそれを手渡した。

ふたりはサウスポイント石油の本社から三キロほど走ったところで、後部座席に座っていた。ファイルの内容をコピーして事務所のドアを閉め、トムが戻る前にすばやく立ち去った。本社から充分に離れたところで車を停め、ジョー・ティラーのファイルを後部座席に広げてふたりで調べはじめた。

ごく近くに座っていたので、書類を調べるのに体を動かすごとに、ふたりの膝がぶつかるほどだった。ジェイクはそのたびに視線を落とし、マギーがかがみこんだときには書類を取り落としかけた。

「気が散っているのは私のせい?」マギーは片方の眉を上げて尋ねた。

ジェイクはにやりとし、おとなしく答えた。「いつだってそうだ」

マギーは内心喜びながら天井を仰いでみせ、勤務表を調べていった。時間を計算して眉をひそめる。

「なんてこと。彼はかなりの超過勤務をしてるわ」彼女は視線を上げ、ジェイクの顔に浮かんでいる表情を見て動きを止めた。「どうしたの？」

「ジョーの事故の記事を読んでいるんだが」ジェイクは説明した。「どうやらこれは殺人という気がする」

マギーは姿勢を正した。膝の上にあった紙がばらばらと落ち、彼女は前かがみになって拾いながら、ジェイクの肌にまとわりついているかすかなスパイシーな香りを吸いこんだ。「本当に？」いったい誰が、石油会社で働く一介の労働者をわざわざ轢《ひ》き殺そうと考えるだろう？

「賭けてもいい」ジェイクが言った。

マギーは彼の手から記事を取りあげてじっくり読んだ。「わからない」悲劇的な自動車事故を報じる、なんの変哲もない記事に思えた。「私は何を見落としてるの？」

「すっきりしすぎている。それに司法機関による裏づけが何もない。これはただ……終了したんだ。というのも、細部がきちんと整いすぎてる。完璧だ。何もかもが」ジェイクが前の座席とダッシュボードに広げられた書類を手ぶりで示した。「ファイル全部がだ」

マギーは眉をひそめた。「マンキューソの自宅についてグレースが言ったことと同じだわ」

「グレースって？」

「FBIのプロファイラーよ」マギーが説明した。「腕利きなの。自分でも気づかないうちに、マンキューソがまともな人格じゃないことを探りあてていたわ。グレースは言っていた。彼の家はすべてが完璧すぎてあまりにわざとらしい。マンキューソは自分の役を演じているみたいだと」ジョー・ティラーの勤務表を見た。「ジョーも役を演じていたと思う？」

ジェイクがうなずく。「ジョー・ティラーというのも本名ではないだろう。幽霊は本名を名乗らないものだ」

「なんですって？」マギーは鼻で笑わずにはいられなかった。「彼がスパイだとでもいうの？」

「僕は中東で長く過ごしたんだ、マギー」ジェイクの声の真剣さに、彼女の肌が粟立ちはじめた。「僕が従事したのはたいていが秘密の作戦だった。諜報《ちょうほう》のプロと山ほど仕事をこなした。そうすると、サインを見分ける方法が自然と身につくものだ。向こうにいるあいだに、こういう殺しの手口を何度目にしたか」

「本当なの？」マギーはジェイクが発見した手がかりを行間に見いだそうと、もう一度記事に目を通した。「映画の話じゃないのよ。それにこの男はもう死んでるわ。あいにくだけど、マンキューソは死んでいない」

「トムは僕が出した画像を見て、これはジョーだとは言わなかった」ジェイクはマギーに思いださせた。「ジョーによく似ていると言ったんだ。ロジャー・マンキューソには兄がいただろう？」

「じゃあ、ジョーはロジャーの兄で……中東で殺されたスパイだったのかもしれないというの？」マギーはジェイクの論理についていこうとした。書類を引っかきまわし、ジョーの出張スケジュールを見つけだした。「たしかにしょっちゅう向こうに出張してるわ」

「ジョー・ティラーの本名はジョー・マンキューソ、ロジャーの兄だ。偽名を使い、サウスポイントでの仕事を隠れ蓑《みの》にしたんだろう」ジェイクは言った。

「あるいはそれが任務だったのかもしれない」マギーは目を輝かせた。「サウスポイント石油の調査が任務なら、マンキューソがあんなにも欲しがってるファイルの中にきっとその理由がある……そして誰がジョーを殺したのかもわかるはずよ」

ジェイクがうなずいた。

「上院議員がサウスポイントについて何を隠しているにせよ、それは信じられないくらい大がかりな不正に違いないわ。シーブズも含めて大勢の手が後ろにまわるような大問題のはず。マンキューソの兄がそれを暴露しかねないとなったら、彼を殺すことが問題解決の一番の近道だと思ったのかもしれない」

「つまり、これはマンキューソにとって非常に個人的なことだ」ジェイクは考えこむように言った。

マギーはうなずいた。「大事なのは復讐と正義。だから問題はお金でもカイラでもなかったんだわ。シーブズ上院議員が問題なのよ。彼はあの会社の何か重大な不正にかかわっていた。マンキューソはシーブズが兄を殺したと非難してるのよ。まるでシーブズがジョーを轢き殺した犯人みたいに」マギーは言った。シーブズが繰り返し証明してきたのは、自分の評判を守るためならどんな非情なことでもする男だということだ。「ということはおそらく、ジョーを殺すようシーブズが誰かに命じたか、金を払ってさせた可能性が高い」

「まったくもって同感だ」ジェイクは言った。「だがそれだと、プロファイル的にはどういうことになる？」

マギーは乾いた唇をなめた。「マンキューソはどんなことだってやるわ」かすれた声で言った。「どんな行為も正当化するに違いない。カイラを殺そうが、警官を撃とうが、あるいは自分が死のうが、シーブズを破滅させるためならなんだってする気よ。マンキューソは目の前のことしか見えなくなってる。ジョーが死ぬ前はけちなこそ泥にすぎなかったとしても、マンキューソはシーブズが兄の死にかかわってると疑っている。マンキューソには強力な動機ができたというわけ。誰かを……たとえば兄をとても深く愛していれば、そのために戦うこともいとわないということよ」

ジェイクが小声で悪態をついた。手を伸ばし、マギーの肩を抱いて自分のほうへ引き寄せた。マギーはされるがままになって目を閉じた。今はジェイクのぬくもりに溺れていたかった。ジェイクから離れたくなかった。マギーは頰を彼の胸に押しあてた。

「マンキューソは本気よ」彼女はささやいた。心が重く沈んでいた。

ジェイクがマギーのこめかみにキスをした。「わかってる」

今のところ、カイラは単に巻き添えを食っただけということになる。マンキューソは標準的な誘拐犯とはプロファイルが合致しないかもしれないが、目的を達成するためならどんなことでもするだろう。マンキューソが脅したようにカイラの喉をかききるということはないにしても、もしシーブズが譲歩しなければ、どうにかしてその娘を殺すかもしれない。カイラはマンキューソのもっと大きな復讐ゲームの駒のひとつにすぎないのだ。

マンキューソは兄を殺した犯人を仕留めるためならどんなことでもするだろう。誰を犠牲にしてでも。

たとえ自分自身を犠牲にしてでも。

37

〈ザ・ロイヤル〉は老舗の高級レストランで、高価なスコッチを飲みながら重要な事柄を語りあう有力者たちをもてなすためだけに存在していた。ブースは革張りで、マギーの一カ月の電気代よりも高い葉巻を取りそろえ、牡蠣《かき》はオーストラリアからの輸入物だった。

「ちょっと！　困ります、お客様！」止めようとする女主人を無視して、マギーはジェイクともども彼女の横を通り過ぎ、ダイニングルームに踏みこんだ。暗紅色の豪奢なカーペットは毛足が長く、ヒールが沈みこんだ。まるでスポンジの上を歩いているような感じがして、マギーは少々おぼつかない気分になった。

「いたわ」一隅のブースを指した。フランクが座っている。同席者はきちんとした身なりの、物差しで測ったように髪を分けた男だ。上院軍事委員会の委員長だろう、とマギーは確信した。フランクは邪魔が入るのを喜ばないだろうが、これればかりはしかたがない。

「お客様！」女主人がマギーとジェイクに追いついた。

「彼女は任せろ」ジェイクが言った。「行け」ほほえんで女主人に向き直った。

もちろん彼の魅力を駆使すれば問題ないだろう。いらだたしいやら、ありがたいやらで、マギーは目をくるりとまわしながらブースに歩み寄った。彼女が咳払いをすると、フランクは何も差していない牡蠣用フォークを唇にあてたまま視線を上げて呟きこんだ。「マギー、いったいこんなところで何をしてる？」

「話があるの」

フランクは同席者を手で示した。「待てないのか？」

マギーはかぶりを振った。「申し訳ありません」食事の相手に言った。「ですが、一刻を争う事態なんです」

「すまない、ジェレミー。うちの捜査官と話をしたらすぐに戻る」フランクは言った。

「かまわんよ、フランク」男が言った。「君が事件を抱えていることは承知している」

「こっちへ」フランクはマギーの背中を押してレストランの外へ出た。ジェイクは女主人を言いくるめてマギーを追いかけるのをやめさせ、入口の外でふたりを待っていた。フランクはジェイクにうなずいて挨拶した。「オコナー」

「どうも」

「大事なミーティングだったんだぞ、マギー」フランクは言った。

「ごめんなさい」マギーは言った。「でも、こっちも大事な話なの」

「何があった？」フランクは尋ねた。「ポールが連絡してきて、君がどうでもいいことを追及しに行ってしまったと言ってたぞ」

「どうでもいいことなんかじゃないわ。シーブズ上院議員とサウスポイント石油とのつながりを発見したの。ジェイクといっしょに本社に行ってきたわ。ロジャー・マンキューソの兄がそこで働いていたことを突きとめたのよ。マンキューソの兄は自動車事故で亡くなったことになってるけど、おそらく事故ではないと思う」

「マンキューソの兄はスパイでした」ジェイクは言った。「僕はそう確信してます。中東に長期間いましたから、スパイかどうかは見分けがつく。あなたなら、石油ビジネスがいかに熾烈《しれつ》な争いかご存じでしょう。不正を暴きたてそうな者をひとり殺すぐらい、こういう会社にとってはよくあることです」

「中東でサウスポイントのために働いているあいだに、マンキューソの兄は弟にメッセージを送ったと私たちは考えてるの。上院議員の関与を知らせるような何かを。そのあとマンキューソの兄は〝事故〟で死んだ。それでロジャー・マンキューソは兄の古い偽名のひとつを受け継いだのよ。マックス・グレイソンという人物のアイデンティティを。そしてカイラの誘拐を計画しはじめた。彼はシーブズのスタッフとして潜りこみ、機会をひたすら待った。このことが尋常ではないレベルの献身と忍耐を物語ってるわ」マギーは言った。「それが何を意味するかわかるでしょう、フランク」

「たしかに」フランクは厳しい顔で応じた。皺が深くなる。マギーの元上司は明晰で柔軟な頭脳の持ち主だが、子どもがかかわる事件はいつでも難しいものだ。マギーはフランクの冷静な態度が崩れるのを一度だけ見たことがあった。六歳の子どもが二十七時間にわたって人質にされた誘拐事件が解決したとき、男の子が無事に戻ってきたのを見て、フランクは唐突にその場を離れた。そして彼が姿を消したバスルームから、マギーは安堵のすすり泣きと思われる音を耳にしたのだ。

「ここで何が起こっているのかをただちに見きわめなければなりません」ジェイクは言った。「われわれは何も見えてない状態で走りまわっています。最初からずっとそうでした。マンキューソの兄が何を知ったのか、それをわれわれも知る必要があります。サウスポイント石油で何があったのか、なぜジョー・マンキューソが死んだのか、シーブズがそれとどう関係しているのかを正確に把握しなければなりません」

「あなたはいつも教えてくれた。情報こそが武器だと」マギーは言った。「これが私たちが進むべき唯一の道よ。状況はかんばしくないわ。それはわかってるでしょう。ニュースが広まってマスコミも追いかけてるし、私たちには時間がない。今夜七時までにファイルが手に入らなければ、マンキューソはカイラを殺すわ。彼は身も心も捧げてるのよ、フランク。マンキューソには使命があるの。彼はいわゆる普通の人殺しではないかもしれないけど、欲しいものが手に入らなければ人殺しもする。そしてカイラだけでは終わらないかもしれない。エスカレートする危険性があるわ」

「大量に人質を取るかもしれないと考えているのか？」フランクが尋ねた。

マギーは厳粛な面持ちでうなずいた。「あるいは上院議員を狙うかもしれない。あるいはミセス・シーブズを。あるいは自分の邪魔をするほかの人を。マンキューソは何をしでかすかわからないわ。唯一たしかなのはマンキューソの動機よ。彼はどんな方法を使ってでも自分の使命を果たそうとする」

フランクは心配そうな顔で伏せた目をこすった。「おまえが戻ってきてくれてうれしいよ」

「力を貸してもらえる？」マギーは尋ねた。

「もちろんだ」フランクはジェイクが握っているファイルを指さした。「そこに住所を見つける手がかりはあるか？」

ジェイクは手の中のファイルを見おろした。「どういう意味です?」

「つまり金の流れを追えということだ」フランクは説明した。「彼の給与明細もそこにあるんだろう?」

ジェイクがうなずく。

「その金はどこに送られてる?」

「ああ、なんてこと」マギーは言った。「どうして考えつかなかったんだろう」

「二年も現場を離れてたんだ」フランクは言った。「俺はおまえを許す。もっとも、おまえをちゃんと教育したはずだと俺は思ってたんだがな。だが君は……」疑わしそうにジェイクを見た。「君はどう言い訳する?」

「僕は兵士です。事務担当ではありません」ジェイクがかすかに困惑した表情になる。

フランクは鼻を鳴らし、マギーは笑いを押し隠した。フランクの力が借りられるのはありがたかった。それは彼が完璧な人で、しばしば見過ごされてしまうようなこともちゃんと指摘してくれるからというだけではなかった。

38

ジョーの給与明細の住所はメリーランド州シルバースプリングになっていた。フランクはあとでまた連絡すると約束してレストランに戻り、マギーとジェイクは車に向かった。

「今度は私に運転させてくれてもいいんじゃない？」マギーは言ってみた。

ジェイクはにやりとした。「冗談だろう。僕はそうは思わないな」

「私、運転はうまいのよ！　クアンティコの防御的運転課程の成績は一位だったわ」

「ブロンドちゃん、君がカーレースに出るのを止めはしないが、僕は君に運転を任せる気はない」ジェイクは運転席に乗った。「君がハンドルを握ると恐ろしいことになりそうな予感がする。これは僕の車だからな。僕がルールだ」

「あなたって本当に原始人ね」マギーは小声で言い、助手席に座ってシートベルトをつかんだ。

「俺、ターザン。おまえ、ジェーン」ジェイクが言うと、マギーはそれ以上怒った顔をしていられなくなった。

「あなたってばかみたい」彼女は笑いそうになるのを隠すため、澄ました顔で言った。

ジェイクがマギーのほうに身を乗りだし、指で彼女の顎を傾けた。すばやく唇にキスをすると、ほんの少しだけ顔を離し、グリーンの目を輝かせた。

「君はそこを気に入ってくれてると思っていたんだが」

ぞくぞくする感覚がマギーの体を駆け抜けた。たしかに彼女は気に入っていた。今までこんなふうにからかわれたことはない。人はたいていマギーを真面目な人間だと考え、彼女もそのように振る舞ってきた。マギーに関心を抱いた男たちでさえそうだった。

マギーは手を上げ、今度は自分からキスをした。今度は短いキスではなかった。長く、いつまでも続くキス。そのあとにいけないことが待っているとほのめかすような。ジェイクは彼女の巻き毛に手を差し入れ、いっそうキスを深めた。マギーとひとつになったときと同じぐらい、彼女に溺れていた。

マギーはやっとの思いで身を離した。息は弾み、全身が火照ってうずいていた。ジェイクともう一度抱きあいたい。望みはただそれだけだが、今のふたりにはすべき仕事がある。

「たしかに大いに気に入ってるわ」マギーはささやいた。唇でジェイクの耳をかすめてもてあそぶ。そう、ふたりはいずれまたあのゲームをすることができる。

「君は男の気を散らしてしまう」ジェイクの目は森のような深いグリーンになっていた。シートベルトを締めてキーをイグニッションに差しこみ、車は町を出てシルバースプリングへ向かう幹線道路へと走りだした。

「本当にたくさんのスパイと仕事をしたことがあるの？」マギーは尋ねた。

ジェイクは肩をすくめた。「中東では策を弄して権力争いをしてる連中がそこらじゅうにいるからな。そういうやつは、男だろうと女だろうと大勢の手下を野に放ってる。そういう連中にはぴんときて、見分けられるようになるんだ」彼は悲しげにほほえんだ。戦闘の日々を、あのアドレナリンを思いだして、またそこに戻れたらと願っているようだった。

「懐かしがっているように聞こえるわ」

「ときにはそう思うこともある」ジェイクはウインカーを出して幹線道路にのった。町に入ってくるレーンはこんでいるが、町から出るレーンはすいていて、ちょうどいい時間帯だった。シルバースプリングには記録的な速さで着けるだろう。「自分の目的、自分の使命がわかっているのが好きだった。今、政治家のためにしてるこの仕事は……」言葉を切り、さも不快そうに頭を振った。「まあ、連中は正直な人間とは言えないな」

「正直なのが好きなのね」ジェイクは白黒はっきりしているのが好きなタイプだとマギーは思った。グレーゾーンはない。信頼できる人だ。とても誠実な人。

そして死ぬほどセクシーな人。中世の騎士みたいに、誓いや大事な人を守るといったことを真剣に考えている――そして命を懸けてそれをやり遂げる人だ。

「事実をすべて把握できているのが好きなんだ」ジェイクが言った。「軍隊ではものごとは明確ではっきりしている」

「そしてここでは全然違う」マギーは言った。

「君はどうなんだ？　懐かしいと思うか？　僕は職を変えた。君は仕事を辞めて去った」

マギーはため息をつき、ウインドーの外を流れていく景色をぼんやり見やった。

「確信があるという状態が懐かしいわ。それに……あなたもわかるでしょう。仕事が終わって、アドレナリンがようやくおさまったときのあの感覚が。みんなが無事で、すべてがしかるべき形でおさまったというときの。自分も打ち身と痣ぐらいはできたかもしれないけど、大怪我をすることもなく終わるの」
ジェイクはうなずいた。

「そういうのが懐かしいわ」マギーは言った。「自分がこの場をおさめたんだとわかっている、あの感覚。自分が誰かを救った、自分がそれに貢献したという感覚」

ジェイクは再びうなずいて同意した。ふたりは奇妙な仲間意識が強まっていくのを感じていた。ふたりとも大変な危機に直面して大勢の命を救ったことがあり、同じ満足感を覚えていた。

「君が戻ってきたとエイデンハーストが言ったとき、君は否定しなかった」ジェイクは指摘した。

「今はそのことは考えられないわ」マギーは言ったが、ジェイクは疑わしげな目で彼女を見た。「できないの。考えたくないからじゃなくて……まあ、もしかしたら少しは考えてるのかもしれない。でも、今はこっちに集中しないと」ジョーのフォルダーを指した。「カイラをすぐに取り戻して……」

「わかってる」ジェイクは自由になるほうの手でマギーの手を強く握った。「心配するな。あと数分で着く」

彼はさらにアクセルを踏みこんだ。

シルバースプリングは寂れた雰囲気の小さな町だった。芝生は伸び放題で、目抜き通りの店は一軒おきにシャッターが閉まっているような具合だ。〝閉店〟の札もあちこちの窓に貼られている。だが明らかに住人はまだあきらめていないと思わせる家も数ブロックおきにあり、きちんと刈りこまれた緑の芝生、塗りたてのペンキ、ポーチに掲げられたアメリカ国旗がそれを証明していた。

ジェイクが車を停めた家はそうではなかった。私道にはコンクリートブロックに乗りあげた錆《さび》だらけのオールズモビル社の車が放置され、もれでたオイルがアスファルトに流れている。黄色がかった背の高い雑草は何カ月も刈られていないようで前庭いっぱいにはびこり、ポーチの手すりのペンキはあちこちはげ落ちていた。

「ここが元恋人の家なのね？」マギーは尋ねた。

ジェイクがうなずく。「ぱっとしないな」

マギーは肩をすくめ、車を降りた。ポーチに歩いていってドアをノックする。犬が吠《ほ》えはじめ、叱りつける女性の声がしたかと思うとドアが開いた。

女性はくすんだブロンドで、根元はたっぷり三センチほども地毛の黒い色がのぞいていた。目の下にはくまができ、やにがしみついた指の先から煙草《たばこ》がぶらさがっている。「何?」彼女はマギーを上から下まで見た。「宗教の勧誘なら興味ないよ」

「マギー・キンケイドよ」マギーは言った。「あなたがバーバラ・ケント?」

「そうだけど」

「FBIと仕事をしてるの。あなたの元恋人のジョー・マンキューソに関してききたいことがあるのよ」

バーバラの表情がさらに険しくなった。「彼がどうしたって?」彼女は疑わしげに尋ねた。「ジョーは死んだわ。もう何年も前にね」

「知ってるわ」マギーは言った。「中に入れてもらってもいい?」

バーバラはすっかりだまされたとでも言いたげにため息をついた。「まあいいけど」ふたりを手招きした。

家の中は時代に取り残されていた――悪い意味でまさに一九八〇年代的だ――そして煙草のにおいが充満していた。マギーはぞっとするようなソファの端に腰かけ、コーヒーテーブルの灰皿があふれ返っているのは無視しようと決めた。ジェイクはマギーの隣に座り、バーバラは肘掛け椅子に乱暴に腰を下ろして缶ビールを開けた。

「それで、ジョーの何が知りたいの?」

「彼はどんな人だった?」マギーは尋ねた。

「くそ野郎だったよ」バーバラは言い、ビールをあおった。「少なくともあたしに手を上げることはなかったけどね。全然そばにはいなかった。いつだって〝出張〟とか言って飛びまわってた。いつも嘘をついてたし。浮気してたのよ、絶対。でも尻尾はつかめなかった。頑張ったんだけどね。何度もさ。でもあいつは慎重だったから。用意周到でね。浮気して嘘をつくことにあんなに忙しくなきゃ、もっと出世してたんじゃないかな」

「彼はあなたに何か託さなかった？」マギーは尋ねた。「書類とか、個人的なものとか、写真とか」

バーバラはかぶりを振った。「ジョーはここにはほとんど泊まっていかなかったし、あたしを自分の家に入れてくれることもなかった。会うのはいつもモーテルだった」

ジェイクは携帯電話を差しだして、ロジャー・マンキューソの画像を見せた。「この顔に見覚えはあるかい？」

バーバラは画面を見て、唇をゆがめた。

「それはロジャーだよ。ジョーの弟。ジョーはひどいやつだったけど、ロジャーはさらにとんでもなくひどかった。あんなお荷物を背負いこんだ女には同情するわ」

「ロジャーのどこがそんなにひどかったの？」マギーは尋ねた。

「あいつは完全な負け犬だよ」バーバラは言った。「しょっちゅうジョーのまわりをうろついて邪魔してた。いつだって貧乏で、仕事も見つけられなくて。だけど、ロジャーとジョーは……仲がよかった。ジョーはあたしよりも弟のほうに親身になってた。ちくしょう」

「ジョーが死んだあと、ロジャーに会ったことは？」マギーはきいた。

「ないよ」バーバラは答えた。「あたしがロジャーをどう思っているかは本人も知ってるからね。あいつもこのへんをうろつくようなばかな真似はしない。あたしはジョーの葬儀にさえ行かなかった。自分のことで精いっぱいだったもの。食べていくのに必死だった」

「そうね」マギーは言った。この女性は何も知らないようだ。口は悪いが、手がかりを隠している様子はない。スパイというのは結局のところ、最高の恋人にはなれないものなのかもしれない。

「ご協力に感謝するわ」マギーはほほえんだ。「じゃあ、私たちはこれで」

ジェイクともども立ちあがり、新鮮な空気を求めてリビングルームを出ようとしたとき、マギーはバーバラが小声でぶつぶつ言うのを聞いた。「まったく、あんな釣り小屋なんか燃やしちまえばよかったよ」

マギーは足を止めて振り返った。「釣り小屋って?」

「知らないの?」バーバラは眉をひそめた。「FBIってのは何もかも知ってるもんだと思ってたよ。アメリカ市民を四六時中見張ってるんだろ?」

「教えてもらえる?」マギーははやる心を抑えてきいた。

「ジョーとロジャーはいつもあそこに行ってた」バーバラは言った。「兄弟の時間ってやつ。あたしは一度も呼んでもらえなかった。あたしだって自然は好きなんだ……ちょっとはね。まあ、いいけど」前に進みでて玄関のドアを開けた。「あんたたち、もう行かなきゃならないんでしょ」

マギーにすがるような目で見られて、ジェイクは目を細めた。「バーバラ」例の笑顔をバーバラに向けた。「事故の保険金は少しは君のところに入ってきたのかい?」

バーバラは苦々しげな表情を消し、計算高さが浮かんだ目を輝かせた。「なんの金だって?」

「すぐに詳しく説明するわ」マギーが言った。「でもその前に釣り小屋のことをもう少し教えて。それはどこにあるの?」

39

マンキューソの首筋を汗が流れ落ちた。彼はそれをぬぐい、カイラを閉じこめてある部屋からドンドンと音がしているのは無視した。

指でポケットの中にあるハーレーダビッドソンのキーチェーンをもてあそぶ。ジョーのために、ちゃんとやらなければ。マンキューソは兄の棺《ひつぎ》が地中深く埋められるのを見ながら誓った。必ず上院議員に報いを受けさせると。

ジョーはいつも弟より強かった。肉体的な意味だけでなく、あらゆる意味で。ふたりの父親はよく子どもたちに暴力をふるったが、いつもジョーのほうがひどく叩かれた。ジョーはいつも前に進みでて、怒りと酔いに任せた父のこぶしを自ら受け、弟を守ってくれた。

今度は自分が強くなる番だ。

彼に考えられるのはジョーの手紙のことだけだった。シーブズの不正行為とサウスポイント石油の後ろ暗い取引について詳細に書かれた手紙。それが届いたとき、ジョーは〝自動車事故〟によってすでに亡くなっていた。

マンキューソは兄が殺されたと考えた。ジョーは手紙に書いていた。サウスポイントと石油の密輸業者たちが結託している事実を発見したと。その違法取引は取締役会も承知しており、さらにはシーブズのところまで話が届いていた。サウスポイント石油のCEOはシーブズを取りこんで資金を集め、上院議員の国際的なコネクションを密輸に利用していた。企業のトップとその友人である権力者は深い共謀関係にある。それを暴こうとしてジョーは死んだ。

マンキューソは兄が犬死にしたのではないことを証明しようと決意していた。サウスポイント石油と上院議員の悪事を暴く証拠を手に入れてみせる。国民全員が、自分たちが選出して議会に送りこんだのがどんな男なのかを知るべきだ。国民が知らないうちに、連中が裏でどんなビジネスに手を染めていたのかを。

カイラのいる部屋から響いていた音はいつしかやんでいた。マンキューソは心配になった。彼はカイラのそばで長く過ごしたことはなかったが、彼女はいつでも本当にいい子に見えた。父親がどれほど最低な人間かを考えると、マンキューソはいつも驚かずにはいられなかった。

カイラを誘拐したくはなかった。しかし上院議員は人の命などなんとも思っておらず、マンキューソの兄を殺す資金を提供したくず野郎だ。マンキューソにはほかに選択肢がなかった。あの男にとって大事なのは、自分の評判と家族ぐらいのものだろうと考えた。しかしマンキューソもさすがにシーブズがここまで冷酷だとは思っていなかった。一番大事なものとなると、シーブズは自分の子どもの命より自分の評判を守ることを選んだのだ。

マンキューソは少女にインスリンを打ってやりたかった。彼は腕時計を見た。もうすぐ五時だ。

あと二時間。プロ意識に徹して考えなければならない。

ジョーみたいにならなければ。ジョーのように。そうすればすべてうまくいく。

物音がした……何かがブンブンまわっているような音。ヘリコプターだろうか？

マンキューソは急いでリビングルームを横切り、厚いカーテンの合わせ目から空をのぞいた。何もない。

少なくとも今はまだ。

しかし用心するに越したことはない。彼は家じゅうを歩きまわって明かりを消した。

リビングルームに戻り、すりきれた肘掛け椅子に座ると目を閉じて、ジョーとここで過ごした時間のことを考えた。釣った魚をジョーがさばき、ふたりは暖炉の火がゆっくりと消えていくのを見つめながら話しこんだものだった。

マンキューソは森の中に釣り糸とベルで作った仕掛けを張り巡らせていた。誰かが森を通ってここに来るようなことがあれば、彼は迎え撃つ準備ができるというわけだ。

すべてが順調に進んでいる。

マンキューソは椅子の肘掛けを握りしめた。

ジョーのためだと、彼は自分に言い聞かせた。

ジョーのためだ。

40

「待ってたんだ」フランクは言い、警備デスクの前を通り過ぎたマギーとジェイクのほうへ歩いてきた。「二階にすべて準備してある。来い」

「SWATチームは誰が指揮を執るの？」マギーは全速力で駆けてきたかのように胸を弾ませていた。ものごとはしかるべき場所におさまりつつある。ついにマンキューソの鼻を明かすチャンスだ。カイラを無事に救出できるかもしれない。心の奥では、マンキューソは少女を傷つけるようなことはしないだろうと思ったが、彼が追いつめられたらどうなるのかが不安だった。

マンキューソが兄と築いていたような絆は、容易には断ちきれない。ジョーが今も生きていたなら、兄弟を対決させる手があったかもしれないが、ジョーはその死によって殉教者となった。マンキューソの目に映るジョーは人間以上のもの、兄以上のもの——神話のようなシンボルになってしまった。その絆を断ちきるのはほぼ不可能だ。それに、今の時点でそれを試みるのはあまりに危険すぎる。

「手が空いているのがマイク・サットンしかいなかった」フランクは言った。マギーはその声に詫《わ》びるような調子を聞き取った。シャーウッド・ヒルズ事件でサットンと組んだときは悲惨だった。しかしマギーはフランクを安心させるようにほほえんだ。サットンと相性がよくないことを失敗の言い訳にはできない。結果が出てから自分に忠告しても遅いのだ。時計の針は前にしか進まないし、ＦＢＩはマンキューソを追いつめようとしている。うまくやり遂げるチャンスは一度しかない。そしてマギーはうまくやり遂げなければならない。

「ほかは全員、もう集まってる？」マギーは尋ねた。

フランクはうなずいた。「準備万端だ」

緊張して口ごもったりしてはならない。大丈夫、私は落ち着いていると、マギーは自分に言い聞かせた。私にはできる。私を恨んでいる部屋じゅうの男たちと対面すること以上に不利な局面を乗りきったこともある。「行くわよ」

フランクが会議室のドアを開け、マギーは自分がこの部屋の主だとばかりに堂々たる態度で歩いて入っていった。マイク・サットンがポールの横に立ち、スクリーンに投映された画像を眺めている。緑深い森と、小さな空き地におさまっている小屋の錆びたトタン屋根を上空から写したものだ。シーブズ夫妻が隅のテーブルに座っていて、上院議員は片方の腕で妻の肩を抱いていた。ミセス・シーブズは何日も寝ていないように見えた。彼女の夫が石油会社の不正行為に関与していたこと、そしておそらく少なくともひとりの男の死に責任があることを知ってしまった今、マギーはシーブズと目が合ったとき、嫌悪感を顔に出さないようにするのに苦労した。子どもの命より自分の評判を重要視している男だと思うと、怒鳴りつけてやりたい気分だ。シーブズの胸ぐらをつかんで揺さぶってやりたい。彼と全面対決できないのがもどかしかった。しかし今それはできない。いや、永久にできないかもしれない。

マイク・サットンは肩越しにマギーを見ると、口元をゆがめてせせら笑いを浮かべた。マギーはサットンを無視し、ポールの横へと進んだ。ジェイクもあとに続いた。

「現状はどうなっているの？」マギーは尋ねた。

「監視ヘリコプターからの画像が来たところだ」サットンが言い、スクリーンを指さした。「見てわかるように、木々が生い茂ったエリアだ。北から行くとなると、地面が平坦《へいたん》ではないし、視界もきかない。南から行く場合は……」画像の下のほうを指した。「川があるから少しは視界が開ける。しかし所要時間が十五分は余計にかかる」

彼は話を続けた。「何年も放置されてきた公園だ。われわれは茂みや倒木といった障害物だらけの道を行かなければならない。森林警備員でさえあのへんはめったにパトロールすることもないが、彼らには警告を送っておいたから、われわれが行くことは了解している」

「ヘリコプターが近づくと、小屋の明かりが消えた」ポールが言った。「間違いなくあそこには誰かがいる」

「マンキューソが小屋にいるという目視確認は取れていない」サットンが言った。「少女についてもだ。ヘリコプターは高度が高すぎて、体温感知もできない」彼はいらだちに眉をひそめた。「そこに誰がいるにせよ、単なる無断侵入者の可能性もある。この時期にはそういう連中もかなりいるはずだ」

マギーは頭を振り、画像をよく見ようと前に進みでた。それは平和な場所に見えた――おそらくマンキューソはそこにいい思い出があるのだろう。しかしそれは同時に、彼が兄の思い出に囲まれていることを意味する。バーバラは兄弟が暇さえあればそこに行っていたと言った。つまり小屋はある種の聖地のようなものになっているのかもしれない。兄弟の絆を表す場所に。

マンキューソが銃撃戦を望んでいるとしたら、この小屋こそ完璧な場所だ。

マギーは手首をさすりながら考えようとした。どの道を行くのが最適だろう？　S

WATを送りこみ、銃撃戦になって最善の結果が出るよう祈るしかないのだろうか？　サットンがこのあたりの地形を不利な状況ととらえているのはマギーにもわかったし、それは彼女も同感だった。いろいろと間違った結果を引き起こすことになるかもしれない。

カイラはあの小屋にいる。マギーはそれを知っていた。

「彼女は小屋にいるわ」

「どうしてそう確信できる？」ポールが尋ねた。

「マンキューソはほかの何より兄を大事に思ってる」マギーは説明した。「兄が殺されたという事実を明るみに出すために、マンキューソが何をしてきたか考えてみて。小屋は兄弟がいっしょに使っていた場所よ。兄との絆を最も強く感じられる場所。同時に、人里離れた深い森の中にある。マンキューソならカイラをそこに隠すはず。理想的だもの。あそこには誰も来ない。彼はおそらく、カイラが脱走しないようにひとつの部屋の窓を石膏ボードでふさぐだけでよかったはずよ。そして、あそこは川に近い」

「ビデオ映像の中に見つけた、水中に生息する甲虫の説明もつく」ジェイクはマギーの思考の流れを読んで言った。「彼女の言うとおりだ。ここがその場所だ」

「同感だ」ポールも言った。「つまり、われわれには攻撃計画が必要ということだ」

「どんな計画がある？」ジェイクは尋ねた。

「僕なら小屋を一気に叩く」ポールが言った。「複数の方向から。もし脱出経路を用意してあったとしても、逃げ道がなくなるように」

サットンがうなずく。「二十名のチームに待機させている」

マギーは彼らのほうを見ずに空撮画像の検分を続けていた。彼女には急襲したがるポールたちの気持ちがよくわかった。時間は刻々と失われている。

しかしマンキューソはこの誘拐計画を恐ろしいほど綿密に練っていた。もし追いつめられた、うまくいかないと思いはじめたら、どういう行動に出るかわからない。

シャーウッド・ヒルズ事件でのマギーは踏みこむのを急ぎすぎた。あらゆる角度から状況を把握する時間をもっと取るべきだった。今回は充分な時間をかけなければならない。同じ間違いを犯さないように。

「だめよ」マギーは言った。

「なんだと？」サットンが詰め寄った。ポールさえも、頭がどうかしたのかと言いたげにマギーを見た。驚きも怒りも感じていないように見えたのはジェイクだけだった。彼はただまっすぐにマギーを見て、彼女の決断を支持していた。

「マンキューソがもう一度連絡してくるまで待たなければだめよ」

「やつにはもうわれわれに連絡してくる気はない」ポールが静かに言った。「あの男がなんと言ったか覚えていないのか？　ファイルが手に入らなければ二度と連絡はせず、カイラの喉をかききると言ったんだ」

マギーは唇を引き結んだ。ポールの考えも理解はできたが、それは間違いだと確信していた。「マンキューソにはファイルが必要なの。そのためには、唯一手にしている人質の効力を無にするようなことはしない。彼が今なぜこんなことをしているのか、私にはわかる。私にはマンキューソの動機が理解できる。彼に話をさせておけばいいのよ。彼の気をそらすの。私たちはうまくやり遂げられるわ」

「シャーウッド・ヒルズ事件で頭がどうかしちまったのか？」サットンが強い調子で言った。「いつから銃を抜くことに臆病になった？　俺たちにはもう時間がないんだぞ、キンケイド」

「言葉に気をつけろ」ジェイクが言い、サットンをにらみつけた。サットンもジェイクをにらみ返し、肩をそびやかした。

「いいかい、マギー」ポールが言った。「君の直感が優れていることは理解している。本当だ。君が全員の無事を望んでいることも。だが、もう時間がないんだ。カイラがどこにいるかはわかった。今すぐ踏みこむべきだ。閃光爆弾《フラッシュバン》で気をそらせば、マンキューソは何が飛んできたのかもわからないだろう。気づいたときには、床に倒されて手錠をかけられている」

「ふたりの優秀な捜査官に私も同意する」上院議員が言った。

マギーは彼に向き直り、唇をゆがめた。嫌悪感に目が暗く翳る。

「上院議員」ジェイクが言った。「キンケイドの直感を信頼すべきです。ここまで捜査が進展したのは彼女がいたからこそです。そうでなければ、ここの連中は……」

サットンとポールを身ぶりで示す。「きっとまだ堂々巡りを続けていたでしょう」

「あとはプロに任せるべき頃合いだと思うがね、オコナー」シーブズは言った。

「そうおっしゃるなら」ジェイクが言った。「僕を行かせてください。僕ひとりを。僕が特殊な訓練を受けてきたことはご存じでしょう。この手の地形はお手のものです。正直に言って、僕以上にこのための訓練を積んできた者はいません」親指をサットンに向けた。「二十名ものチームで急襲したりしたら、マンキューソをひどく驚かせ、やつは銃撃するしかなくなります。僕ならマンキューソに気づかれることなく潜入して、あの男の武装解除ができる。カイラにも危害は及びません」

「だめだ」上院議員が言った。彼の目は取り憑かれているかのような奇妙な光を放っていた。「チームで行ってくれ。この男を抹殺してほしい」マギーをにらみつけた。「君はもう用済みだ、ミズ・キンケイド。これまでの協力に感謝する」

「それは恐ろしい考えです」マギーは言った。怒りが爆竹のように体の中でパチパチと音を立てていた。シーブズは自分の不正を隠すためなら娘の命を危険にさらすこともいとわない、いや、むしろ喜んでそうしようとしている。彼女は嫌悪のあまり頭を振った。「あなたはそういう恐ろしい考えにとらわれているようです」

シーブズはマギーを見もせずに妻の肩を抱き直した。ミセス・シーブズがマギーを見た。マギーは一瞬、ミセス・シーブズが自分の味方をしてくれるかと思った。夫を説得してくれるかと。しかしミセス・シーブズは顔をそむけ、上院議員に寄り添って体を預けた。

マギーは怒りを爆発させてしまいそうで、彼らを見ていられなかった。しかし誰かを説得したかった。ポール。ポールなら自分の言葉を聞いてくれるはずだ。「こんなことをしてはだめ」声を抑えて言った。「お願い、ポール。前に言ってくれたでしょう、私には生まれつきの才能があるって。だったら、その直感を信じてよ。私を信じて。もっといいやり方があるわ。もっと安全な方法が」

ポールはため息をつき、目を合わせようともしなかった。「これは信頼とは関係のない話だ、マギー」その声の刺々しい調子に、マギーは予想以上に傷ついた。「これが正しいやり方だ。君と君の新しい恋人はいい仕事をした。さあ、あとはわれわれに任せてくれ」

ポールはわざとらしく向きを変えてマギーに背中を見せた。彼の冷たい言葉以上に、マギーはその行為に怒りを覚えた。

ああ、そう。結構よ。愚か者たちがこんなばかげたタフガイ気取りのやり方でものごとを進める気なら、勝手にすればいい。でも彼らが自分の命だけでなく、カイラの命も犠牲にしかねないやり方で突き進むのは黙って見ていられない。そんなことはできない。

これ以上、人が死ぬのを見ていられない。

マギーには空気が必要だった。それも今すぐ。

彼女は男たちから遠ざかった。彼らは議論に夢中で、マギーが部屋を出ていったのにも気づかなかった。彼女は廊下を進み、建物の出口へ向かった。

しかし距離を置いたところでなんの助けにもならなかった。一歩進むごとに、胸の中に恐怖がふくれあがった。同じ言葉が頭の中でぐるぐるまわり、直感が叫んでいた。これは間違っている。これは間違っている。これは間違っている！

41

夕闇が迫っていた。月がのぼるとともに、町のざわめきも大きくなってきた。車が激しく行き交い、家路に就く人、夕暮れの町へと繰りだす人がそれぞれの道を急いでいる。マギーは目を閉じて大きく息を吸いこんだ。一瞬だけでも現実を忘れたかった。空を見あげ、気持ちを落ち着かせようとした。唾をのみこみ、喉の奥の塊を押し流そうとした。泣くわけにはいかない。強くならなければ。

彼女は携帯電話を取りだし、ある番号にかけた。

「もしもし、ハニー」母の声は心配そうだった。「あなたのことをニュースで見たわよ」

「ええ、お母さん」マギーは言った。

「あなたは戻ったのね」その言葉に非難はこめられていなかった。いっそ非難されたほうが気が楽だったのに。マギーがＦＢＩを辞めたとき、母が過剰なほど喜んだのを彼女は知っていた。そのことで母を責める気にはなれなかった。娘をひとり亡くし、もうひとりの娘は頭から危険に突っこんでいくような仕事をしていたのだ。母親にとっては耐えられないことだろう。特にマギーの母はずっと最悪の苦痛を背負って生きてきた。

「あなたがなぜこの事件を引き受けたか、わかるわ」母はマギーが何も言えないのを悟り、話を続けた。マギーは喉が締めつけられた。

「そうしなければならなかったの」彼女はやっとのことで声を出した。

「わかるわ」母が言った。その声は優しく、ぬくもりと称賛に満ちていた。「私のかわいい子。あなたはお父さんにそっくりよ。なんとしても正義を貫く。お父さんはとても誇り高い人だった」

マギーはほほえんだ。父と比べられるのはうれしさ半分、悲しさ半分だった。

「あなたは大丈夫なの？」母が尋ねた。

マギーは理性を取り戻そうと頭を振った。「大丈夫よ」彼女は嘘をついた。母はその言葉を信じないだろうとわかっていたが、その嘘を見逃してくれることをマギーは祈った。今だけは。

「こんなことをした犯人が誰なのか、目星はついているの？」

「ええ」マギーは言った。「もうじき彼女を無事に家へ連れ戻すわ」

本当にそんなことができるのだろうか？　マギーが強硬に意見を押し通さなかったせいで、カイラの生きる望みは絶たれてしまったのではないだろうか？　なんとしてもポールとサットンに、この状況で強行突入するのは最悪な判断だと理解させるべきではなかっただろうか？

「ええ、あなたならきっとやれる」母は誇らしげに言った。「ハニー、すべてが終わったらこっちにいらっしゃい。いいわね？　ほんの数日でもいいから」

マギーの目に、ジェイクが中庭を突っきってこちらに歩いてくるのが見えた。興奮と不安が彼女の中で渦巻いた。ＳＷＡＴはもう動きだしてしまったのだろうか？　それともジェイクは心配して、自分を捜しに来てくれたのだろうか？

「考えておくわ、お母さん」喉が締めつけられるのを感じながら急いで言った。「もう行かなきゃ。愛してる」

「私もあなたを愛しているわ」

マギーは電話を切り、ジェイクがそばに来る前に涙を隠そうとして強くまばたきした。しかし、それはうまくいっていなかったに違いない。ジェイクは手を伸ばしてマギーの顔から巻き毛を払い、彼女を抱きしめた。マギーの頬が彼のシャツに優しく押しつけられた。ジェイクのアフターシェーブローションの素朴で豊かな香りを吸いこむと、彼女は背骨の一番下から緊張がほぐれていくのを感じた。

「彼らは間違いを犯そうとしてるわ」マギーはシャツに向かって小声で言った。自分が正しいと確信させてほしかったが、ジェイクの目を見る勇気はなかった。

「彼らは訓練を受けている」ジェイクは言った。明らかにものごとのいい面を見ようとしているようだが、声に表れた緊迫感が不安を証明していた。

「マンキューソはパニックになるわ。すでに死にもの狂いになってるのよ。SWATが間近に迫っているなんていうプレッシャーを与えられたら、どんな行動に出るかわからない。彼が代替策を用意してたらどうなるの？」マギーは動揺し、ジェイクから離れて歩道を行ったり来たりしはじめた。

「これは恐ろしい考えよ」もう何百回目かわからないほど、その言葉が頭に渦巻いていた。「こんなのは受け入れられない。もっと簡単で安全な解決方法があるのに、それを無視しようとするのが許せない」マギーは敗北感に肩を落とした。「彼らに何を言っても理屈が通じないのが耐えられない。シーブズが殺人の罪をまんまと逃れるのも耐えられない。あの男には国に仕えているという意識がないわ。愛国心がない。よき父親でもない。そして私が一番耐えられないのは、カイラが……」

息が荒くなっていた。胸が波打ち、血が熱くたぎる。マギーは先を続けることができなかった。どんなに頑張って戦っても濁流にのみこまれるだけに思えた。しかし必死に流れに逆らおうとした。戦わなければならない。カイラのために、マギーが戦わなければならない。

「大丈夫か?」ジェイクがマギーの片手をつかんだ。彼女は息が詰まり、力と欲望が体に満ちるのを感じた。どうしてジェイクはこんなにあたたかいのだろう? 彼に身を預けてしまいたい。彼の腕に包まれたい。彼に抱かれて安全だと感じたい。何も考えず、ただふたりきりになりたい。考えられるのは、ふたりの息と体とあの温室の記憶だけ。肌と肌が重なり、ジェイクが動き、押し殺した声で祈りのような言葉を彼女の耳にささやきかけた記憶だけだ。

「キスして」気づいたときにはマギーはそう言っていた。言葉を繰り返す必要はなかった。ジェイクの唇が彼女の唇に重なる。きらめく感情が——希望、ぬくもり、そして何か言葉にできない感情がマギーの内側に満ちた。マギーがジェイクの広い肩に手を滑らせ、上腕二頭筋をたどると、温室のガラスに押しつけられたときの彼の力強さが鮮明に思いだされた。何にも負けずにマギーを支えてくれると思えたあの力強さ。

それは今も同じだった。何が起ころうと、彼はきっと見守ってくれる。

ジェイクは約束を守る人だ。そしてジェイクは、カイラが無事に帰ってくると約束した。

彼をただ信じるなんて、ばかげているかもしれない。こういう事件の結末は誰にも予測できないものだ。

それでもジェイクの腕の中にいると、そんなばかげたことをしてもいいかもしれないと思えた。信じればいい。自分自身を。彼を。自分たちを。

マギーはエリカを救えなかった。グレッチェンを救えなかった。

けれどもジェイクの助けがあれば、きっとカイラを救うことはできる。

42

カイラはゆっくりまばたきをした。唇をなめると血の味がした。

彼女は灰色の部屋にいた。マックスがカイラを閉じこめていたあの部屋だ。バスルームで気を失った彼女を、マックスがここに運んできたに違いない。

バスルーム！　カイラは体の脇を探り、指が冷たい金属に触れたのを感じて安堵のため息をついた。あのとき、とっさにはさみをスカートのウエストバンドに挟んだのだ。それはまだそこにあった。

おぼつかない指ではさみを引っ張りだすと、カイラは手を縛っているロープを切ろうとしはじめた。ひどく震えていた。インスリンが不足しているせいで頭がぼうっとして、ロープを切るのに十分もかかった。なんとか最後までやりきってロープがほどけると、カイラはほっとして泣きそうになった。

そのとき、警報のような大きな音が鳴り響いた。カイラはぎょっとしてはさみを取り落とした。

なんの音？

誰かが来るの？

やっと助けが来たの？　胸を弾ませたのもつかのま、部屋に向かってくる足音を耳にして心が沈んだ。カイラがパニックになりながらもはさみを寝袋の下に蹴り入れた瞬間、ドアが音を立てて開いた。マックスの目は恐ろしい光をたたえてぎらぎらしていた。髪は両手でかきまわしたかのようにくしゃくしゃだ。

彼は獲物を狙うライオンのようにカイラに近づいてきた。カイラは這うようにして後ろに下がり、必死にあたりを見まわしたが、助けになるようなものは何もなかった。逃げ道がないことを彼女は知っていた。恐怖が喉元までせりあがり、すべてをのみこもうとする。ああ、神様……マックスは私を殺そうとしているの？　耳の中で鼓動が大きくこだました。黒い点が目の前に飛び交い、部屋がぐらりと傾く。

腕をつかまれ、カイラは悲鳴をあげた。これまで出したことがないくらいの大声だった。マックスはひるんだが、彼女を引っ張りつづけた。カイラは抵抗し、マックスが引っ張るのをやめてくれるよう祈った。だがマックスはカイラの態度にいっそう怒りを募らせたらしく、彼女の顔を平手で打った。予期せぬ行為にカイラは息をのんで黙りこんだ。頬がずきずき痛む。マックスはカイラを引きずって部屋から出ていった。

「時間だ」彼は言った。

43

ポールはすばやく確実に、腰をかがめた姿勢で森の中を抜けていった。建物に近くなると、銃をゆっくり動かしてあたりの様子をうかがった。

マンキューソの小屋はポトマック・オーバールック・パーク内の川べりにあった。草が一面に生い茂った公園の小道は、進軍の助けになるどころか邪魔にしかならなかった。ポールとSWATチームは小道を離れて森の中を進み、北側から小屋に向かっていた。木々をまわりこみ、倒木を飛び越えるたび、足元でザクザクと音がした。太陽は沈みかけていて、彼らは足を速めなければならなかった。暗闇の中の銃撃戦だけは避けたかった。

ポールには会議室にいるよりも森の中にいるほうが自然に感じられた。FBIアカデミー出身のSWATの面々にとっても同じだろう。直接行動には安心できる秩序があり、ポールは理にかなっていると思えた。

「アルファ・ワン、小屋が見えた。繰り返す、小屋が見えた」サットンが無線を通じて言った。「突入許可を待つ、アルファ・ワン、どうぞ」

「了解、アルファ・ツー」ポールは応じた。「今、接近中だ」

彼は最後の斜面をのぼっていた。あと数分で頂上に着く。小屋の影が目に入った。明かりはすべて消されている。太陽は沈みつつある。早く決行しなければならない。今すぐに。

ポールは期待に胃が引き絞られるのを感じた。アドレナリンが全身を駆け巡ることになるだろうが、手と頭は落ち着かせておかなければならない。集中するのだ。

「小屋を目視確認しろ、アルファ・ツー」ポールは言った。「アルファ・ワンは位置につけ」

彼は別チームの五人が移動するのを待ち、無線でそれを確認した。自分のチームもそれぞれ正確に位置についたことを目で見て確かめる。準備は整った。突入の時間だ。筋肉が引きしまる。獲物に飛びかかる虎になった気がした。ポールは命令を下した。

「アルファチーム、突入を許可する。繰り返す、突入を許可する」

七人の男がひとつの塊となって、いっせいに小屋に向かって動いた。ポールは正面のドアを蹴り開けて銃を構えた。

「動くな！」

「ＦＢＩだ！」

「床に伏せろ！」

しかし目の前には誰もいなかった。男たちは散らばり、明かりをつけながらほかの部屋の捜索を続けた。

「異状なし！」

「異状なし！」

「異状なし！」

「どこも異状ありません、隊長！」

「オメガチーム・ワン、ツー」ポールは無線に向かって言った。「小屋には誰もいない。警戒を怠るな。容疑者は逃げた。繰り返す、警戒を怠るな。やつは逃げ、まず間違いなく武装している。警戒せよ。やつは少女を連れている可能性がある」無線のスイッチを切り、ＳＷＡＴのふたりの隊員に合図した。「非常線を張れ」

ポールはリビングルームを見まわした。古びた家具。壁に貼られた色あせた高校のペナント。その横に熊の毛皮がかけられている。床に敷かれたカーペットはすりきれていた。

ポールはサットンに向き直った。「何がまずかったんだ?」

「やつにはわれわれが来るのが見えたのかもしれない」サットンは言った。「くそっ!」彼は壁を蹴った。

明かりがふいに消えた。

「くそっ!」誰かが言うのがポールの耳に聞こえた。人が倒れたときのような、どさっという音がする。

「サットン? ライン?」ポールは呼びかけながら、銃についている明かりを慌てて手探りした。その光が意識を失って倒れている隊員の体を照らしだした。

「やつはここにいる!」サットンが怒鳴った。「隠し扉だ!」サットンが廊下に向かって飛びだし、格闘する音がしたかと思うと、金属が頭蓋骨にぶつかるいやな音がした。サットンは床に伸びていた。

ポールは悪態をつき、ゆっくりと体を回転させた。本能は速く動けと叫んでいたが、どんな動きも見逃すわけにはいかなかった。どんな動きも――。

銃声がこだました。その音はあまりに大きく、全身を痛みに襲われた気がした。何かが耳をかすめて飛んでいく。それは壁にめりこみ、木っ端みじんに砕けた板くずをそこらじゅうにまき散らした。

弾丸だ。危うくあたるところだった。危なかった。

彼はさらに悪い感触を覚えた。うなじに押しつけられた熱い銃口。撃鉄を起こすカチッという音がポールの耳に響き渡った。

「動くな」声がした。

くそっ、マギーは正しかった。これは恐ろしい考えだったのだ。

44

マギーとジェイクが会議室に入ろうとすると、フランクが慌てて廊下を走ってきた。

げっそりしている。

「計画が狂った」フランクは親指で後方を示した。「下で呼んでいる。地下室だ」

マギーとジェイクはきびすを返し、状況説明を受けながら、フランクに続いて階段へ向かった。「一行は森を抜けてスムーズに小屋に接近し、万事順調かに思えた。ドアを破ったが、一見したところ小屋の中には何も見つからなかった」

「もぬけの殻だったってこと？　マンキューソに逃げられたの？」マギーはふたりの男に後れを取らないよう、半ば走って廊下を進んだ。三人がいる廊下はまるで迷路のようになっている。向かっている先は、武器や監視装置カメラが保管されている建物の奥だ。

「いや」フランクの顔が翳った。「撃たれたらしい。詳しくはわからない……発砲後すぐに映像も音声も途切れた」

マギーは胸が締めつけられた。「ポールが奇襲を指揮していたの？」

フランクはマギーから目をそらしてうつむいた。それだけで充分伝わってきた。

「ああ」マギーは手で口を覆った。「何があったの？　ポールは生きてる？　無事なの？　教えて、フランク」

「わからん」

マギーは絶望の声をのみこんだ。どうしてポールは私の意見に耳を貸さなかったのだろうか？　もしポールが死んだら、私は絶対に自分を許せない。どう言えば説得できたのだろう？　譲ってはならなかった。もっと強く主張するべきだったのだ。何がなんでも。

「わかってるのは、中に捜査官が三人いるということだ」フランクが言った。「小屋は包囲したが……」

「まったく」ジェイクが声をあげた。「なんてざまだ」

「それにカイラはまだマンキューソにとらわれたままよ」マギーは言った。

フランクがため息をつく。「おまえの直感がまたあたったみたいだな、マギー。突入作戦は間違った選択だった」

マギーはフランクを平手打ちしたい衝動に駆られた。恐怖とも怒りともつかない感情がわき起こってくるのを抑えつける。冷静にならなければ。マンキューソの手元にいる人質が増えた。FBIが自ら人質を皿にのせて差しだしたようなものだ。これでマンキューソは勢いづくかもしれない。悦に入って、自信を持つ。あらゆる手を尽くしても感情を揺さぶるのは難しくなるだろう。

「装備をつけろ」フランクが暗い表情で言った。「サイズの合う防弾ベストがある」

フランクは武器庫のドアを開けた。ありとあらゆる装備が巨大な金属の箱の中で使われるときを待っていた。技術者が数人走りまわっていて、部屋の中央にあるテーブルに銃やそのほかの装備を次々と置いていく。

「ありました！　エイデンハースト捜査官！　ありました！」黒いショートヘアの若い女性が誇らしげに防弾ベストを掲げた。「キンケイド捜査官」ベストをマギーに差しだす。「どうぞ」

マギーはケブラーの防弾ベストを受け取った。覚えのある、ずっしりとした重みだ。彼女はクアンティコの訓練で初めて防弾ベストを着たときのことを思いだした。ベストはぶかぶかで、小柄な体にはどうにも大きくて不釣り合いだった。卒業時にフランクが特注サイズのものをプレゼントしてくれた。〝万一、危機的状況になったときのために。安全が優先だ〟と言って。

「マギー？」探るようなジェイクの声に、マギーはわれに返った。「観念するんだな」

防弾ベストを握る手が震えた。彼女がすばやく身にまとうと、ベストはぴたりと体になじんだ。

観念するしかない。

「行くわよ」マギーは言った。

ポトマック・オーバールック・パークに着く頃には夜になっていた。姿を隠す必要はない。目的地にはすでに部隊がいるから、マンキューソに足音を聞かれてもかまわなかった。フランク、マギー、ジェイクの三人はゲイターに乗って森を進んだ。険しい道もアスファルト上のように進むことができる、オフロード用の迷彩柄特殊車両だ。

ヘリコプターが上空で旋回し、まばゆい光で明々と小屋を照らしている。まるで映画のセットのようだ。防弾シールドを持ち、銃を構えたＳＷＡＴ隊員が、三メートル間隔で小屋を取り囲んでいる。射程圏外の南側には装甲車がぐるりと配され、防護壁の設置と逃走路の封鎖の役割を果たしていた。

マギーはゲイターから飛び降り、装甲車の後ろにいる男たちにつかつかと歩み寄った。「ここを指揮してるのは誰？」

口ひげを生やし、かすかに慌てた様子の男がおそるおそる手を上げた。「ええと、私だと思います」

「思います？」

「サットン捜査官が病院に搬送されたので」男は答えた。「十分ほど前、マンキューソがサットン捜査官とライン捜査官を正面のドアから放りだしたんです。ふたりとも意識不明ですが、命に別状はありません」

いったいどうしてマンキューソは人質を手放したのだろう？　もしかして……。なんてこと。腹の底からわきあがる恐怖で胸が苦しくなり、マギーは喉が詰まりそうだった。「ハリソン捜査官は？」

「まだ中です」男が答えた。

「わかった」マギーは言った。「わかった」必死で考えをまとめながら、もう一度言う。「あなた」マギーはサットンの同僚を指さした。「名前は？」

「コリンズ捜査官です」

「これからは私の指示で動いてもらうわ」マギーは言った。「それでかまわない？」

コリンズがほっとした顔になった。「はい」

「交渉はやり直しよ。人質がひとりからふたりに増えた。マンキューソが有利だし、向こうもそう思ってる。きっとこっちをあざ笑ってるはずよ」

捜査官がひとり、走って遠ざかると、拡声器を持って戻ってきてマギーに手渡した。

マギーは拡声器のスイッチを入れた。「ロジャー・マンキューソ」あたりに声が響き渡った。「こちらはマギー・キンケイド。ジョーに関して少し調べがついたわ。あなたのお兄さんよね。電話で話せない?」

数秒後、マギーの携帯電話が鳴った。マギーはコリンズに拡声器を渡すと、携帯電話を取ってロックを解除した。

「ああ」マギーはつぶやいた。胃がずしりと痛む。マンキューソは画像を送ってきていた。

それは武器と防弾ベストを奪われ、椅子に縛りつけられたポールの画像で、C4爆薬につながれたM112ブロックらしきものを胸につけられていた。

「爆発物処理班を呼んで!」マギーは叫んだ。「急いで、フランク!」ブロックに入ったC4爆薬の量を見るや、フランクの顔が青ざめた。マギーと同様、ポールもフランクの教え子だ。フランクにとっても他人ごとではない。

「ついに俺たちを怒らせたな」フランクがつぶやいた。

マギーは悪態をついた。ジェイクがマギーの肩をつかんだ。その一瞬の優しい手つきで、不安に怯えていたマギーは呼吸することを思いだした。

再び携帯電話が鳴った。今度は画像を送ってきたのではなく、非通知で電話をかけてきた。

マギーは携帯電話を凝視した。すぐにでも電話に出て怒鳴りつけたかったが自制した。自分が冷静であることを相手に伝える必要があった。ポールとカイラの命が懸かっている。

呼び出し音を三回聞いてから、マギーは電話に出た。

「もしもし、マンキューーソ」声を荒らげないよう注意して言った。ポールをどれだけ心配しているか、悟られてはならない。

「約束を破ったな、マギー」マンキューーソが言った。マンキューーソの思うつぼだ。電話の向こうから、さっきまで走っていたかのような荒い息遣いが聞こえてくる。

「ファイルを手に入れられなくて、本当に申し訳ないわ」マギーは言った。

「嘘つきめ」マンキューーソが声を荒らげた。「ジョーのことを知ってるなら、ファイルも見たはずだ」

「見てないわ」マギーは答えた。「そうだったらどんなにいいか。今日は一日じゅう手がかりを捜してメリーランドを駆けまわってたの。サウスポイント石油に行ったのよ、マンキューソ。それにジョーの恋人だったバーバラとも話した。それで考えをまとめたのに、周囲に反対されて台なしにされてしまったのよ。でもわかったの、マンキューソ。あなたが何をしようとしているのか。お兄さんが理由なく死んだんじゃないと証明したいんでしょう？」

「ジョーは殺されたんだ」マンキューソが絞りだすような声で言った。「シーブズの野郎の差し金だ。隠蔽しようとするな！　自分がしたことの責任は取ってもらう。あいつは人殺しだ！」

「わかった」マギーは言った。「手伝うわ。でもハリソン捜査官とカイラと、それに自分まで爆弾で吹き飛ばしてもなんにもならない。そんなことをしたら、真実は明かされないまま埋もれてしまう」

「こうするしかないんだ」マンキューソは張りつめた声で言った。「こうするしか」

「ねえ――」

「だめだ！」マンキューソがわめいた。驚くほどヒステリックな声だ。もうおしまいなのだろうか？　マンキューソは自暴自棄になってしまうだろうか？　彼は今、瀬戸際にいる。マギーは肌で感じていた。あの人たちはどうして自分の言うとおりにしなかったのだろう? せめてジェイクをひとりで送りだしてくれればよかったのに。そうすれば今、ポールは安全だった。カイラも家に向かっていただろう。カイラを助けだせる人がいるとしたら、それはジェイク・オコナーをおいてほかにいない。

「今度はおまえが俺の話を聞く番だ。なるほど、あの上院議員は文書を手に入れられないわけだな」マンキューソは計画を放棄して、頭に浮かんだことをそのまま口に出しているようだった。「それもいいだろう。ファイルはいらない。一時間以内に全国放送のテレビ局のクルーを呼べ。空港までの車と、アンドラ公国までのプライベートジェットもチャーターしてもらう。それから五百万ドルの現金もだ。しるしはつけるなよ、マギー。おふざけもなしだ」

なるほど、マンキューソには何か話したいことがあるらしい。いい調子だ。これは利用できるかもしれない。交渉材料になる。「テレビ局を呼んでみるわ」マギーは言った。「でも一時間以上かかるかもしれない。暗くなってきてるし」

「うるさい!」マンキューソが怒鳴った。「タイムリミットまでに言われたとおりにしろ。さもないと、どうなっても知らないぞ」

電話を握るマギーの手に力が入り、汗が首を伝った。「すぐに取りかかるわ。ハリソン捜査官と話せる?」

マンキューソが鼻を鳴らす。「ばかにしてるのか？」

「カイラは？」マギーは腕時計を確認した。最後にインスリンを打ってから、どのくらい経ったのだろう。インスリンが入った瓶を破壊したというマンキューソの言葉は信用していなかった。「インスリンを少し投与してあげてもらえる？　あなたのことを信用してもいい証拠になるわ」

マンキューソは追いつめられた者が発する、半ば頭がどうかしたような甲高い声で笑った。「マギー、あの捜査官の胸に爆弾を巻いたのは、俺じゃなくておまえの仲間だ。指図は受けない。俺の要求どおりにしろ。裏切ったり、小屋の半径五十メートル以内に近づいたりしてみろ、爆破して何もかも道連れにしてやる。ＳＷＡＴも出し抜いたんだ。おまえらみんなを殺すことだってできる。ほかに方法がなければ本当にやるぞ」

カチッという音とともに通話が切れた。

マギーは周囲で自分を凝視している男たちを見あげた。

「キンケイド捜査官、何をすればいいですか？」コリンズがきいた。

マギーは暗くなった小屋を肩越しに見やった。田舎らしい古びた小屋は、魅力的にさえ思える――中に大量のＣ４爆薬があると知らなければ。

「交渉を継続するわ」マギーは言った。交渉はカイラとポールを生きて助けだすことができる唯一の手段だ。マンキューソは崖っ縁にいる――マギーが道を示さなければならない。理性以外の全身が結果などおかまいなしにSWATを小屋に送りこめとわめきたてていても、踏みとどまらなければならない。落ち着いて。マギーは、押し寄せる動揺と不安を抑えこんだ。「なんとかして中に入る方法を見つけて、みんなを助けだして、爆弾を解除する……マンキューソが何もかも吹き飛ばす前にね」

45

投光器の光が小屋を照らし、木々の影が空き地に異様に長く伸びた。ＳＷＡＴがチームを編成するあいだ、ジェイクは周辺を見まわった。これでしばらくは無茶な突入はできないはずだ。木々が生えはじめるのは小屋からゆうに十五メートルは離れたあたりで、どこに隠れようとしても必ずマンキューソに見つかってしまうだろう。

「オコナー？」コリンズが口を開いた。

ジェイクは小屋を見つめ、頭の中で攻略方法をシミュレーションしているところだったが、その場で振り返った。「なんだ？」

「キンケイド捜査官から、随時報告を入れるように言われてます」コリンズが説明した。「電力供給は止めました。オメガチームが周囲を巡回しています」

「引き続き警戒を続けてくれ」ジェイクは言った。「マンキューソはおそらく今、自分は無敵だと思ってる。たしかに向こうが有利だ」

コリンズはうなずいた。「われわれは慎重に行動しています」

ジェイクは内心、小屋に突入する前に〝慎重〟になるべきだったと思ったが、それをコリンズに言う気にはなれなかった。この男に言ってもしょうがない。決断したのは彼ではない。この捜査官にも自分と同じく上司がいる。ジェイクが何も言わずに軽くうなずくと、コリンズはそれを合図にチームへ状況を知らせに戻った。

夜空に月がのぼり、投光器を援護するように小屋を照らした。ヘリコプターが頭上で小さく旋回すると、ジェイクは顔を上げ、しばし目で動きを追った。

本能的に危険を察知し、すぐに動けるよう体を引きしめた。状況が最悪の事態に傾こうとしている今、腰にある銃の重みが心地よい。最悪の事態ならジェイクは知り尽くしていた。

マンキューソが要求を出してからもうすぐ一時間が経とうとしていた。そのあいだにSWATはひしめきあう連絡道路から、警備車両と大量の装甲車を招き入れた。爆発物処理班も到着し、鉄壁の包囲網ができあがっていた。

マンキューソはどこにも逃げられない。

小屋は暗かった。小屋を囲むよう戦略的に配置された投光器は、SWATチームが巡回するときの見通しを確保しつつ、小屋から逃げようとする者の目くらましにもなるという二重の機能を果たしていた。

マンキューソを包囲することには成功したが、どれほどの武力をもってしてもハリソン捜査官の胸につけられた爆弾を取り除くことはできない。中東で爆発物処理班とともに仕事をしたから、ジェイクにもあれだけの量のC４爆薬は厄介だとわかった。かなり厄介だ。マンキューソ自身が組みたてたとなればなおさらだ。かなり器用なのは間違いないが、わずか数年で爆弾を組みたてるプロになれるはずはない。内部に埋めこまれた爆薬は不安定だ。制動装置や配線の不備による誤爆の可能性はいくらもある。

ジェイクはハリソンを慮《おもんぱか》ったが、捜査官はこういう事態に備えて訓練を受けている。カイラ・シーブズは違う。恐れおののいているに違いない――まだ意識があるとすればだが。

ジェイクは歯ぎしりした。固い決意のもと、いつでも動ける状態ではあるものの、できることは何もなかった。マギーの号令があるまでは動けない。マギーが指揮を執っている――当然の成り行きだ。

ジェイクは笑みをもらした。マギーのような女性にはこれまで会ったことがなかった。絶頂に達し、体をそらしたときの喉元のライン――温室での記憶があれ以来脳裏から離れない。すさまじく色っぽいが、それだけではない。マギーの中にある小さな炎——情熱と正義感が入りまじった炎に、ジェイクは惹きつけられた。マギーのすべてを知りたい。彼女が築いている壁を残らず壊して、その下に隠された本当の姿を見たかった。

軍人を除けば、マギーはジェイクがこれまで会ったどんな人物よりもしたたかだ。あの若さで数々の困難をくぐり抜けてきている。監禁され、姉を置き去りにせざるをえなかった少女から、男が戦争をしてでも手に入れたいと思わせるような女性に成長した。強く、優しく、自信のある女性。彼女のような過去を持つ女性が普通の生活を送っているというだけで驚嘆に値する。だがマギー・キンケイドのような何かに追いたてられている女性にとっては、普通の生活ではもの足りなかった。幼くして強いられた過酷な経験を乗り越えただけではない。ありとあらゆるトラウマに向きあいながら、それに屈するのではなく、そこから力を得ている。シャーウッド・ヒルズ事件での失敗で自分に敗北者の烙印《らくいん》を押したのかもしれないが、マギーが全力を尽くしたことはわかっている。マギーはそういう捜査官——そういう人なのだ。当時、すぐにSWATを要請したのは間違いだったかもしれないが、放っておけば事態はさらに悪化した可能性もあった。ジェイクは痛いほどよくわかっていた。ふたりが従事するような危険な職務において、未来に起こりうる事態は誰も知りえない。その現実はジェイクにとって苦痛だったが、マギーにとっても同様だろう。

ときとして惨事は起こる。止められることもある。だが必ずしもそうではない……。そういう圧力下でも耐えられる特別な人材が必要とされる。ジェイクはこれまで、数多くの人を失ってきた——それが戦争というものだ。ひときわつらい死もあった。ジェイクは目を閉じ、望まない記憶が頭をもたげようとするのを押さえつけた。頭上を銃弾が飛び交い、金色の砂に血がしみこむ。爆撃を受けて横転したハンヴィーからブーツが飛びだしている。

ジェイクは首を振った。あのことはもう考えるまい。

「オコナー」後ろから声が聞こえた。

ジェイクが振り返ると、シーブズ上院議員が空き地に投げかけられた光を浴びて立っていた。そろそろ現れる頃だと思っていた。ジェイクは心の中であざけったが、嫌悪感を表に出さず、なんでもない顔を繕った。何はともあれ、建前上はシーブズのために働いている。大人らしく振る舞わなければ。

上院議員はひどい格好だった。三日間で十歳も老けたように見える。くまができた目には不穏な輝きが宿っていた。ジェイクはシーブズのことをこれっぽっちも信用していなかった。上院議員の行動は非難に値するが、本人は気づいてすらいないようだ。

「上院議員」ジェイクは挨拶代わりに軽くうなずいた。

「いてくれてよかった」シーブズが言った。「あの女は……」マギーを見やり、青白い肌にありありと嫌悪の色を浮かべた。「非協力的でね」

どこからどう見ても協力的だとジェイクは思った。おまえの言いなりにならないのは、カイラの命を救うほうがおまえの評判よりよほど大事だと思っているからだ。このろくでなしめ。

「君のことは信用している」シーブズが前かがみになってジェイクの肩に手を置いた。「常に話を聞ける状態を保っておいてほしい。あの女がその……あまりにヒステリックになったときはうまく説得してくれ。いろいろなことが一度に起きすぎていてね。私の右腕になってくれると助かるんだが。やってくれるか？　大事なものを守ってほしいんだ」

ジェイクは眉を上げた。「大事なものとはなんでしょうか？　お嬢さんですか？　それとも議員生命ですか？」

ぶしつけな質問に、シーブズは口元を引きつらせた。「娘に決まっている」

ジェイクは本当かと問いただしたい衝動に駆られた。怒りと嫌悪感が胸にわきあがったが、それをぶちまけるほど彼は愚かではなかった。この仕事を首になれば、現場から撤退するはめになる。マギーはジェイクの力を必要としている。彼女は認めないかもしれないが、ジェイクの手助けが必要だ。

「お任せください、上院議員」ジェイクは言った。「ご心配には及びません。カイラを無事取り戻してみせます」

ジェイクの言葉を聞いて、シーブズの顔から疑わしげな表情が消えた。本気で逃げきれると思っているのだろう。だがジェイクには考えがあった。

とにかく今はこちらが最優先だ。ジェイクは再び小屋に注意を向けた。粗末な建物だ——掘っ立て小屋に毛が生えたようなものだろう。ポーチは中央部分がへこんでいて、窓にかかったチェック柄のカーテンはぼろぼろだったが、しっかりと閉じられている。周囲に植えられた背の高い松が建物全体に影を落としている。小屋は暗くひっそりと不気味にたたずんでいた。

カイラ・シーブズを地獄から救いださなければならない。中に入る方法を見つけなければ——一刻も早く。

ジェイクは、マギーを取り囲んでいる捜査官たちを肩越しに見やった。彼女と話をしようにも、これでは人目につきすぎてしまう。いずれにしろ、自分が考えた計画でマギーが責められる事態は避けたかった。

　ジェイクは何気ない様子で松の木のほうに歩み寄ると、ジャケットから携帯電話を取りだし、ファイルを添付して助手のペギーにメールを送った。それからペギーの番号を押す。

「もしもし、そっちの状況はどう？」

「まだニュースになってないのか？」ジェイクは尋ねた。

「そのあたりでFBIが動いているらしいという曖昧なニュースが流れたわ。でも大きな騒ぎにはまだなっていない。マスコミは血眼になってるみたい。すぐにそっちにもリポーターが現れるはずよ……まだ現れていなければだけど」

「わかった。CNNのマーク・オブライエンに電話をかけてくれ」ジェイクは言った。「送ったファイルにある情報をすべて伝えてほしい。本気だということもね」

「了解」ペギーが言った。「終わったら、メールで知らせるわ。それで、引き金を引くつもりなのね？」普段は快活な声にかすかに恐怖の色がまじった。だからといって、ペギーを責めるつもりはなかった。普通は快く思わないだろう。

「あの子を生きて家に帰す。どんな手を使ってでも」ジェイクは小屋に向き直った。

「どんな犠牲もいとわない」ささやくように言った。

46

非常線のすぐ後ろでテレビ局のクルーが三脚を立てるのを、マギーは腕組みして見つめた。

「あの人たちはいったいここで何をしてるの？」マギーは言った。テレビ局の中継車が側道から次々に乗り入れてくる。

フランクは振り返り、その光景を見て肩をすくめた。「ここは国有地だぞ。非常線からこっちには入ってこないだろうが、テレビカメラをまわすのは止めようがない。ニュースだからな」

「ヘリコプターが飛べないように、飛行禁止区域を設けることくらいできなかったの？」

フランクはマギーを一瞥《いちべつ》した。「俺をばかにしてるのか？」

「ごめんなさい」マギーは失礼なもの言いをしたことに気づいて詫びた。ストレスに冒されはじめている。一分また一分と時間が過ぎるにつれて手の震えが激しくなり、マギーはジャケットのポケットに手を突っこんだ。

マンキューソが指定したタイムリミットが近づいていた。

「司令本部に入ろう」フランクはマギーの腕を取った。マギーはこの場から逃げだせるのがありがたくて、フランクに続いた。

SWATの警備車両は巨大で、防弾性のある堅牢なキャンピングカーのような造りだった。内部ではパソコンや無線機がフル稼働していて、隅のほうで爆発物処理班が、額を突きあわせて作戦会議を行っている。

マギーはあえて声をかけて水を差すようなことはしなかった。現場に到着したときに爆発物処理班のトップと会ったが、作戦の概略を聞いただけですぐにその場を離れた。詳細が決まり次第、向こうから膨大な量の報告をしてくるはずだ。せかす必要はない。だがポールの胸につけられた爆弾に関する情報は、ひとつ残らず把握しておく必要があった。

胸が締めつけられるように痛む。ポールのことはいつも心にかけていた。友人を愛するように、マギーはポールを愛していた。善良で堅実なポールには、善良で堅実な人生が与えられるべきだ。それがマギーが彼のもとを去った理由でもある。ポールにはすばらしい人生を歩んでほしかった。ポールが私を見ていたのと同じ目でポールのことを見てくれる、そういう女性と結ばれるべきだ。

もしポールが殺されたりしたら……彼の家族に伝えに行くと考えただけで……。だめだ。マギーはこぶしを握りしめ、そんな考えを頭から振り払った。絶対にだめだ。二度とこんなことは考えない。

今日は誰も死なせない。全員を生きて助けだす。絶対にそうしてみせる。

「キンケイド捜査官……いえ、ミズ・キンケイド?」

マギーはSWAT隊員の輪の中にいる、ひょろりと背の高いコリンズ捜査官を見やった。一行が近づいてくる。どうやらアルファチーム・ツーらしい。マンキューソがポールとサットンを小屋に拘束したとき、非常線を巡回していたチームだ。

どこか少年らしさが残るコリンズの顔は、まだ青白く引きつっていた。その目に自責の念が浮かんでいることにマギーは気づいた――マンキューソに出し抜かれたのは自分のせいだと思っているらしい。もっと迅速かつ適切に対処すべきだった、あるいは次に何が起こるか予測すべきだったとでも思っているのだろう。

マギーにも身に覚えのある感情だ。だが今はそれどころではなかった。過去の過ちではなく、現在に意識を集中しなければならない。今こそ決断するときで、その決断が生死を分ける。

「進捗状況は？」マギーは尋ねた。

「電力はすでに供給を止めてます」コリンズは指でチェックマークを書くしぐさをしながら言った。「技術班が電話会社に連絡して、マンキューソの携帯電話からは、ミズ・キンケイドの携帯電話にしかつながらないようにしました。木の陰に狙撃兵を四名配置し、現在は指示を待っています。アルファチーム・スリーは小屋の周囲で待機しています。爆発物処理班は二台目の警備車両で爆弾の画像を分析してるところで、もうすぐ報告に来ると思います」

「上出来よ」マギーは言った。

「突入しよう」コリンズの隣にいた男が口を開いた。「あいつをぶちのめしてやる。捕まえるんだ。こっちの力を見せつけてやれ」

ほかのSWAT隊員たちがそわそわし、何名かが同意するようにうなずく。

マギーは激怒し、意見を言った男を見た。長身だが、広い肩幅に対して頭が少々小さすぎる。黒髪を丸刈りにしていて、首には大きな傷跡があった。マギーはそんな男の意見に振りまわされるつもりはなかった。

「あなた、名前は？」マギーは落ち着いた、朗らかにさえ聞こえる声で尋ねた。

「グラント捜査官だ」彼は鼻を鳴らした。

「わかったわ、グラント」マギーはテーブルからタブレットを取り、先ほどマンキューソが送ってきた画像を開いた。「こっちに来て」

グラントはうんざりした様子でのろのろ前に出て、マギーが持っていたタブレットをのぞきこんだ。

「これが見える？」マギーはポールの胸についた爆破物の配線の画像を指で拡大した。

「だからどうしたっていうんだ？」グラントはなおも言った。

マギーは眉を上げた。「これが見えないの？　クアンティコで爆破物の授業を受けなかったのかもしれないわね。でも、私はちゃんと受け「ここよ」画像をタップして、マンキューソの手が映っているところを示した。「何を持ってるかわかる？」

グラントは身を乗りだして目を細めた。

「デッドマン装置よ」マギーは〝このばか〟とは言わなかったが、グラントもその空気は感じ取ったようだった。「まだ説明しないといけない？」彼女は冷たい声で言った。「マンキューソはずっと起爆装置のスイッチに手をかけていなければならないの。装置を落としたり、スイッチから手を離したりしたら、爆弾が爆発する。つまりあなたの言うとおりに〝こっちの力を見せつけ〟たりしたら、みんな吹っ飛んでしまうというわけ。カイラもハリソン捜査官も突入した隊員たちもね」

グラントは初歩的なリスクを見逃してしまったことを恥じ、頬を真っ赤にして身を縮めた。

「わかったら下がって指示に従いなさい。犯人の頭を撃てばすべてが解決すると思ってるなら大間違いよ」マギーは言い放った。

グラントはマギーと目を合わせなかったが、完膚なきまでにやりこめられ、恥をかかされてしかめっ面をしている。まあ、自業自得だろう。

「犯人はどこでこんなことを覚えたんだ?」グラントは尋ねた。さっきまでの自信は消え失せ、すっかり当惑しているようだ。

「マンキューソはなかなかのやり手よ。あなたたちはここまでずっと、犯人を見くびってきたんでしょう。そのせいで、向こうに自信を与えてしまった。マンキューソはFBIと渡りあって、人質まで手に入れたわ。それもこれも、自分たちは犯人のことをよくわかってるとあなたたちが過信していたからよ! それでどうなったと思う? 向こうは爆弾も武器も手にしていて、人質だって増えてしまったわ! いいかげん犯人を見くびるのはやめなさい」全員が気まずそうにこちらを見たことを確認してから、マギーは先を続けた。「いつもの戦略が通用すると思わないで。犯人には使命があって、それを達成するためにはどんなことでもする。命さえ差しだす気でいる。マンキューソには失うものは何もないの。さっきの突入は火に油を注いだだけよ」

「報道陣を装って、戦術部隊を送りこんではどうですか？」コリンズが提案した。「犯人には使命があるんですよね。話したいことがあるんでしょう？　要求をのんだと伝えてはどうですか？　ジャーナリストに扮《ふん》した捜査官を送りこんで話をさせて、やつがだまされたと気づく前に爆弾を解除するんです」

「通用しないわ」マギーは言った。「マンキューソは二年間、報道機関の人たちと仕事をしてる。ジャーナリストの人となりをよく理解してるわ。トロイの木馬のようなことをしてもすぐに見破られると思う」

「じゃあ、どうすればいいんです？」コリンズが不安げに言った。「われわれの仲間があそこにいるんですよ！」

マギーの言うことに耳を貸していれば、そもそも人質にはならなかったのに。マギーはいらだった。だがくどくど言ってもしかたがない。この状況におけるベストを尽くすしかない。なんとか活路を見いださなければ。

「ほかの方法を考えるわ」マギーは言った。

「でも――」警備車両のドアが開き、コリンズは話すのをやめた。技術者が入ってきて、ジェイクもあとに続いた。

「CNNをつけてみろ」ジェイクがマギーに言った。

マギーは手を伸ばしてテレビの電源を入れた。司会者が話をするかたわらで、シーブズ上院議員の顔が大写しになる。「リポーターのマーク・オブライエンです。特報をお届けします。メリーランド州より三期にわたって選出されてきたシーブズ上院議員が、サウスポイント石油関連の違法行為にかかわっていたことがわかりました。今週初め、上院議員の十代の長女カイラが誘拐されたときより関与が噂《うわさ》されていました。今回複数の関係者が、シーブズ上院議員とサウスポイント石油取締役会との癒着が、今回の誘拐事件における直接の引き金になったと語っています。シーブズ上院議員及びサウスポイント石油取締役会は、石油の密輸、価格操作及び不正に非協力的だった従業員の殺害の罪に問われています。CM後、詳しい情報をお届けします」

画面がCMに切り替わった。マギーは顔をしかめた。いったいどうやってあれだけの情報を入手したのだろう?

マギーがジェイクを見やると、ジェイクは一瞬にやりとし、すぐにいつものタフガイの顔に戻った。まさか……。

ジェイクの満足げな目を見ると、やはり彼の仕業としか思えない。

「あなたがやったの？」マギーは声を押し殺して尋ねた。

「なんの話だ？」ジェイクは素知らぬ様子でき返したが、一瞬またあの笑みを浮かべた。

「やるわね」マギーはそう言って周囲を見渡したものの、彼女のほかにジェイクの仕業だと気づいた者はいなさそうだった。

本来なら、自己判断で情報をもらしたことに激怒してしかるべきだ。だが怒りはわいてこなかった。

ジェイクはやり手だ。それは間違いない。無謀だけれど、賢明かつ効果的な一手だ。それはマギーが喉から手が出るほど必要としていたものを提供してくれた。すなわちマンキューソとの信頼関係を取り戻す材料だ。

マギーは警備車両の壁にかかった画面に視線を向けた。個々のSWAT隊員がいる位置から見た、多方向からの映像が映しだされている。マギーは喉元に手をかけられたように呼吸が苦しくなった。

落ち着いてとマギーは自分を叱りつけた。冷静になるのよ。気を強く持って。

震えを隠すためにこぶしを握りしめる。

カイラが中にいる。ポールが中にいる。危険は計り知れない。マンキューソは何をするかわからない。

犯人をおびきだして、人質たちを助けださなければならない。ジェイク・オコナーがその道筋を照らしてくれた。

もう一度、マンキューソに電話をかけるときが来た。

47

「静かに！」マギーは言った。「もう一度電話をかけるわ。録音をお願い」マギーははす向かいに座っていた技術者に言うと、ヘッドセットを装着した。

「了解」

マギーは携帯電話を取りだし、マンキューソの電話番号を押した。呼び出し音が鳴ると、心臓が暴れ馬さながらに胸を蹴った。ジェイクの手を取って強く握りしめ、あたたかい彼の手から力を得たかったが、そんなことはできるはずもない。代わりにマギーがジェイクの目を見ると、彼は励ますようにうなずいた。電話は鳴りつづけている。

マンキューソは応じないつもりだろうか？　電話に出なかったらどうすればいい？

額に汗が浮かぶ。マギーはなんとか呼吸をしながら汗をぬぐった。

もう切ったほうがいいだろうか？　かけ直そうか？　長く鳴らしすぎかもしれない。

カチッという音がした。マギーは心臓が跳ねたが、何も聞こえてこないと今度は落胆した。ようやく声がした。「なんの用だ、このくそあま!」マンキューソががなりたてた。

声が聞こえて安心したのもつかのま、怒りに満ちた声にマギーは警戒を募らせた。頭上のヘリコプターの音を聞きながら、窓を行き交うサーチライトから身を隠し、暗がりで汗をかいているマンキューソの姿が目に浮かんだ。懸命に冷静を保っている……でもなんのために?

その答えを導きださなければならない。今すぐに。デッドマン装置と激怒は最悪の組み合わせだ。マンキューソにそのつもりがなくても、驚いた弾みに誤って装置を取り落としてしまうかもしれない。ストレスは手元を狂わせる。極度の緊張に慣れていなければなおさらだ。

「電気を止め、電話もつながらなくしておきながら、今度は自分を信用しろってのか?」マンキューソが言った。「俺は――」

「マンキューソ」マギーは口を挟んだ。「いいえ、ロジャー。ロジャーと呼んでもいい? 進展があったの。きっと喜んでくれると思うわ。サウスポイント石油の不祥事が、たった今CNNで流れたわ。上院議員の関与について言及があった。シーブズの顔が画面いっぱいに映しだされて、不正を叩かれてるところよ。犯罪行為に密接にかかわっていた、殺人にも関与したって。マスコミが嗅ぎまわっているから、ジョーのことが……シーブズとサウスポイント石油がジョーに何をしたのか明らかになるのも時間の問題よ。マスコミは総力を挙げて取り組んで、事件の真相を突きとめる。シーブズが黒だとしたら、その事実が明るみに出るだけじゃない。シーブズは破滅するわ」

マンキューーソは黙りこんだ。彼を攻略できたかもしれないとマギーは思った。これで終結しますように。どうかこれでマンキューーソが満足しますように。

だがすぐに、マンキューーソの声が響いた。「それだけじゃだめだ」彼は吐き捨てるように言った。マギーの希望が音を立てて崩れた。携帯電話を床に叩きつけてやりたかったがどうにか衝動を抑え、マンキューーソの言うことに耳を傾け、話をさせた。

「スキャンダルにしたいだけなら、俺が自分で情報を流せばいい。わかってないな、マギー」マンキューーソはあざ笑った。「まだまだ甘い。シーブズは蛇みたいな男だ。するりと逃げるに決まってる。また無傷で戻ってくるだろう。政治家としては終わっても……そうなるかどうかもかなり怪しいが、それが社会ってやつだ。それが政治ってやつだ。俺はこの復讐のために何年も政治家を観察してきた。隅から隅まで政治を見てきた。あのくそったれはどこかのシンクタンクに天下りして大儲《もう》けするんだよ。さもなければ、どこかの会社の取締役になる。ああいう男は叩かれてもすぐ這いあがってくる。不死鳥のごとくよみがえるんだ。そしてまた人を傷つける」

「あなたも人を傷つけているのよ、ロジャー」マギーは真剣に言った。正義感に訴えかければ、うまく切り抜けられるかもしれない。マンキューソは生まれながらの殺人鬼ではないとマギーは確信していた。ただ使命感に駆られているだけだ。そしてすでに逃げ場のないところまで追いつめられている。「カイラに罪はないわ。わかってるでしょう。まだ子どもなのよ。ハリソン捜査官もただ指示に従っただけだわ」

「多少の犠牲はやむをえない」マンキューソは冷たく言い放った。「ジョーは最大限の犠牲を払った。ジョーはヒーローだったんだ。何十億ドルという莫大な不正を暴いたがために、シーブズとその仲間に殺された！　誰かに償ってもらう！」

マギーは座ったまま背筋を伸ばし、目を見開いた。「〝仲間〟ってどういうこと？」

マンキューソは鼻を鳴らした。「おまえはもっと頭がいいと思っていたけどな、マギー。シーブズは上院議員だ。自ら殺人を指示すると思うか？　まさか、危険すぎる。それにそんなつてもないだろう。この件にはシーブズよりもさらなる大物が深くかかわっていて、命令をしたのはそいつだ。俺はジョーを殺したやつらの顔を見るまで納得しない。そいつらの名前がテレビや新聞やインターネットにさらされるまで。罪を償わせてやる」

マギーはすばやく考えを巡らせた。マンキューソの言うとおりだ。殺すよう指示を出したのはおそらくシーブズではない。シーブズはジョー・マンキューソが暴露しようとしていた事件の黒幕に情報を提供しただけだろう。事件をもみ消す充分な動機がシーブズにはある。だがこの事件の真の首謀者は？　悪事を隠蔽しようと躍起になったに違いない。その目的を達するためなら、引き金を引くくらいどうということもなかったはずだ。

「ロジャー」マギーは口を開いた。「あなたは頭がいいのね。ええ、天才と言ってもいい」

「おだてれば信用してもらえると思ってるんだろう」マンキューソがぴしゃりと言う。

「そうじゃないわ」マギーは言った。実際、おだてたわけではない。マンキューソは頭が切れる。それもそのはずだ。マギーたちはここまで手こずっているのだから。そして彼は目的に忠実だ。だからこそこちらを信用してもらわなければならない。カイラたちを助けだすにはそれしか方法がない。「でももし黒幕があなたの言うような人たちなら、この程度の脅しで正体を現すとは思えないわ」

「そんなの知るか」マンキューソが言った。「それはそっちの問題だ」

「ロジャー」

「うるさい。凄腕なんだろ？　証明してみせろよ、マギー。カイラに残された時間は少ない」

「彼女は意識があるの？」マギーは尋ねた。ぐったりとした血の気のないカイラの姿が脳裏をよぎる。誰かに診てもらわなければ。大きな決断を下す前に、彼女の状況を把握しておかなければならない。事を急いでカイラの体調への配慮がおろそかになることは避けたかった。時間的な猶予があるなら、タイミングを計りつつ交渉を進められる。より主体的になれるのだ。医学的に見てすでに危険な状態なのか、あるいはまだ多少の猶予があるのか、知っておく必要がある。「カイラを診察してもらうために、そっちにドクターを送りたいの」

「ふざけるな！」

「ロジャー、私はここまで誠心誠意、話をしてきたわ」マギーはマンキューソを陥落させにかかった。ここが要《かなめ》だった。計画を進める前に、どうしてもカイラの無事を確認しておかなければならない。「お兄さんを殺した犯人について嘘をつくこともできた。別人の名前を教えてもよかったし、守るつもりのない口約束をすることもできた。

でも、そうはしなかった。そうでしょう?」

　こちらを値踏みするような間が空いた。沈黙の中、マギーは期待が跳ねあがり、心臓が早鐘を打った。マンキューソが耳を傾けている。マンキューソが考えている。

　マンキューソが揺れている。

「信頼関係を築きましょう」マギーは言った。「相互の信頼関係よ。双方の言い分が通って、お互いに欲しいものを手に入れるために。私が求めてるのはドクターを送りこむことだけ。カイラにインスリンを打つんじゃなく、状態を診るだけよ。ドクターが診察するのを認めてくれたら、電力の供給を再開する。テレビが見られるわよ。今何が起きているか自分の目で確認できる……報道陣が総力を挙げてシーブズをつぶしにかかってるのを見ることができるわ。そのために計画を実行したんでしょう? 見たいわよね?」

　またしても間が空いた。切れそうなほど細い望みの糸だったが、これが突破口になる可能性もある。お願い、マンキューソが受け入れてくれますように。

「だったら、電話もだ」マンキューソが言った。「おまえ以外にも電話をかけられるようにしてもらおうか。それから、カイラの意識はある」

　マギーの胸に安堵が押し寄せた。マンキューソは餌に食いついてきた。ようやく前進したのだ――ようやく！　マギーは深く息を吸って言った。「電力を供給することはできるけど、電話は今はまだ無理よ。ねえ、ここまで私の仕事を見てきて、私のやり方がわかってきたでしょう。ドクターを使って罠《わな》にかけようなんて思ってないわ。あなたをだまして、ドクターになりすましたSWAT隊員を送りこむようなことはしない。そんなことをしても通用しないってお互いわかってるもの。私の仕事はあなたの裏をかくことじゃないわ、マンキューソ。カイラの身の安全と体調を心配してるだけなの。本物のドクターを向かわせるわ」ポールを心配していることにはあえて触れなかった。そんなことをすればマンキューソが飛びついて、交渉に利用しようとするのはわかりきっている。ＦＢＩの人質は下手をすると上院議員の娘以上に貴重だが、マンキューソは今のところそれに気がついていない。現時点では狼狽して、直感で動いているだけだ。代替策もない。彼はひとりで策もなく、あるのはただ直感だけ。マンキューソはすべてをコントロールしたいタイプだから、おそらく恐怖におののいているだろう。そのことは自分の頭に叩きこんでおかなければならない。恐怖は大きな動機になる。問題は、恐怖がときに誤った方向へ人を追いやってしまうことだ。

人質の安全を確保するためには、彼を正しい方向に導かなければならない。

「いいだろう」マンキューソが言った。「だがドクター以外は認めない。今夜何があっても、俺とおまえの心はつながってるから」

一瞬、マギーは呆然とした。ただひたすら自分の耳を疑った。聞き間違いだ。今聞こえたことを、彼が言うはずがない。

だが、たしかにマンキューソはそう言った。

聞き覚えのある悪夢のような言葉を再び投げつけられ、マギーは崖から突き落とされたような気がした。地面がぽっかりと穴を空け、宙に投げだされ、何がなんだかわからないまま回転しながら落ちていく。マギーは森の中でひたすら走る、十二歳の少女に戻っていた。傷だらけの足には血がにじみ、両手は縛られたままで、つまずいて転倒する。あの小屋にいた。エリカの肩がマギーの肩に押しつけられ、姉のささやく声が耳いっぱいに響く。〝逃げて。私を置いて逃げて〟マギーは思わず携帯電話を取り落としそうになった。「なんですって?」

返事はない。

「ロジャー！　聞いてる?　ロジャー?」

だがマンキューソはあの言葉を言い残し、すでに電話を切っていた。

マギーははるか昔、少女だった頃のあのときのように傷ついて立ち尽くした。

48

マギーの手から電話が滑り、音を立てて床に落ちた。警備車両にいるすべての人たちの姿がかすんだ。マンキューソの言葉が――エリカの言葉が頭の中をぐるぐるまわる。

なぜ知っているのだろう？　ただの偶然だろうか？　私の頭がどうかしたのかもしれない。考えすぎだろうか？　マンキューソは本当にそう言った？　ええ、言った。たしかにそう言ったのだ。間違いない。

胃がむかむかして、喉から飛びだしてきそうだった。マギーはぬぐい去れない痛みを覚え、ひたすら手首をさすった。

エリカ……。

「マギー？」

マギーははっとした。心臓が激しく胸に打ちつけていたが、必死で目をしばたたき、考えをまとめようとした。〝走るのよ、マギー〟声が聞こえた。〝逃げて。早く。逃げて！〟

逃げる場所はどこにもない。マギーを追いかけてくる者はいない。彼女はもう十二歳ではないのだ。

マギーは深呼吸をした。落ち着きなさい、マギー。自制心を取り戻すのよ。

「キンケイド捜査官？」コリンズが眉をひそめ、心配そうに口を引き結んでマギーを見ていた。「本当に電力供給を再開したりしないですよね？　はったりでしょう？」

マギーは再び深呼吸をすると、パニックを抑えこんだ。考えることができない。考えなければならないのに。

落ち着くのよ、マギー。

「信頼関係が必要よ」マギーは言った。

「ばかばかしい」グラントが鼻を鳴らした。「必要なのは統制だ。主導権はどちらにあるかわからせてやれ」

いらだちのあまり、マギーは襲いかかってくる動揺と混乱を忘れた。彼女はそのいらだちにすがりつくようにして頭の中を不満であふれさせ、ほかの感情を追いだそうとした。

「主導権がどちらにあるかを忘れてるのはあなたのほうでしょう」マギーはぴしゃりと言い返した。「主導権を握ってるのは私よ。自分のしていることくらいわかってるわ」そう言いながらも、心は不安でいっぱいだった。間違っていたら？　結局みんな殺されてしまったら？　グレッチェンが殺されたときと同じように。エリカが殺されたときと同じように。

「マギーの言うとおりだ」ジェイクがマギーの隣に立った。懸念を顔に浮かべつつも、マギーの味方をしてくれた。ジェイクは私の味方だ。それが支えとなって、マギーは頭の中で渦巻く動揺と疑念を静めることができた。「本気でデッドマン装置を握ってる男を怒らせたいのか？　おまえが電話をかけて、その責任が取れるのか？　間違った選択をして、ハリソン捜査官とカイラが死んだらおまえのせいだぞ。ハリソン捜査官は仲間だろう。カイラはまだ運転さえできない子どもだぞ。いいかげんアクション映画の救出劇ごっこはやめて、ちゃんとリスクを考えろ」

グラントは顔をしかめ、ありがたいことに口を閉ざした。

マギーはコンピュータ・ステーション付近にいるフランクを振り返った。スクリーンに映った、電話内容の記録を見つめている。マギーが見やると、そこにはマンキューソの言葉が記されていた。〝今夜何があっても、俺とおまえの心はつながってるから〟マギーはつかのまスクリーンを見つめ、再び少女時代の暗い記憶へと落ちていった。なんとか自分を保っていたが、いつフランクに気づかれてもおかしくない。ここから出なければ。息をつく空間が必要だ。取り乱している。とにかくなんとかしないと。

「ドクターを呼んで」マギーはフランクに言った。「大至急よ。信用できる人をお願い。官庁とつながってなくて、でも念のために戦闘訓練を受けている人がいいわ。できれば陸軍か海兵隊にいた経験がある人。武器は持たせないで、カイラの健康状態を診るだけにして。マンキューソに言われたとおりにするのよ、フランク。それしか方法はないわ」

フランクは携帯電話を取りだした。「俺が探そう。ヘリコプターで連れてくることになるかもしれないが、任せてくれ」

マギーは軽くうなずいた。「ちょっと失礼するわ」胸に感情が突きあげ、喉を絞められたような声になった。フランクに止められる前に彼女は警備車両を飛びだし、急ぎ足で木の陰に逃げこんだ。司令本部やまばゆいライトから、ゆうに二十メートルは離れたところだ。寒さを感じてジャケットをしっかりと体に巻きつけたが、震えているのは空気の冷たさのせいではなくショックのせいだ。風が枝を揺らすようにな音に対抗するかのように、遠くで蛙《かえる》の鳴き声が聞こえた。誰からも見えないほど遠くまで来ると、マギーは足を止めて震えだした。

ああ、なんてこと。いったいどうなっているのだろう？　マギーは目に両手を押しあて、必死で涙を止めようとした。前へ進まなければ。アドレナリンで肌がざわめく。論理的になれ、冷静になれと思うのに、頭の中はめちゃくちゃで、ちっともうまくいかない。

「マギー？」

彼女が振り返ると、月明かりに照らされたジェイクが心配そうに立っていた。ジェイクはマギーに歩み寄り、そっと頬を手で包んで彼女を抱き寄せた。マギーが目を閉じると、ジェイクの手の熱で全身のざわめきが静まった。

「いったいどうしたんだ？」ジェイクが心配でたまらない様子で尋ねた。「今にも泣きだしそうになって出ていったから。マンキューソに何か言われたのか？　突然取り乱して驚いた。僕は何か聞き逃したのかもしれない」

マギーはジェイクを見あげた。もうぼろぼろだったから、ただジェイクに身をゆだねたかった。彼とひとつになったときのあの感覚――生命感と躍動感と希望に浸って、ほかのことはすべて忘れたい。

だがマンキューソの言葉が警報のように体じゅうにとどろいていた。誰かに話さなければならない。

「マンキューソが」マギーはためらいがちに口を開いた。「最後に言った言葉なの」

「おまえとはつながってるとかってやつか？」ジェイクが言った。「いいことだろう？　信頼関係の証しだ」

マギーはかぶりを振った。きつく目を閉じ、なんとか気力をかき集める。頭がどうかしたと思われるかもしれない。狂気にとらわれた男が口走った適当な言葉を、無理やり過去に関連づけているかに聞こえる。でもマンキューソは姉の言葉をそのまま繰り返したのだ。しかも意図的に、これみよがしに。どうして知っているのだろう？　どうしてマンキューソがあのせりふを言ったのだろう？　マギーはジェイク以外に打ち明けたことはない。実の母親にでさえ。論理的に考えれば偶然の一致でしかありえないのに、マギーの直感はそうではないと告げていた。

そして直感は間違わない。

「なあ」ジェイクの声がやわらいだ。彼はマギーの髪を耳の後ろにかけ、親指を脈打っている部分に置いた。神妙な面持ちでこちらを見つめている。「話してくれ」

マギーは深呼吸をし、言わなければならないと覚悟を決めた。ジェイクを信じよう。

「マンキューソは〝今夜何があっても、俺とおまえの心はつながってるから〟と言った。私が逃げた日に、姉が言った言葉とそっくり同じなの、ジェイク。まるで……まるで知っているみたいに。そんなはずないのに！」

マギーはジェイクから離れ、そわそわと歩きまわった。気持ちを落ち着かせようと、円を描くように動く。強迫観念に駆られて手首をさすった。答えが出るのなら、そのしぐさをジェイクに気づかれようとかまわなかった。「誰も知ってるはずがないのよ。姉の言葉をそのまま教えたことはないの。警察にも、あのとき話をきかれた捜査官にも」全身の震えを抑えようと、おぼつかない手で乱暴に巻き毛をかきあげて顔から払った。しっかりしなければ。自制しないと。

だが体勢を立て直すことはできなかった。今回だけはどうにもならない。エリカのことになるとだめだ。

何年もマギーは姉を捜しつづけた。捜査官になって最初の二年間は、ありとあらゆる手がかりを追い、確認できる書類をすべて調べ尽くした。空っぽの墓に通う母のためにも、遺体を見つけて家に連れて帰ろうと固く決意していた。努力は実らなかった。マギーはあきらめざるをえなかった。生きている人たちに、助けることができる人質に気持ちを集中した。エリカもそれを望んでいるのだと自分に言い聞かせた。きっと姉は誇りに思ってくれると。

そうやって自分をごまかしていただけだったのだろうか？　誘拐犯はまだ野放しになっているのだろうか？　私の人生をめちゃくちゃにして姉を殺した犯人は、どこかで私を監視しているのだろうか？　私を待ち伏せしているのだろうか？

頭の中で謎が渦巻く。手首が焼けつくように痛い。マギーはロープが手首に食いこみ、肌にこすれ、血がにじむ錯覚にとらわれた。

「姉が死ぬ前にその言葉を誰かに教えたのだとしたら、それはひとりしかいない」マギーは言った。「誘拐犯よ。結局捕まらなかったの」私が見つけるべきだった。集中を切らさず、ずっと手がかりを追いつづけるべきだった。そもそもそれがＦＢＩで働くことになった理由なのに。どうしてあきらめることができたのだろうか？　エリカをあきらめるなんて。犯人が次なる犠牲者を生まないようにしなければならなかった。命懸けで捜しだすべきだった。

「なるほど。順を追って、じっくり考えてみよう」ジェイクは腕を伸ばすとマギーの両肩をつかんで彼女を支え、自分のほうを向かせた。

ぬくもり、気遣い、決意――ジェイクの顔に宿った感情を目のあたりにして、マギーは体の力が抜け、冷静さを取り戻した。

「誘拐されたとき、君は十二歳だった」

マギーはうなずいた。

「マンキューソは君より一歳年上なだけだ」ジェイクが指摘した。「君とお姉さんが誘拐されたとき、マンキューソはまだ十三歳のガキで、バージニア州に住んでいた」

「わかってる」マギーは言った。「自分でもばかげてると思うわ。つじつまが合わないもの。ただの偶然かもしれない。その……あなたは偶然だと思う？」

ジェイクが眉根を寄せる。「よくある言いまわしだ。絆を強調したかっただけかもしれない。だが絶対にそうだとも言いきれない。直感で違うと感じてるなら、僕は君の直感を信じる。君は鋭い。裏に何かあると思うなら、追及する価値はある」

「直感が間違っていたら？」マギーは言った。彼女の肩を握るジェイクの手に力がこもる。マギーがまた歩きだすと思ったらしい。「もしかしたら、私が指揮を執るのは過ちなのかもしれない」マギーは周囲を示した。そこらじゅうに警備車両やＳＷＡＴの装甲車が停まっている。「シャーウッド・ヒルズ事件とそっくりだわ。深読みしすぎているのかもしれない。昔の記憶とごちゃまぜになってしまうの。集中できない」

「人質としての経験は君を強くする、マギー」ジェイクがマギーを引き寄せ、力をこめた。グリーンの目は真剣そのものだ。「君はほかの誰にも真似できない、両方の視点を持っている。僕がガイラだったら、君に味方についていてほしい。僕が君の元婚約者だったら、自分を生きて助けだすのにこれ以上有能かつ聡明《そうめい》な人はいないと思うだろう」

「ポールと婚約していたことを知ってたの?」

ジェイクは肩をすくめた。「シーブズに近づいた人物を調べあげるのは、任務の一部だからね」

「ポールとはずっと前に終わったの」マギーは婚約を解消してすぐにジェイクと体を交えたと思われたくなかった。彼女にとって温室で過ごした時間は、単なるその場の勢いではなかった。あの感情は……とにかくあんな感情を抱いたことはこれまでなかった。自分でも気づいていなかった感情をジェイクは引きだしてくれたのだ。

「ああ」ジェイクは言った。「ハリソンはいいやつだ。君が交渉にあたるなんて、ハリソンは運がいい」

当然だとばかりの口ぶりに、マギーは安堵した。嫉妬やもめごとはまっぴらだ。

「どうしたらいいかわからないの」マギーは静かに打ち明けた。「主導権を握れたと思うたびに、一歩前進するたびに不測の事態が起きて、すべてががらりと変わってしまう」

「そしてそのつど、うまく対処している」ジェイクは言った。「正しい戦法だ。時間を稼いで、信頼を築く。突進してすべてを台なしにすることなく、一歩一歩着実に進んでる」

ジェイクの目を見つめ、そこに信頼の色を見て取ると、マギーは落ち着きを取り戻した。彼からの信頼に不安がやわらいでいく。マギーは緊迫した事態に再び意識を戻した。動揺を振り払うように頭を振る。今はカイラ以外のことを考えている暇はない。マギーはマンキューソの言葉を頭の中から追いだした。今この場で考えることではない。彼が意図的に言ったのだとしたら、目的はマギーに揺さぶりをかけることだ。マンキューソの思うつぼにはならない。操られるなんてまっぴらだ。

「どのくらい時間をかけられるかがポイントなの」マギーは言った。「送りこんだドクターがもうカイラには時間がないと言ってきたら、計画を変更しなければならない」

そうなれば、もう打つ手はない。決断を下さなければ。

問題は解決策が見えないことだ。

49

警備車両への帰り道、新たに二台の中継車が到着しているのが木々のあいだから見えた。非常線を張って追いだしても、その後方に報道陣が集まるのを止めることはできない。報道陣は万一マンキューソが出てきて発砲したときに備え、小屋がよく見えつつも警備車両や非常線から充分離れた射程圏外に陣取っている。ポールが小屋のどの部分にいるかにもよるが、マンキューソが起爆装置のスイッチから手を離したとき、瓦礫《がれき》がリポーターたちがいるあたりまで飛んでくる可能性は低い。爆風の規模がわからないのは不安だった。可能な限り正確に予測し、できるだけ遠くに人員を配置した。だがポールの位置も断定できなければ、マンキューソの爆破物を組みたてる技術も判明せず、不確定要素が多すぎる。上を向くと、まばゆい光が大量に降り注いでいた。リポーターがテレビカメラに向かって話し、中継を行っている。マギーの胸に不安が巣くい、心臓に絡みついた。

「これでも飛行規制をかけてる」マギーが中継車をにらみつけているのを見て、ジェイクが言った。

「わかってる」マギーは言った。「ただ、もっと下がってくれればいいのに。まるでハイエナだわ」

「仕事の一環だ」ジェイクは言った。「悪質ではあるが」

「悪質なんてもんじゃないわ」SUVが規制線を越えてふたりのほうへやってくるのを見てマギーは答えた。中からグレースが出てくる。ヒールが地面に沈みこんでグレースは顔をしかめたが、マギーを見つけると不機嫌な表情はかき消えた。

マギーは思わずジェイクを盗み見て、グレースの美貌にジェイクが反応するのを待った。グレースを目のあたりにした男たちは、誰もが敬虔《けいけん》とさえ言える表情を浮かべる。だがジェイクは挨拶代わりに軽くうなずいただけで、ほとんど見向きもしなかった。

「マギー、話があるの」グレースが声をかけた。

「すぐ戻るわ」マギーはジェイクに言った。

「どうぞごゆっくり。僕は戻って、グラントが暴走しないよう監視しておく」

「助かるわ」マギーがにっこりすると、ジェイクもほほえみ返した。

「任せておけ」ジェイクはそう言い残して、警備車両に戻っていった。マギーは頬が熱くなった。マギーが振り返ると、グレースがもの問いたげに完璧な形の眉を上げた。マギーはいっそう頬が熱くなった。ああ、どうして私の友人はこともあろうに人間行動の専門家なのだろう？

「あらあら」グレースがにんまりした。「あとで説明してもらうわよ。一件落着してみんなが助かってから、ワイン片手にね」グレーのペプラムトップスの裾を引っ張り、背筋を伸ばした。「でも今は大事な話があるの。すべての判断材料を突きあわせて人物像を割りだしたんだけど、おかしな点があるのよ」

「おかしな点って？」マギーは誰も乗っていない装甲車にグレースを促しながら尋ねた。マギーが座席に座ると、グレースは向かいの座席に腰を下ろした。グレースは美しく脚を組み、困惑した表情を浮かべている。革のブリーフケースからファイルを取りだし、マギーに手渡した。

「浮かびあがった人物像は自己犠牲的な人格よ」グレースは説明を始めた。「使命が最優先。でもマンキューソのアパートメントに個性がまるでなかったことが気にかかってるの。兄のことであれほど一生懸命になるなら、復讐を心に刻むための何かがあってもいいはず。でも、何もない。何ひとつよ。それから電話の会話の書き起こしに載っていた要求リストだけど……」彼女は身を乗りだした。明るいコーラルの口紅を塗った繊細な唇を不安げにゆがめる。「犯人ははなから逃げられるなんて思ってないわ、マギー。空港までの車も五百万ドルも、手に入らないとわかってる。単に思いついたことを並べたてただけ。時間稼ぎをしてるの。それも、計画を立て直すためじゃないわ。勇気を振り絞っている」

「なんの勇気？」

「死ぬ勇気よ。犯人は最初からやり通せるとは思っていない」今やグレースの目には不安がありありと浮かんでいた。「命はどうでもいいの。考えているのは、兄を殺した人物を暴きだすことだけ。これは自爆テロよ」

マギーは胃がずしりと重くなり、膝のあいだで手をよじりあわせた。グレースが出した結論を聞いてもマギーは驚かなかった。心のどこかですでに予期し、恐れていたことだった。ただ、グレースにそうではないと言ってほしかった。

同じくきょうだいを失った者として、マンキューソの気持ちは理解できなくもない。マギーもまた、人生を懸けてエリカの死を埋めあわせようともがいてきた。マンキューソの行為も本質的には同じではないだろうか——ただ手段が暴力的なだけで。

「そのとおりだわ」マギーは静かに言った。

「それで、どうするつもり？」グレースがきいた。「何か策はあるの？　容疑者がFBIと刺し違えるつもりなら、シナリオも変わるわ。知ってるでしょう。死ぬ気の男を思いとどまらせることができると本気で思っているの？　あなたは優秀よ、マギー。でもそんなことができる人がいるかどうかは疑わしいわ。犯人はすべてをなげうっている。目的以外は何も見てない」

マギーはなんと答えていいかわからなかった。それでもマギーの経験と直感は、カイラとポールを助けだす最善の策はマンキューソに話をさせつづけ、信頼関係を築きつつ、チャンスが訪れるのを待つことだと告げていた。マンキューソが時間稼ぎをしていることはわかっていた。だがそれはマギーも同じだ。マンキューソは人を殺すことに喜びを見いだすタイプではない。最後のひと押しがなければ、手にかけないはずだ。最後のひと押しさえしなければ……。

誰かがSWATの装甲車のドアをノックしたので、グレースが立ちあがってドアを開けた。

「キンケイド捜査官？」低い声が響いた。

「中にいるわ」グレースが言った。

「今行くわ」マギーは立ちあがった。

「私が言ったことを考えてみて」グレースはマギーの腕を強く握ってから、一歩下がってマギーを通した。

「ええ」マギーは車から出て地面に降りた。まばゆい光に目を細めながら、目の前にいる人物を見る。

投光器の光の中に、長身ですらりとした黒髪の男が立っていた。地面に落ちた影がこちらを威圧するように伸びている。戦闘服姿の人であふれ返った公園では、Tシャツにジーンズというでたちはやや場違いに思えた。

「私がマギー・キンケイドよ」マギーは片方の手を差しだした。「あなたは……?」

「ミスター・ブラックだ」男は人あたりのよさそうな笑みを浮かべたが、マギーの手は無視した。マギーは手を差しだしたことを悔やんだが、すぐにそれこそが重要なのだと気づいた。

この男は最初から相手を見くだしてかかるタイプだ。

マギーは頭のてっぺんから爪先まで男を観察した。バッジがなければ、あの厳戒な警備を突破することはできない。彼がＦＢＩ捜査官ではないのはたしかだ。国土安全保障省の者かもしれない。それとも厄介なことに、シーブズが新たな専門家でも雇ったのだろうか?

「どこの機関から来たの？」マギーは尋ねた。

「そんなことはどうでもいい」ブラックが抑揚のない、超然とした声で言った。

マギーは顔をしかめた。「どうでもよくはないわ。どこの誰かもわからない人を現場に入れることはできない」

「ミズ・キンケイド、これは国家の安全にかかわる問題だ」ブラックが言った。「私の仕事は安全を守り、脅威を排除することだ。国家の利益のためにここで事件を見守り、警戒にあたる」

「サウスポイント石油と何か関係があるの？」マギーの直感はフル稼働していた。この男はどうにも怪しすぎる。いったいどこのバッジをちらつかせて非常線を越えてきたのだろう？　上層部であることは間違いない。ＳＷＡＴもばかではないから、誰彼かまわず通すことはしない。

「先ほども言ったように、それはどうでもいいことだ」ブラックが答えた。

マギーはまるでスズメバチの大群のようないらだちに襲われた。この男は好きになれない。体じゅうの感覚が信用するなと警告している。「それが、どうでもよくないの」マギーは言った。「もしあなたの仕事が億万長者で犯罪者のお偉方を守ることだったら、私たちとは目的が異なる。〝国家の安全にかかわる〟というのがそのことなら……」仮面のようなブラックの顔にかすかに動揺が浮かんだ。「とっとと帰って。大事なのは人質だけよ。汚職政治家の尻ぬぐいをするつもりはないわ」

「そんなに感情的にならないでくれ、ミズ・キンケイド」ブラックが口元に人あたりのよさそうな笑みを浮かべたまま言った。

マギーは目を細めた。「感情的になってるわけじゃないわ、ミスター・ブラック」嫌みたっぷりに言う。「ただ仕事をしてるだけよ」

「人質が最優先なのは承知している。それから君とポール・ハリソンが個人的な関係にあったことも」ブラックはそう言ってマギーの反応をうかがったが、マギーは素知らぬ顔を貫いた。絶対に動揺を見せてはならない。「私は応援に来ただけだ」

異様なほど静かに、ブラックは優越感に浸った笑みを浮かべた。

「実を言うと上層部では、君をこの件から外せという意見が多いんだ。前回の事件が不幸な結果に終わったのだから、理解できると思うが。君の手腕に不信感を抱いているんだ。使いものにならないと言っている。私は反論したんだけれどね。もう一度チャンスを与えてはどうかと弁護したんだ。君には才能がある、ミズ・キンケイド」

グレースの意見を聞かなくても、この男が信用できないことは明白だ。

マンキューソが言っていたことは事実だ。マンキューソの兄が殺されたことは氷山の一角にすぎない。この一件にはとんでもない大物がかかわっている。連中にとって、殺人は手っ取り早い問題解決策にすぎない。マンキューソが自爆するなら、人質もろとも死んでもらったほうが都合がいい——そう判断されたらどうなるのだろう？

マンキューソ以外に心配の種が増えてしまった。

「慰めはいらないわ、ミスター・ブラック」マギーは言った。「それからどこから送りこまれたのか知らないけど、援護も不要よ」

「私は敵じゃない、ミズ・キンケイド。助けに来たんだ。仲間だと思ってくれ」

マギーは眉を上げた。「仲間は信用してるわ。でもあなたのことは信用する気になれない」

その選択が間違いでないことを祈りながら、マギーはブラックに背を向け、大股で歩み去った。

どうかブラックが、人質もろとも犯人に死んでもらおうなどと考える人ではありませんように。

50

上唇から汗が流れ落ち、ポールはむずがゆさに筋肉をこわばらせた。体のすべての部分、すべての動き、すべての呼吸に至るまで細心の注意を払い、微動だにしないよう努めていた。胸にくくりつけられた爆弾の重みが一トンのブロックであるかのようにのしかかり、手首に結束バンドがきつく食いこんだ。

室内は暗かったが、徐々に目が慣れてきた。頭上を飛ぶヘリコプターの光が窓を行き交い、部屋に影を投げかける。ソファの隅で、カイラがかすかにうめく声が聞こえた。マンキューソが先ほどそこにカイラを投げだした。彼女が連れてこられたとき、ポールはなんとか様子を確認した。少女は幽霊のように真っ白で、汗だくになり、ブロンドが顔に張りついていた。

残された時間は長くはない。

「大丈夫か、カイラ?」ポールは暗闇に向かってきいた。

「苦しい」カイラが張り裂けそうな声で答えた。

「なんとか頑張るんだ」

「ママ」カイラは言った。「もし知ってたらだけど……ママは無事なの？」

「ああ」ポールは安心させるように言った。「お母さんは元気だ。君に会えたらとても安心するだろう。そのことだけ考えるんだ。いいね？」

ポールの顔からさらに汗が流れ落ちた。せめて頭を低くして袖で拭きたかったが、あまり大きく動くのは賢明でないことがわかっていた。爆発物処理班の友人から、マンキューソのような素人が爆弾を作るといくらでもミスをする可能性があると聞いたことがある。ポールは椅子に座ったまま、さらに体を硬くした。

だめだ、動いてはいけない！

「大丈夫だよ、カイラ」ポールは言った。子どもに嘘の希望を与えるのは気が進まなかったが、事態の深刻さを正直に伝えるよりはましだった。カイラは充分すぎるほど苦しんでいる。ポールは頭を動かさないよう注意しながら、横目で少女を見た。カイラが微動だにしないのを見て顔をしかめた。気絶したのだろうか？

「話しつづけていてくれ」ポールはそっと言い、ソファの上にいる影を見ようと、ほんの少しだけ頭を動かした。カイラは胎児のように身を丸めた姿勢になっている。数秒ごとに、まるで筋肉が痙攣《けいれん》を起こしたかのように身を震わせている。

カイラを眠らせてはならない。ポールは糖尿病のことはよく知らなかったが、一度意識を失ったら二度と目覚めないかもしれないことはわかった。「乗馬をしているんだって？」

「うん……」カイラの震える声が頼りなく響いた。「馬も持ってるの。スターっていうのよ」

「いい名前だ」ポールは言った。「僕も小さい頃、馬に乗っていたよ。きれいなパロミノ種の馬だった。恐ろしく頑固で、厩舎の鍵を開けてしまうんだ。乗馬スタイルはウエスタンなのかい？　それともヨーロピアン？」

「どっちも」カイラが言った。「ママはヨーロピアンだけを覚えさせたかったみたいだけど、パパがそれじゃあアメリカ人失格だって」

皮肉なものだとポールはかすかに笑い声をもらした。娘の乗馬スタイルでは愛国心にこだわるくせに、自分のこととなると政府をだましてもおかまいなしだ。

「ほんと、ばかみたいよね」カイラが言った。

「学校はどうだい？」ポールは言った。「学校のことを教えてくれ。好きな科目とか。一番好きな先生は誰？」

少女はぽつりぽつりと歴史の授業のことを話しはじめた。ポールは肩の凝りをやわらげようと、動きすぎないよう注意しながら少しだけ頭を前に倒した。

今ここにいることが信じられない。ポールはただひたすら、マンキューソに撃たれたほかの捜査官が無事であることを祈った。マンキューソはふたりを殺害したあと、遺体をどこかに隠したかもしれない。ポールが意識を回復したときには、爆弾をきつく巻かれていて、捜査官たちの姿はなかった。

どうか無事でありますように。マイク・サットンとはそりが合わなかったし、今後も仲よくなれるとは思わなかったが、サットンには双子の娘がいた。子どもたちが父親を失うのは気の毒すぎる。

小屋は小さかった。カイラにラクロスの話をさせながら、ポールは分析した。血の跡は見あたらない。おそらく、必要のない捜査官は外に放りだされたのだろう。爆弾がついたベストは一着しかないから、人質はひとりで充分というわけだ。

自分は生きて帰っても、この事件の担当からは外されるに違いない。犯人に撃たれるという体たらくだ。そのうえ爆弾までつけられてしまった。退職する日までずっと、この埋め合わせをすることになる。

退職することができればだが。

ポールは恐怖を抑えこもうとしたものの、迫りくる現実から目をそらすことができなかった。怖くならないのは愚か者だけだ。

だがチャンスはある。大きなチャンスが。

マギーがついている。マギーと、それから彼女と一線を越えたであろう、あのいかつい用心棒も。

もう自分とは無関係だと、ポールは自らに言い聞かせた。けれどもぼろぼろになった心は相変わらず、鈍い痛みを覚えていた。

ドアが開き、マンキューソがブーツを引きずって歩く音が部屋じゅうに響き渡った。とたんに弱々しいカイラの声がやみ、少女はすすり泣きながらソファの上でさらに縮こまった。あまりの不憫《ふびん》さに、ポールの胸が締めつけられた。かわいそうに。カイラに何ひとつ非はない。

マンキューソが前に進みはじめると、ポールは暗がりの中で目を細めた。くそっ、動いてはならないのに——マンキューソがポールをかすめ、体に緊張が走る。マンキューソはポールの目の前にある椅子に座った。

ポールが横目でカイラを見ると、今度は少女が激しく震えているのがわかった。ポールは〝大丈夫だ〟と声に出さずに言うと、再びマンキューソに意識を戻した。

マンキューソは使い古したLEDライトを床に置いた。ぼんやりとした光が部屋に広がり、彼の顔を照らしだす。マンキューソは身を乗りだした。「そろそろ話をしようじゃないか、ハリソン。おまえの元恋人について教えろ」

耐えがたいまでに喉が渇き、ポールは唾をのみこんだ。「どの女のことかな?」

マンキューソは目をくるりとまわしてうんざりした顔をした。「駆け引きはやめにしないか? 腹を割って話せば、話が早くすむ。おまえを生きて返してやれるかもしれない。マギー・キンケイドのことだ。結婚する予定だったんだろ」

「どうして知っている?」ポールはきいた。婚約を大っぴらにはしていなかった。もちろん家族や親しい友人には伝えていたが、マギーは式場を探しはじめるより前に婚約を白紙に戻した。ポールはテキーラに溺れたものの、一週間後には連続強盗事件に招集された。そうして自分を取り戻すことを余儀なくされ、マギーとの未来がだめになったことを嘆く生活に終止符を打った。

「インターネットで見た」マンキューソは答えた。

「嘘だな」ポールは言った。「FBI捜査官だぞ。むやみにインターネットに書きこんだりしない」

「どうして知ってるかなんてどうでもいい」マンキューソが吐き捨てるように言った。

いらだちに顔をゆがめる。「とにかく知ってるんだ。マギーのことを教えろ、さもなければ殺すぞ」

ふたりの背後でカイラがすすり泣いた。

「大丈夫だ、カイラ」ポールは慰めた。「目を閉じていてくれ。話を聞いてはだめだ。スターのことを考えるといい」

「おしゃべりは終わりだ！」マンキューソが立ちあがってポールの顎をつかみ、正面を向かせた。

マンキューソの指が顎に食いこみ、ポールは歯ぎしりした。マンキューソの手から身を引きはがしたい衝動を抑えるのは並大抵のことではなかった。動くな！いつ誤爆してもおかしくないんだぞ！

「何が聞きたい？」ポールはマンキューソが知らないことを話してしまわないように尋ねた。

マンキューソはポールから手を離し、再び椅子に戻った。「マギーは仕事ができるのか？」

「彼女は最高だ」ポールは言った。「クアンティコを出たとき、知識も技術もＦＢＩで数年に一度の逸材だった」

「ここにドクターをよこしたいらしい」マンキューソは、声に疑念をにじませた。「白衣の下に銃を隠し持った大男を送りこんでくるつもりか?」

「それはない」ポールはきっぱりと言った。ドクターだって! ああ、よかった。カイラにはドクターが必要だ。ポールはカイラが心配でたまらなかった。インスリンにしろ糖分にしろ、とにかく何か投与してあげなければ。マンキューソはカイラの命をぞんざいに扱っていて、ポールは何よりそれが腹立たしかった。自分はただじっとしたまま、彼女を助けることもマンキューソを攻撃することもできない。胸に爆弾さえついていなければ、今頃はマンキューソを叩きのめしていただろう。だがそんなリスクは冒せない。部屋にカイラがいるとなればなおさらだ。マギーの計画が通り、救出されるのを待つしかない。助けを必要とする犠牲者になりさがってしまうとは恥さらしもいいところだ。助けてくれるのがマギーだということが唯一の救いだった。ほかの者では頼りない。「マギーは愚か者じゃない。それに彼女は、君が愚か者じゃないこともわかっている」

あからさまなおだて文句だったが、マンキューソはかすかに姿勢を正した。

「君をだまそうとしてもばれると、マギーはわかっているはずだ」ポールは続けた。自尊心を満たしてやることが必要だ——マンキューソは神経をすり減らしている。不安に怯える犯人より、自信満々の犯人のほうがましだ。自信のある犯人は大胆だが、ときに過ちを犯す。不安な犯人は動揺するばかりで、恐怖に直面すると戦うか逃げるかの二択で揺れ動く。そしていずれを選んだとしても、いい結果は生まれない。「マギーはだまし討ちなどしない、マンキューソ。正々堂々と戦うだろう。無謀な計画にカイラの命を預けるはずがない。信用していい」

薄暗がりの中でこちらを見つめるマンキューソが納得した表情をしていることに気づき、ポールは戸惑った。お見通しというわけか。マンキューソは人の心を読むのがうまい――だからこそ、ワシントンDCであそこまでのぼりつめた。自分は話しすぎてしまっただろうか？　情報を与えすぎた？　マンキューソの武器になるようなことを口走ってしまったのだろうか？

だが爆弾を巻かれてしまったことに比べれば、たいしたことではないかもしれない。

「あのブロンド女のことが死ぬほど好きだったんだな、そうだろ？」マンキューソは言った。

ポールは口を閉ざしたが怒りがこみあげてきて、首や顔が燃えるように熱くなった。感情を表に出すまいと歯を食いしばる。今の一撃がこたえたことを、核心を突かれたことを気取られたくなかった。

「かわいそうに」マンキューソは憐れみたっぷりに言った。「向こうは、まるでそう思ってない」膝に腕をのせ、身を乗りだした。好奇心に目を輝かせている。「それじゃあ次は、シャーウッド・ヒルズ事件のことを聞かせてもらおうか？」

51

「マギー?」

マギーは顔を上げた。フランクがブルドッグのような顔に神妙な表情をたたえて、警備車両のドアのところに立っていた。「ドクターが到着した」

「すぐ行くわ」マギーは、先ほどのマンキューソとの電話での会話の書き起こしを閉じた。気にしないふりをしていたが、その実、電話の最後の一文を取り憑かれたように見つめることしかできなかった。

マギーが慌てて外に出ると、コリンズとジェイクといっしょに、禿げかかった年長の男がいた。マギーが近寄ると、彼はそわそわと不安げなそぶりを見せた。「ドクター・アーロン・ジェームズです」男が手を差し伸べて言った。マギーは握手をした。

「マギー・キンケイドです。ここの指揮を執ってます」マギーは言った。「フランクから状況は聞いていますか?」

「十代の糖尿病患者がいるとうかがっています。インスリンを絶ってからどのくらいになりますか？　普段の治療計画は？」

「一日一単位までで、三回か四回注射しています」マギーは説明した。「母親によるとインスリンポンプも勧められてるようですが、みんなに見られるからとカイラが拒否しているらしいです。運動部に入ってるので、更衣室でのことが心配なようです。十代の女の子ですからね。予備のインスリンは壊したと言ってます。本当に壊していて、それ以前はインスリンを投与していたとすると、最後に注射をしてから少なくとも半日、もしかしたらそれ以上経過していることになります」

医師はうなずいた。「心配ですね。水も飲めず、ストレスにさらされているとなればなおさらです。食事をとっているかどうかわかりますか？」

「たぶんとってないと思います。犯人は余裕がありませんし……事件の展開にも不満を覚えています。医療ケアをしていないのは、そのほうが早く目的を達することができると考えてるからでしょう」

「最後に連絡を取ったとき、患者に意識はありましたか？」

「確認できませんでした」マギーは言った。「まだ意識があると犯人は言ってましたが……」

「本当かどうかわからないということですね」ドクター・ジェームズが続けた。「わかりました。小屋に持っていけるものはなんです？」

「何もありません」マギーは言った。

「医療器具もですか？　インスリンと流動食がすぐにでも必要だ。糖尿病患者の昏睡は非常に危険です」

「ええ。ですが、犯人は瀬戸際にいます。ポケットの注射器に手を伸ばしただけでも、頭を撃ち抜かれかねません」

「それでは私に何をしろと？」ドクター・ジェームズがきいた。「投薬できないとなると、たいしたことはできません」

「診察してタイムリミットを教えてください。後遺症をもたらす状態になる前に助けだしたいんです」マギーは言った。「タイムリミットがあと五分しかないなら行動を起こすしかありませんが、突撃によってハリソン捜査官の命を危険にさらすことになります。あと五時間あるなら、マンキューソの説得を続けながら全員を無事に助けだす戦略を練ることができます」

「なるほど」ドクター・ジェームズがうなずいた。「精いっぱいやってみましょう」

「小屋に入ったら、間取りを覚えてきてください」コリンズが言った。「建物の正確な間取りがまだ割りだせていないんです。見える範囲の武器や、爆弾の起爆装置といったものも――」

「コリンズ」マギーはたしなめた。コリンズは口を閉じた。医師は困惑した様子でふたりの顔をかわるがわる見つめた。「間取りのことは気にしないでください。その場の状況を把握する必要もありません。それはドクターの仕事ではありませんから。カイラのことだけお願いします。小屋に入ってから、急に動いてはいけませんよ。手はいつも見えるところに出しておいてください。ポケットに手を入れるときは、事前に犯人に伝えてくださいね。カイラを診察して、残されている時間を計ってください。医学的に見て、本当に危機的な状況になるまであとどのくらいかです。それがわかったら、出てきてください。ドクターの仕事だけを落ち着いてしてください。お願いできますか？」

ドクター・ジェームズが請けあうように笑みを浮かべた。「同じような事件の経験もあります。やり方はわかっています」

「よかった」マギーは言った。「これから電話をかけます。そのあとすぐ小屋に入ってください」

マギーは携帯電話を取りだし、マンキューソの番号を押した。呼び出し音が二回鳴り、マンキューソが応じた。

「もしもし、ロジャー。マギーよ」医師を入れてもいいというマンキューソの気が変わっていないことを祈りながら、マギーははきはきと言った。「さっき話したとおり、ドクターを呼んできたわ。小屋に入って、カイラを診察してもらってもいい？」

「電気はどうなった？」マンキューソが言った。「再開すると約束したはずだ」

「そうね」マギーは指を鳴らして技術者を呼ぶと、声に出さずに〝電気を送って〟と言った。技術者たちが慌ただしく動きはじめた。

「今、供給を再開してもらってるわ」マギーは請けあった。どうしてエリカが最後に言った言葉をマンキューソが知っていたのか、尋ねたくてたまらなかった。だがそんなことができるはずもない。辛抱だ。今ここできいてはならない。

だが必ず質問の場を設けようと考えていた。それも近いうちに。たとえそれで死ぬことになっても、答えを聞きだすつもりだった。

数秒後、小屋の明かりがまたたいた。

「ついたわね」マギーは携帯電話に向かって言った。「テレビをつけたら、ＣＮＮでシーブズを取りあげてるのを見ることができるわ」

脚を引きずる音に続いて、テレビのくぐもった音声が聞こえた。司会者がシーブズ上院議員とその不正疑惑についてコメントすると、マンキューソは耳障りな声を立てた。マギーは内心で笑った。マギーの言っていることが真実であると証明すれば、マンキューソは彼女を信用する。それこそマギーが必要としているものだ。

「これでドクター・ジェームズを向かわせてもいい？」マンキューソが勝利に酔いしれることができるようにひと呼吸置いてから、マギーは尋ねた。医師が安全に中に入ってまた出てこられるよう、マンキューソにはいい気分でいてもらう必要がある。

「いいだろう」マンキューソが言った。「ドクターひとりだけで、武器は持たせるな。SWAT隊員が一歩でも小屋に近づいたら、そいつを銃で撃ち殺す。わかってるな？」

「わかってるわ、ロジャー。おかしな真似はしない。ドクターがカイラを診るだけ。約束する。今、ドクターといっしょに行くわ」マギーは医師を手招きすると、ふたりでSWATの装甲車の防護壁を縫い、小屋の前方まで進んだ。小屋まではゆうに十メートルは離れている。

「見えた」マンキューソは言った。「ドクターをよこせ」

電話が切れた。

「さあ、行ってください」マギーは言った。「ドアまでまっすぐよ。入って出てくるだけです。さっきお話ししたように、落ち着いて」

ドクター・ジェームズが正面の入口に向かって歩きはじめたのを、マギーは手首をさすらないように注意しながら見送った。マンキューソが自分を見ているとマギーは確信していた。冷静さと余裕を見せつけるのだ。自分自身さえ信じられないようでは、マギーには自分の欲しいものを手に入れてくれるだけの能力があると、マンキューソに思わせることはできない。

「報道陣を追い払ったほうがいいか？」マギーがジェイクを振り向くと、彼は遠くのほうで嬉々《きき》として成り行きを見守っているリポーターたちを顎で示した。

マギーはかぶりを振った。「銃撃戦になったとしても射程圏外よ。爆発物処理班が言ってたわ。最悪の事態を想定しても、あそこまでは爆風は届かないって。うっとうしいけど、みんながルールを守るよう報道陣が牽制《けんせい》してくれる。マンキューソの言うとおりシーブズのお仲間がかかわってるとすれば、もし報道陣がいなかったらガス爆発を装って、私たちみんなを吹き飛ばすかもしれない」

ジェイクが鼻を鳴らした。「君の言うとおりだ」彼はマギーから目をそらし、小屋を見て凍りついた。「くそっ」

マギーは振り返り、恐怖に目を見開いた。「あの人、何をしてるの?」

医師は小屋の正面の入口に向かってまっすぐ進むはずだった。だが右にそれて身をかがめ、そろりそろりと斜めに小屋に向かっている。

兵士のような動きだ。

ああ、どうしよう! だめ、だめ、だめ。やめて!

マギーはぞっとすると同時にパニックに陥った。裏切られたと気づき、その場に釘づけになったまま、叫ぶことも動くことも何ひとつできない。ただ冷水を浴びせられたように成り行きを見つめ、爆風で世界が崩壊し、あたり一面に火の粉と瓦礫が舞うのを覚悟した。

医師が特殊作戦部隊の隊員であることは一目瞭然だ。医師はドアに近づくと、ウエストバンドから銃を取りだした。これだけ離れていても、消音装置がついているのが見えた。

「くそっ、くそっ」ジェイクが小声で言う。マギーは目の前で繰り広げられている情景から目をそらすことができなかったが、それでもジェイクが自分と同じように愕然としていることはわかった。

だまされた。

マギーは叫びだしたい衝動に駆られた。走っていって、あのお節介な〝ドクター〟を殴り倒したい。止めなければ。だが時すでに遅しだ。今飛びこめば、さらに危険な状況に陥ってしまう。

最悪だ！　せっかくここまで来たのに。関係を築いて、信用を勝ち得たというのに！　みんなを無傷で助けだせたはずだ。それが今や……。

マギーは絶望に襲われた。安全も信用も計画も、すべてが崩れた。

ポールとカイラは死んだも同然だ。

仲間の身の安全を確保しなければ。爆弾が爆発するかもしれない……。捜査官を撤退させるのだ——一刻も早く。

「全チーム撤退よ。後ろに下がらせて」マギーはジェイクに言った。「爆風が届かないところへ。音を立てないように急いで」

「了解」ジェイクはそう言うと、二台のＳＷＡＴの装甲車のあいだに消えた。

マギーはその場にとどまった。手も足も出せず、まるで交通事故をスローモーションで見ているかのようだ。医師はドアをノックしたが、反応がないと、ドアノブに手をかけた。

鍵はかかっていなかった。医師は中へ入った。

空気がずっしりと重く垂れこめ、息が詰まりそうだ。マギーは逃げだしたかった。どこかへ身を隠したい。だが、そんなことはできなかった。マギーはその場に釘づけになったまま小屋を見つめ、惨事が起こるのを覚悟した。

緊迫の一分間、マギーはただ息をすることしかできなかった。息をして祈った。永遠に続くかに思えたその瞬間、ほかにすることは何もなかった。そして……。

銃声が響いた。消音装置がついていても、訓練を重ねたマギーの耳にはそれが銃声であることは明らかだった。立て続けに数発、発砲があった。

後方では、万一爆弾が作動したときに備え、ジェイクがみんなを安全圏に引きあげさせていた。だがマギーは小屋を見守りつづけた。銃声の余韻の中、小屋の上空に暗雲のように立ちこめている静寂から意識をそらさずにいた。

マンキューソがデッドマン装置を作動した場合に備え、マギーはSWATの装甲車の後ろへ急ぎ、援護しなければならなかった。だが、できなかった。結果を知るまでは。カイラとポールを助けるために、なんとか手を尽くすつもりだった。

何が起こったのだろう？　ドクターはしくじったのだろうか？　依然として小屋はそこにある。つまりマンキューソは爆破装置を手にしたまま、生きているということだ。それとも……。

携帯電話が鳴った。マギーは呼び出し音に飛びあがり、危うく携帯電話を取り落とすところだった。手の震えを抑えながらロックを解除し、電話に出る。

「もしもし？」

「だましたな、この嘘つきめ！」マンキューソの声は怒りに震えていた。「本物のドクターだと言ったくせに！」

「待って」マギーは必死の思いに声を詰まらせた。計画も交渉もすべてが水泡に帰すのを目のあたりにして、目に涙がにじんだ。

「だめだ！」マンキューソが声を荒らげた。「おまえの元恋人を殺してやる。そうすれば聞く耳を持つだろ」

「お願い、ロジャー」マギーは体じゅうに恐怖が広がり、膝からくずおれそうだった。なんとしても立っていようと、膝に力をこめた。「私がやったんじゃないわ。私もだまされたの。本当よ、知らなかった。私は絶対にこんなことはしない。ばかげているもの。あなたの知性を侮辱してるわ。あなたが頭がいいことくらいわかってる。あいつらはわかってないみたいだけど、きっとこれで理解したわね。私は真っ向勝負するつもりだった。どうしようもなかったの」

マギーは冷静さを失いつつあった。言い訳が洪水のように口からあふれだす。恐怖で声がうわずった。マギーは息をついて、わずかに残っている自制心をかき集めようとしたが、カイラが小屋の中にいた。ポールも小屋の中にいた。マンキューソはこちらを揺さぶろうという悪意を持って、エリカが言った言葉を放ったのだ。そのせいで、マギーは自分に自信が持てなかった。

この事件は自分とつながりが深すぎる。

「気の毒だが」マンキューソは言った。「おまえは失敗した。俺も失敗した。おまえもほかのやつらと同じ嘘つきだ、マギー。一時間後に報道陣が小屋に来て生中継をしなければ、ハリソンとカイラを殺す。全国放送で小屋を木っ端みじんにしてやる」

52

マギーが今感じている感情は、怒りという言葉ではとうてい言い尽くせなかった。震える脚で、大股で警備車両に向かう。激怒しているマギーの顔を見て、みんながいっせいに道を空けた。マギーは荒々しくドアを開け、中にいる捜査官を見渡した。

「私の人質交渉で、狙撃手を送りこんだのはいったい誰？」

「私だが」はきはきとした声が響いた。部隊の後ろにいたブラックが、あの人あたりのよさそうな仮面のような顔つきで立ちあがった。

標的を定めたマギーは、ブラックに食ってかかった。いったい何様のつもりなのだろう？

「どうしてこんなことを……」いらだちのあまり、マギーは足音も荒くブラックに詰め寄った。怒り心頭に発していて、あまりのけんまくにブラックがあとずさりしなかったのが不思議に思えたくらいだった。「脳みそがないの？」マギーは啖呵《たんか》を切った。「胸に爆弾をつけられた捜査官が中にいるのに、狙撃手を送りこんだのよ。こんなばかげたことをするなんて、いったいどこで訓練を受けたの？」

マギーの口調は激しくなる一方で、捜査官たちはどこに身を置いていいかわからず、居心地悪そうに身じろぎした。「マンキューソはもう私を信用しない」マギーは言った。「わかる？　あなたはふたりを助けだす可能性をつぶしたのよ。マンキューソがスイッチから手を離したらどうする気？　小屋のまわりにいるSWAT隊員たちは爆風で吹っ飛ばされるところだったのよ！　ポールとカイラだって木っ端みじんになってしまう！　ここにいるリポーターもそう。特ダネを手に入れるだけじゃすまなくて、瓦礫を浴びるはめになったかもしれない！　いったいどうしてこんなことができたの？」

「主観的な判断だ」ブラックは涼しい顔で言った。

「勝手なことをしないで！」マギーは叫んだ。周囲の人たちは呆然としている。

「もう手遅れだ」ブラックはそっけないとも言える態度で言った。「責任は取る」

「あら」マギーはあざけるように言って、ニュースが流れているテレビのほうを示した。「ご親切にどうも。ニュースに流れてるのは私の顔だけど」

ブラックが画面を見ると、当然のごとく、小屋に近づいていく偽医師の映像の上に、

FBIアカデミー時代のマギーの顔写真が映しだされていた。

ブラックは肩をすくめた。「私は公には責任を取れない。私が本件にかかわっていることは機密事項だ」

「出ていって」マギーはあたりの捜査官に指示した。「早く！」戸惑う捜査官たちに向かってたたみかける。マギーはブラックをにらみつけた。「ミスター・ブラックと機密の話があるの」

ひとりまたひとりと捜査官たちが外へ出ていくと、マギーは音を立ててドアを閉め、ブラックに向き直った

「話して」マギーは言った。「いったい何が起きてるのか説明して」

「さもなければ？」ブラックがからかうように眉を上げた。

マギーは携帯電話を取りだすと、相手が反応するより早く写真を撮った。「この写真をメディアに渡すわ。どこから派遣されてるのか知らないけど、この事件であなたの写真が表に出たら、あなたの上司はきっといい顔をしないでしょうね」

一瞬、ブラックの泰然自若とした表情が引きつった。マギーの体を勝利の喜びが駆け巡った。この男は顔を公開されたくないらしい。陰で動くタイプなのだ。匿名で動いてこそなりたつ仕事なのだろう。冷静で、穏やかで、目立たない。記憶に残らない

顔立ちをしている。驚くほど自然に周囲に溶けこんで、正体を隠すことができるのだ。単に危険というだけでなく、技術も持ちあわせている。

そしてマギーとは相容《あいい》れない動機がある。

「サウスポイント石油の文書にはいったい何が書いてあるの？　誰をかばっているの？　マンキューソが刺し違えようとしてる本当の理由は何？」

ブラックは目にもとまらぬ速さで手を伸ばすと、マギーの手首をつかんで荒々しくひねりあげた。手首の骨がこすれ、マギーは叫び声をあげた。手から携帯電話が滑り、構えていたブラックの手のひらに落ちた。マギーは奪い返そうとしたが、ブラックはまるでいじめっ子のように悠然と笑みをたたえ、携帯電話をマギーの頭の上に掲げた。ブラックが画像を削除しているあいだ、マギーは彼をにらみつけた。

「ひとつはっきりさせておく必要がありそうだな、ミズ・キンケイド」ブラックの声が低くなり邪悪さを帯びた。マギーは背筋に寒けが走った。手首が痛む。マギーはブラックと殴りあって勝てると思うほどうぬぼれてはいなかった。ブラックは強すぎる。そのうえ、おそらく女性を殴って快感を得るタイプだろうと思えた。

「君は文書の内容など知らなくていい」ブラックが言った。「そんなことを考えるのは君の仕事ではない。君がすべきは人質ふたりを解放することで、中東の殺人疑惑を調査することではない。自分の仕事をしろ。それ以外のことはするな。さもないと、ジョー・マンキューソのような目に遭うぞ」

マギーは痛む手首をさすりたい衝動に逆らって背筋を伸ばした。痛がるそぶりは見せまい。ブラックを喜ばせるのはごめんだ。

「腐りきった官庁を相手にするのは初めてじゃないわ」マギーは言った。「あなたみたいな人ならほかにも知ってるのよ、ブラック。人の命なんてなんとも思っていない。大事なのは秘密だけ。秘密を利用したり、隠し通したりする」

「要するに何が言いたい？」ブラックが飽き飽きした様子できいた。

「わかってないのね」マギーは言った。「警告してるのよ。あなたが権力者の秘密を守りたいと思う気持ちの十倍くらい、私はカイラを守りたいと思ってる。太刀打ちできるとでも思ってるの？　本気になった女を見たことがないのね」

マギーはブラックに怒りをぶちまけると、大股で警備車両から歩み去った。自分が上だとうぬぼれている男に屈するわけにはいかない。絶対にカイラを助けだしてみせる。たとえそれがブラックの依頼人たちの身を滅ぼすことになっても。

外は寒くなりはじめていて、近くの川から霧が発生していた。マギーは身震いするとジャケットをきつく体に巻きつけ、ジェイクを捜した。ジェイクは捜査官の輪に入り、何やら話しこんでいる。マギーは駆け寄り、彼の肩を叩いた。「話せる?」

ジェイクはうなずき、マギーに続いて車や人ごみから離れたところにやってきた。濃厚な松の香りがあたりに立ちこめている。水が流れる音にまじって、コオロギの鳴き声が聞こえてくる。きれいなところだとマギーはぼんやり考えた。手に負えなくなってきている悪夢のような事件から目をそむけるように。ブラックにあらゆる決定を覆される状況で、いったい自分に何ができるだろう? どんな進展が望める? まったく診察ができない中で、カイラはどうなってしまうのだろう?

打開策を思いつかない。マギーにはそれが何より気がかりだった。

これまではいつも解決策が見えていた。こんなに無力感にさいなまれるのはあのとき以来だ……。

そう、十二歳のときに監禁され、いっしょにいさせてほしいと姉に取りすがったとき以来だ。

「何があった?」ジェイクが言った。「ずいぶんブラックに腹を立ててたようだが」

「あなたは違うの?」マギーはひび割れた声できいた。ストレスでまいってしまいそうだ。アドレナリンが全開で、まんじりともしていない。コーヒー以外で、最後に食べ物や飲み物を口にしたのはいつだったかさえ思いだせない。ああ、熱いお風呂にも入っていなければ、ステーキも食べていないなんて。

「いや」ジェイクは言った。「あいつのせいで台なしになってしまった。ひどい話だ」

「まるで……まるでいっしょに仕事をしている人たちが悪人であるような気さえしてくるの」マギーは髪をかきあげ、指で巻き毛をもてあそんだ。きっとひどい顔をしているに違いない。顔を洗うか何かしたほうがいいだろう。

ジェイクはため息をついた。「いいやつなんてひとりもいない。詐欺師と被害者だけだ」

「誰も信用できないわ」マギーは打ち明けた。誰が味方なのだろう？ フランクはブラックの差し金だと知っていたのだろうか？ それともブラックはフランクさえ出し抜いたのだろうか？ フランクが目をつぶったのかもしれないという考えは受け入れがたかったが、もうまともにものごとを考えられない。自分のことを信用していない人たちに囲まれ、自分もまたみんなを信用できない。誰がブラック側の人間なのだろう？ 誰が味方なのだろう？

「なあ」ジェイクが優しい声で言った。腕を伸ばしてマギーの手を握り、彼女を引き寄せる。マギーが空いているほうの手をジェイクの厚い胸に置いて上を向くと、ふたりの唇が触れあった。

キスが深まっていくと同時にふたりは指を絡めた。マギーはため息をつき、完全に身をゆだねた。こうしていつまでも唇を重ね、われを忘れ、その熱い肌と荒々しい手に身を任せていたかった。だがずっとこうしているわけにはいかない。

ふたりが体を離すと、ジェイクはマギーの額についた麦わら色の巻き毛を指で払った。「僕のことは信じていい」

「わかってる」マギーは本心からそう答えた。なぜならそれは事実だからだ。彼女はこれ以上ないほど確信を持っていた。振り返って、誰も聞いていないことを確かめる。

「お願いがあるの」

「言ってくれ」

マギーの心は安堵でいっぱいになった。ジェイクは彼女を支援してくれる。必要なことを着実に実行してくれるし、心配も無用だ。ジェイクは自分の面倒は自分で見られるし、マギーの面倒を見る余裕もある。

「また調査をしてほしいの。マンキューソの素性を突きとめてくれたでしょう。ブラックにも同じことをしてもらいたいのよ。正体を知っておく必要がある。誰のために働いてるのかも。ブラックの上にいるのは権力を持つ人物に違いないわ。だってブラックは現場にぶらりとやってきて指揮を執れるんだから。そいつらが何を守ろうとしてるのか残らず調べて。どれだけ根が深くて、どれだけ上層部がかかわってるのか。ブラックの依頼人は誰であれ危険な人物よ。ほかの人の幸せなんてどうでもよくて、自分たちの秘密が守れればいいという連中だわ」

「探りだしてみよう」ジェイクが請けあう。

彼は前かがみになり、再びマギーにキスをした。マギーはジェイクに身をゆだねた。誰かに見られても、不適切な行為でもかまわない。ジェイクが上に逆らってマギーを信じ、守り、理解しようとしてくれている。それだけで充分だ。ジェイクの唇は離れるのを拒むようにしばしマギーの唇にとどまった。マギーにもその気持ちは痛いほどわかった。

しかし周囲は混乱の渦中にある。危険が迫り、刻々と時が過ぎていく。

マンキューソが限界を迎えるのは時間の問題だ。

マギーはそれまでに、カイラとポールを小屋から助けださなければならない。

53

ジェイクは特命を帯びていた。マギーが無事に警備車両に戻ったことを確認すると、SWATの装甲車でできた防護壁をすり抜け、SUVやそのほかの車両が乱雑に並んでいる場所へ向かった。

雲ひとつない空に月が高くのぼり、煌々《こうこう》と星が輝いている。美しい夜だったが、空を飛ぶヘリコプターのローター音と、小屋を行き交う目もくらむような投光器で、それも台なしだった。

ジェイクはポケットに両手を突っこみ、何気ない様子で車両が停まっている空き地まで歩いていった。道すがら警官数人に会釈をし、歩みを緩めて車の前にいる警官に近寄っていった。

「キンケイド捜査官に車内にある書類を取ってくるように頼まれてね」ジェイクは警官に言った。

「雑用係をさせられてるんですか?」警官が尋ねた。

ジェイクは目をくるりとまわさないよう注意した。「女ってやつは」肩をすくめてみせる。

「キンケイド捜査官は厄介ですからね」警官は笑って言った。「どうぞ。あのちっちゃなレディとトラブルになったら気の毒です」警官の脇を過ぎながら、ジェイクは、きっとこういう時代遅れの小心者はマギー・キンケイドのような自立した強い女性には興味すら抱かないのだろうと考えた。対等に渡りあおうとする女性に怖《お》じ気《け》づく男の気持ちは一生わからない。自分よりはるかに劣る人といっしょにいて、何が楽しいのだろう?

ほかの女性と十時間ベッドで過ごすよりも、マギーと十分間議論をするほうがよほど熱くなれる。マギーといると、困難に立ち向かう勇気がわく。エンジンがかかり、行動を起こそう、頭を働かそうという気持ちになる。マギーのそんなところがジェイクは好きだった。

彼は警官がこちらを見ていないことを確認して、並んだ車の脇を歩いていった。警官はすでに反対方向を向き、ジェイクが何をしているかには無頓着だった。

完璧だ。

ジェイクはブラックが車を停めるところを見ていた。そういうこと、あるいはそういう人物に気がつくのも仕事のひとつだ。ブラックのつややかなグレーのSUVは端に停めてあるが、ブラックはロックしていなかった。非常線の後ろで警官が警備にあたっているから安全だと高をくったのだろう。身から出た錆だとジェイクはあざ笑った。なんて尊大なやつだ。自分に対して手出しはできないと思っているに違いない。まんまと偽の医師を送りこんでマギーを怒らせたために、ブラックはすでにジェイクのブラックリストに載っていたが、そうでなくてもこの軽率さでリストに載ったのは間違いない。

どんなときでも警戒を怠るな。ジェイクは中東でひどい目に遭ったことでそう学んだ。どうやら今夜はブラックに教訓を与えることになりそうだ。そのせいでブラックの任務が失敗に終わり、問題になったとしてもまったくかまわない。ブラックは敵で、しかも危険だ。

ジェイクは前部座席に潜りこみ、そっとドアを閉めた。高級そうな革張りの座席にはいまだシートウォーマーの熱が残っていて、ダッシュボードにはしみひとつなかった。ジェイクはダッシュボートに指を滑らせた。一片の埃さえない。

ブラックは潔癖症らしい。軍事経験はないだろう——身のこなしが下手だった。どの組織で働いているかはわからないが、ブラックは個性という個性を排除しているらしい。人ごみに紛れることに長《た》けていて、相手が逃げられないほど近くに来ない限りは、ごく控えめにしている。閉鎖的で没個性の人物になるべく、身につけたことすべてを捨て去ったのだ。

ジェイクはそうなる過程を知っていた。スパイになった友人がいたのだ。過酷で危険や闇と隣り合わせの、虚構の人生だった。二重、三重の生活を送らなければならなくなっても、それだけの給料はもらえなかった。友人は白黒はっきりさせたがる性格だったが、スパイという仕事は一から十までグレーだった。

ジェイクはダッシュボードと座席を手で探り、バッグや秘密の電子機器がないかどうか調べたけれども、何も見つからなかった。今度は手を伸ばして、ダッシュボードの小物入れを開けてみたが、出てきたのは財布だけだった。

「やっぱり登記もしてなければ、保険にも入ってない」ジェイクはつぶやいた。

茶色の革財布は使い古されていて、ジェイクが開けてみると、中に入っていたのは皺ひとつなくきれいなたくさんの百ドル札だけだった。クレジットカードも、運転免許証もない。バッジすら入っていなかった。

なるほど。どうやら当初思ったほど軽率ではないらしい。問題ない。男の正体を突きとめる方法はほかにもある。

賄賂にする金だろうか？　親指でぱらぱらとめくると、シリアルナンバーは連続していた。ジェイクはもしかしたら役に立つかもしれないと思い、番号を頭に刻んだ。ジェイクは後ろを確認したが、何もなさそうだった。後部座席に這いだし、予備のタイヤをしまってある板をはがして中を探る。またしても何もない。

ジェイクは天井に頭をぶつけそうになりながら前に戻った。ＳＵＶの中を這いまわるのはお世辞にも優雅とは言えない。懐中電灯を使うと先ほどの女性蔑視の警官に気づかれてしまうかもしれないので、携帯電話の液晶画面のわずかな光を頼りに、ジェイクはダッシュボードとフロントガラスの境目に記載された、自動車登録番号を確認した。

彼は前かがみになってペギーの番号を押した。

「救出できた？」普通の人であれば〝もしもし〟と言うところだが、ペギーはいきなり本題に入った。

「今、取りかかってるところだ」ジェイクは言った。「ＣＮＮに情報提供してくれたこと、恩に着るよ」

「お安いご用よ」ペギーが言った。「マークがよろしくお伝えくださいって。情報をありがとうと言ってたわ。父から電話はあった？」

ホフマン将軍は怒り心頭に発しているだろうと、ジェイクは顔をしかめた。事態は混乱をきわめていた。普段の統制が取れた仕事とはかけ離れている。ジェイクは上院議員を裏切ったと激しく叱責されるに違いない。ほかに方法はなかったのだと説得できるとは思うが。カイラが救出され、爆弾も解除されれば、将軍も態度をやわらげてジェイクの選択が合理的だったと理解してくれるはずだ。

「まだだ」ジェイクは言った。「自動車登録番号を調べてほしい」

「今度は誰を調べるの？」

「新たな参加者だ。ミスター・ブラックと名乗ってる。指揮を執ってるつもりなのか、やりたい放題なんだ」

「あらあら」ペギーは言った。「オーケー、車両管理局のデータベースにアクセスしたわ。番号は？」

ジェイクが番号を伝えると、ペギーの指がキーボードの上を飛び、キーを叩く音が響いた。「えっ」ペギーが驚いた声をあげた。

「どうした？」

「〝政府発行〟としか書いていない」ペギーは説明した。「情報が何もないわ。保護されてるのね。ファイアウォールをハッキングしてみる？」

「その必要はない」ジェイクは言った。「そういう保護が必要な人物に心あたりがある」

「いやな感じね。上司なの？」

「いや」ジェイクは顔をゆがめた。「聞いてくれ。僕はもう行く。将軍が僕に用があるなら電話をかけてほしい。ミスター・ブラックが何をしようと、必ずカイラは無事に連れて帰る。将軍に伝えてくれ」

「戻ったら、あなたはとんでもない問題に巻きこまれそうな気がするのはなぜかしら？」ペギーが言った。

ジェイクは皮肉な笑みを浮かべた。「たぶん実際にそうなるからだ」そう言って電話を切った。

ブラックについて調べるのは困難だが、まだ打つ手はある。ブラックが官庁のようなところから依頼を受けていることはわかっていた。問題はどの官庁かだ。あたりはついているものの、兎《うさぎ》の穴に飛びこむ前になんらかの確証が欲しかった。携帯電話を見おろしたとき、あるアイデアが頭に浮かんだ。

ブラックの携帯電話はブルートゥースを通じてサウンドシステムに通じているよう

だった。エンジンをかけることができれば、ブラックに気づかれないまま携帯電話にアクセスできるかもしれない。

ジェイクがウインドーの外をのぞくと、先ほどの女性蔑視の警官は空き地の北側に移動していた。いまだこちらには注意を向けていない。警備にあたっていたのがジェイクであれば、通した男が取りに来た書類を持って戻ってこないことを不審に思うだろう。

ときには人の無能さに助けられることもある。

まだ時間はあった。

ジェイクはブーツからナイフを取りだすと、てこのようにしてハンドルの下のパネルをこじ開け、プラグコードを出した。そのうちのふたつの保護コーティングを慎重に取り除き、内部のワイヤーをむきだしにする。それをよりあわせると、車のエンジンがかかった。ジェイクはにやりとして体を起こした。ラジオを入れ、システムが起動するのを待つ。画面がまたたき、ブラックの携帯電話の電波をとらえるための受信待機状態が一分ほども続いた。ジェイクがあきらめかけたそのとき、電波をとらえることができた。電波は弱かったが、なんとかなりそうだ。ラジオのダイヤルを使って直近の通話記録を調べていくと、最後の着信履歴が見つかった。ジェイクは自分の携帯電話に番号を打ちこみ、発信ボタンを押した。

期待に身が引きしまるのを感じながら、呼び出し音が鳴るのを待つ。一回。二回。

応答があるだろうか？　それとも危険な橋を渡っただけで、何も手に入れられないままマギーのもとへ戻るはめになるのだろうか？

「ヘドリー長官の執務室です。ご用件をおうかがいできますか？」

ジェイクは何も言わず、即座に電話を切った。今のひと言で必要な情報すべてが手に入った。

くそっ。

最悪だ。救いようがない。ＳＵＶを出なければ。マギーに伝えよう。

ワシントンＤＣの重要人物のために働いていて、ヘドリーの名前を知らぬ者はなかった。

ティモシー・ヘドリーは中央情報局《ＣＩＡ》長官だ。

ジェイクはブラックが国土安全保障省か、もしくは国家安全保障局の依頼を受けたのではないかと勘ぐっていた。

まさかＣＩＡとは。

くそっ。アメリカ国外での活動しか許されていないはずのＣＩＡがその掟《おきて》を破っているとなると、トップが絡んでいるに違いない。つまり長官自身がかかわっているということだ。誰に助けを求めればいい？　信用できる者は誰もいない。誰が一枚嚙んでいてもおかしくない。誰がＣＩＡの圧力に屈しているかわからない。

マギーに伝えなければ。今すぐ。

ジェイクは振り返ってドアに手を伸ばした。だがドアハンドルに手が届く前に、ドアが開いた。彼は自分に向けられたテーザー銃を視界にとらえた。

54

マギーは警備車両の小さなトイレの洗面台に手をかけていた。警備車両全体が無機質な白と光沢のある金属色で塗装されていた。まるで病院にいる気分だった。もっとも、今は無音状態だ。フランクが全員を車両の外に出したため、マギーはひとりだった。

静寂はうれしくもあり、呪わしくもあった。言い争いや責任の押しつけ合いから逃れられる代わりに、記憶が忍び寄ってくる。

マギーは胸に巣くうあのいやな不安を振り払うことができないでいた。エリカが言った言葉をマンキューソが繰り返したのは偶然なんかじゃない。マギーにとっては、胸に弾を受けるよりも痛手だった。大打撃だ。この大事なときにほかのことに気を取られて、注意力散漫になってしまう。

エリカ……。

だめ！　洗面台の縁を握る手に力が入った。鏡の中の自分を見つめる。カイラ。カイラとポールのことに集中しなければならない。謎のミスター・ブラックとその妨害行為にどう対応するか考えなくては。

ああ、ポール。罪悪感が首つりのロープのようにマギーの首を絞める。彼を振った挙げ句、今、その命がマギーの手にかかっている。ポールを救いださなければならない。マギーはポールを愛していた――その愛はポールが望んでいたような永遠の愛ではなかったのに、そのことに気づくのに時間がかかりすぎてしまった。あのときの言葉は本心だったけれど、プロポーズにイエスと言ってしまったことを、今後もずっと後悔しつづけるのだろう。ふたりにとってそれが正解だと、マギーは本気で思っていた。正解のように思えた。ふたりは互いの仕事に理解があったし、ＦＢＩの仕事や人を守りたいという思いも共有していた。だがそこに至るまでの道はまるで違った――ポールにとっては、善をなす手段だった。

マギーにとっては、悪を根絶する手段だった。

こうして何年もいっしょにいると、絶対に結婚に同意してはならなかったとわかる。彼には本当の自分をさらけだせない。

私はいったい誰なのだろう？　昔は妹だったが、今は違う。婚約者だったけれど、それからも逃げだした。ＦＢＩ捜査官だったものの、その立場も投げだした。

あの朝、フランクといっしょに行くなんて言わなければよかった。フランクを見た瞬間、きびすを返してまっすぐ車に戻るべきだったのだ。そうすれば、ここですべてを失う瀬戸際に立たされることもなかった。二度目だ。

心のどこかで、危険など顧みず、偽の医師に向かって走っていき、体あたりして止めればよかったと思う自分がいた。マンキューソは偽の医師を殺しただろうか？　それとも負傷させただけだろうか？　もし殺していたら……それによってマンキューソの心の持ちようはどう変わるだろう？　マンキューソはすでに崖っ縁にいて、今にもキレてしまいそうだった。もし命を奪ったとなれば……。

人を殺《あや》めるということについては事前に考えたに違いない。マンキューソはこの計画に取り憑かれていた。ありとあらゆる可能性を慎重に考え尽くし、リスクを取る価値はあると判断したはずだ。

だが殺人という行為は、考えるのと実行するのとではまるで違う。人間が悪いほうに変わってしまうのだ。恐怖に心をむしばまれてしまう者もいれば、快楽を見いだす者もいる。

マンキューソが人を殺してしまうのは、マギーが最も恐れていたことだった。兄の仇《かたき》を取る過程で殺人を犯し、自分が引き金を引くことができると気づいてしまったら、次の殺人を犯すのは簡単だ。引き金を引けない者もいる。資質が備わっていないのだ。だがマンキューソは人を殺せるかもしれない。ブラックが送りこんだ偽医師を撃ち殺せるほどの手《て》練《だ》れだろうか？　それとも運がよかっただけ？　あるいはマギーが当初考えていたよりも射撃がうまいのだろうか？　マンキューソがカイラを殺してしまったらどうしよう？　どの面下げてミセス・シーブズに会えばいい？

シャーウッド・ヒルズ事件のあと、両親に結果を伝えたのはフランクだった。マギーは両親に顔向けできず、すでにバッジを返してしまっていた。

臆病者。

何が起ころうと、今度はもう逃げ隠れしない。

肌が耐えがたいほど熱く引きつっていたので、マギーは蛇口をひねって両手に水を流しかけてから、前かがみになって顔に水を浴びせた。ありがたいことに、冷たい刺激でつかのま頭がはっきりした。

一瞬の出来事だった。体を起こし、顎から水を滴らせて、手で顔を覆うようにタオルを鼻と口に押しつける、そのわずかな時間だった。

体を起こそうとした瞬間、太い腕で腹部を抱きかかえられ、体全体を締めあげられた。訓練を思いだす間もなく、マギーはパニックに陥った。息を吸うと、薬品をしみこませた布の甘ったるいにおいに襲われた。マギーはやみくもに足をばたつかせた。反撃しなければ。歯を食いしばって足を踏ん張り、首に力をこめた。思いきり、頭を後ろに打ちつける。頭蓋骨が襲撃者の顔に命中すると、うっというくぐもった声が聞こえたが、体をぎりぎりと締めつける腕は緩まなかった。マギーは息を吸おうとあえぎながら、無我夢中で脚を蹴りだした。視界の隅が暗くなりはじめる。

なんとかしないと……。

マギーの体を締めあげていた手が緩み、襲撃者が床にくずおれた。マギーは咳きこみ、新鮮な空気を吸いこんだ。壁にもたれかかろうと向きを変えると首が痛んだ。マギーは意識を失っている襲撃者を見おろした。剃りあげた頭に無精ひげのある、屈強そうな男だった。

ジェイクがこぶしを振りあげたまま、男の前に立ちはだかっていた。「遅くなってすまない。ちょっと面倒があってね」のんきそうな口調で言ったが、グリーンの瞳を不安げにしばたたいている。

マギーはジェイクを見つめた。薬品がしみこんだ布のせいで、口が焼けつくようだった。「いったい何が起こったの？」かすれた声で尋ねた。言い終わらないうちに、再び激しい咳に襲われる。頬を涙が伝い、マギーは空気を求めてあえいだ。

「大丈夫か?」ジェイクがきいた。

マギーはうなずき、濡れた頬をぬぐった。「ええ。ただ……男の姿が見えなかったから。入ってくる音も聞こえなかった」

ジェイクは尻ポケットから結束バンドを取りだし、男を後ろ手に縛ってから、マギーを見あげた。「ミスター・ブラックのお友達だろうな。調べたところ、やつはCIAから送りこまれてきたらしい」

マギーの恐怖と狼狽は即座に煮えたぎる怒りに変わった。ブラックのやつ。いったいどうしてこんなことができるのだろう? 私の現場で私を襲わせるなんて。

ジェイクが止める間もなく、マギーは意識を失った男を乗り越えて警備車両を飛びだし、SWATが設営した司令テントへ向かった。風が激しくなり、マギーの髪を巻きあげた。マギーはいらいらと顔から髪を払うと、顔をしかめて唇をなめた。クロロホルムで唇がぴりぴりして焼けつくようだ。咳のせいで喉が嗄《か》れ、肺が締めつけられるように痛んだ。

胸の憤怒《ふんぬ》に突き動かされるまま、マギーは足音も荒くテントに歩いていった。足元で小枝や葉が折れて音を立てる。

テントの入口のはためく日よけの下で、フランクが技術者と話をしていた。マギーを見て、乱れた巻き毛や、顔の涙の跡、赤くなった口元に気づいたようだ。フランクが心配そうに口元をゆがめる。「マギー、大丈夫か？」

マギーは大股でフランクの横を通り過ぎると、司令テントの入口をくぐり、慌ただしく動きまわっている捜査官のあいだを突き進んだ。捜している人物はただひとり。その男はテントの中央にあるテーブル付近で、尊敬のまなざしをたたえたSWAT隊員に囲まれていた。

「ブラック！」マギーは声を張りあげた。

ブラックがはじかれたように顔を上げ、つかのま鋼のごとき目を光らせたが、すぐにいつもの冷静な表情に戻った。

「私が登場して驚いた？」マギーは皮肉たっぷりに言った。

「しばらくふたりにしてもらえるかな？」ブラックがSWAT隊員に言った。隊員たちは従順な男子学生よろしく、マギーの視線を避けてその場を離れた。あまりの態度に、マギーは辟易《へきえき》して隊員たちをにらみつけた。いったいどうしてしまったのだろう？　この事件において、ブラックが大変な脅威だということがわからないのだろうか？　ブラックはマンキューソをとらえることができると思えば、ポールの命など平気で捨てるだろう。ブラックの頭の中は自分の利益のことしかなく、彼が人質のことを何も考えていないことに気づくべきだ。

「君が登場したからといって、どうして驚くんだ？」ブラックが言った。「遠くに行っていたわけでもないだろうに」

「ついさっき、警備車両であなたの仲間に襲われたところよ」マギーは言った。「どうして私にクロロホルムを嗅がせなければならないのか、聞かせてもらえる？」

「仲間だと？」ブラックが眉根を寄せた。「いったいどうして私が君に危害を加えるような者を送りこむというんだ？」ブラックはマギーの頭のてっぺんから爪先まで見ると、満面に笑みを浮かべた。高圧的でおぞましい、鮫《さめ》のようなほほえみは、まさしく彼の本性をあらわにしていた。マギーは背筋に寒けが走った。「あまり手堅い仕事ではなかったようだな。私の部下はもっと手堅い」

脅迫めいた言葉をあいだに、ふたりは対峙した。マギーはこぶしを握りしめた。口角に刺すような痛みを感じる。唇をなめると、血の味がした。

「ジェイクほど手堅くはないみたいね」マギーは言った。

「ミスター・オコナーは威勢がいい」ブラックが言った。「なるほど、ペットみたいに君のまわりをうろうろしていたんだろう」ブラックが意味ありげにマギーの後ろに目をやる。マギーは振り返らなくても、いざというときに助けられるようジェイクがテントの隅に控えているのだとわかった。

「求められてもいないことに鼻を突っこみすぎだ、ミズ・キンケイド」ブラックはテーブルから離れ、獲物に忍び寄るようにマギーのほうに近づいてきた。「警告したのに、耳を貸さなかった。ほかに方法がなかったんだ」後方のジェイクを指さしてから、話を聞いていないふりをしてそわそわと動きまわっていた捜査官たちに向き直った。「諸君、ミスター・オコナーを拘束してくれないか。彼は私の車に侵入した。これ以上問題を起こさせたくない」

コリンズが手錠をぶらさげて、おずおずと進みでた。マギーはコリンズをにらみつけた。「コリンズ、あなたの上司はブラックではなく私よ」

「申し訳ありません」コリンズが言った。「長官からじきじきに指示がありました」

マギーはぞっとして目を見開いた。まさか長官が……そんなはずは……。

「ミズ・キンケイド」ブラックはいもしない虫をTシャツから払い落とすしぐさをして言った。「君は解任された。FBI長官の命令で、私が本件を引き継ぐ。エイデンハースト特別捜査官も罷免になった……彼は明らかにまだ心的外傷後ストレス障害《PTSD》が治っていない元捜査官を招集した判断ミスで懲戒処分とする。まったく、エイデンハースト」蔑むように言った。「いったい何を考えていたんだ。クアンティコにいたときからずいぶんミズ・キンケイドに肩入れしていたようだが、彼女が取りたてて秀でているようには見受けられない」

マギーは振り返ってフランクを見た。皺だらけの顔は後悔に曇っている。なだめるような視線を投げかけられ、マギーはすべてを悟った。フランクは無力だ。

マギーもまた無力だった。

マギーはコリンズがジェイクの手首に手錠をかけるのを愕然として見つめた。ジェイクが体をこわばらせ、一瞬、マギーは彼がコリンズをなぎ倒すのではないかと思った。真っ向勝負ならジェイクが勝つだろうが、全員を打ち負かすことはできない。ブラックが何を仕掛けてくるかはわからない。彼に人の命を尊重しようという気持ちがないのは明らかだ。ブラックは何十人というFBI捜査官の鼻先でマギーを襲わせた。彼にはタブーというものが存在しない。ジェイクを危険にさらすわけにはいかなかった。自分のせいで彼を傷つけるわけにはいかない。自分を守ったがためにジェイクに被害が及ぶことは避けなければ。

マギーはジェイクを見つめ、事を荒立てないでほしい、愚かな真似はしないでほしいと無言で訴えた。ジェイクはため息をついてうなずいてみせると、おとなしくコリンズに手錠をかけさせた。

「ばかげてるわ」マギーはブラックに言った。「ジェイクを逮捕するだけの証拠があるの？」

「証拠などいらない」ブラックは悪びれもせずに言った。「私の特権だ」

「ジェイク……」マギーが駆け寄ろうとすると、捜査官ふたりが立ちはだかって行く手を阻んだ。「この裏切り者」マギーはうめいた。「あなたたちのリーダーがあの小屋の中にいるのに、この男に尻尾を振っていていいの？」ブラックを指さした。「忠誠心はどこに行ったの？」

「指示に従っているだけですよ、キンケイド」捜査官が言った。

「心配無用だ、マギー」ジェイクはコリンズについてテントをあとにしながら言った。彼はマギーを励ますようにほほえんだが、マギーは絶望的な気分になった。「カイラのことだけに集中しろ」ジェイクは振り返りながら声を張った。

「それには及ばない」ブラックが言った。「携帯電話を貸してくれ」

マギーはブラックをにらみつけた。「何をするつもり？」

「マンキューソに一時間の猶予を与える。それから銃を構えた部隊を送りこむ」

「無謀よ」マギーは呆然とした。「犯人は小屋を爆破するわ。人質もろとも吹き飛ばされる」

ブラックは肩をすくめた。「少しばかり手ごわいが、起爆装置を取り落とす前に、SWATチームが犯人の動きを止めることを祈ろう」

「あなたが潜入させようとしたスパイはどうなった?」マギーは言った。「あの〝ドクター〟は十中八九殺されて、小屋のどこかに転がされてるわ。そうでしょう、ブラック? 良心の呵責《かしゃく》というものがないの? あなたは事態をさらに悪化させただけ。何人死人が出ようがどうでもいいんでしょう? 自分の部下だって死んでるのに!」

「私たちの仕事にはリスクがつきものだ」ブラックはまた肩をすくめた。「彼もわかっていたはずだ」

「あなたは社会病質者《ソシオパス》よ」マギーは軽蔑をこめて言った。「そのうえ能なしだわ。マンキューソは死ぬ気でいるのよ。プロファイルを見てみなさい。人を送りこんだらどうなると思う? マンキューソは使命のためなら命だって差しだすわ。もしかしてそれが狙いなの、ブラック?」

ブラックの仮面のような顔に罪悪感はみじんも浮かばなかった。なんという人でなしだろう。マギーは唾を吐き、めちゃくちゃに殴りつけてやりたくなった。

「携帯電話を貸せと言っているんだ、ミズ・キンケイド」ブラックが手を差しだしたまま言う。

マギーは動かなかった。

「無理強いは好きじゃない」ブラックは静かに言った。

ブラックの表情――その目の奥に押し隠した静かな怒りを感じ取り、マギーは戦慄した。目をそらすまいとその場に立ちはだかる。恐怖を気取られてはならない。それこそがブラックの欲しているものだ。「あなたは私を襲わせたけど、失敗した」マギーは言った。「あなたのやることなんて、たかが知れてるわ」

「君の番犬は捕獲した」ブラックが言った。

「ジェイクのことが怖かったんでしょう？　してやられたものね」マギーが口元に笑みを浮かべると、かさついた唇がひび割れて血がにじんだが、無視して続けた。「たしかにジェイクは優秀だわ。でも、私のほうがうわ手よ。私の実力を知らないのね」

「言っておくが、私を本気にさせると後悔するぞ」ブラックの凄むようなもの言いに、マギーの全身が総毛立った。「さあ、電話を渡すんだ。おとなしく出ていかないなら、手錠をかけてエスコートしてやる。リポーターたちが喜ぶだろう」

マギーはブラックの手のひらに携帯電話を叩きつけた。

「これで最後じゃないわよ」マギーは言った。

「最後にしておいたほうが身のためだ」ブラックはあからさまに脅しをかけてきた。

ブラックの脅威は身にしみてわかっている。ジェイクが助けてくれなければ今頃は手足を縛られて車のトランクに転がされ、ＣＩＡの秘密軍事施設《ブラック・サイト》に送られていただろう。

だがもう恐怖に用はなかった。

そしてブラックにも用はない。

55

捜査官ふたりが無言でマギーを車に連れていった。マギーの目を見ようともしない。マギーは道中ずっと、こんなに簡単に裏切るなんて信じられないといきりたっていた。仮に私が長官からじきじきに電話をもらったとしても、そうやすやすとブラックの言いなりにはならない。私はそんな愚かじゃない。フランクからも、そんな浅はかな教育は受けていない。

フランクでさえブラックには手も足も出ない。

でも私は違う。

「エスコートをありがとう」自分の車まで連行されると、マギーは皮肉たっぷりに言ってやった。「ここからはもう大丈夫。ハリソン捜査官の命を救うことに集中して。まあ、あなたたちにとっては、もうどうでもいいことかもしれないけど」

ふたりの捜査官は面目なさそうな顔をして去っていった。マギーは車のロックを解除して乗りこむと、猛烈な勢いで空き地をあとにした。ゆっくり進もうものなら引き返さずにはいられない。そして引き返せば、ブラックに逮捕されるだろう――下手をしたら殺されかねない。

大自然から文明へ、幹線道路を目指して車を進めると、ヘッドライトが闇を切り裂いた。進むにつれて、疲労とパニックと不安が身にしみた。仕事を進めるために無視し、ひたすら抑えこんでいたあらゆる感情が、抑えこまれる理由を失ってあふれだした。

もう叫んでもいいし、泣いてもいいし、投げだしてもいい。

カイラ・シーブズは死んでしまうだろう。そう、死んでしまう――そしてそれはマギーの責任だ。

けたたましくクラクションを鳴らされ、マギーは息をのんでハンドルを右に切った。考えごとをしていたために、危うく反対車線に進入するところだった。車はいまだクラクションを鳴らしながら、猛烈な勢いで通り過ぎていった。

これ以上運転は続けられない。危険すぎる。まだ十五分しか運転していなかったが、沿道に食堂《ダイナー》のネオンサインを見つけ、駐車場に乗り入れることにした。白黒のチェック模様のタイル張りの床に、プラスティック天板のテーブルという安っぽい内装の店だった。マギーは店の奥にある公衆電話に行くと、重い心を抱え、ぐったりとした手つきで電話をかけた。

「もしもし？」

「もしもし、お母さん」マギーは言った。


二十分後、一台のビュイックがダイナーの駐車場にやってきて、中からマギーの母が出てきた。ブロンドの巻き毛に美しいブルーの瞳をした小柄な女性だ。

「マギー」ダイナーに入り、娘が一杯のコーヒーを前に奥の席に座っているのを見つけると、彼女は声をかけた。「ひどい顔ね」母がずけずけと言うと、マギーは笑みをもらした。母はまわりくどい言い方をするほうではない。「最後に食事をとったのはいつなの？」

「今は何も食べる気になれない」マギーは言った。

「事件がうまくいかなかったのかしら」母は娘の向かいに座った。

「まだ終わってないの」マギーの声は震えていた。「今も続いてる。私が首になっただけ」彼女は顔をゆがめた。目の縁に熱い涙がにじむ。「人質たちは死んでしまうわ。私は現場で助けようとすることさえできない。ちょうどエリカが死んだときと同じよ。

私が止められなかったから。私がエリカを置き去りにしたから」

あたたかで優しい母の顔が、娘を思って心配そうに翳った。「ねえ、マギー、まさかそんな……そんなふうに思っていたの？」

マギーは母の顔を見ることができず、コーヒーカップの中の液体を見つめた。「自分のしたことが許せない」静かな声で言った。「見捨てたんだわ。あんなことをしてはいけなかったのに」

「マーガレット」母は手を伸ばすとマギーの両手をきつく握りしめた。「私を見て」

無言のうちに非難されることを恐れながら、マギーはなんとか母の目を見た。はるか昔に自分を責めたように、母からも責められるかもしれない。

だが母の目に非難の色はなかった。そこにあるのは揺るぎない愛と同情――それだけだ。

「エリカを失ったのは私たち家族にとって最大の不幸だった。納得したり、正当化したりすることはできないし、心が休まることも決してない。でもあなたたちをふたりとも失ってしまったら、もっとつらかったわ。マギー、エリカの死はあなたのせいなんかじゃない。あなたたちを誘拐したあの男のせいよ。あいつの邪悪な行いのせい。

あなたはまだ小さく、エリカに言われたとおりにしただけ。エリカは人生の最後の瞬間、あなたが逃げていることを知っていた……あなたが助かるとわかっていた。きっとエリカは、これ以上ないくらい安心したと思うわ。もちろん私も同じ気持ちよ。偉かったわ、マギー。あなたは全力でエリカを守ったのよ。私はあなたが誇らしかったし、今もそうよ。こんなに立派な女性に成長したんだもの」

「私は失敗したわ」マギーは言った。「エリカを見つけられなかった。努力したけど、だめだったの。お父さんの隣にある墓が空っぽなのは……」頬を涙が伝い、それ以上話しつづけることができなかった。

「大切なのはあなたが努力したことよ」母は心配そうに顔をゆがめた。「何年も捜しつづけたじゃない。あきらめなかったわ」

「そんなのは気休めにもならないわ。何も変わらない。私も変われない。カイラ・シーブズが彼女の命なんてなんとも思っていない男に殺されようとしてるのに、私は現場からずっと離れたところでただ座ってるのよ」

罠にかかった熊のように、マギーは無力感に打ちのめされた。決して癒えることのない手首の痛みにまたしてもさいなまれる。マギーも母の前では強迫的に手首をさするのを隠そうとしなかった。

「マギー」母は腕を伸ばし、マギーの手に自らの手を重ねてやめさせた。「痛いのね」穏やかに言って、マギーの指の甲をそっと撫でる。母に優しく触れられると、不思議と痛みがおさまった。

「カイラがまだ生きているなら、チャンスもまだあるのよ、マギー」母が言った。「戻りなさい。あなたもまだ失敗していない、そうでしょう？　そんな娘に育てた覚えはないわよ。エリカだってきっとそう望んでいるわ」

母を見つめると、マギーの中で強さが生まれた。思わずブラックの脅しが頭をよぎる。

しかし脅しに用はない。

行動を起こすときが来た。

56

ジェイクは目を合わせようともしない捜査官たちに無人の装甲車へ連れてこられた。ひとりがジェイクの手錠を椅子につなぐと、捜査官たちは肩をすぼめてこそこそと装甲車をあとにした。

ジェイクはうんざりしてかぶりを振った。捜査官たちは指示どおりに動いているだけと言うが、その指示がはなから間違っている。ブラックに至っては、何から何まで間違っている。ジェイクは全身でひしひしとそう感じていた。ブラックがこの事件で被害者を助け損ねたあと、自分はＣＩＡのブラック・サイトに送られるのではないだろうか。

座らされたビニールの椅子はすりきれ、ひんやりとしていた。椅子の中央に大きな裂け目があり、一瞬ジェイクはビニールの椅子を破ってばねを探りだし、そのばねで手錠の鍵を解除しようかと考えた。

うまい手ではない。装甲車からは気づかれずに逃げだせるかもしれないが、非常線を突破するのはほぼ不可能だ。数歩も行かないうちに、ブラックとその一味に捕まってしまう。ジェイクは腕がしびれないよう、後ろにまわされた手を固く握った。万一戦う必要が生じた場合に備え、血流をよくしておかなければならない。

手錠をかけられたまま戦ったことは以前にもあったが、またそうするのは気が進まなかった。手錠という制約があると、動きが限られてしまう。暴力——特に人を殺すような暴力——においては、たいてい勝たなければならない。ブラックは素手で戦わず、発砲してくるはずだ。こぶしよりも銃にものを言わせるタイプだろう。

くそっ、万事休すか。ジェイクは絶望的な気持ちになった。だが中東でもっと悪い事態に陥った経験もあったし、パニックを起こしてもなんにもならないことはわかっていた。必要になるかもしれない体力を無駄に消耗してしまう。

ブラックを阻止して、成功する可能性はある。しかしそれは最終手段だと考えていた。ブラックには権限があり、自らそれを放棄することは見込めない。こちらがあの男の権限を取りあげなければならない。

少なくともマギーは今、遠くにいる。事件から外されて激怒しているであろうことはわかっていた。マギーがいなくては、カイラを生きて助けだす可能性が減ってしまうことも残念ながら事実だ。ハリソンも死んだも同然だ。マンキューソは誰ひとり解放しないし、ブラックもマンキューソが要求するものを差しだすことはない。

それにもかかわらず心のどこかで、何が起こるにせよ現場にマギーが居あわせないことに安堵せずにはいられなかった。多数の命が失われる惨事が目の前に迫っている。すべてはブラックのせいだ。

姉を亡くしたときや、シャーウッド・ヒルズ事件で少女を死なせてしまったときと同じような、過酷な体験をマギーにさせたくない。あの悲劇でマギーがどれだけ苦しみ、自分を責めているかはわかっていた。彼女は取り憑かれている。

ジェイクにもその気持ちは理解できた。

だがマギーはブラックから遠く離れたところにいる。それは安心材料でもあった。もっとも、マギーがブラックを説き伏せようとしたにもかかわらず、それを一蹴されたときには怒りに震えた。

ブラックは意図的に専門家の意見を無視しているのではないかとさえ思えた。そう、まるで……惨劇を待ち望んでいるかのようだ。

ジェイクは背筋を伸ばし、眉根を寄せた。そういうことだろうか？　ブラックは平和的解決など望んでいないのだろうか？　爆発でマンキューソが死んでくれれば、ブラックの問題は大幅に片づくのかもしれない。

マンキューソはブラックの弱みも握っているのか？

ここから逃げだそう。ジェイクは手錠を乱暴に引っ張ったが、びくともしなかった。鍵を開けるトルクレンチ代わりになるものがないかとあたりを見渡したとき、ドアが開いて閉まる音がして、ジェイクは動きを止めた。

ブラックが現れた。そっけない顔を取り繕っているが、目には勝ち誇った色が浮かんでいる。

「あてでみせようか」ジェイクは言った。「電話でもかけて、僕のことを調べたんだろう」

ブラックはジェイクの向かい側の椅子に座ると、指を組んでジェイクを眺めた。

「残念だが、認めざるをえない。君はすばらしい実績を上げている」ブラックが言った。「勲章も表彰状もたくさん授与されているな」

「有能なんだ」ジェイクは言った。なんでもいいからこいつをぶん殴ってやりたい。

ブラックは諜報活動の汚い部分を体現したような男だ。スパイに向いている者にはふた種類あって、ひとつは生まれながらの詐欺師で、もうひとつは嘘をつくことを学ばなければならないタイプだ。

学ぶ場合は、感情移入することや、倫理観、正義と悪についても学ぶ。だが息をするように嘘をつけるとなると厄介だ。

「それで、どういう手はずなんだ、ブラック？」ジェイクは念のために床に足を踏ん張って尋ねた。この男には何もさせてはならない。狡猾《こうかつ》で、陰で動くやつだ。

「君の上司と話をした」ブラックが言った。

ジェイクはゆっくりと如才ない笑みを浮かべた。CIAの堅物から電話がかかってきたときのホフマン将軍の顔を想像してにやりとする。「どうだった？」

「結束の固いチームのようだな」

「そのとおりだ」ジェイクは誇らしげに言った。将軍と意見が完全に一致することは多くはないが、彼は圧力に屈するような男ではない。

「チームに何ごともないといいが」

瞬時にジェイクは激高した。心臓が凍りつき、彼が身を乗りだすと、手錠が手首に食いこんだ。痛みさえ感じない。

「ボスに手を出してみろ。おまえを跡形もなく消し去ってやる」ジェイクは凄みのある声で言った。本気であることはブラックにも一目瞭然だろう。

「そんなに簡単に手の内を明かすもんじゃない」ブラックが長椅子から立ちあがった。

それこそまさにジェイクが待ち構えていた瞬間だった。彼は椅子に座ったまま前かがみになると、脚を伸ばして電光石火の早業でブラックのかかとに蹴りを入れた。手を拘束されたまま、慣れた動作でブラックの足首をつかんで引っ張りあげ、投げ飛ばす。ブラックの顔がSWATの装甲車の床に叩きつけられる。ジェイクがブーツで喉元を押さえつけると、ブラックはうなった。

「今、首の骨を折ってやろうか」ジェイクは静かに言った。激しく動いたうえに、脚だけでブラックを抑えつけなければならず、心臓が激しく打ちつけている。手錠が手首に食いこみ、血が腕を伝うのがわかった。「権力を振りかざして僕のチームを脅すつもりか？　それだけでも殴るに値する。しかもマギーを襲わせた。考えが足りなかったようだな」ジェイクはブーツをさらに押しつけた。「もう一度手の内を明かしてやる」ジェイクは仲間とビールを飲んでいるかのように楽しげに言った。「おまえにしろ、おまえの手下にしろ、マギーに指一本触れてみろ。後悔させてやる」

「ゴールドレイクでの君みたいにか」ブラックが冷笑した。

ジェイクは瞬時にショックで固まった。どうしようもなかった。ブラックはジェイクの一瞬の隙を待ち構えていた。ブラックはジェイクの足をつかんで反対側に強く押しながら、すばやく体をひねった。ジェイクが椅子に激しく叩きつけられると同時に、ブラックは立ちあがり、真っ赤な顔で咳きこんだ。

「けだものめ」ブラックは唾を吐いた。「君のことはすべて知っている。砂漠での一週間のことも」

ジェイクは必死に怒りを顔に出すまいとしたが、ブラックの勝ち誇った顔を見ているとどうやら無理そうだった。

ゴールドレイクのことは誰も知っているはずがない。あれは極秘任務だった——少なくともジェイクはそう思っていた。胸の中を怒りが吹き荒れたが、ジェイクは頭の中に流れだしそうになる記憶と懸命に戦った。今、過去を思い返してはならない。それこそブラックの思うつぼだ。

大事なのはカイラの身の安全だ。カイラのために戦わなければならない。マギーが去った今、その役目を引き受けるのは自分をおいてほかにいない。

ブラックは出口に向かい、ドアを開けた。ジェイクの足首に手錠をはめるべく、人を呼んでいる。数分後、捜査官が小走りに入ってきて、ジェイクの脚を拘束し、手錠をきつくかけた。

「申し訳ありません」ジェイクの傷だらけの手首を見て、捜査官が小声で言った。

「キンケイド捜査官はどうなった?」ジェイクは小声できいた。「現場を出ていったのか?」

赤毛の捜査官は躊躇した。それから小さくうなずくと、装甲車にジェイクをひとり残し、慌てて出ていった。

ジェイクは足枷《あしかせ》の許す範囲で、だらりと椅子に座りこんだ。

少なくともマギーはこの狂気の沙汰から離れていて安全だ。

しかしそれはつまるところ、ジェイクにすべてがかかっているということでもある。

ジェイクはたった五秒だけ不安と怒りに身を任せると、深呼吸をして椅子に座り直した。

第一段階として、ここから出る方法を考えなければならない。

それからブラックに思い知らせてやる。

57

頭がどうにかなってしまったのかもしれない。森の中を這い進みながら、そんな考えがマギーの頭の中で渦巻いていた。木々がうまく身を隠してくれていて、草が伸び放題の小道は暗闇ではほとんど見えない。あたりが真っ暗なので、節くれだった木の根に何度かつまずき、顔から地面に突っこみそうになった。それでも下草をかき分けて前に進む。決意は固かった。

マギーは一世一代の賭けに打ってでるつもりだった。

森の奥深くに再び足を踏み入れるのは不安だった。近づくためには、道なき道を行くしかない。誰に対しても認めたことはなかったが、この手の場所には近づかないようにしていた。ランニングするときも、山道ではなく舗装された明るい道を選んだ。素足に血をにじませながら、わけもわからず、一歩また一歩と姉から遠ざかったあのときの記憶を呼び覚まさないようにするためだ。だが今は、ほかに選択肢がない。記憶も罪悪感も抑えこんで耐えた。

エリカはもういない。でも、カイラは違う。まだ時間はある。まだ望みはある。この計画がうまくいけば。

マギーはSWAT隊員がふたりしか警備にあたっていない北側から小屋に近づいた。完璧な角度だったし、念には念を入れて、スクープをつかもうと現場に張りついているリポーターたちからもよく見えるところを選んだ。最後の坂に差しかかると、SWAT隊員たちに気づかれないよう身を低くして進んだ。彼女は地面に伏せたままじっとして隊員たちを観察した。全身の細胞に火がついたかのようだ。逃げだしたい気持ちもある。逃げだしたいという本能は大人になったマギーではなく、今はなき十二歳の少女に訴えかけていた。こんなことはしなくてもいい。自分は事件からは外されている。誰からも責められたりしない。

だが少なくとも挑戦はしてみなくては胸を張ることはできない。堂々とジェイクの目を見ることはできない。

臆病者でいるのはごめんだ。エリカが言っていたように、勇気を出すのだ。突飛ではあるが、勇気ある行為には違いない。

腰を低くして茂みを進みながら、SWAT隊員がふたりともこちらに背を向ける瞬間を待った。マギーは立ちあがった。ありがたいことにこれまでの動きによって脚が燃えるように熱くなっていて、震えは感じられない。全身のありとあらゆる力を総動員する必要がある。全速力で駆け抜けるのだ。やらなければ。急いで。

マギーは自分でも驚くほど堂々とすみやかに行動した。いつ撃たれてもおかしくはなく、全身の神経が張りつめる。小屋に走るマギーの足元で、草と松の葉が音を立てた。

まったく、私はどうかしている。この計画は訓練での教えとは正反対だ。それでもかまわない。ブラックに任せていては、あまりに多くを危険にさらしてしまう。ブラックを止めるためには、これが思いつく限り唯一の方法だ。

ジェイクが知ったら激怒するだろう。あまり責められないといいけれど。手がつけられないほど怒っていたらまずい。もしこの途方もない計画がうまくいったら、ジェイクの助けが必要になるのだから。

「おい！」

ＳＷＡＴ隊員がマギーの姿をとらえた。体に緊張が走ったが、マギーは迷わず突き進んだ。今にも背中や肩、頭に弾が飛んでくるに違いない。恐怖に胃がよじれたが、隊員たちがいるほうを見ようとさえしなかった——そんなことをしたら足が止まってしまうかもしれない。小屋のドアを目指してひたすら走った。

走りつづけなさいと、マギーは自分自身に言い聞かせた。オメガチームのように鍛え抜かれた者たちでも、不意を突かれたときには迷いが生じる。ＳＷＡＴ隊員は彼女が誰かを知っているから、発砲はしないだろう。たぶん。

お願いだから撃たないで。報道陣のみんな、ありがとう——すべてを記録してくれて。ブラックも生中継で放送されるとわかっていながら撃てとは言えないはずだ……そうよね？

リポーターたちがマギーを見つけると混乱のどよめきが起こり、続いて叫び声が飛び交った。すべてのテレビカメラがこちらを向いていると思うと、マギーは胃が締めつけられた。自分の奇行が世界じゅうに放映される。

とにかくドアに着けばいい。それだけ。あと数歩だ。

「ミズ・キンケイド！」ブラックの声が拡声器から響いた。マギーはひるんだが、ブラックを振り返りもせずに最後の追い込みをかけた。ブラックは激高しているだろう。見なくてもわかる。ブラックもＣＩＡもくそくらえだ。あの男たちはカイラのことなんてどうでもいいのだ。自分たちの悪行を隠蔽することしか考えていない。

ブラックにもその冷酷さにもうんざりだった。向こうには向こうの優先順位があるのだろうが、それはこっちも同じだ。

私みたいな女を怒らせたらどうなるか目に物見せてやる。

「ミズ・キンケイド、君は命令に違反している。即刻、非常線に戻れ！」

だが時すでに遅く、マギーはドアのところにたどり着いていた。

マギーは震える手でドアをノックした。「ロジャー！」声を張りあげる。「ロジャー、マギーよ。入れて！」

一瞬の間があった。一秒が果てしなく長く感じられ、地面に押さえつけられて手錠をかけられるに違いないと思った。進むも地獄、戻るも地獄だ——C４爆薬満載の小屋に入るか、マギーを撃ち殺そうと待ち構えるブラックとその手下の前に身をさらすか。どちらに転んでも死ぬかもしれない。だがカイラを助けようとして死ぬのなら本望だ。マギーは目を閉じて死を待った。闇が自分をのみこみ、すべてが終わり、マギーも終わる。

鍵が開く音がして、ゆっくりとドアが開いた。銃を持っていないことがわかるよう、マギーは両手を上げた。

「なぜ来た？」マンキューソがデッドマン装置をつかんだまま尋ねた。

「撃たれたくないから、まずは中に通して」マギーは早口で言った。

汗だくのマンキューソは困惑しながらも道を空けた。

「小屋に入るなんて真似はよせ、ミズ・キンケイド！」ブラックが拡声器越しに叫んだ。

マギーは肩越しにブラックを見やった。ブラックは空き地の非常線に足を広げて立ち、銃を構えるかのように拡声器を握りしめていた。マギーにテレビカメラを向けて固唾をのんで見守っているリポーターたちを何度も確認している。

マギーは中指を立てたくなる衝動をなんとか抑えこんで小屋に駆けこむと、後ろ手にドアを乱暴に閉めた。

暗がりの中でつかのま、マギーとマンキューソはただにらみあった。マンキューソはひどい顔をしていた。目のまわりにはくまができ、普段はこぎれいにしている髪が汗でべとついている。日に焼けた肌は黒ずみ、げっそりとしていた。

「カイラを助けに来ただけよ」マギーは言った。

「頭がどうかしてる」マンキューソは気が抜けた様子で言った。「いったいなんなんだ？」今にもマギーが撃ってくるに違いないと思っているのか、彼女をなめまわすように見ている。デッドマン装置を握るマンキューソの手に力がこもった。

とにかく急いで話をしなければ。

「リスクを取ったの」起爆装置を見つめたまま、マギーは慌てて言った。「あなたが欲しいものを手に入れる手助けをしに来たわ」まっすぐにマンキューソの目を見つめた。「交渉を成立させるためなら、命を懸けてもいいと思った。そうすれば少しは私を信頼してくれるでしょう」

マンキューソがまるで宇宙人を見るような目でマギーを見つめた。「まさかSWATがおまえを撃ちはしないだろう」いぶかしげに言った。

マギーは肩をすくめた。「どうかしら。言い忘れてたけど、どうもありがとう。助かったわ」

「取り入ろうとしてるなら時間の無駄だ」マンキューソは絞りだすような声で言った。「取引するつもりはない」

マギーは小屋の内部を見渡した。ふたりは玄関のようなところにいた。ドア付近にはブーツが並び、ぼろぼろのポールハンガーにスカーフがいくつかとチェック柄のジャケットがかかっている。古びたオーク材の床には傷があり、もう何年も掃除をしていないようだった。

カイラとポールはリビングルームにいるのだろうか、見える範囲にはいない。ふたりのところまで行かなければ。ポールはこういった切迫した状況に対処する訓練を受けているから大丈夫だろう。だがカイラはまだ子どもだ。ストレスでやられてしまうかもしれない。

「取引できそうもないことはわかってる」マギーはマンキューソに言った。「でもブラックだって報道陣を送りこんでくれるはずがないわ。だから私たちはどちらも行きづまってるというわけ」

マンキューソがけげんそうに顔をしかめた。「だったら、なぜ来た?」

「あなたが欲しいものを交渉してあげる」

「FBIを裏切るのか?」マンキューソは唾を飛ばして言った。空いたほうの手で、いらだたしげに髪をかきあげ、値踏みするようにマギーを見る。マギーは反対の手に握られた起爆装置を見やったが、マンキューソはきつく握りしめたままだ。「でもさっき――」

「私には私の優先順位がある」マギーは口を挟んだ。「もうすぐ男が電話をかけてくるわ。彼には彼の優先順位がある。ブラックと私では目的が違う。誰かを信じるにしても、あの男だけはだめよ、ロジャー。ブラックはあなたを利用して、最後には殺すと思う。要求をのむことはありえない。ブラックが考えているのは、脅威を排除することだけ。あなたは彼にとって脅威よ」

マギーが話し終わるのを待っていたかのように、マンキューソの携帯電話が鳴った。マンキューソは空いているほうの手をポケットに突っこみ、画面を確認した。「おまえからだ」何がなんだかわからない様子だ。「いったい何が起こってる？　ふざけた真似をしてると――」

「首にされたときに、携帯電話も取りあげられたのよ」

「首にされただって？　いったい何をしでかしたんだ？」

「上層部に逆らったのよ」マギーは言った。「怒らせてはならない人を怒らせたってわけ」マギーは手を差しだした。「私が出るわ」

「どうしてだ？」マンキューソはいぶかしげに言う。

「私のほうが交渉がうまいから」マギーはそっけなく言った。「私たちはふたりとも欲しいものを手に入れるのよ」

58

突然、装甲車のドアが開いた。ジェイクはすりきれた座席に座り直すと、リラックスした退屈そうな表情で、ブラックと見たことのないふたりの男を出迎えた。本当はブラックに飛びかかり、眉間で相手の頭蓋骨を割って叩きのめしてやりたかった。ブラックは離れた位置で立ちどまり、蔑むようにジェイクを見た。ジェイクは内心微笑んだ。近づきすぎてはならないことを学習したらしい。

「任務完了か？」ジェイクは皮肉たっぷりに言った。「爆弾の音は聞こえなかったようだが」

いつもの冷静な表情は消え去り、ブラックは激しい怒りをむきだしにしていた。ジェイクは眉を上げ、座席にもたれかかった。何かあったに違いない。何かブラックが歓迎しないようなことが。いいことかもしれない。あるいは最悪のことか。はたまた両方だろうか。

なんてことだ。ＣＩＡはすべてを台なしにしたわけだ。

「解放しろ」ブラックが指示した。

ジェイクが顔をしかめる中、ふたりの男が慌てて手と足の拘束を解いた。

「ふたりきりにしてくれ」ブラックが手下たちに言った。

男たちが出ていったことを確認してから、ブラックが携帯電話を取りだした。マギーの携帯電話だ。ジェイクは首を傾けた。赤いケースに見覚えがある。

「彼女は君としか話さないらしい」ブラックは言った。

「彼女って……」ジェイクは顔をゆがめた。恐怖で胃がよじれる。まさかそんな。そんなことをするはずはない。いくらなんでもそこまで無謀ではないだろう。

マギーが現場から追い払われ、これで安全だとほっとしていたが……彼女の執念を甘く見ていた。まるでピット・ブル・テリアだ……闘犬を連想し、ジェイクは唇を噛んだ。心配と称賛がせめぎあう。気が気でないが、その規格外で常識外れの勇気をたたえずにはいられない。なんという女性だろう。

一件落着したらこっぴどく怒るつもりだとはいえ、マギーの勇猛さは認めざるをえなかった。

「君の恋人が小屋の中にいる」ブラックがいらだちをにじませながら、ゆっくりと言った。「寝返ったんだ。マンキューソの代わりに交渉を始めて、君としか話さないと言っている」

ジェイクは電話に手を伸ばした。マギーに策があるのなら聞いておかなければ。ブラックが前かがみになって、ジェイクの耳元にささやいた。「手間をかけさせないでくれ、オコナー。君のことを殺したっていいんだ。独創的なやり方でじっくりとね。中東にいたなら、私の立場では何ができるかわかるだろう」

「まあね」ジェイクはそっけなく言った。自分は恐怖を覚えてしかるべきだ——それがまともな反応だ。ブラックの言うとおり、彼のような男に何ができるかはわかっていた。ジェイクは間近で、身をもって、痛いほど実感していた。

しかし彼は恐怖の入りこむ隙すらないほど激怒していた。マギーの安全を確保しなければならない。彼女は爆弾と頭がどうかした男とともにいる。いやな汗が流れた。叫びだしたかったが、自制心を失ってはならない。

マギーが自分を必要としている。

ジェイクは今、マギーのよりどころだ。マギーの運命を握っているのはジェイクだ。マギーを失うわけにはいかない。なぜなら……。

なぜならかつて誰かを愛せると思ったのと同じように、マギーを愛しているからだ。

ふいにそのことに気づき、力がみなぎった。もう何年も前に砂漠で失ったと思っていた感情に心が満たされた。マギーは、ジェイクが自分でも欠けていると気づいていなかった自分の一部だ。見つけたからには、もう何にも誰にも邪魔はさせない。

ジェイクは携帯電話のボタンを押し、スピーカーモードにした。「ブロンドちゃん」ため息をついた。「まさに危険のど真ん中に飛びこんだんだな」

一瞬、ジェイクは力なく笑うマギーの姿が見えた気がした。だがすぐに淡々とした声が聞こえてきた。

「私の要求はこうよ、ジェイク」マギーがてきぱきとした口調で言った。強気な声だがジェイクは彼女が内心怯えていることがわかった。「空港まで車を出すこと。ただの車ではだめ。上院議員の車で、ウインドーが防弾になってるものを用意して。それからプライベートジェットは、滑走路ですぐ飛びたてるように待機させて。飛行経路がそれるのはだめよ」

ジェイクが見やると、ブラックは顔をしかめて激しくかぶりを振っていた。マギーが頭がどうかした男と爆弾、そして人質ふたりと同じ建物内にいるのでなければ、彼女がものの見事にブラックの仕事を邪魔しているのを見て、痛快にさえ思っただろう。それでこそマギー・キンケイド——まさに驚きの連続だ。だがいくらなんでも無謀すぎる。

「ブラックは見返りを要求してる」ジェイクは言った。

「車が到着したら、ハリソン捜査官を解放するわ」マギーが言った。

なるほどカイラを手元に残すつもりらしい。賢明だ。ブラックがカイラに何をするかはわかったものではない。ブラックがカイラの身の安全を確保するとは思えなかった。小屋で何を見聞きしたかわからないからだ。自らの不利益になると考えるかもしれない。ジェイクもマギーもそんなリスクは冒せなかった。

「一時間後に車を用意する」ブラックが低い声で言った。

ジェイクはもう少しであきれて目をくるりとまわしそうになったが、踏みとどまった。いったいブラックは誰を相手にしている気なのだろう？　険しい顔にいらだちをにじませ、早く伝えろとジェイクをせきたてている。

「一時間で車が到着する、マギー」ジェイクはブラックの顔面にこぶしを食らわせることができたらどれだけせいせいするだろうと思いながら言った。一発でいい。それで事足りる。

「ふざけないで。そんなに時間がかかるわけないってお互いわかってるでしょう」マギーがまくしたてた。「私を相手に時間稼ぎはできないってブラックに伝えて。私のことを下手な犯罪者みたいに適当にあしらって、殺してどぶに捨てることはできない。こっちは数十年にひとりのＦＢＩきっての交渉人だし、ブラックのやり口も知ってる。あの男のやることはお見通しよ。いい？　十五分で用意して。車が一分でも遅れたら、私はマンキューソに殺される。外にいるリポーターの格好の餌食よ。ＣＩＡの不手際で、上院議員の娘を助けようとした元ＦＢＩ捜査官が死亡。そんなことになったら、何カ月にもわたって上院から取り調べを受けるはめになる。それでもいいの？　聞いてるんでしょう、ブラック」

ブラックは怒りに目をぎらつかせ、唇が見えなくなるほど口を引き結んだ。「カイラと話をさせてもらおうか、ミズ・キンケイド」彼はようやく言った。

「さっきまでカイラのことなんか全然心配してなかったくせに」マギーが毒をこめて言った。「今さら心配するふりなんてしなくていいわ。ぐずぐずしないで。時間がどんどん減っていくわよ。十五分。さもなければ明日の朝刊で、あなたも、あなたが守ろうとしてるやつらもみんな袋叩きにされる」

マギーは電話を切った。

動揺と心配を顔に出さないように努めながら、ジェイクは携帯電話をブラックに返した。

いったいどういうつもりだろう？　何か策があるに違いない。マギーにはいつだって計画があった。

どんな計画かわかればいいが。ジェイクは先ほどの会話を振り返った。ごく普通の要求だ。もしかするとそれが重要なのか？　真の計画を隠すためのおとりなのだろうか？

「キンケイドはどういうつもりだ、オコナー？」ブラックがきいた。「君たちふたりで共謀したのか？　さっきの小屋までの決死のダッシュはなんだ？　三秒もあれば、彼女は地面に血を流して倒れていたかもしれないんだぞ」

ジェイクは椅子から腰を上げ、ブラックの前に立ちはだかった。ブラックが唾をのみこみ、のどぼとけが動く。ジェイクは目を細めて怒りをにじませながらブラックを見おろした。

「手錠を外したことを後悔させてやる」

ブラックが再び唾をのみこみ、咳払いをした。「恫喝《どうかつ》が通用すると思っているのか」淡々と言う。

「ああ」ジェイクは足を踏みだした。「引き金を引く前によく考えるんだな」ブラックの腰にあるホルスターを見やった。「僕のファイルに何が書いてあった？　撃ち損じたら、弾は跳ね返る」ジェイクはＳＷＡＴの装甲車の厚い防弾の鉄壁を指し示した。

「もちろんおまえは撃ち損じることになる」歯を見せて不敵に笑った。

ブラックは目を細め、思案しているようだった。

ジェイクは待った。準備はできている。

やはりジェイクは兵士だった。スパイには策略があるが、兵士には鋼の心臓がある。しかもマギーを守るためなら自分は捨て身だ。

「下がって座れ」とうとうブラックがあざけるように言った。だいぶ無理をして強がっている様子だ。

ジェイクはかすかにリラックスして椅子に戻った。ブラックも少しはものがわかってきたらしい。

いい傾向だ。僕のマギーを脅しておいて、無傷で逃げられると思ったら大間違いだ。

ジェイクは何があってもマギーを援護しなければならなかった。マギーは頭がどうかした男と爆弾といっしょにいて、彼女を殺そうと手ぐすね引いて待っているＣＩＡの男を敵にまわしている。起爆装置を持った頭がどうかした男もＣＩＡの男もどちらも激怒していて危険だが、よりたちが悪いのはＣＩＡのほうだろう。マンキューソがまだマギーを撃っていないところをみると、マギーはあの男を手なずけたのかもしれない。ジェイクには、誰も見ていなければブラックは迷わずマギーを撃つという確信があった。

まったく。自由にならなければ。準備を整えたい。

強くなる必要がある。マギーのために。

59

マギーは震える息をもらし、携帯電話をベッドに落とした。ベッドには、色あせた手縫いのキルトがかけられていた。場違いな家庭のぬくもりが感じられて、居心地が悪い。外からは、空を旋回するヘリコプターの音が聞こえる。一定のリズムを刻むローター音はまるで、危機を察知して速くなる鼓動のように感じられた。

マンキューソがマギーに何かを投げてよこした。マギーがとっさに受けとめると、それは太い結束バンドで、手首を入れられるだけの余裕があった。

「つけろ」マンキューソが言った。

マギーはまっぴらだった。根源的で動物的な恐怖に心をかき乱される。だが迷っている余地はなかった。ひるんでいる場合ではない。マギーは恐怖を押し殺した。

マギーはしぶしぶ輪を手首に通して締めたが、こっそり手首を傾けてわずかに隙間が空くようにした。前にも手首を縛られて拘束された経験があったが、そのとき二度とそんなことにはならないと誓った。つまりありとあらゆる拘束具からの脱出方法を取り憑かれたように研究したのだ。このわずかな緩みがあれば、いざとなったら手首をすばやく曲げた膝に打ちつけて結束バンドを壊すことができた。だがマンキューソに主導権を握っているのは自分だと思わせる必要がある。縛られるのはそうなるための最初の段階だった。

　彼の不安を落ち着かせたから、今度はマギーが欲しいものを手に入れる番だった。

「カイラの様子を見せてもらってもいい？」マギーはマンキューソにきいた。

マンキューソはすばやくうなずくと、マギーの背を押して廊下を進み、リビングルームに向かった。マギーは室内を見まわした。ポールは部屋の中央で椅子に縛りつけられていて、カイラは一九七〇年代風のたわんだソファに横たわっている。オレンジと茶色の汚らしいカバーの上に、金色の髪がシルクのように広がっていた。

「マギー！」ポールが恐怖に目を見開いた。ＳＷＡＴがあとに続いていると思ったのか、マギーのまわりに必死に目を走らせている。彼女がひとりだと気づき、落胆した顔を見せた。「ああ、マギー」恐怖の表情が苦悶《くもん》と心配に代わる。「いったい何をしたんだ？」

「大丈夫よ、ポール」マギーはソファにまっすぐ向かいながら言った。カイラは意識を失っていて、呼吸も震えと見間違うくらい浅い。「ああ、なんてこと」マギーは少女の額に触れた。じっとりと冷たい。「意識を失ってどのくらい経つの？」脈を測りながらポールに尋ねた。激しい脈がマギーの指先に伝わってくる。早すぎる。

「三十分くらいだ」ポールが言った。「意識を失わないよう話をさせていた。少しは効果があったが、だんだん声が小さくなって返事が返ってくるのも遅くなっていった。それから――」

「わかった」マギーはすばやく言った。「よくやったわ」

彼女がマンキューソを見あげると、まるで初めて入ったかのように部屋を見つめていた。ここにきてどっと疲れに襲われたかのように肩を落としている。いったいどのくらい寝ていないのだろう? 自分のしでかしたことの重大さにようやく気がついたのだろうか? マギーは部屋を見渡したが、ブラックが送りこんだ〝ドクター〟の姿はなかった。どこに行ったのだろう？　マギーは思わず尋ねそうになったが、きけばそれが引き金になって、マンキューソは自分がしてしまったことを思いだすかもしれない。自分に何ができるかを思いださせてしまう。

「ロジャー」マギーは言った。「インスリンを投与させて。交渉材料ならほかにもたくさんある。生死をさまよわせる必要はないわ」

マンキューソが目に罪悪感を浮かべ、顔を赤らめた。「インスリンは壊した」

「なんですって？」マギーとポールは不安げに目を見あわせた。

「ただ、その……ほら、カイラは大丈夫だ」マンキューソはマギーに言った。「おばが糖尿病だったんだ。マギーにというよりも自分自身に言い聞かせているようだった。「おばが糖尿病だったんだ。マギー薬なんてほとんどのんでなかったし、好きなものを食べてた」

ええ、それで四十歳そこそこで死んだんでしょうよとマギーは思った。怒りと恐怖が胸にこみあげる。

カイラをここから助けださなければならない。一刻も早く。マギーは腕時計を確認した。ブラックとジェイクが車を用意するまであと十三分。急いでもらわなければ。

マギーはポールのところへ歩いていった。「君は何をしたんだ？」ポールが声を潜めてきいた。「どうして……」

「様子を確認してるだけよ」マギーはマンキューソに言った。マギーがポールに近づいたのを見て、マンキューソが前に出てきたのだ。「健康状態を見てるだけ。こんなに大量のC４爆薬をいじったりしないわ。危険だもの」マギーはポールの手首に慎重に手を伸ばし、脈を測っているように見せかけた。

「そのほうが身のためだ」マンキューソは自分が主導権を握っているのだとばかりに、

デッドマン装置をひけらかした。ポールが椅子に座ったまま体をこわばらせる。マギーはポールの肩に手を置いて安心させてやりたかったが、得策ではないことは明らかだった。

　マンキューソは窓辺を歩きまわり、カーテンの隙間から何度も外をのぞき見た。気がそれているのを利用しない手はなかった。

「手がつけられないの」マギーは膝をかがめてポールの瞳を観察しながら小声で言った。ストレスと興奮で瞳孔が大きく開いているが、ありがたいことに左右の大きさはそろっている。脳の損傷はなさそうだ。「現場はＣＩＡが引き継いでるわ」

「なんだって？」ポールは、頭がどうかしたのかという目でマギーを見た。「そんなばかな」

「長官はミスター・ブラックと名乗る男にすべてを委任した」マギーはマンキューソを警戒しながら言った。「ブラックがＣＩＡから派遣されてきたことをジェイクが突きとめたの。ジェイクは逮捕されて、私も首にされた。だから独自に動いてる」

「まさか……勝手に入ってきたのか？　マギー！　いったい何を考えているんだ？」ポールは声を潜めて怒りをあらわにした。

　マギーはポールをにらんだ。「シーブズが誰と結託してサウスポイントの事件を隠蔽しようとしてるかわからないけど、そいつは秘密を守るためならこの場にいる全員が犠牲になってもかまわないと思ってるのよ。だからなんとかして状況を打開しないと」

「何を話してる？」窓際からマンキューソがいぶかしげにきいた。

「上院議員の汚職事件について説明してるだけよ」マギーはさらりと言った。

タイムリミットが刻一刻と迫り、マギーの体の中をアドレナリンが花火のように駆け巡っていた。一方でマンキューソを捕まえて、どうしてエリカの言葉を真似したのかききたい衝動にも駆られていた。いったいどうしてエリカのことを知っているのだろう？　どうしてあの言葉を知っているのだろう？　考えてはいけないとマギーは自分を叱りつけた。今はだめだ。シャーウッド・ヒルズ事件で悲劇を生んでしまったのはエリカのことを考えたせいだ。同じことは繰り返さない。

カイラには助けが必要だ。それも今すぐ。私が助けなければ。どんな手段を使ってでも。

マンキューソの意識がカイラに向いているのをいいことに、マギーはポールに向き直った。「外には報道陣が詰めかけてる」彼女はそっと言った。「だから利用してやるの。生きて帰るためには興味をあおりたてて、テレビカメラをまわしつづけてもらわなければならない。波乱を起こすわ。それも次から次にね」

ポールの顔が引きしまり、現場捜査官のそれになった。気持ちの変化がマギーにもありありと見て取れた。「了解。僕は何をすればいい？」

マギーは抱きついて礼を言いたくなった。頼もうとしているのは楽しいことではない。

マギーは深く息を吸って話しはじめた。

60

「車が到着しました」見慣れない捜査官がSWATの装甲車に顔を出した――こいつもブラックの手下だろうか？

「来い、オコナー」ブラックはジェイクを引っ張って立たそうとした。ジェイクは手を振り払ってブラックをにらみつけたが、ブラックに続いて装甲車をあとにした。非常線を越えたところにつややかな黒のレクサスが停まっていて、公園から外に出る道の障害物も取り払われていた。残念だが、認めざるをえなかった――上院議員の車の趣味はなかなかいい。

ブラックの手の中の携帯電話が鳴った。ブラックに携帯電話を渡されたジェイクは心配に胃がよじれる思いで電話に応じた。役割を察することができなかったらどうすればいい？　自分がしくじったら？　勘違いしてしまったら？　マギーの一大計画をだめにしてしまったら？

「もしもし、マギー」ジェイクは堂々と振る舞うことに決めた。「車の用意ができた。まあ、知ってると思うが」

「キーを差したまま車から出て、あなたのところまで下がるよう運転者に伝えて」マギーが指示した。

ブラックが合図すると、運転者は慌てて車から降り、非常線の後ろに下がった。

「君が運転するのか？」ジェイクはノーの返事を期待しながら尋ねた。どうかマギーが無傷のまま安全に脱出できますように。マギーが怪我をしたらと思うと、心臓が激しく締めつけられた。あまりに生々しい痛みに息が詰まる。マギー・キンケイドのいない世界など考えられない、ジェイクはふいに実感した。三十年以上もマギーの存在を知らないまま過ごしてきたが、人生に彼女が現れた今、すべてが一変した。

「私じゃないわ」マギーが言った。ジェイクがほっとしたのもつかのま、マギーの次のひと言で安堵の思いは砕け散った。「あなたよ。銃は持たないこと。ナイフも持たないこと。武器はいっさい禁止。それじゃあ」

返事をする間もなく、マギーは電話を切った。

「言語道断だ」ブラックはにべもなく言うと、指を鳴らして仲間を呼び、矢継ぎ早に指示を出して持ち場につかせた。

「考え直せ」ジェイクはブラックの腕をつかんだ。ブラックは汚らわしいものでも見るような目でジェイクの手を見て、一歩脇に退いた。ジェイクは考えを巡らせた。マギーが自分に運転させようとしているなら、なんとしても運転席に座らなければならない。たとえブラックを意識不明になるまで叩きのめすことになっても。「僕は行く」ジェイクは真剣な声で言った。「マギーがそうしろと言ってるんだから、何か理由があるはずだ。状況を打開する助けになるかもしれない。僕は仕事はできる。人事記録を見たんだろう、ブラック。僕がどこで何をして、どんな功績を挙げたか知ってるはずだ。考えてもみろ。人質が死ねば、何カ月も捜査が行われる。FBIはもちろん、外野だって黙ってない。空き地にいるリポーターたちだって事件を追及しつづけて、おまえの依頼人につながる糸口を見つけだすはずだ。隠し立てはできなくなる」

ブラックが目を細め、何か魂胆があるのだろうとジェイクの顔を探るように見た。ジェイクは清廉潔白に見えるよう、堂々と相手の目を見返した。実際、清廉潔白だ。ブラックにはあとで必ず、自分が取った行動の埋め合わせをしてもらう。カイラとマギーとハリソンを危険に陥れたのはブラックだ。そう考えると血が煮えたぎったが、冷静さを忘れてはいけない。ブラックを説得しなければならないのだから。

マギーが僕を必要としている。無事に彼女を取り戻さなければ自分は地獄に落ちる。

「いいだろう」ブラックはしばし沈黙してから言った。「だがもしわれわれを出し抜こうとしているなら——」

「僕は人質とマギーを安全に助けだしたいだけだ、ブラック」ジェイクはさえぎった。「人質の安全が確保されたら、マンキューソは煮るなり焼くなり好きにしろ。おまえの秘密や諜報活動に興味はない。僕は兵士だ。罪のない人たちの命を助けたい」

「行け」ブラックが指示した。

ジェイクは空き地を横切り、車に向かった。背後でブラックが部下に指示を出す声が聞こえた。念のため、爆風が届かないところまで下がらせるのだろう。ジェイクは車の隣まで来ると立ちどまり、小屋の前面の窓からよく見えるよう、そちらに顔を向けた。運転席のドアを開けて乗りこむ。

チェック柄のカーテンが揺れ、小屋のドアが勢いよく開いた。

これまでに感じたことのない懸念に、ジェイクは心臓がすくみあがった。マギーが小屋から出てきた瞬間、ジェイクはすさまじい恐怖に襲われた。

マギーはあの爆弾付きのベストを身につけている。

くそっ、くそっ、くそっ。

周囲の音が途絶える。ジェイクは解決策はないかと懸命に考えを巡らせた。駆け寄って、あのベストを引きちぎろうか。マンキューソがデッドマン装置を落とさないよう手を押さえこんでから、やつを地面に組み伏せようか。だが行動に移すことはできなかった。辛抱しなければならない。

マギーがジェイクの恐怖におののく顔を見た。

私を信じて。マギーの目はそう語っていた。

信じろ。信じるんだ。マギーを信じなければならない。この勇敢で無謀な女性には何か策がある。

そうでなければ困る。失敗すればみんなが死んでしまう。

マギーはゆっくりと車に向かった。右手で報道陣がどよめいて騒ぎたてる。テレビカメラは一台残らずマギーに向けられていた。ブラックの指示で下がったSWAT隊員たちが、非常線あたりでせわしなく動きまわっている。マギーがジェイクの隣で足を止めると、ヘリコプターのライトが彼女をぞっとするような白い光で照らしだした。

マギーは力なく笑った。マギーは美しく、また勇敢でもあった。今この瞬間、彼女はありえないほど小さく、そして恐ろしいほど強く見える。

「きちんとした初デートをする前に自爆されたら、僕は頭がどうかなってしまうだろうな」ジェイクはマギーの目に浮かんだ恐怖を少しでもやわらげようとして言った。

自分の恐怖を気取られたくなかった。マギーのために強くあらなければならない。

マギーのよりどころであるはずのジェイクがよりどころを必要としていた。

「ええ、本当にいやになるわ。そうならないように頑張ってるの」マギーはジェイクを見つめて言った。

次にマンキューソが、カイラを腕に抱えてやってきた。片手にいまだあの遠隔起爆装置を握っている。ジェイクはデッドマン装置から目を離すことができなかった。カイラを落としたらどうなる？　ひとつ間違えば手が緩んで、マギーが死んでしまう。くそっ。なんてざまだ。マンキューソに飛びかかれば惨事は避けられない。ジェイクは行動を起こさないよう自分を抑えるだけで精いっぱいだった。

信じてとマギーが目で訴えている。ジェイクは従った。

ジェイクが後部座席のドアをすばやく開けると、マンキューソはカイラを乗せ、自分もその隣に座った。

「しっかり握っておけ」ジェイクは顎で起爆装置を指した。最後に爆弾付きのベストという脅威から解放されたハリソンが出てきた。手首は依然として後ろで拘束されたままだ。ハリソンが車に駆け寄った。「マギー、頼む。僕も連れていってくれ」その声は思いがあふれて震えていた。

「ここに残って、ポール」マギーが真剣な面持ちで言った。「そういう取引よ。私たちが約束を守れなければ、何ひとつうまくいかない」

「マギー――」

「約束したでしょう」マギーは断固として言った。「お願い」

ポールがため息をもらした。「成功させてくれ」

「だいたいは成功してるじゃない」マギーは無理に笑顔を作った。「さあ、行って」優しく言う。

ポールはこれが永遠の別れになると言わんばかりに、ブルーの目に必死に彼女の姿を焼きつけんとしているようだった。「マギーを無事に連れ帰ってくれ、オコナー」

C4爆薬に細心の注意を払って助手席に乗りこむマギーを横目に、ポールは押し殺した声でジェイクに言った。

「わかった」ジェイクは請けあった。

ハリソンが非常線の後ろに下がるなり、ジェイクはすぐさま運転席に滑りこみ、エンジンをかけた。ジェイクがマギーに顔を向けると、彼女は胸に爆弾をつけられているとは思えないほど落ち着き払っていた。

「空港に飛行機を用意してないことくらい、わかってるんだろう?」ジェイクはマンキューソに聞こえないよう声を潜めた。

「私は愚か者じゃないわ」マギーは言った。「マンキューソも空港に行くとは思ってない」

「もちろんそうだ」ジェイクはこともなげに言った。「どこに行くのか教えてもらえるかい？」

「少し待って……私の携帯電話を持ってる？」

ジェイクはポケットを探り、携帯電話を取りだした。マギーは手を伸ばし、マンキューソに気づかれないよう注意しながら折りたたんだ紙を落とした。

マギーは携帯電話を手にすると、座席に座ったまま振り返った。

「ロジャー、大丈夫？」

「ああ」マンキューソが言う。

「カイラの様子は？」

「大丈夫だと思う」マンキューソは答えた。「いちゃつくのをやめて運転に集中してくれれば、どこかには着くだろう」

「ちょっと待ってくれ」ジェイクが言った。紙を開き、几帳面な文字を読む。

マギー・キンケイドの才能は本物だ。マギーが書いた字を読んだ瞬間、ジェイクは称賛の口笛を吹きたくなる衝動を抑えた。

代わりに軽く鼻息をもらした。超人的な鋭さに舌を巻きつつも、同時にかすかな恐怖さえ覚える。マギーが善人側にいてくれてよかった。犯罪者側でその頭脳を発揮したらどうなるかなど想像したくもない。

「準備はいい？」マギーが言った。

「この僕にリスクを取ることについて説教したときのことを覚えてるかい？」ジェイクは言った。

内心の不安をさらけだすように、マギーは苦しげにさえ聞こえる笑い声をかすかにもらした。

ジェイクは手を伸ばしてマギーの手を握った。「僕がついてる」

マギーがジェイクの手を握り返し、指に力をこめた。

「やるわよ」

ジェイクはアクセルを踏みこんだ。

車が動きだした。

61

あの女はいったいどういうつもりだ？

オコナーが車を発進させ、未舗装の道路を通って公園の外に向かうと、ブラックのいらだちは波となってあふれでた。この事件はどうも最初からうまく指揮が執れない。やり方が雑なわけではなかった。整然と進めている。抜かりはない。手がかりも残さない。死体も出さない。メディアにも顔を出さない。

だがマギー・キンケイドはブラックの枠組みにはまらない。愚かな子どもと、結婚する気にもなれなかった男のために、安っぽい同情心で勝手気ままに枠を踏み荒らす。自らの車とSWATの装甲車一行、そして報道陣の中継車がオコナーの車を追って側道を走り、森を抜けて幹線道路に出ると、ブラックは嫌悪に唇を引きつらせた。キンケイドはいったい何を企んでいる？　逃げ道などないことはわかっているはずだ。大口を叩き、立場もわきまえないが、彼女は愚か者ではない。車に追跡装置がついていることも承知しているだろう。キンケイドがどこへ逃げようと、こちらは十台で追跡にあたっている。こういう状況ではごく普通のことだ。

それとも逃走劇を繰り広げておいて、そのあいだに策を練るつもりか？　ブラックは車を見失わないよう車線変更しつつ、アクセルを踏みこんだ。バックミラーにちらりと目をやる。中継車の一団はいまだ追跡を続けており、すぐ後ろの上空からは、ヘリコプターの音も聞こえる。ブラックは歯ぎしりした。これだけ報道陣に注目されれば、上層部はいい顔をしないだろう。だがリポーターはなんとでも言いくるめられる。操作するのは簡単だ。マンキューソを復讐に溺れてわれを忘れた、不幸な弟に仕立てあげてもいい。真実を明かさないようにしつつ、煙《けむ》に巻くのだ。もしかすると何人か、口封じしなければならないかもしれない――それも、永遠に。しかしそうしたことはあまり苦にはならなかった。

だからこそ、かつての自らの失態は腹に据えかねていた。リヤドで兄を始末したときに、マンキューソも排除しておかなかったのは大きなミスだった。仕事の手抜かりは見苦しい。ブラックは愚かではなかった。今度はマギー・キンケイドのような正義の味方気取りの相手をしなければならなくなった。

雑な仕事をしてしまった。ジョーはもっと賢いと踏んでいたのに。大事な弟が巻きこまれないよう取り計らっていると思っていた。けれどもそうではなかった。

突然、犯人たちの車が三車線横に移動した。すばやく方向転換し、ダウンタウンに向かう幹線道路に入って加速する。

ブラックは薄い唇に笑みを浮かべた。追いかけてこいということか。彼はさらにアクセルを踏みこんだ。弾みがついた車はがらがらの車線を横滑りし、犯人たちを追いはじめた。ブラックがバックミラーを見ると、中継車は速度を落としていた。中継車は車体が大きく重量もあるため、とっさにハンドルを切ることができない。いいことだ。目撃者は少ないほどいい。大半の部下は対応しきれなかったらしい――あとでよく言って聞かせなければならないだろう。だがSUVの何台かは方向転換に成功していた。警察のヘリコプターはなおも空に浮かんでいる。

ブラックが犯人たちを追おうとさらに加速すると、車が前に飛びだし、タイヤがきしんだ。

ゲーム開始。

勝つのは私だ。

62

「手荒な運転だな、オコナー！　いったいどこに向かっている？」マンキューソが運転席の背もたれにしがみついて尋ねた。彼は息をのみ、顔はかすかに青ざめている。ジェイクは見事なハンドルさばきで車のあいだを縫っていった。マギーははらはらしながらも感嘆せずにいられなかった。できるだけおとなしくしていようと、椅子に座ったまま窮屈そうに身じろぎした。胸につけられた悪魔の荷物のことを忘れ去ることはできない。ベストの重みに心臓が押しつぶされそうだ。

高層ビルが点在する区画を走り抜けた。ビルや家の脇を通り過ぎるたび、人がいるところに爆弾を持ちこんで住民を危険にさらすなんてと気が気でなかった。

ほかにどうしようもなかったのだと、マギーは自分に言い聞かせた。計画を遂行する。それ以外に道はない。

ジェイクはバックミラーを見やった。「ついてきてるのはあと三台だけだ」

「ヘリコプターはまだいるわ」マギーはウインドーから空を見あげた。「マンキューソ、落ち着いて。あきらめてはだめよ。カイラの脈を確認して。まだ速い？」

マンキューソは唾をのんで、意識を失った少女の首に手をあてた。「かなり早い」

「怒りに任せてインスリンを壊したりしなければ、こんなことにはならなかったのよ」マギーはぴしゃりと言った。

マンキューソがマギーをにらんだ。「起爆装置を持ってるのが誰か忘れたのか、マギー」

マギーは口を引き結んだ。「カイラをしっかり抱きかかえていて」ジェイクに向き直った。「残りの車も振りきれる？」

「了解」ジェイクが言った。

車が交差点に近づくと、信号が青から赤に変わった。だがジェイクはスピードを落とさず、逆に加速した。SUVは交差点を突っきり、すんでのところでセダンとの衝突を免れた。クラクションが鳴り響く。ジェイクがアクセルを強く踏みこむと、マギーは思わずすくみあがって目を見開いた。SUVは急加速し、二台のセミトレーラーに近づいた。一台は左レーンに車線変更しようとしている。まさか……いくらなんでも……。

だがジェイクは突っ走った。マギーは両手でダッシュボードを握りしめ、顔をそむけた。ジェイクがハンドルを切り、マギーは衝撃に備えた。車は急加速し、車線変更しようとしていたセミトレーラーを一気に追い抜いた。あと数センチのところで、なんとか衝突を避けることができたようだ。ジェイクが再びアクセルを踏みこんでスピードを上げると、車は同じレーンを走る前後のトラックに守られる形に落ち着いた。一時的にブラックやほかの追跡者たちの視界から外れたわけだ。

マギーは深いため息をついて振り返った。銀色のSUVが隣のレーンを突き進んでいる。「ブラックはまだついてきてるわ」疾走する車の中で、マギーは顔をしかめた。SUVが一台、ハンドルのコントロールを失い、路肩に飛びだしている。追いついてくる見込みはない。

「一台振りきった」〝ようこそ、ワシントンDCのダウンタウンへ〟と書かれた看板の脇を駆け抜けると、ジェイクが言った。

「あと少しだわ」マギーは息を切らして言った。カイラと同じくらい脈が上がっているかもしれない。成功するだろうか？

成功させなければ。

「どこに向かってるんだ？」マンキューソが不安げにきいた。

「ワシントンDCに飛行禁止区域があるの」マギーは言った。「警察でさえ入れないのよ」

マンキューソはあんぐりと口を開けた。「じゃあ、ヘリコプターでも追跡できないってわけか」

「そのとおり」マギーは空を見あげた。降り注ぐスポットライトのせいで見えづらいが、ヘリコプターはいまだ上空で車をつけ狙っている。

「つかまれ！」ジェイクが声をあげ、急にブレーキを踏んだ。マギーは両手をダッシュボードに突っ張った。シートベルトが胸に食いこみ、危うく爆弾に触れそうになる。爆発で木っ端みじんになってしまう。マギーは凍りついた。だが装置につながれたワイヤーは動かず、C４爆薬は持ちこたえた。ジェイクはうなずいてマギーに注意を促すと、急停止したところから一気に方向転換した。マギーたちを追跡していたグレーのSUVが横を疾走していく。

「二台目」ジェイクは額に浮かんだ汗を拭いて、バックミラーを確認した。「あとはブラックだけだ」

「スピードを上げて」マギーは指示した。車が急加速する。ジェイクの彫りの深い横顔には固い決意が浮かんでいた。結果がどうあれ、マギーの計画を遂行してカイラを守るためなら、ジェイクは命懸けで全力を尽くしてくれる。ありがたかった。マギーの身に何か起こっても、ジェイクが生き残れば、彼がマンキューソとカイラのあいだに立ちはだかってくれる。そしてブラックからカイラを守れる人がいるとしたら、それはジェイクを置いてほかにいない。

車が通りを疾走し、マギーは空に目を向けた。ダウンタウンに着くと、予想どおり、警察のヘリコプターは方向転換した。

「ジェイク」マギーは上を見てうなずいた。

時間だ。マギーの胃が跳ねた。

きっとうまくいく。途方もない計画だが、必ずうまくいくはずだ。

ジェイクもついている。彼が成功を後押ししてくれる。

ジェイクがこちらを向くと、マギーは再びうなずいた。

「おい！　マンキューーソ！」ジェイクが声を張りあげた。「僕を見てくれ。君の助けが必要だ」

マンキューソの意識がジェイクに向いた。一瞬で充分だ。順調な滑りだし。マギーは座ったまま身をよじり、後ろにもたれかかった。電光石火の早業でマンキューソの手から起爆装置を奪い取って握りしめる。

「やったわ！」

「おい！」マンキューソが装置を取り返そうと身を乗りだした。マギーは肘を突きあげ、マンキューソの顎を強く叩いた。マンキューソはのけぞって座席に倒れこんだ。マギーは起爆装置をきつく握りしめ、手を守るように体を丸めてスイッチに衝撃が伝わらないようにした。つかのまこれで無事に家に帰れるかと思われたが、その一瞬、ジェイクの意識は道路ではなく、マギーとマンキューソに向けられていた。

コンクリートの壁にバンパーが激突し、車がつぶれる轟音《ごうおん》とともにフェンダーとサイドパネルが破壊された。車は道路の中央でスピンし、激しく前後に揺さぶられた。

ジェイクが再びハンドルのコントロールを取り戻し、レーンを外れて路肩にゆっくりと停車する頃には、マギーはめまいがして方向もわからなくなっていたが、それでも安堵の息をもらした。シートベルトを外し、空いているほうの手でドアを開けようとする。だがドアは一部つぶれてしまっていたので、マギーはウインドーを開け、起爆装置を握ったまま隙間から慎重に外に出た。続いてジェイクもウインドーから外に出る。マギーが通りに出るとすぐにジェイクも駆け寄ってきて、爆弾付きのベストを脱ぐのを手伝ってくれた。マギーはすみやかに安全なところまで離れ、ベストをそっと地面に置いた。マギーが起爆装置を握りしめる横で、ジェイクは膝をついてベストを調べた。

「解除できる？」マギーは尋ねた。

「少し時間がかかる」ジェイクが言った。「カイラの様子を確認してきてくれ。そいつから手を離すなよ」ジェイクは起爆装置を顎で指した。

マギーは急いで車に戻ると、後部座席のドアを開けた。カイラはいまだ意識がないが生きていた。

「あった！」ジェイクが声を張りあげた。マギーが振り返ると、ジェイクがC４爆薬につながれていたワイヤーをそろそろと取り外しているところだった。もし間違っていたらとマギーは息をのんだ。ジェイクが走って戻ってくると、ふたりは念のために車の後ろに隠れた。「答え合わせだ」ジェイクがマギーの手の中の起爆装置を顎で示す。

起爆装置から手を離すのはためらわれた。もし間違っていたら？　マンキューソが保険をかけていたとしたら？

心臓が早鐘を打つのを感じながら、マギーはおそるおそるデッドマン装置から指を離した。

爆発は起こらなかった。

ああ、よかった。マギーがほっとして車にもたれかかると、ジェイクがにやりとしてマギーを見た。

「ほら、大丈夫だっただろう、ブロンドちゃん。爆発物処理班を呼んで処分してもらおう」

これでもう大丈夫だと思ったとき、ブレーキ音が聞こえた。マギーが振り返ると、ブラックのSUVがふたりの目の前で停まった。「救急車を呼んで！」ジェイクがマンキューソを車から引きずりだす隣で、マギーはブラックに向かって声をあげた。

SUVから出てきたブラックは銃を構えていた。

「待ってくれ、ブラック！」ブラックがグロックをマンキューソに向けたのを見て、ジェイクが叫んだ。「マギー！」声を張りあげてマギーに知らせる。

マギーがカイラのほうに足を踏みだすと、ブラックは銃口をマギーに突きつけた。

マギーは凍りついた。

「ねえ」マギーは両手を上げ、すばやく考えを巡らせた。カイラを安全な場所まで連れていかなければ。それが最優先だ。「カイラを弾が届かないところに連れだすだけよ、ブラック。流れ弾があたったらどうするの」

「撃ち損じるなどありえない」ブラックは銃口を再びマンキューソに向けた。デッドマン装置も何もかも失ったマンキューソは、くすんだ汗まみれの顔に敗北感をにじませて縮こまった。先ほどの衝突で額に傷を負ったらしく、そこから頬へと血が伝っている。

マギーは後部座席にかがみこんでカイラを背負った。少女を車から連れだすと、すぐに路肩まで歩いていき、充分離れたところに下ろした。

「すぐにこっちへ来い、キンケイド」ブラックが言った。

マギーは震える息をもらして立ちあがり、ゆっくりと壊れた車のほうに戻っていった。死刑宣告を受けに行くような気がしてならない。きっと殺されるのだろう。マギーは唇の内側を嚙んだ。手首が焼けつく。ジェイクの手を握りたいが、そんなことをしてはだめだとわかっていた。ジェイクも私も、いつでも戦えるようにしておかなければならない。

どこまでも戦おう。それが私たちの生きざまだ。

「報道陣も証人もいないところまで来るとはなんて愚かなんだ」ブラックはあざ笑いながら、大股で三人に近寄った。「私の仕事は情報を守ることだ。仕事をさせてもらおうか」

「武器を取りあげたから、マンキューソはもう脅威じゃないわ」マギーは急いで言った。「見て」血を流したまま呆然とうずくまっているマンキューソを指し示した。「殺したら立派な殺人よ」

「君の言うとおりだ」ブラックが認めた。「そいつの兄にしたのと同じことだ」

マンキューソが体をこわばらせ、痛みに顔をしかめた。「ジョーを殺したのか？」彼は絶叫した。「くそ野郎！」

マンキューソは飛びかかろうとしたが、ジェイクが腕で抱えこんで引き戻した。

「ばかな真似はよせ」ジェイクは言った。

「まさかジョーが弟に伝えているとは思わなかったよ」ブラックが冷酷な笑みを浮かべて続けた。「重大な職務違反だ。気づいてしかるべきだった。念のためにあのとき、おまえのことも殺しておくべきだったな」

「ふざけるな！」マンキューソは叫んだ。「殺してやる！　俺から兄さんを奪いやがった！　兄さんは本当のことを言っただけだぞ！　正しいことをしただけだ！ジョーは国のために働きたかっただけだ……アメリカのために！」マンキューソの目に怒りの涙が浮かぶさまをマギーは見つめた。マンキューソが助けを求める相手はいない。この場にいる全員がそう理解していた。マンキューソはブラックの餌食だ。

全員がブラックの餌食になる。

「おまえの兄は全体像が見えていなかった」ブラックはようやく主導権を握れたことがうれしいらしく、なおもしゃべりつづけた。「密輸が行われていると知ったとき、おまえの兄は上院議員の関与にばかり気を取られていた。CIAにいる自分の上司たちの首を絞めていたことには気づかなかったんだ。われわれに選択肢はなかった。私が命令を受けた」

「つまりCIAは身内の捜査官を殺したということ?」マギーが言った。

ブラックは肩をすくめた。「残念だが、そうせざるをえないこともある」ブラックはマンキューソからわずか数メートルのところで銃を構えると、眉間に狙いを定めた。「今回も残念だが、そうせざるをえない」

「でも、あなたはひとつだけ勘違いしてるわ」マギーは言った。誰もいない通りに声が高らかに響く。

ブラックが顔をしかめ、一瞬だけマギーを見やった。

マギーはポケットから携帯電話を取りだし、高く掲げた。「証人ならここにいる。カイラを抱きかかえて安全な場所に移したときに、急いでワシントン・ポストに電話をかけたの。CIAの隠蔽工作について、詳しく話してもらえる、ブラック? ワシントン・ポストの編集長のアンドレア・イェーツが聞いてくれるわ」

ブラックは顔面蒼白《そうはく》になったかと思うと、すぐに頰を上気させた。「このくそあま！」ブラックは叫ぶと、すばやく銃口をマギーに向けて引き金に指をかけた。

マギーは凍りついた。武器はない。逃げる時間もない。もうおしまいだ。

これでおしまい。

少なくとも、ほかのみんなは無事だ。悪事も暴かれた。

私はまたエリカに会える。

マギーは目を閉じた。

バン。

マギーは自分が倒れるのを待った。弾が胸を貫く痛みに膝から崩れ落ち、あたたかい血が流れて、命が体から出ていくのだ。

だがマギーが目を開けると、倒れているのはブラックのほうだった……血を流している。

ジェイクが右手に小型銃を持って、ブラックにまたがっていた。ブラックのグロックを蹴り飛ばし、ひざまずいて脈を確認する。ジェイクはマギーを見あげてうなずいた。ブラックが人を傷つけることはもはやない。

「大丈夫かい、ブロンドちゃん？」ジェイクが尋ねた。決意と気概をにじませ、口を固く引き結んでいる。

マギーはうなずいた。胸から心臓が飛びだすのではないかと思うくらい鼓動が激しい。

カイラ。

遠くでサイレンが鳴り響く中、マギーはカイラに駆け寄り、意識不明の少女の隣にひざまずいた。

「大丈夫よ、カイラ」マギーは言った。「もう安全だから」

63

サイレンの音が大きくなるにつれて、マンキューソは不安げに身をよじった。

「無罪放免ってわけにはいかないよな」マギーに尋ねる。

マギーは浮かない顔でマンキューソを見あげた。嘘をつくつもりはなかった。「あなたが欲しいものを手に入れる手助けをする。その約束は果たしたわ。ジョーが殺された理由は誰もが知るところになる。ジョーが真の愛国者だったこともね。世間に知らしめるため、あなたは手段を選ばず行動した。望みはかなったはずよ」

マンキューソは遠くから急速に近づいてくるSUVのヘッドライトを眺めた。彼は顔についた血をぬぐったが、その手は不安を映すように小刻みに震えている。

「怪我は大丈夫？」マギーは言った。

マンキューソがうなずいた。「もっとひどい怪我をしたこともある」

「そもそも生きて逃げきれるとは思ってなかったんでしょう？」マンキューソが頭の

中で逃走経路を考えていることに気づいて、マギーは尋ねた。逃走したいという本能は全人類の根源に根差している。

「そのとおりだ」マンキューソは前後を見渡しながら言った。「それでも試してみる価値はある」

マンキューソがジャケットに手を入れたので、マギーはカイラに覆いかぶさった。銃声が響き渡る。ジェイクがのけぞって地面に倒れた。マンキューソは少し先にある広い公園を目指して走りだした。しまった。

ジェイクは血を流してあおむけに倒れている。マギーは駆け寄り、膝をついた。

「どこを撃たれたの？」彼女がシャツに触れようとすると、ジェイクが手を振り払った。

「肩だ」ジェイクは歯を食いしばりながら言った。「追うんだ！　すぐに救急車が到着する。カイラのことは任せておけ。ほら……」マギーに銃を押しつけた。「捕まえてこい、ブロンドちゃん」

けれどもマギーは銃を受け取らず、かがみこんで両手でジェイクの顔をつかみ、熱く唇を重ねた。自分がマンキューソを追っているあいだに、ジェイクは死んでしまうかもしれない——あと数分の命かもしれないのだ。どうしてもジェイクに伝えておきたい……。

マギーは体を引き、彼の美しいグリーンの目から数センチのところまで顔を離した。

「ジェイク、私……」マギーは口を開いた。言いたいのに言葉にできず、唇をなめた。伝えたいのに。でも時間がない。行かなければ。「大量出血で死ぬんじゃないわよ」

マギーはそう命じて銃をつかんだ。

ジェイクはにやりとした。「健闘しよう」


マギーは走った。コンクリートの縁石を飛び越え、道路を疾走する。足がアスファルトを跳ねた。マギーは公園の入口を駆け抜け、すばやく右に曲がった。マンキューソはすでに石畳の道の脇にある木々の奥に姿をくらましていたが、マギーは銃を構えて厳戒態勢で前に進んだ。

公園には人っ子ひとりいない。看板には清掃のため閉鎖中だと書いてあった。作業員に注意しなければ。ごみを拾ったり、植え込みを刈ったりしているだけの無関係な人を誤って撃ちたくはない。

マギーは公園の中央にある、木がひときわ生い茂っている箇所に向かった。マンキューソはできるだけ身を隠しやすいところへ逃げるはずだ。不意打ちで攻撃できる場所へ行くに違いない。

常に備えておかなければ。

ちょうど太陽が地平線上に顔をのぞかせたところで、夜明け特有の灰色の光が、目指す先のうっそうとしたオークの木でかすんでいた。濡れた地面を可能な限り迅速に進もうとするが、脚の筋肉が焼けつくようだった。森に近づくにつれて、勾配がきつくなった。運がいい。丘の上なら有利だ。視界が悪くてはどこにも進めない。マンキューソを見失うか、やられるか――下手をすれば背後から撃たれることもある。

マギーはジェイクの銃を両手に握りしめたまま、息を切らしながら丘にのぼった。ここからは周囲がよく見渡せた。マギーは眼下の公園を見まわして、道に動く影がないかどうか捜した。どこにいる？

しばしのあいだ、聞こえてくるのは耳鳴りのように響く、激しい自分の鼓動だけだった。だが園内を捜索しながら確固たる足取りですばやく動いていると、集中力が増し、五感が研ぎ澄まされていった。

これこそマギーの子ども時代からもたらされた賜物《たまもの》だった。知識と勇気、力によって直感が鋭敏になる。

のぼりはじめた太陽で、園内の木や銅像、ベンチの影が長く伸び、マギーは神経が張りつめた。視界の隅で何かがちらついて飛びあがったが、枝が風に揺れているだけだった。落ちた枝を踏み越えるとガサガサと音がして、足元でドングリが割れた。

マギーは立ちどまってゆっくりと体を回転させ、状況を確認した。マンキューソはどこに逃げるだろう？　もう公園から逃亡したのだろうか？　これだけ広いのだから、まだ外に行ったはずはない。そんなに早くは走れない。だったら、隠れている？　もといたところに戻ったのだろうか？

枝が折れる音がした。本当はその場に凍りつくか逃げだすかしたかったが、マギーはなんとか前に歩きはじめた。前方から物音が聞こえた気がして、マギーは腰をかがめて足早に丘の北側へ向かった。

聞こえた。足音は隠そうとしても隠しきれない。

マンキューソは後ろにいる。

マギーは総毛立ち、背筋に寒けを感じて震えあがりそうになったが、冷静さを失うわけにはいかなかった。計画をふいにしてはならない。

落ち着いてやるのだと、マギーは自分に言い聞かせた。ここにマンキューソをおびき寄せよう。足音が近づいてきた。

マギーはマンキューソならこのチャンスを逃さないだろうと考え、わざとつまずいてみせた。だが転ぶのではなく、かがんですばやく身を翻した。マンキューソが後ろに下がって体勢を立て直す前に、突進して彼を組み伏せる。マンキューソの手から銃が離れると、マギーは彼のみぞおちめがけて思いきり膝蹴りした。苦しげに咳きこむマンキューソに、彼女はジェイクの小型銃を突きつけた。

「動かないで」マギーは両手を上げたマンキューソに命じた。狙いを定めたまま、ゆっくりと立ちあがって彼の銃を拾うと、弾倉を取りだしてポケットにしまった。

「逃げてはいけなかったわ、ロジャー」

マンキューソがヒステリックに笑った。「俺と同じ立場なら、おまえだって逃げるだろ？」

マギーにはわからなかった。銃口を向けたまま、マンキューソの前に立ちはだかる。

「殺すつもりか？」

「私はブラックじゃない」マギーは言った。「でも、おかしな動きをしたら撃つ」

マンキューソは降参して地面に座りこんだ。「逃げるしかなかった」ささやき声で言う。

「逃げてはだめだったのよ。でもその話はもういいわ」

確かめなくては。どうしてエリカの最後の言葉を知っていたのか、きかなければならない。どうやって知りえたのか。なぜ知っていたのか。

答えが欲しい。

夜明けの光を浴びて、マンキューソの目が光った。「なんの話がしたいんだ？」

「どうして電話であんなことを言ったの？」

「あんなこと？」マンキューソはしらを切った。

マギーの胸にふつふつといらだちがわき起こった。ここまできて、まだ駆け引きしようとは。引き際がわからないのだろうか。兄が殺された事実を暴いて復讐を遂げた今、どうすればいいかわからなくなったのだろう。

「しらばっくれないで。銃を持ってるのは私のほうよ」マギーは銃を掲げ、引き金から指が外れないよう注意しながらマンキューソの顔に突きつけた。

「殺すつもりはないと言ったくせに」マンキューソが非難がましく言った。「まあ、言われなくてもわかるけどな。おまえはそういうタイプじゃない」

「殺すつもりはないと言ったけど、撃たないとは言ってないわよ。さあ、吐きなさい」声ににじむ冷酷さにマギーは自分でも嫌気が差したが、なんとしても聞きださなければならなかった。知らなければならなかった。何年間もずっと頭の中で叫びつづけている〝エリカを助けて！〟という声を止めなければ。

「どうしておまえの姉さんの最後の言葉を言ったのかって？」マンキューソがあざけるように言った。

ジェイクから借りた銃を握る手に力が入る。マギーの胸に十数年前の恐怖がよみがえった。「どうして知ってるの？」震える声できいた。「まだ小さかったあなたが事件にかかわったはずはない。誰に聞いたの？」

マンキューソは笑った――政治にかかわる者特有の人あたりのいい笑みではなく、自分に残された時間が少ないことを悟った者が見せる、すがるような追いつめられた表情だった。彼は肘をついて体を起こし、マギーの目を見た。

「電話があったんだ。あの小屋にいたとき、通話を遮断される前に。電話の男はおまえのことをよく知ってた。協力的で情報をたくさんくれた。俺をサポートするのが楽しい、おまえを揺さぶるのが楽しいという感じだった。おまえはエリカが大好きで、それが揺さぶりをかける鍵だと教えてくれた。前にもその手を使ったと言ってた」マンキューソは腕をまっすぐにして背筋を伸ばして座った。

「男……前にもってどういうこと？」マギーは涙を浮かべ、震える声で尋ねた。気持ちを落ち着けようと、両手できつく銃を握りしめた。「電話をかけてきたのは誰？

教えなさい！」

　バン。

　マンキューソの体が跳ね、目が見開かれて焦点がずれたかと思うと、額から血が流れだした。顔が緩み、口から泡が吹きだし、彼は息絶えて地面に倒れた。

　マギーは銃を構えて振り返った。

「マギー、僕だ！」ポールが銃を下ろして丘を駆けあがってきた。「撃たないでくれ！」

　マギーはポールから目をそらし、死んだマンキューソを見た。マンキューソは失われた。マギーが必要としていた答えはすべて——失われてしまった。エリカと同じように。エリカを殺した犯人と同じように。

「なんてことをしたの？　どうして殺したのよ？」マギーは烈火のごとく怒った。しゃがみこんでマンキューソの脈を確認したが、無駄なことはわかっていた。

　犯人は逝ってしまった。

「追跡車に乗っていたんだ」ポールが説明を始めた。「君がマンキューソを追って公園に入ったとオコナーから聞いた。救急隊員に止められて自分は行けないから、代わりに追いかけてくれと。カイラは無事だよ。今、病院に搬送されているところだ」

「どうして撃ったのかってきいてるの！」マギーはなおも言った。「ようやく……」

彼女は叫びだしたい衝動に駆られた。マンキューソは何を言おうとしていたのだろう？　自分のことを熟知しているらしい、その男の名前を知っていたのだろうか？　いったい誰？　ずっと私のことを監視していたの？　私は危険にさらされているのだろうか？　きかなければならなかったのに。エリカを殺した犯人が……あと少しで犯人の正体がわかったのに。突きとめなければならなかったのに。

エリカの遺体がどこにあるか、突きとめなければならないのに。

「ナイフをつかもうとしていたんだよ、マギー」ポールはかがんでマンキューソの死体を横に転がした。地面にナイフが落ちていた。

マギーは息をもらした。ポールを責めることはできない。でもあと数秒あれば……。

戦意喪失して地面に倒れこむと、いらだちと安堵の入りまじった感情がわきあがった。ポールは命の恩人だ。だが同時にポールのせいで、マギーが人生を懸けて捜していた事件の手がかりは失われてしまった。

「おいで、マギー」ポールは言った。「病院に行ったほうがいい」

ポールはマギーが起きあがるのを手伝おうと手を差し伸べたが、彼女は自分で立ちあがった。緊張の糸が切れ、体じゅうがずきずきと痛んだ。

「大丈夫かい？」

「ええ」マギーは嘘をつき、灰色の夜明けの中でまたたく、はるかな街の光を見つめた。

真実は何よりも手が届かないところにあった。

犯人はまだ野放しになっている。マギーを誘拐し、エリカを殺した男。

私からエリカを奪った男が野放しになっている。

マギーは確信した。そしてその男は今再び、私の人生に手を出そうとしている。

絶対に見つけだしてみせる。

そして償わせてやる。

64

病院の蛍光灯が、ジェイクの病室を探して廊下を歩くマギーの目にしみた。自分がどのくらい寝ていないのか見当もつかない。神経が高ぶって眠れなかった。どこが痛いのかわからないくらい体じゅうが激しく痛むが、ちょっとした打ち身とすり傷以外は無傷だった。ジェイクのほうが心配だ。

マギーはドアを軽くノックして、病室に顔を突き入れた。

ジェイクはベッドに横たわり、半ば目を閉じていた。黒髪がくしゃくしゃに乱れ、日に焼けた肌はいつもより青白かったが、つい数時間前に撃たれたとは思えないほど元気そうだった。ちょっと偏見も入っているけれどと、彼女は認めた。ジェイク・オコナーは水も日焼け止めもなしで砂漠を横断したあとのほうが元気に見えるだろう。「ねえ、カウボーイ」柄にもなくベッドに横になっているジェイクを見て、マギーは胸が締めつけられた。

まだ少し頭がぼうっとしているのか、ジェイクはかすかにゆがんだ笑みを浮かべた。

「いい痛み止めを処方してもらった？」マギーは持ってきた花をベッド脇のテーブルに飾りながら尋ねた。

ジェイクがかぶりを振った。「いや、痛み止めは嫌いなんだ。どっちにしろ必要ない。たいした怪我じゃないから」

「撃たれたのよ」マギーは言った。「たいした怪我だわ」

ジェイクは肩をすくめた。「前にも撃たれたことはあるが、大丈夫だった」テーブルを見て含み笑いをもらした。「僕の見舞いに花かい？」彼はマギーを見あげ、顔をしかめつつ笑った。

マギーは恥ずかしさに頬を染めた。ジェイクのような屈強な男に花は似合わないが、ほかに何を持ってきていいかわからなかった。「セイヨウハコヤナギよ。フラワーショップの店員さんに男性的なものを選んでもらったの。この植物は勇気の象徴だって言ってたから、ぴったりだと思って。あなたは現場でとても勇敢だった」

ジェイクはにやりとした。「さては僕のことが好きなんだろう、ミズ・キンケイド」そう言ってからかった。「君も正気の沙汰じゃないほど勇猛だったよ。退院したら君にもセイヨウハコヤナギのブーケを贈ろうと思うから、覚えておいてくれ」

マギーはおかしくなって目をくるりとまわした。

「ここに座って」ジェイクがベッドの隣をぽんと叩いた。マギーは彼の肩に厚く巻かれた包帯を間近で見て不安になったが、それを悟られないようにして隣に座った。

「事件のその後について誰かから聞いた？」マギーは尋ねた。花の話題は長くはもたなかった。

「エイデンハーストが来たが、事件の話をする間もなく電話が鳴って、走っていってしまったよ。あのあと何があった？」

「シーブズ上院議員は逮捕されたわ。大陪審では起訴確実よ。証拠も山のようにあるから、長い懲役刑か、もしかすると終身刑になるかもしれない」

「そうなるのがふさわしいだろうな」ジェイクが言った。

「それからCIA長官のところにも大がかりな捜査が入るわ」マギーは言った。「即時解任されないのは、更迭する前に長官やブラックに加担していた人たちを調べあげたいからだと思う。情報機関は怒り心頭だって、フランクが言ってたわ」

「そりゃあそうだろう」ジェイクは怒りをにじませて言った。「スパイもかつてはもっと分別があった」

「たぶん時代が変わったのよ。でもカイラの意識は戻ったわ」マギーは明るい声で言った。「もう大丈夫だそうよ。ありがたいことに、後遺症もないみたい。あと一日だけ入院して様子を見るって。ミセス・シーブズと話をしたの。すでにワシントンDCで一番腕利きの離婚弁護士を雇ってたから、上院議員のことは切り捨てるつもりなんだと思う。自業自得ね」

「賢明だな」ジェイクが言った。「いい母親だ」

「そうね。カイラには母親が必要よ。こんな事件に巻きこまれたあとで日常に戻るのは容易ではないけど、お母さんの支えがあれば心強いわ」

「経験者は語る、かな？」

「近いものはあるわね」マギーは自分が帰宅したのちの母の苦労を思った。マギーは外の車の音から廊下を歩く父の足音に至るまで、どんなささいなことにでも怯えた。母がばかばかしいと一蹴したことは一度もない。事件後マギーが悪夢に悩まされて叫び声をあげて飛び起きたときには、必ず母がそばについていてくれた。

「これからどうするんだ？」ジェイクが脚でマギーをつついた。

マギーは躊躇して、しばし病院の窓から外を眺めた。

「わからない」真剣な面持ちで再びジェイクの顔を見た。「でもフランクが……戻ってこいって」

「FBIに？」

　マギーはうなずいた。

　ジェイクはベッドにもたれかかり、考えこむように眉をひそめた。「それで、戻るんだろう？」じっとマギーを見つめて尋ねた。

　マギーは笑いだしたくなった。まるで答えがわかっているかのようなきき方だ。

「そうね。もし一週間前にきかれたら笑い飛ばしたはずなんだけど、今は……」

「事情が変わった」ジェイクは同調するようにうなずいている。

　マギーはほほえんだ。ジェイクが理解してくれているという安心感に包まれた。

「何もかもが変わってしまったの」マギーは正直に打ち明けた。

　ジェイクは手を伸ばすと、あたたかくごつごつした手の甲でマギーの頰を撫でた。

「僕にとっても同じだ」

　マギーは顔を横に向けて、ジェイクの無骨な手に唇を押しあてた。

「フランクの言うとおりにしようと思う。使命感を持つのはいい気分よ、そうでしょう？」荒く険しい道のりだが、以前ほど打ちひしがれてはいない――またいい仕事ができるという自信があった。それにもうひとつ、さらに大きな理由がある。エリカを殺した犯人を追うのをあきらめたのは間違いだった。犯人がまだ野放しになっていると知った今、マギーの心が休まることはない。絶対に。

必ず償わせる――犯人に銃を突きつけるのだ。

「そうだな」ジェイクが言った。「よく理解できる。君みたいな女性は……まあ、休みたがりではないとだけ言っておこうか」

マギーは笑った。「間違ってもそれはないわね。ところで休みといえば……」マギーはいたずらっぽく笑った。「連邦公務員のおもしろいところはね、私は辞めると言ったのに、実質は長期休暇扱いになってたということよ。さすがはフランク、油断できないわ。それで私はまだ長期休暇中なの」

ジェイクはマギーの言わんとするところを把握し、にやりとした。「僕たちに残された時間はどのくらいだ？」

マギーは笑顔を輝かせた。〝僕たち〟という響きに幸せがあふれだした。「五週間よ」

ジェイクが痛みをものともせず、身を乗りだした。「おいで」そっと言う。

マギーはジェイクに寄り添い、唇を重ねた。彼女はジェイクに痛い思いをさせたくなかったので、それは甘く優しいキスだった。だが熱い浴槽につかったときのように、高揚感と愛情が体じゅうに広がった。

これは何かいいことが始まる兆しだ。何かとてもすばらしいことが始まる。

ジェイクが額をマギーの額につけた。「それでブロンドちゃん、最初の目的地はどこにする？　バリ島の東沖に、最高の小島があるんだ……」

訳者あとがき

昨年春にロマンティック・サスペンスの分野で話題となったテス・ダイヤモンドの『危険な夜と煌めく朝』をお届けします。

著者紹介によると、テス・ダイヤモンドはアメリカのコロラド州在住、法執行機関に勤める夫とふたりの子ども、ジャック・ラッセル・テリア犬と暮らしています。サスペンスが大好きな彼女はＦＢＩ捜査官に憧れており、アクションドラマを見たり小説のプロットを考えたりするときはすっかりそれになりきっているのだとか。

まさにそのＦＢＩ捜査官を主人公とした本作は、二〇一七年ロマンティック・タイムズの軍事・犯罪サスペンス部門でレビュワーズ・チョイスのベスト作品にノミネートされました。内容を少しご紹介しましょう。

主人公のマギー・キンケイドはかつて十四歳の姉とともに誘拐され、自分だけが生き残ったつらい経験があります。大人になってFBIに入ってからは、優秀な交渉人として数多くの功績を残しました。しかし過去のトラウマを克服することは容易ではなく、ある人質事件で少女の犠牲者を出したことから二年前にFBIを退職、婚約していた同僚ポールとも別れてしまいます。

そんなマギーのもとに元上司のフランクが現れました。有力な上院議員の娘が誘拐されたので力を貸してほしいというのです。人質の少女は亡くなった姉と同じ十四歳でした。かつての失敗を繰り返すことを恐れながらも、マギーはフランクの頼みを断りきれず、上院議員の邸宅に向かいます。

現場の男たちは頭が固かったり自己顕示欲が強すぎたりで、マギーにとって必ずしも仕事がしやすい環境ではありません。少女のベッドルームを調べていたとき、さっそくひとりの男が失礼な態度を取ってきました。鍛えあげられた肉体に高級スーツをまとい、黒髪にグリーンの瞳がとびきりセクシーなジェイク・オコナーです。

長く陸軍の実戦部隊に所属していたジェイク・オコナーは、中東での活躍を認められて本国に戻され、三年前からワシントンDCで政治家のセキュリティ対策に携わっていました。今回も将軍から直接指示されて上院議員宅に来ていました。そこで出会ったマギーは小柄ながらブルーの瞳とブロンドが魅力的で、気の強さとセクシーさを兼ね備えており、ジェイクはいたく刺激されます。元戦闘員の彼としては、犯人とまどろっこしい頭脳ゲームをするより実力行使で一気に片をつけたいところでした。それでも次第に、自分たちが協力しあうことで事件が解決できそうだと考えます。

単なる身代金目的かと思われた人質事件はその後複雑な展開を見せ、やがて政治と金と陰謀を巡る恐ろしい真実が明らかになっていきます。主人公たちのロマンスとの絡み合いも見事で、最後まで緊張の糸が切れません。

本作品のあと、続編としてマギーの友人でFBIの犯罪心理分析官《プロファイラー》のグレース、同じくFBI捜査官で元婚約者のポールを主人公とした作品がそれぞれ出版されています。これらも内容がとても気になるところです。

それでは、今とびきり旬のテス・ダイヤモンドによるロマンティック・サスペンスをどうぞお楽しみください！

ザ・ミステリ・コレクション

危険《きけん》な夜《よる》と煌《きら》めく朝《あさ》

著者　テス・ダイヤモンド
訳者　出雲《いずも》さち

発行所　株式会社 二見書房
東京都千代田区神田三崎町2-18-11
電話　03(3515)2311 [営業]
03(3515)2313 [編集]
振替　00170-4-2639

印刷　株式会社 堀内印刷所
製本　株式会社 村上製本所

落丁・乱丁本はお取り替えいたします。
定価は、カバーに表示してあります。

ISBN978-4-576-18110-3
http://www.futami.co.jp/

二見文庫 ロマンス・コレクション

危険な夜の果てに
リサ・マリー・ライス
鈴木美朋［訳］〔ゴースト・オプス・シリーズ〕

医師のキャサリンは、治療の鍵を握るのがマックという国からも追われる危険な男だと知る。ついに彼を見つけ、会ったとたん……。新シリーズ一作目！

夢見る夜の危険な香り
リサ・マリー・ライス
鈴木美朋［訳］〔ゴースト・オプス・シリーズ〕

久々に再会したニックとエル。エルの参加しているプロジェクトのメンバーが次々と誘拐され、ニックは〈ゴースト・オプス〉のメンバーとともに救おうとするが——

明けない夜の危険な抱擁
リサ・マリー・ライス
鈴木美朋［訳］〔ゴースト・オプス・シリーズ〕

ソフィは研究所からあるウィルスのサンプルとワクチンを持ち出し、親友のエルに助けを求めた。〈ゴースト・オプス〉からジョンが助けに駆けつけるが…シリーズ完結！

ひびわれた心を抱いて
シェリー・コレール
藤井喜美枝［訳］

女性TVリポーターを狙った連続殺人事件が発生。連邦捜査官ヘイデンは唯一の生存者ケイトに接触するが…？若き才能が贈る衝撃のデビュー作〈使徒〉シリーズ降臨！

秘められた恋をもう一度
シェリー・コレール
水川玲［訳］

検事のグレイスは、生き埋めにされた女性からの電話を受ける。FBI捜査官の元夫とともに真相を探ることになるが…。好評〈使徒〉シリーズ第2弾！

恋の予感に身を焦がして
クリスティン・アシュリー
高里ひろ［訳］〔ドリームマン シリーズ〕

グエンが出会った〝運命の男〟は謎に満ちていて…。読み出したら止まらないジェットコースターロマンス！アメリカの超人気作家による〈ドリームマン〉シリーズ第1弾

愛の夜明けを二人で
クリスティン・アシュリー
高里ひろ［訳］〔ドリームマン シリーズ〕

マーラは隣人のローソン刑事に片思いしているが、マーラの自己評価が2.5なのに対して、彼は10点満点で…。〝アルファメールの女王〟による〈ドリームマン〉シリーズ第2弾